Dongfang san da shengren sixiang lu

东方三大圣人思想录

写给中国人自己的文化、哲学、思想入门课

文森 / 编著

江西美术出版社
全国百佳出版单位

图书在版编目（CIP）数据

东方三大圣人思想录 / 文森编著 . -- 南昌 : 江西美术出版社 , 2019.6

ISBN 978-7-5480-6892-1

Ⅰ . ①东… Ⅱ . ①文… Ⅲ . ①历史故事—作品集—中国—当代 Ⅳ . ① I247.81

中国版本图书馆 CIP 数据核字（2019）第 044393 号

出 品 人：周建森
企　　划：北京江美长风文化传播有限公司
策　　划：北京兴盛乐书刊发行有限责任公司
责任编辑：楚天顺　李小勇
版式设计：阎万霞
责任印制：谭　勋

东方三大圣人思想录

编　　著：文　森

出　　版：江西美术出版社
社　　址：南昌市子安路 66 号江美大厦
网　　址：http：//www.jxfinearts.com
电子信箱：jxms@jxfinearts.com
电　　话：010-82093791　　0791-86566124
邮　　编：330025
经　　销：全国新华书店
印　　刷：北京柯蓝博泰印务有限公司
版　　次：2019 年 6 月第 1 版
印　　次：2019 年 6 月第 1 次印刷
开　　本：710mm × 960mm　1/16
印　　张：24.5
ISBN 978-7-5480-6892-1
定　　价：49.80 元

前　言

著名国学大师南怀瑾先生对于儒释道三家曾作过这样的比喻：儒家好比粮食店，为人们提供必不可少的精神食粮；佛家是百货店，日常用品，林林总总，一应俱全；道家则是药店，灵丹妙药，用以救人济世。儒家店必须光顾，圣人曰："饮食男女，人之大欲存焉。"佛家店则随时可以逛逛，有钱则购，无钱则望，其中应有尽有，为人生不可或缺之物。道家店则是无事不必登，有病必须看，否则病入膏肓，悔之晚矣。

可以这样说，儒释道三家的思想精华组成了汉学的基本哲学思想，就连西方学者也不得不承认这三者的地位——西方学者曾评出的"东方三大圣人"，第一是老子，第二是孔子，第三是六祖慧能，正好代表了中国的道、儒、释三家：以老子为代表的道家，以孔子为代表的儒家，以禅宗六祖慧能为代表的中国佛家。

经过几千年的演变融合，儒、释、道三家已然相互渗透、相互同化，从某些角度看，已经"三教一体"了。嵩山少林寺有一个供奉释迦牟尼、老子、孔子的地方，对联是："百家争理，万法一统；三教一体，九流同源。"少室山上还有一副对联："才分天地人总属一理，教有儒释道终归一途。"概括精辟，点明了三家殊途同归的本质特点。

三家对于个人修养的观点说法不一，但大同小异，儒家是“齐家、治国、平天下”，释家是“见性、救世、通万有”，道家是“养生、遁世、穷万物”。儒家尽“人道”，释家求“佛道”，道家穷“天道”。儒家讲求“正心”，释家讲究“明心”，道家追求“炼心”。儒家重“治世”，佛家求“治心”，道家讲“治身”。

对于世界的解悟，儒家重视现世的修为，孔子说：“未能事人，焉能事鬼？”人们要先懂得生活，再谈论死亡，穷则独善其身，达则兼济天下；佛家则讲“缘起性空”，四大皆空；道家讲的是“穷尽变化”，老子一直不厌其烦地为人们讲述万事万物的变化规律，让人们效法天道，顺应自然，在自然之道中学习为人处世之道。

儒家智慧是德行的智慧，通过礼乐教化、修身实践，尽心知性而知天；佛教智慧是解脱的智慧，无执无欲，破茧解脱，直悟生命的本真；道家智慧则既是心灵的智慧，也是处世的智慧，于自然中寻求和谐处世之道。

再从社会意义上来看，三家各有千秋。

儒学的精髓是积极入世。跟道家学派的师法自然相比，它少了一份潇洒脱俗，多了一份入世的使命感；少了一份出世避世，多了一份积极进取。跟佛教的清静无为相比，少了一份来世报应，多了一份今生责任；少了一份普度众生，多了一份责己修身。因此，儒家有烦恼：修身不完善，有志难施展……但更多的是乐趣：修身之乐，施展抱负后齐家、治国、平天下之乐，而这些正是儒学思想魅力不减、源远流长的内在原因。

佛家的精髓是从一种独特的视角解释了对人生的理解、宇宙的参悟。早在两千多年前，佛陀就说：“人生很苦。”时光流逝两千五百多年，今人和古人面临的人生课题在本质上依然没有改变。而佛家思想最大的智慧在于敢于正视人生的现实，而不消极躲避，指出人类自身可以从痛苦中得以解脱，运用智慧来达到人生的圆满。自佛学传入中国，几经流变在中土生根，形成多个宗派，其中以禅宗思想尤为贴近现实。它拉近了众生与佛的距离，昭示世人若要解脱烦恼、成就佛果，应直接向自己内心诉求，明心自可见性，富含亲切感，极大地提高了人们成佛的信念。

道家思想精髓高屋建瓴，从宇宙天地和人的完整生命的宏观角度思考人应当度过一个怎样的人生，超越了知识体系和意识形态的局限，站在天道的中心和人生的边缘来反思人生。深入人性，不一味固守冠冕堂皇的道德原则，为人们构建了一片朴素自然的自由天地，帮助人们在出世和入世之间找到平衡点，既取得世俗的成功，又不失去自我的精神家园。

这三家智慧都试图告诉我们这样一个道理：虽然我们不能改变周遭的世界，但我们可以改变自己。

由此可见，儒释道三家思想不但对中华民族的传统文化做出了重要贡献，对于华夏人文精神的树立更是起着至关重要的作用。儒释道三家思想潜移默化地影响着当代人的思想行动，更能够提升人们为人处世的道德智慧。

有鉴于此，本书精选了400余个融合了儒释道三家思想精华的经典故事及公案，在解析诸家思想内涵的同时，结合现实人生的种种境遇，使得高深莫测、晦涩难懂的传统思想如同娓娓道来的家常话语，让人有所思、有所悟，找到解决生活难题的办法。另外，佛家思想自印度传入中国，本土化的最明显标志就是禅宗的产生，因而从另一个角度讲，禅宗就是中国式的佛学，它更贴近和体现国人的出世入世观念，所以本书特别将佛学故事和禅宗公案区分开来，以显示二者的相同及不同之处，帮助读者理解释道思想的精深之处。

衷心希望这些故事如同一脉脉清泉，汩汩流淌，给我们浮躁、喧嚣的生活带来一丝宁静；真诚地希望，这些智慧如同花瓣上滚动着的露珠，晶莹剔透，找回生活的灵性和生存的智谋。

目　录

老子篇　道家学说的经典故事与思想

第 8 章　世事无常，当下就是幸福

第 9 章　命好不如修养好

第 10 章　把生活当作一门艺术

孔子篇　儒家学说的经典故事和思想

老子篇　道家学说的经典故事与思想

道家是中国思想文化中光辉灿烂的一道光环，每提及道家，则必说到老庄。老庄哲学历经几千年时光的打磨，历久弥新，陈香依旧。正是，老子骑牛，归去不知红尘滚滚，只求清静无为；庄生梦蝶，醒来谁见白衣翩翩，但愿逍遥一生。

说到道家的思想，它并不是虚无缥缈，让人不着痕迹。其实它涉及了人生诸多的课题，从生死、机心、名利、生活等方面凸显人生哲理，帮助人们安顿心灵，超脱现实世界的物欲之海、名利之场，过上一种合理节欲、有利身心的生活，提高人的生命质量；道家思想还通过修养、交际、进退、智愚等几个方面论述了成功真谛，为人们提供一些可以借鉴的处世经验和成功经验。

在这些道家的故事当中，充满了玄妙的立世之道，无处不显现道法的玄机。这些故事化作一缕缕甘泉，滋润了现代社会人们浮躁的心灵，帮助人们踏踏实实地走向成功，实现自己的梦想。

第1章　心如海阔凭鱼跃

心有多大，世界才能有多大。一个人只有能够最大限度地扩大自己的心域，才能在繁华之中看见苍凉，在危急之时看见希望，在平凡之中看见伟大，在奔忙之中看见力量。在纷繁复杂的世态中，比别人看到更多更精彩的事物、更多更精彩的美丽。

跳脱浅薄，创新思考

据说，在很久很久以前，人类都还赤着双脚走路。

有一位国王到某个偏远的乡间旅行，因为路面崎岖不平，有很多碎石头，硌得他的脚又痛又麻。回到王宫后，他下了一道命令，要将国内的所有道路都铺上一层牛皮。他认为这样做，不只是为自己，还可造福他的人民，让大家走路时不再受苦。但即使杀尽国内所有的牛，也筹措不到足够的皮革，而所花费的金钱、动用的人力，更不知要多少。

虽然根本做不到，甚至还相当愚蠢，但因为是国王的命令，大家也只能摇头叹息。

一位聪明的仆人大胆向国王提出建议："国王啊！为什么您要劳师动众，牺牲那么多头牛，花费那么多金钱呢？您何不只用两小片牛皮包住您的脚呢？"

国王听了很惊讶，但也当下领悟，于是立刻收回成命，采纳了这个建议。据说，这就是"皮鞋"的由来。

国王为了走路不硌脚发布了将国内所有道路铺上牛皮的荒诞命令，聪明的仆人另辟蹊径提出"用两小片牛皮包住您的脚"的建议。这就说明了一个深刻的道理：当一个问题很难解决时，不妨从另外一个角度去寻求解决之道。

【悟在当下】

路径窄时，不妨换一种思考方式，往往能突破原有的桎梏，找到新的解决方法。

在《庄子·逍遥游》的结尾部分，记载了这样一则故事：

惠子家里有一个大瓠瓜，他却因为它太大而发愁，因为他不知道拿它做什么用。庄子就批评惠子，把大瓠瓜晒干了挖空当作一条简易的船，可以方便出行。你还担心瓠瓜太大了没有用，真是“夫子犹有蓬之心也夫”！

庄子这一句话不仅骂了惠子，还骂了天下人。一个人心中空空，不懂得从另外一个角度去考虑问题，不善于利用资源，缺乏创新，就是一个十足的笨蛋。

任何一个有创造成就的人，都是战胜常规思维的高手，他们不会被过去的思维所困扰，能突破常规思维的束缚，取得创新硕果。

开阔你的心界，才能学会创新，创新思想不是那些专门从事开发创新的人的专有领地。谁有创新思想，谁就会成为赢家；谁要拒绝创新，谁就会平庸！一个有着创新思维的人，绝对拥有闪亮的人生！

打碎心中的四壁

宋国有一户善于调制不皲手药物的人家，世世代代以漂洗丝絮为职业。有个游客听说了这件事，愿意用百金的高价买他们的药方。全家人聚集在一起商量：“我们世世代代在河水里漂洗丝絮，所得的钱不过数金，如今一下子就能卖得百金，还是把药方卖给他吧。”于是，他们把药方卖给了这位游客，游客得到药方后，来游说吴王。正巧越国发难，吴王派这个游客统率部队，冬天跟越军在水上交战。因为有了不皲手的药物，吴军大败越军，吴王划割土地封赏他。能使手不皲裂，药方是同样的，有的人用它来获得封赏，有的人却只能靠它在水中漂洗丝絮，这是使用方法不同的结果。

【悟在当下】

这就是我们生活中很多人的一个通病。如果不能打碎心中的四壁，即使给你一片大海，你也找不到自由的感觉。

只有把心放开了，把眼界放远，才能预料到前路的困苦与得益，才能在人生的路上走得更坦然，更舒心。

没路可走，只因心路太窄

一天，惠子对庄子说："我有棵大树，人们都叫它'樗'。它的树干却疙里疙瘩，不符合绳墨取直的要求，它的树枝弯弯扭扭，也不适应圆规和角尺取材的需要。虽然生长在道路旁，木匠连看也不看。现今你的言谈，大而无用，大家都会鄙弃它的。"

庄子说："先生，你没看见过野猫和黄鼠狼吗？它们低着身子匍匐于地，等待那些出洞觅食或游乐的小动物。一会儿东，一会儿西，跳来跳去，一会儿高，一会儿低，上下蹿越，不曾想落入猎人设下的机关，死于猎网之中。再有那犛牛，庞大的身体就像天边的云，它的本事可大了，不过不能捕捉老鼠。如今你有这么大一棵树，却担忧它没有什么用处，怎么不把它栽种在什么也没有生长的地方，栽种在无边无际的旷野里，悠然自得地徘徊于树旁，自在地躺卧于树下？大树不会遭到刀斧砍伐，也没有什么东西会去伤害它。确实没有派上什么用场，可是哪里又会有什么困苦呢？"

【悟在当下】

庄子屡次拿自己的朋友惠子做标靶，向我们讲述他的道理。惠子为什么会觉得大树没有用呢？在庄子看来，那是因为他的眼光太窄太小，所以看不到大的事物的用处。用我们今天的话来说，就是一个人的心界的宽广度决定了一个人视界的宽广度。

然则心有多大，世界才能有多大。一个人只有能够最大限度地扩大自己的心域，才能比别人看到更多更精彩的事物、更多更精彩的美丽。如果你觉得你现在在生活中没有什么路可走，那么可能就是因为你的心界太窄了。

戴晋人的长远之计

魏惠王和齐威王订立过盟约，齐威王背弃了盟约。魏惠王恼怒了，派人去刺杀齐威王。将军公孙衍听说这件事情，感到可耻，就对魏惠王说："君王是一个大国之君，不能派一个平民去报仇。我愿意领军二十万，为君王去讨伐齐国，俘虏它的人民，牵走它的牛马，然后倾覆它的国家，将大将田忌赶走，再打伤他的背部，折断他的脊骨。"魏臣子季子听到公孙衍的这番话，感到可耻，就对魏惠王说："譬如筑十丈高的城墙，已经筑好了七丈，可是又把它毁坏，这是劳役们最痛苦的事情。现在已经有七年不打仗了，这是我们国家兴旺的基础。公孙衍是个昏乱的人，他的话是听不得的。"贤士华子听到公孙衍和季子的这番话，感到都很浅薄，就对魏惠王说："花言巧语地说讨伐齐国的，是昏乱的人；花言巧语地说不要讨伐齐国的，也是昏乱的人；花言巧语地说讨伐和不要讨伐的都是昏乱的人。"魏惠王说："那么，怎么办呢？"华子说："君王只要追求'道'就行了。"惠施听说这件事，就在魏惠王面前推荐了戴晋人。

戴晋人对魏惠王说："有一种叫作蜗牛的东西，君王知道吗？"魏惠王说："知道。"戴晋人说："有在蜗牛的左触角上建立国家的，名字叫作角氏；有在蜗牛的右触角上建立国家的，名字叫作蛮氏。两国经常因为争夺土地而发生战争，死在战场的尸首就有几万具，他们追赶败兵，十五天才能够返回来。"魏惠王说："哈！这大概是谎话吧。"戴晋人说："我愿意为君王证实这件事情。依君王的意思说，在天地四方上下之中，有没有穷尽呢？"魏惠王说："没有穷尽。"戴晋人说："如果心神遨游于无尽的境域之中，再返还到四通八达的各国之间，就感到似有似无的一样，君王知道这个道理吗？"魏惠王说："知道。"戴晋人说："四通八达的各国之间有个魏国，魏国之中又有个梁邑，梁邑之中有个君王。这个君王和蛮氏相比，有没有分别呢？"魏惠王说："没有分别。"戴晋人走后，魏王不知所措，如同丢了什么东西似的。

【悟在当下】

魏惠王因为他和齐威王之间的私人恩怨，就想发动一场声势浩大的战争，很多大臣都用不同的方式劝谏，最后，神秘人物戴晋人在惠施的推荐下隆重登场，化解了一场战争。戴晋人通过把魏惠王的心界拉高、拉远，使魏惠王站在更高的层次上看待这场战争和恩怨，最终使得“魏王不知所措，如同丢了什么东西似的”，一场浩劫就此化解了。

“故夫知效一官，行比一乡，德合一君，而征一国者，其自视也，亦若此矣。”庄子说，一个人的眼界随着他的心界而不断扩大，“知效一官，行比一乡，德合一君，而征一国者”就是一个不断拓展眼界、不断获得成就的过程。

自己绊住自己

一天，庄子在一个栗园里游玩，忽然看见一只不同寻常的鸟飞了过来。

那只鸟的翅膀张开有七尺，眼睛长达一寸。它停落在树上，尾巴几乎快触及庄子的额头。

庄子觉得很奇怪：“这是一只什么鸟呢？它长着大翅膀却不飞走；眼睛很大，却连我都看不见。”

于是，庄子轻步向前，拿起弹弓准备射它。

这时，一只蝉正在为得到一段悠闲的时光而得意忘形。蝉的背后有一只螳螂在悄悄靠近，正举起双臂准备捕蝉，眼看就要得手，它也得意忘形，根本不知道危险也在向它靠近。而那只奇怪的鸟正注视着螳螂，它也忘记了自身的安全。

庄子看见了这一切，忽然醒悟：“哎呀！世间万物本来就互相牵连，任意两个事物之间也会互相吸引。”

他放下弹弓，回身准备离开。这时恰巧管园子的人看到了他，以为他偷了栗子，便追赶着辱骂他。

庄子回家后，三天不出家门。

弟子们问：“先生为什么忽然不再出门了呢？”

庄子回答说：“我追逐奇怪的鸟，但是忘记了自己的身体。我在浊水里看得很清楚，到了清水里反而迷失了自己。况且我听人说过：‘到了别的地方，就要遵守那里的规矩。’现在我在栗园游玩而忘记了自己的身体，就像那只奇怪的鸟也因为有利可图，忘记了它的本性。管园子的人也因此辱骂我，所以我羞愧得不敢出家门了。”

【悟在当下】

追本溯源，庄子之所以挨骂，都是他自己造成的。这正应了那句俗话：世上本无事，庸人自扰之。阻挡自己前进的障碍往往并非道路的艰险，而是人自身。

在我们的日常生活中，人们所遇到的最大障碍往往不是所处的环境和条件，而是自身过多的“思考”和“常识”，以及由此产生的种种顾虑和猜忌。过分在意的心理会把自己的内心牵绊住，阻碍自己的发展。

只有认清和克服了“自我障碍”，我们才有可能专注、高效地投入工作，轻松愉快地生活。

成功诀窍在于一味求知

隋朝人李密，少年时候被派到隋炀帝的宫廷里当侍卫。他生来好动，在值班的时候，左顾右盼，被隋炀帝发现了，隋炀帝认为这孩子不大老实，就免了他的差使。

李密回家之后，有些懊丧。他左思右想，发誓一定要出人头地。于是，李密开始发奋读书，决定做个有学问的人。有一回，李密骑了一头牛，出门看朋友。在路上，他把《汉书》挂在牛角上，抓紧时间读书。此事被后世传为佳话。经过多年努力，李密终于成为一位博学之士，后成为一名起义军领袖。

李密成功有什么诀窍吗？有，那就是努力读书。

学习在某种程度上说，是人生的第一要务。一个不求知的人，只能永远生活在愚昧之中，只有不断学习、不断求知的人才能有一个美好的前程。

【悟在当下】

在很多人的心目中，都有这样一个先入为主的观念，那就是认为庄子是反对学习知识的，其实不然。庄子并不反对求知，他反对的是学习那些无用的、低俗的，为获取名利而不择手段等方面的知识。而一个人要成为他所说的“真人”“至人”“圣人”，必须求知。《庄子·养生主》中的“吾生也有涯，而知也无涯”正表达了他的这层意思。

泥里匍匐怎及一飞冲天

班超是我国西汉时期杰出的军事家和外交家，他从小勤奋好学，胸怀大志。然而，他并不是一生下来就是大家，他青年时期的工作不过是给官府抄文件和给私人抄书籍。

当时，北方的匈奴时常侵犯汉朝边境，班超特别愤慨；同时，他又看到西域各国与汉朝的交往已断绝了五十多年，心中非常忧虑。班超抄了一段时间的书之后，整日处在苦闷之中，他觉得自己的人生不应该是这样的，他决定投笔从戎，去干一番大事业。

班超投笔从戎之后，随大将军窦固出兵攻打匈奴。由于他作战勇敢、足智多谋、屡立战功，最终威震西域各国，重新打通了丝绸之路，成为我国历史上杰出的外交家，名垂青史，万古流芳。

班超投笔从戎，建下千秋功业，正在于他把自己的境界提升到为国立功的高度。如果他仅满足于抄抄字，安稳度日，能有那样的成就吗？

【悟在当下】

《庄子·逍遥游》中对境界的大小做了这样一段论述：“小知不及大知，小年不及大年。奚以知其然也？朝菌不知晦朔，蟪蛄不知春秋，此小年也。楚之南有冥灵者，以五百岁为春，五百岁为秋；上古有大椿者，以八千岁为春，八千岁为秋。而彭祖乃今以久特闻，众人匹之，不亦悲乎！”

这就是境界大小的差别，境界小者绝对不能体会到境界大者的生命境界。一个人若不能提升自己的人生境界，就只能满足于在泥地上匍匐，终生碌碌无为。

秋水之道

在《秋水》一章中，庄子这样描述：

秋天里山水按照时令汹涌而至，众多大川的水流汇入黄河，河面宽阔，波涛汹涌，两岸和水中沙洲之间连牛马都不能分辨。于是河神欣然自喜，认为天下一切美好的东西全都聚集在自己这里。河神顺着水流向东而去，来到北海边，面朝东边一望，看不见大海的尽头。于是河神方才改变先前扬扬自得的面孔，面对着海神仰首慨叹道："俗语有这样的说法，'听到了上百条道理，便认为天下再没有谁能比得上自己'，说的就是我这样的人。而且我还曾听说过孔丘懂得的东西太少、伯夷的高义不值得看重的话语，开始我不敢相信，如今我亲眼看到了你是这样的浩渺博大、无边无际，我要不是因为来到你的门前，可就真危险了，我必定会永远受到修养极高的人的耻笑。"

海神说："井里的青蛙，不能跟它们谈论大海，是因为受到生活空间的限制；夏天的虫子，不可能跟它们谈论冰冻，是因为受到生活时间的限制；乡曲之士，不可能跟他们谈论大道，是因为教养的束缚。如今你从河岸边出来，看到了大海，方才知道自己的鄙陋，你将可以参与谈论大道了。

"天下的水，没有什么比海更大的，千万条河川流归大海，不知道什么时候才会停歇，而大海却从不会满溢；海底的尾闾泄漏海水，不知道什么时候才会停止，而海水却从不曾减少；无论春天还是秋天不见有变化，无论水涝还是干旱不会有知觉。这说明大海远远超过了江河的水流，不能够用数量来计算。可是我从不曾因此而自满，自认为从天地那里承受到形体，并且从阴和阳那里秉承到元气，我存在于天地之间，就好像一小块石子、一小块木屑存在于大山之中。我正以为自身的存在实在渺小，又哪里会自以为满足而自负呢？想一想，四海存在于天地之间，不就像小小的石间孔隙存在于大泽之中吗？再想一想，中原大地存在于四海之内，不就像细碎的米粒存在于大粮仓里吗？号称事物的数字叫作万，人类只是万物中的一种；人们聚集于九州，粮食在这里生长，舟车在这里通行，而每个人只是众多人群中的一员；一个人比起万物，不就像是毫毛之末存在于整个马体吗？五帝所续连的，三王所争夺的，仁人所忧患的，贤才所操劳的，全在于这毫末般的天下啊！伯夷辞让它而博取名声，孔丘谈论它而显示渊博，这大概就是他们的自满与自傲，不就像你先前在河水暴涨时的扬扬自得吗？"

【悟在当下】

这是何等高远绝伦的境界，这是何等的气概。一个人若达到这样高远的生命境界，人间的那些小小的矛盾和俗事，又怎么能够羁绊得住他呢？

人生天地之间，若想不被凡尘琐事所干扰，达到幸福而圆满的人生境界，就必须不断扩充自己的人生境界。如果你的眼睛里只有柴米油盐、蝇头小利，你又怎么能够获得内心的幸福呢？

把你的心域拉到无限远，你就能在繁华之中看见苍凉，在危急之时看见希望，在平凡之中看见伟大，在奔忙之中看见力量。这时你就会有一种“天高任鸟飞，海阔凭鱼跃”的感受，你的生命境界就会得到进一步的升华，你在现实生活之中就会体验到一种解脱的大自由。

不求一鸣惊人，只求循序渐进

一日，一个老道碰到一个拿着木棍的小叫花子，老道告诉小叫花子怎样画一个方框，并告诫他勤加练习，他日有缘，再相见时就可不必要饭了。老道走后，小叫花子闲来无事，便用木棍刻画那个方框，极尽方框之变化。

时隔不久，老道又碰到一个放牛的牧童，告诉他用那木棍从上到下拉那么一下，若能勤加练习，日后有缘，也就可以不用放牛了。于是牧童山间放牛闲散之余便用那木棍在地上或宽或窄、或疾或徐拉那一画。

四十年后，老道临终前，把这两个人叫到了一起，合写了一个“中”字。

这个“中”字便前无古人、后无来者地成就了书法史上两位传奇人物。

【悟在当下】

不管做任何事，想要获得成功，就需要下功夫。投机取巧的事是不会长久的，即使是窍门或捷径，也是功夫和经验积累达到熟能生巧的结果。

我们的学习贵在每天持之以恒的坚持之中，贵在日复一日、月复一月、年复一年勤勤恳恳的背诵之中。一步登天做不到，但一步一个脚印能做到，急于求成、一鸣惊人不好做，但永远保持一股韧劲，认认真真完成每天该做的事，就会不断提高。

成功来源于诸多要素的几何叠加。比如，每天笑容多一点点，每天行动多一点点，每天创新多一点点，每天的效率高一点点……假以时日，我们的明天与昨天相比将会有天壤之别。

第 2 章　人生需要多几分留白

人世间的世态变幻莫测，芸芸众生有万千种脸谱，到处都隐藏着令人猜不透的机心。所以人生才需要多几分留白，留白是一种智慧，也是一种境界。与其与人钩心斗角，不如弃智绝俗，少点计较心，少算计他人，生活自然能多一些快乐和坦然。

多面之人心不可测

《庄子·内篇·人间世》中讲到这样一个故事：

颜回想去卫国劝谏卫灵公，孔子语重心长地对他说，你冒昧前往，没有皇帝的诏书，王公大臣看到你这个年轻人，并且知道你是我的学生，妒忌心就来了，“必将乘人而斗其捷”，必然会乘机争斗你。接下来孔子为弟子勾勒了一幅生动的众生相，孔子说：“你一到卫国，卫灵公左右的人一定找机会跟你斗一下。”“而目将荧之”，每个人看到新来的，都用眼睛瞄他一下，表面上的样子还很好看，下来以后，大家就批评开了，成见就来了。

【悟在当下】

这里描写了社会上人与人之间相处的细节。处在人世间，庄子的白描，剥掉世俗的遮掩，即为世态人情。

这世间的人，仿佛都是戏台上的表演家，每个人都可以变换几种不同的脸谱。

人之所以要有这些脸谱，都是因为隐藏着机心，各种各样的机心就像不同种类的化妆品，涂抹在人的脸上，可能会使人看起来更漂亮，但是失去了自己的本色。同时，也让人与人之间更加隔膜、更加陌生，难以真诚相待。

千方百计，算来算去算自己

有一个名叫石的木匠，去往七国，来到曲辕，看见一棵被奉为社神的栎树。这棵树大到可以隐蔽几千头牛，树干有数百尺粗，树梢有山头那么高，树干几丈以上才分生枝杈，很多枝杈都可以做成小船。很多人都围着看，但是这个木匠却不瞧一眼，继续赶路。他的徒弟仔细看够了这棵树，赶上师傅说："自从我和师傅学艺以来，就为看看这么好的木材，您却不肯看一眼，为什么呢？"木匠说："那是没有用的散木。用它做船会沉，做棺材会很快腐烂，做器具就会毁坏，做门窗会流出汁液，做梁柱会生蛀虫。这样的木材没有一点儿用处呀！"

从这个故事我们就可以看出，每个人在看一件事物时，都会用一种势利的眼光去判断其有用无用。

杜甫诗云："翻手为云覆为雨，纷纷轻薄何须数。君不见管鲍贫时交，此道今人弃如土。"你很会结交朋友，那你觉得和你相交的那些人都是没有目的，只有感情的吗？《庄子》中指出："以利合者，迫穷祸患害相弃也。"这是讲，因利害关系相结合的人，在遭遇困难逆境时，很容易背弃对方。与此相反，"以天属者，迫穷祸患害相收"。"以天属者"是指彼此结合是建立在极为信赖的基础上，这种朋友关系即使在逆境中，也会禁得起考验，彼此相互帮助，同舟共济，患难与共。

长平之战前，赵王中了秦国的反间计，免除了赵国当时唯一能指挥军队抵抗秦军的廉颇的职务。这一免职的结果是，赵国痛失国之千城，廉颇喜得世态三昧。"失势之时，故客尽去。"然而天道轮回，不久，赵国为救亡图存，再次起用廉颇。"客又复至。廉颇曰：'客退矣。'客曰：'吁！君何见之晚也？夫天下以市道交，君有势，我则从君，君无势则去。此固其理也，有何怨乎？'"

【悟在当下】

以小人之眼看这个小人社会，看得很准。这位门客是小人，也是痛快人，一语点破了世态真相：这些所谓的朋友不过是因为你的利才依附你而已。

所谓"天下熙熙，皆为利来；天下攘攘，皆为利往"，许多人都隐藏着一颗势利的"机心"，这就是社会中真真切切存在的现实，他们"机关算尽"，巧舌如簧，千方百计，为达目的甚至不择手段，却不知，算来算计，最终却会算计在自己的头上。

“机心”正是人的痛苦源

杨修是曹操门下掌库的主簿。此人生得单眉细眼，貌白神清，博学能言，智识过人。但他自恃其才，竟小觑天下之士。

一次，曹操令人建一座花园。快竣工了，监造花园的官员请曹操来验收察看。曹操参观花园之后，是好是坏是褒是贬没说，只是拿起笔来，在花园大门上写了一个“活”字，便扬长而去。一见这情形，大家犹如丈二和尚，摸不着头脑，怎么也猜不透曹操的意思。杨修却笑着说道：“门内添‘活’字，是个‘阔’字，丞相是嫌园门太阔了。”官员认为杨修说的有道理，立即返工重建园门，改造停当后，又请曹操来观看。曹操一见重建后的园门，不禁大喜，问道：“谁知道了我的意思？”左右答道：“是杨修主簿。”曹操表面上称赞杨修的聪明，其实内心已开始忌讳杨修了。又有一回，塞北送来一盒酥饼给曹操，曹操没有吃，只是在礼盒上亲笔写了三个字“一合酥”，放在案头上，自己径直出去了。屋里其他人有的没有理会这件事，有的不明白曹丞相的意思，不敢妄动。这时正好杨修进来看见了，便堂而皇之地走向案头，打开礼盒，把酥饼一人一口地分吃了。曹操进来见大家正在吃他案头的酥饼，脸色一变，问：“为何吃掉了酥饼？”杨修上前答道：“我们是按丞相的吩咐吃的。”“此话怎讲？”曹操反问道。杨修从容地应道：“丞相在酥盒上写着‘一人一口酥’，分明是赏给大家吃的，难道我们敢违背丞相的命令吗？”曹操见又是这个杨修识破了他的心意，表面上乐呵呵地说：“讲得好，吃得对，吃得对！”其实内心已对杨修产生厌恶之情了。可杨修还以为曹操真的欣赏他，所以不但没有丝毫收敛，反而把心智用在琢磨曹操的言行上，并不分场合地卖弄自己的小聪明，从而也不断地给自己埋下祸根，最终因“鸡肋”事件被曹操诛杀。

【悟在当下】

《庄子·人间世》中有一段话：“且以巧斗力者，始乎阳，常卒乎阴，泰至则多奇巧。”意思是：再说，用智巧角力的人，开始时手段光明，最后常常使用阴谋，到了极点就诡计百出。最终还是会聪明反被聪明误。

一个人如果总是以“机心”去对待身边的人和事，迟早会遭到别人的打击报复，即使别人一时报复不了你，你也要殚精竭虑谋划保护自己的各种措施，以致劳神伤心。如果你想要的东西始终得不到，又会陷入欲望不能满足的泥潭之中。用这样的机心去对待身边的各种人和事，你怎么能不心生痛苦呢？

苏轼在其《洗儿》一诗中这样写道：“人皆养子望聪明，我被聪明误一生。唯愿孩儿愚且鲁，无灾无难到公卿。”苏轼对自己一生因聪明而受的苦真是刻骨铭心，以至于希望自己的儿子愚蠢一点，才能躲避各种灾难。“机心”实在是人的痛苦之源。

聪明累

尧的老师是许由，许由的老师是啮缺，啮缺的老师是王倪，王倪的老师是被衣。

尧请教许由说：“啮缺可以担任天子吗？我想通过王倪邀请他。”

许由回答说：“这样恐怕会危害天下呀！啮缺这个人，为人聪明睿智、机警敏捷，天赋过人，又能以人力去成就天然。他懂得去防堵过失，但却不能知道过失从哪里产生。要他担任天子，他就会凭借人力而摒弃自然。他将会以人为本体而区分人我，将会看中智巧而急着使用，将会被小事役使，被外物牵绊，四处张望而应接不暇，事事苛求完美，随着外物的变幻而不能保持常态。他哪有资格担任天子呢？”

【悟在当下】

人所依仗的聪明才智有时是工具，凭借它，或许在人生的旅途中能够走得更顺畅，但不要忘了，过分依仗工具，有时反而有害无益。

《道德经》中说：“绝圣弃智，民利百倍。”充分表明老子反对标榜圣人，反对卖弄世智辨聪的思想。老子认为：人们如果不卖弄聪明才智，本来还会有和平安静的生活，可是，平静的生活却总被一些标榜圣人、标榜智慧的“才智之士”所搅乱。世人都渴望聪明，但是他们不知道，有太多的人为聪明所累、所误。

绝圣弃智，安然度日

《庄子·杂篇·外物》中记载了这样一则寓言：

宋元君半夜里梦见有人披散着头发在侧门旁窥视，说："我来自名叫宰路的深渊，我作为清江的使者出使河伯的居所，渔夫余且捕捉了我。"宋元君醒来，派人占卜，说："这是一只神龟。"宋元君问："渔夫有名叫余且的吗？"左右侍臣回答："有。"宋元君说："叫余且来朝见我。"第二天，余且来朝。宋元君问："你捕捞到了什么？"余且回答："我的网捕捉到一只白龟，周长五尺。"宋元君说："献出你捕获的白龟。"白龟送到，宋元君一会儿想杀掉，一会儿又想养起来，心里犯疑惑。卜问吉凶，说："杀掉白龟用来占卜，一定大吉。"于是把白龟剖开挖空，用龟板占卜数十次也没有一点失误。孔子知道后说："神龟能显梦给宋元君，却不能避开余且的渔网；神龟的才智能占卜数十次也没有一点失误，却不能逃脱被剖腹挖肠的祸患。"

【悟在当下】

如此说来，才智也有困窘的时候，神灵也有考虑不到的地方。即使存在最高超的智慧，也匹敌不了万人的谋算。鱼儿即使不畏惧渔网也会害怕鹈鹕。

聪明虽然是一种先天的东西，人们总是羡慕聪明人的智商，但这种表面的光芒不一定能令聪明人成功，在现实中也确实存在着众多一事无成的聪明人。"聪明"这种天赋犹如水一样，可以载舟，也可以覆舟。

众所周知，在音乐的世界中，技巧很重要，但不是最重要的，过多的花哨技巧只会减弱情感的表达。人生也是如此，人人都玩弄聪明才智，只会让世界繁杂凌乱。绝圣弃智，才能朴实安然地生活。

短视之害，远视之德

春秋时期，一年夏天，鲁宣公兴致勃勃地把渔网撒在潭里准备捕鱼。正在这时，里革刚好从潭边路过，见到后立即把鲁宣公的渔网的绳剪断，并且把网拉上来扔掉了。

鲁宣公不知何意，正要发怒，里革忙解释说："我主可曾听说过，古时候，春暖花开之际，万物复苏。这时候，鸟兽刚好怀胎，水中的动物却基本成熟，狩猎师就下令禁止用兔网、鸟网捕捉鸟兽，而只用矛等刺取鱼鳖，将它做成鱼干，以备夏天食用，这样做是为了促使鸟兽生长；到了夏天，鸟兽长成，水中动物又开始孕育，渔师在这时又下令禁止使用大小渔网捕鱼，只是设陷阱，在陷阱中装设捕兽的装置，捕取禽兽，这样一来，不论鱼虾鸟兽都能有休养生息的时候了。如此都是为了积蓄物力，补足国家所需。那个时候，人们不会为了眼前的利益而贪得无厌，一味索取。比如，人们在山上不会砍伐树木所生的新芽；在草地里，也不会随意割取未长成材的草木；捕鱼时，禁止捕捞有卵的鱼和小鱼；狩猎时，要等到那些幼鹿等小兽长大后再猎捕；抓鸟也要先等那些鸟卵孵出，小鸟长成；就是对可食的虫子，也要留下卵和未生翅的幼虫。这样各种植物、动物才能生息繁衍，人们也才能有源源不断的食物供给啊。如果古人为了一时痛快、一时的满足而不计后果，恐怕现在留给我们的就所剩无几了。现在鱼正在产卵，您不等鱼生长，又用这样的小孔网捕捞，大王这可是有些贪心不足啊。您是一国之君，如果下面的人效仿你的样子，更加贪婪，干脆把这潭水都抽干了不更可以把所有的鱼都捉到吗？但这样做以后这里还会有鱼吗？所以说，贪得无厌最终只会让自己和让子孙后代一无所获啊！"

【悟在当下】

道家认为天地是一大宇宙，人身是一小天地，地球也是一个有生机的大生命，就如人身一样。地球同样富有生机，是一个生命体，不可轻易毁伤它，不然，对人类的生存，有百害而无一利。因此，古人虽然早就知道有"天材地宝"的矿藏，也绝不肯轻易去挖掘。即使挖掘，也要祭告天地神祇，得到允许。人心即天心，人们的传统思想是如此，神祇的权威就起到了震慑之效。正因如此，地大物博的泱泱中华才能有幸将其丰富的矿藏保留至今，作为未来子孙们生存的资财。

迷途不知返，只会越走越远

孔子的徒弟子贡从南方的楚国返回晋国，经过汉水南岸时，看见一位老人在菜园中劳动。这位老人凿通一条地道到井边，抱着瓮装水过来灌溉，费了很大的劲，效果却很差。

子贡说："现在有一种机械，每天可以浇灌一百块菜园，用力很小而效果很好，老人家不想要吗？"

种菜老人抬起头来看着子贡说："怎么做呢？"

子贡说："削凿木头做成机器，后面重前面轻，提水就像抽引一样，快得像沸水流溢。这种机械叫作槔。"

种菜老人面带怒容，讥笑子贡说："我听我的老师说：'使用机械的人，一定会进行机巧之事；进行机巧之事的人，一定会生出机巧之心。机巧之心存在于心中，就无法保持纯净状态；无法保持纯净状态，心神就会不安宁；心神不安宁，是无法体验大道的。'所以，我不是不懂得使用机械，而是因为觉得羞愧才不用的。"

子贡满脸羞愧，低着头不说话。

【悟在当下】

上面这则孔子的故事，其实是庄子所著的寓言。这则寓言并非像有些人所说的那样，是在反对科学，他其实是想通过这个故事告诉我们，一个人若在机巧之路上迷途不返，就只会越走越远。就像一个追赶自己影子的人那样，自己跑得越快，影子也跑得越快，永远没有追到的一天。因此，一个人若想拥有一个幸福、快乐的人生，必须祛除机巧之心。

大智若愚，大巧若拙

曾国藩是中国历史上最有影响的人物之一，关于他，有一则有趣的故事。

曾国藩天赋不高，少时在家苦读，一篇文章不知重复多少遍了，还没能诵出。时下有一贼，潜伏在他的屋檐下，希望等他睡觉之后行窃，无奈听他翻来覆去地读同一篇文章，却无法记诵。贼人大怒，跳出来说："这种水平还读书干什么？"随后将那文章背诵一遍，扬长而去！

贼人比曾国藩聪明，却依旧是个无名小贼，曾国藩一生以规矩之道为人处世，功成名就又全身而退，实乃真修道之人。

【悟在当下】

人们需要抛弃自己引以为傲的聪明机巧，抛弃自私自利的贪图之心，如果人人皆能如此，便不会有作奸犯科的盗贼，这就是老子所谓的“绝巧弃利，盗贼无有”。而人本身，也便因此而进入了“见素抱朴”的人生至境。

在“见素抱朴”四个字中，“见”指见地，观念、思想谓之见；“素”乃纯洁、干净；“朴”是未经雕刻、质地优良的原木。见素抱朴正是圣人超凡脱俗的生命情操，佳质深藏，光华内敛，一切本自天成，没有后天人工的刻意造作，如此才能凸显大智慧，得大道理。

阿谀之害

学习真诚不佞，避免阿谀献媚，历史上有一位标杆似的人物，即唐朝一代直臣魏徵。在中国历史上，唐太宗无疑是最善于纳谏的封建帝王之一，而魏徵也是最善于进谏和敢于进谏的名臣之一。

魏徵喜逢唐太宗这一知己之主，竭诚辅佐，知无不言，言无不尽，加之性格耿直，往往据理力争，从不委曲求全，唯唯诺诺。一次，唐太宗向魏徵问道：“何谓明君、暗君？”魏徵回答：“君之所以明者，兼听也，君之所以暗者，偏信也。以前秦二世居住深宫，不见大臣，只是偏信宦官赵高，直到天下大乱，自己还被蒙在鼓里。隋炀帝偏信虞世基，天下郡县多已失守，自己也不得而知。”太宗对这番话深表赞同。

贞观元年，魏徵被擢升为尚书左丞，有人奏告他私自提拔亲戚为官，唐太宗立即派御史大夫温彦博调查此事。结果，查无实据，太宗派人转告魏徵：“今后要远避嫌疑，不要任人唯亲，以免惹出同样的麻烦。”魏徵当即面奏说：“我听说君臣之间，相互协助，义同一体。如果不讲秉公办事，只讲远避嫌疑，那么国家兴亡，或未可知。”并请求唐太宗要使自己做良臣而不要做忠臣。唐太宗问及忠臣和良臣的区别，魏徵答道：“使自己身获美名，使君主成为明君，子孙相继，福禄无疆，是为良臣；使自己身受杀戮，使君主沦为暴君，家国并丧，空有其名，是为忠臣。以此而言，二者相去甚远。”唐太宗听了也点头称是。

魏徵进谏之时，常常不顾自己的实际利益乃至名誉性命，直言进谏，决不苟且偷安、沽名钓誉。魏徵死后，唐太宗对他思念不已，曾对左右大臣言道：“人以铜为镜，可以正衣冠；以古为镜，可以见兴替；以人为镜，可以知得失。魏徵没，朕亡一镜矣！”

【悟在当下】

读史学做人，真诚不佞，即便点头称是，也不是唯唯诺诺；阿谀献媚，即便是自作聪明的批评，也是虚伪的变相奉迎。

老子曾经讲到道德最高修养的标准。他说：“唯之与阿，相去几何？善之于恶，相去若何？人之所畏，不可不畏。”“唯”与“阿”两字，是指人们讲话对人的态度，将二者译成白话，在语言的表达上都是“是的”的意思。但同样一句话，“唯”是诚恳接受，“阿”是阿谀逢迎。这就告诉我们，人在接收别人的观点时可以婉转，但是面对真理时却不可以讨价还价，如果唯唯诺诺，乃是小人之举。

有一句谚语说：阿谀这东西，虽然没有牙齿，可是骨头也会被它啃掉。说得正中肯綮，要知道，被阿谀啃掉的是“阿谀者”和“被阿谀者”双方，这两种人，谁都逃脱不掉被伤害的命运。

阿谀之害，更甚于洪水猛兽。在生活中，我们应该与阿谀彻底划清界限，既不接受他人的阿谀，也不阿谀他人。

自己动手，自给自足

有一天列子带季咸来为自己的老师壶子看相，季咸见了壶子后，出去对列子说：“你的先生动静不定，我无法为他看相。等他平静下来我再看吧。”列子进屋把这句话转告壶子。壶子说：“刚才我显示给他看的是太虚无迹之象，他大概是看到我神情平衡的生机了。鲸鱼盘旋之处形成深渊，止水之处形成深渊，流水之处形成深渊。深渊有九种情况，我在此显示了三种。再请他来看看。”第二天，两人又来见壶子。季咸还未站定，就慌忙逃走了。壶子说："快去追他。"列子追出去，已经来不及了。他回来报告壶子，说："不见踪影了，不知去向了，我追不到他。"壶子说："刚才我显示给他看的是完全不离本源的状态。我以空虚之心随顺他，使他不知我究竟是谁，一下以为我顺风而倒，一下以为我随波逐流，所以立刻逃走了。"经过这次事件，列子才明白自己什么也没学会，就告辞回家。他三年不外出，帮助妻子烧火做饭，对于世间事物毫不在意，抛弃雕琢而回归朴素，超然独立于尘世之外，在纷扰的人间守住本性，终身如此。

列子后来回到家中，在日常生活中修行自己，坚持了"平常心是道"的原则，也向世人说明了"规矩做人"的大道理。

【悟在当下】

做人难，难做人，是规规矩矩、认认真真做人，还是在人生的舞台上做出一个个高难度的杂耍技巧？没有规矩，不成方圆。无论世事怎样变化，多少沧海变为桑田，生活会将正确答案告诉你，只有时间能证明一切。做人、做事的道理长篇累牍，并且都有其屹立不倒的理由和根据，但褪尽浮华，你会发现，做人之道其实只有四个字：规规矩矩。这一出自《庄子·内篇·应帝王》的故事正印证了这个道理。

无须界定美丑的标准

东施效颦的故事，大家都耳熟能详，《庄子》外篇《天运》中讲述了这则寓言：春秋时，越国有个名叫西施的姑娘，容貌娇丽，举止动人。西施素来有个心口疼痛的疾病，犯病时总是用手按住胸口，紧皱眉头。在旁人眼中，她的病容却别有一番韵味，惹人怜爱，楚楚动人。邻里有个丑姑娘叫东施，一次在路上碰到西施，见其手捂胸口，紧皱眉头，路人交口称赞其美貌。她想，难怪人们都说西施漂亮，原来是要做出皱眉抚胸的姿势，于是她便模仿西施的病容。结果人们见原来就丑的她，现在变成这种疯疯癫癫的样子，仿佛见了鬼一样，赶紧把门关上。

【悟在当下】

其实，美丑、善恶没有绝对标准。建立一个善的典型，善便会为人利用，成为作恶多端的挡箭牌；建立一个美的标准，便会出现“东施效颦”的陋习。“善之为善，斯不善矣”，引申开来便是庄子所说的“为善无近名，为恶无近刑”。与其信奉“善有善报，恶有恶报”，不如祈求“愿天常生好人，愿人常做好事”。

老子提出，如果天下人都知道了怎样是美，那么，丑便会随即产生；如果天下人都知道了什么是善，那么恶也就不可避免地出现了。从原本的无美丑善恶之分到有美有丑、有善有恶，人们其实渐渐被一种人为的标准所左右。老子的告诫，并非混淆视听，自始至终，都是要人勿作祸首、莫为罪魁的教示。与其为真善美设立一个评定标准，不如坚持本性中纯朴的东西，清水出芙蓉，天然去雕饰，不执着于种种限制，方能体会“道”的本意。

第3章　矮人进高门，低处逢高明

人就算有再大的能耐，也不可过分自负，“长江后浪推前浪”，总有新人胜旧人之时。一味锋芒毕露，便是祸患的伊始。所以人要谦卑通透，才能游刃于世。只有位置放得低，才可能从容不迫，悟透世事沧桑。换句话说，矮人才能进高门，想要到达最高处，必须从最低处开始。

霜打露头草

在高高的围墙背后，有一座很大的果园。果园里栽种着各种各样的果树，有苹果、梨、桃、杏、石榴、无花果，还有一些连名字也叫不出来，但果实却香甜可口的果树。

这些果树聚集在果园里，大家互相关心、互相帮助，相处得十分融洽，过着和睦、幸福的生活。春天，它们在五颜六色的花潮中嬉闹；夏末，沉甸甸的果实压弯了枝头。

有一天，这个温馨的大家庭增加了一个新成员——一棵自命不凡的核桃树。这棵核桃树确实长得干粗叶肥、高大英俊。果树们都热情地欢迎它，主动和它攀谈，很想与它友好相处。起初，核桃树态度非常谦和，与大家相处得不错。可是，过了不久，它的缺点就暴露出来了。

“我们何苦要龟缩在围墙后边呢？”它对伙伴们说，“我根本不想在这里当隐士，埋没自己的才华和美貌。我必须把我这高大健壮的枝干伸出围墙，让周围的人都见识一下我的美貌，品尝我的果实！”

其他的果树都奉劝它说：“我们已经在这个果园里生活几十年了，正是由于围墙的保护，我们才能无忧无虑地成长，自由自在地生活。如果你把枝干伸出围墙，让过路的人来欣赏你，可能会招惹麻烦，因为过路人什么样的都有，怎能保证你不受伤害呢？”

高傲的核桃树把伙伴们的好心规劝当成了耳边风，它决定要在过路人面前展示一下自己的英姿。于是它不停地爬啊爬，终于翻过了高高的围墙。收获的季节到了，核桃树的枝条上挂满了核桃，它昂首挺胸，骄傲地向路人展示着自己的美貌和才华。可是绝大多数的过路人根本无心欣赏它的美貌，而是只顾用手去摘它的果实。摘不到的，就扯断它的枝条，甚至用石块投掷，用棍棒敲打。

没过多久，核桃树便伤痕累累、肢体不全了。它不单是赔了核桃，还损了枝叶，残断的树枝垂挂在围墙外边。

【悟在当下】

人常常因自己的才华而狂妄自大，喜欢处处崭露锋芒。然而，霜打露头草，枪打出头鸟。一个人即使是天才，若丝毫不懂收敛，必将成为别人斗争的对象，由此为自己带来不必要的麻烦。

《庄子》杂篇《徐无鬼》中提到一位南伯子綦，他说了几句很有哲理的话：“我曾在山林洞穴里居住，正当这个时候，齐太公田禾曾来看望我，因而齐国的民众再三向他表示祝贺。我必定是名声在先，他所以能够知道我；我必定是名声张扬，他所以能利用我的名声。假如我不具有名声，他怎么能够知道我呢？假如我不是名声张扬于外，他又怎么能够利用我的名声呢？”

这只是庄子一贯的观点，庄子认为，一个招致祸患的人，其主要因素往往就是因为他名声在外，所谓“木秀于林，风必摧之”。因此，为了保全自己，绝对不要做那棵林中的秀木。

在这个社会上，人需要崭露锋芒是正常的，但应认清形势，不要不分场合、地点及其他客观形式，一味锋芒毕露，要懂得适时隐藏。不凡是一种高雅的境界，但如果总是自命不凡，就是一种孤立自己的愚蠢行为。

头要低，腰须挺

站在山顶的人和居于山脚的人，在对方眼中，同样渺小。高高的山峰终于被一群登山者踩在了脚下，极目四望，一切都离他们那么远。“你们看，山下的人就如蚂蚁一般！”其中一人兴奋地嚷着。“可是，他们也许根本就没觉得山上有人。”一位同伴在一旁轻轻地说。大家霎时冷静下来：是啊，巍峨的只是脚下的山峰，我们还和过去一样普通，并不因位置的升高而变得高大。

一位闻名遐迩的画家每逢青年画家登门求教，总是很耐心地给人看画指点；对于有潜力的青年才俊，更是尽心尽力，不惜耗费自己作画的时间。一次，一位后辈画家对于前辈的关爱有加感激涕零，老画家微笑着讲了一个故事。

40年前，一个青年拿了自己的画作到京都，想请一位自己敬仰的前辈画家指点一下。那画家看这青年是个无名小卒，连画轴都没让青年打开，便推托事务缠身，下了逐客令。青年走到门口，转过身说了一句话：“大师，您现在站在山顶，往下俯视我辈无名小卒，的确十分渺小；但您也应该知道，我从山下往上看您，您同样也十分渺小！”说完转身扬长而去。青年后来发愤学艺，终于在艺术界有所成就，他时刻记得那一次冷遇，也时刻提醒自己，一个人是否形象高大，并不在于他所处的位置，而在于他的人格、胸襟和修养。

人背负着尊严行走在世间高低不同、起伏不定的道路上，必须时刻提防四周的危险，还要时刻提醒自己：头要低，腰须挺。

【悟在当下】

《道德经》中的“高下相倾”四个字看似十分简单，但其中却有许多深远的含义。天地宇宙，本来便在周圆旋转中，凡事崇高必有倾倒，复归于平。因此，高与下，本来就是相倾而自然归于平等的，即使不倾倒而归于平，在弧形的回旋中，高下本来同归于一律，即佛法中所说的“是法平等，无有高下”。

这也就是说，一个人就算有再多的能耐，到头来也是会被后来者居上，所以不可过分自负，要谦卑通透，才能成功做人。位置放得低，所以能从容不迫，能悟透世事沧桑；想要到达最高处，必须从最低处开始。

以平凡之态示人

有一天，深山里来了两个陌生人。年长的仰头看看山，问路旁的一块石头：

“石头，这就是世上最高的山吗？”

“大概是的。”石头懒懒地答道。

年长的没再说什么，就开始往上爬。

年轻的对石头笑了笑，问：“等我回来，你想要我给你带什么？”

石头一愣，看着年轻人，说：“如果你真的到了山顶，就把那一时刻你最不想要的东西给我，就行了。”

年轻人很奇怪，但也没多问，就跟着年长的人往上爬。斗转星移，不知过了多久，年轻人孤独地走下山来。

石头连忙问：“你们到山顶了吗？”

“是的。”

“另一个人呢？”

“他，永远不会回来了。”

石头一惊，问：“为什么？”

“唉，对于一个登山者来说，一生最大的愿望就是登上世上最高的山峰，但当他的愿望真的实现了，同时，也就没有了人生的目标。这就好比一匹好马的腿断了，活着与死，已经没有什么区别了。”

“他……”

“他从山崖上跳下去了。”

“那你呢？”

“我本来也要一起跳下去的，但我猛然想起答应过你，把我在山顶上最不想要的东西给你，看来，那就是我的生命。”

“那你就来陪我吧！”

年轻人在路旁搭了个茅草屋，住了下来。人在山旁，日子过得虽然逍遥自在，却如白开水般没有味道。年轻人总爱默默地看着山，在纸上胡乱画着。久而久之，纸上的线条渐渐清晰了，轮廓也明朗了，后来，年轻人成了一名画家，绘画界还宣称他是一颗耀眼的新星。接着，年轻人又开始了写作，不久，他就因他的文章回归自然的清秀隽永而一举成名。

许多年过去了，昔日的年轻人已经成了老人，当他对着石头回想往事的时候，他觉得画画、写作其实没有什么两样。最后，他明白了一个道理：其实，更高的山并不在人的身旁，而在人的心里，忘我才能超越。

【悟在当下】

正如庄子所说："随其成心而师之，谁独且无师乎？"一个人，如果依照自己的生理和心理意识，自己建立一个观念"而师之"，认为这个才是最高明的，然后根据自己这个高明的观念解释一切。那么，每一个人心里都有个老师，所以就会谁也看不起谁，因为我有我的高明之处，而且不传给你。按自己的心态来判断一切、观察一切，认为自己就是大师，愚者都是如此！只有倒空了自己，才会发现虚无。

"满招损，谦受益"是古圣先贤留给后人的一句可以千年护身的箴言。谦恭有礼、虚怀若谷，好比打开心灵之门，迎来更广阔、更完美的人生境界。虚怀若谷，不仅是道家的禅义，更是人生的至理名言。心太满，什么东西都装进不去；心不满，才能有足够的充实空间。放空自我，以平凡之态示人，才是真正的伟大。

良贾深藏若虚，君子盛德容貌若愚

西汉初年，冒顿身为北方匈奴的首领，励精图治，一心想把匈奴打造成最强大的民族，但是当时的匈奴势单力薄，经常遭到邻邦，特别是东胡的无理攻击。

匈奴人生活在西北部的草原上，以强悍善骑著称。冒顿养有一匹千里马，皮毛油黑发亮如软缎，全身上下没有一根杂毛，它能日行千里，为匈奴立下过汗马功劳，被视为宝马。东胡知道后，便派使者到匈奴索要这匹宝马，匈奴群臣认为东胡太无理了，一致反对。

足智多谋的冒顿一眼便看穿了东胡的用意，但他并没有表露出来。他知道，如果一旦正面冲突，吃亏的只能是自己，于是决定忍痛割爱来满足东胡的要求。他告诉臣下："东胡之所以要我们的宝马，是因为与我们是友好邻邦。我们哪能因为区区一匹千里马而伤害与边邻的关系呢？这样太不合算了。"这样，他把宝马拱手送给了东胡。冒顿虽然表面上不与东胡作对，但他暗地里壮大实力，励精图治，希望有朝一日能够打败东胡。

东胡王得到千里马以后，认为冒顿是胆小怕事之人，就更加狂妄了。他听说冒顿的妻子很漂亮，就动了邪念，派人去匈奴说要纳冒顿之妻为妃。

冒顿的妻子年轻貌美、端庄贤淑，深得民心。匈奴群臣一听东胡王如此羞辱他们尊敬的王后，都气得摩拳擦掌，发誓要与东胡决一死战。冒顿更是气得咬牙切齿，然而他转念一想，东胡之所以三番五次地欺负自己，是因为东胡的力量比匈奴强大。一旦发生战争，自己的实力不济，很可能会战败。

于是他强颜欢笑，劝告群臣："天下女子多的是，而东胡却只有一个啊！不能因为一个女人伤害与邻邦的友谊。"这样，他又把爱妻送给了东胡王。

之后，他召集群臣，指明东胡气焰嚣张的原因，分析了当时的形势，鼓励大臣们帮助他治理国家，增强国家实力，外修政治，为以后打败东胡做准备。群臣听冒顿分析得有道理，于是按照冒顿的要求兢兢业业地治理国家，以图日后报仇雪恨。

东胡王轻而易举地得到千里马与美女，认为冒顿真的惧怕他，于是更加骄奢淫逸起来。他整日灯红酒绿，寻欢作乐，不理朝政，以致国力越来越衰弱。然而他却毫无自知之明，又第三次派人到匈奴去索要两邦交界处方圆千里的土地。

此时，匈奴经过冒顿及其群臣多年的治理，政治清明，兵精粮足，老百姓安居乐业，其实力之雄厚远远超出了东胡。

【悟在当下】

老子曾说："良贾深藏若虚，君子盛德容貌若愚。"将能力表露在外面是人的天性。但貌似强悍、威风凛凛的人并不是最有能力的，真正有本领的人懂得隐藏自己的实力，不会轻易将才艺外露，韬光养晦才是聪明人之所为。

"大智若愚"，从某种意义上讲，是有智谋的人保护自己的一种处世计谋。

无柴焉有火焰

一团小火焰在温热的炉灰里隐隐地闪出几丝红光。它不想在瓦灰色的炉灰中无声无息地熄灭，就尽量往炉灰的深处钻，以减少身上能量的释放。

到了吃饭的时间，人们又把一些干树枝和劈柴塞进了渐渐冷却的炉子里。

火柴一划，盛着热汤的生铁锅底下的干柴堆冒出了火焰，快要熄灭的小火焰又复活了。

炉子里一下子又填进这么多干柴，火焰这下可高兴了。它越烧越旺，把不流动的空气渐渐地从炉子里赶出去。顽皮的火焰不停地逗着木柴玩耍，它淘气地跳上跳下，燃烧得更加起劲了。

火舌顽强地穿透劈柴，喷射出许多焰火似的小星星。厨房里的暗影快活地跳起舞来，不停地在地上转来转去。调皮的火焰兴高采烈地发出呼呼声，它努力想穿过炉盖跑出来。炉子很快就呜呜地响了起来，忽而活泼地吹几声口哨，忽而豪迈地发出一阵呼啸，歌儿唱得和谐而动听，使原来幽暗寒冷的厨房一下子变得既明亮又暖和了。

火焰看到劈柴已乖乖地听从自己的指挥和调度，就得意忘形起来，狂妄自大的念头充满了它的脑子，它不愿再待在炉子里，只觉得这地方太小、太挤了，再也容不下它这个了不起的人物了。

于是，骄傲自大的火焰发出了吱吱的威胁声，它把刺眼的小火星狠狠地射向炉膛四壁，企图冲出那讨厌的炉膛，到外面去展现一下自己的本事和才能。火焰东冲西撞，好不容易找到了一个缝隙，它兴奋异常，趾高气扬地向外冲去。

结果可想而知，狂妄自大的火焰化作一缕青烟，消失得无影无踪了。

可怜的火焰至死也不明白，离开了劈柴的帮助，它将一事无成。

【悟在当下】

有时，人们就像这火焰一样，取得些许成就便狂妄自大起来，不自量力地认为自己无所不知、无所不能。殊不知，你能有这样的成就集结了多少人的力量与智慧，离开了他们的帮扶与协助，任你有三头六臂也断然无法成功。遗憾的是，有的人往往在遭受了失败之后仍无法明白这个道理。

《老子》曰：“天之道，其犹张弓欤！高者抑之，下者举之；有余者损之，不足者补之。天之道，损有余而补不足。”天地宇宙对于谦下者总是采取保护措施的，而不是“丰有余损不足”。所谓“争则不足，让则有余”就是谦让的好处。如果大家都能做到“守柔不争”，在条件、名额、好处有限的情况下，事情就好办得多。即使那好处、名利真的理应属于你，因某种情况你没有得到，又能怎样呢？洒脱些，心胸开阔些，甚至甘愿承认自己是弱者，都没有关系，而且还容易排解不快情绪，有益安定团结，有利于养生。所以，要做到“守柔不争”，当个“谦谦君子”，就要把功名利禄看淡些。

运用心志不分散

在《庄子·达生》中，有一篇很有趣的寓言故事，故事这样说：

孔子到楚国去的时候，一天，他和弟子们走出树林，看见一个驼背老人正用竿子粘蝉，就好像在地上拾取一样容易。

孔子说："先生的手艺真是巧啊！有什么门道吗？"

驼背老人说："我当然有我的办法。经过五六个月的练习，在竿头累叠起两个丸子而不会坠落，那么失手的情况已经很少了；叠起三个丸子而不坠落，那么失手的情况十次不会超过一次了；叠起五个丸子而不坠落，也就会像在地面上拾取一样容易。我立定身子，犹如临近地面的断木，我举竿的手臂，就像枯木的树枝。虽然天地很大，万物品类很多，我却一心只注意蝉的翅膀，从不思前想后、左顾右盼，绝不因纷繁的万物而改变对蝉翼的注意，为什么不能成功呢！"

孔子转过身来对他的弟子们说："运用心志不分散，就是高度凝聚精神，恐怕说的就是这位驼背的老人吧！"

【悟在当下】

庄子讲述这篇寓言的原意是说，一个人要想体悟大道，达到大生的境界，必须要像这个老人一样，凝神于心，日就功成。

梁启超先生在他的一篇小文章《敬业与乐业》中引用了庄子记佝偻丈人承蜩的故事，用以说明一个人要想获得成功，必须拥有佝偻丈人承蜩的那种专注，才能获得最后的成功。

一心垂钓，怎能没有大鱼

大司马家锻制带钩的人，年纪虽然已经八十了，却一点也不会出现差错。

大司马说："你是特别灵巧呢，还是有什么门道呀？"

锻制带钩的老人说："我遵循着道。我二十岁时就喜好锻制带钩，对于其他外在的事物我什么也看不见，不是带钩就不会引起我的专注。锻制带钩这是得用心专一的事，借助这一工作便不再分散自己的用心，而且锻制出的带钩得以长期使用，更何况对于那些无可用心之事啊！能够这样，外物有什么不会予以资助呢？”

【悟在当下】

这就是专注的力量。一个人只要能够真正地、切实地做到专注，他就一定能够获得成功。正如俄国教育学家乌申斯基所说：注意是我们心灵的唯一门户，意识中的一切，必然都要经过它才能进来。专注的重要性不容小觑。

画家专注于画板，音乐家专注于琴键，农夫专注于季节与大地。不管身处何种领域，当人们站在同样的起跑线上时，想要有一些使人侧目的成绩，专注就成了决定性的因素。

用志不纷，乃凝于神

梓庆能削刻木头做鐻，鐻做成以后，看见的人无不惊叹好像是鬼神的工夫。

鲁侯问他成功的原因，说：“你用什么办法做成的呢？”

梓庆回答道：“我是个做工的人，哪会有什么特别高明的技术！虽说如此，我还是有一种本事。我准备做鐻时，从不敢随便耗费精神，必定斋戒来静养心思。斋戒三天，不再怀有庆贺、赏赐、获取爵位和俸禄的思想；斋戒五天，不再心存非议、夸誉、技巧或笨拙的杂念；斋戒七天，已不为外物所动，仿佛忘掉了自己的四肢和形体。正当这个时候，我的眼里已不存在公室和朝廷，智巧专一而外界的扰乱全都消失。然后我便进入山林，观察各种木料的质地；选择好外形与体态最与鐻相合的，这时业已形成的鐻的形象便呈现于我的眼前，然后动手加工制作。不是这样我就停止不做。这就是用我木工的纯真本性融合木料的自然天性，制成的器物被疑为神鬼工夫的原因。”

【悟在当下】

梓庆之所以会那么成功，就因为他将心思完全集中在削刻鐻。一个人只有真正达到“用志不纷，乃凝于神”的境地，才能获得成功。

一位名人说过：“一切艺术与伟业的奥妙就在于专注，那是一种精力的高度集中，把易于弥散的意志贯注于一件事情的本领。”一个人如果能做到除了追求完整意志之外把一切都忘掉，把自己完全沉浸于工作之中，那他就是一个天才，他也就比谁都更接近成功。

有些成功，不需要太强的实力，需要的往往是专注；有些失败，并非缺乏良好的时机，缺乏的往往是坚持。一个人生活在社会中，面对纷繁复杂的世界，要想成就一番事业，就必须努力克服各种消极因素的影响。一个人如果总是左顾右盼，那么永远不可能取得成功。

书痴者文必工，艺痴者技必良

有一位纪先生替齐王养鸡，这些鸡不是普通的老母鸡，而是要训练好去参加比赛的斗鸡。纪先生才养了10天，齐王就不耐烦地问：“养好了没有？”纪先生答道：“还没好，现在这些鸡还很骄傲，自大得不得了。”过了10天，齐王又来问，纪先生回答说：“还不行，它们一听到声音，一看到人影晃动，就惊动起来。”又过了10天，齐王又来了，当然还是关心他的斗鸡，纪先生说：“不成，还是目光犀利，盛气凌人。”10天后，齐王已经不抱希望了，没料到纪先生这回却说：“差不多可以了，鸡虽然有时候会啼叫，可是不会惊慌了，看上去好像木头做的鸡，精神上完全准备好了。其他鸡都不敢来挑战，只有落荒而逃。”

【悟在当下】

斗鸡身上的“呆”正是专注和凝神的最高层次。“呆”有“呆”的好处，生活里没有繁杂的生活琐事，没有纷乱的人情世故，只有学术与信仰，如此单纯而精深的人生有什么不好?

蒲松龄说过：“性痴，则其志凝；故书痴者文必工，艺痴者技必良……世之落拓而无成者，皆自谓不痴者也。”一个人在做某件事时如果身上时常显露出呆气，它就离成功不太远了。

只看一点

有一条河流从遥远的高山上流下来，流过了很多个村庄与森林，最后它来到了一个沙漠。它想："我已经越过了重重的障碍，这次应该也可以越过这个沙漠吧！"当它决定越过这个沙漠的时候，它发现它的河水渐渐消失在泥沙之中，它试了一次又一次，总是徒劳无功。于是，它灰心了："也许这就是我的命运了，我永远也到不了传说中那个浩瀚的大海。"它颓废地自言自语。

这时候，四周响起了一阵低沉的声音："如果微风可以跨越沙漠，那么河流也可以。"原来这是沙漠发出的声音。小河流很不服气地回答说："那是因为微风可以飞过沙漠，可是我却不可以。""因为你坚持你原来的样子，所以你永远无法跨越这个沙漠。你必须让微风带着你飞过这个沙漠，到达你的目的地。你只要愿意放弃你现在的样子，让自己蒸发到微风中。"沙漠用它低沉的声音这样说。

小河流从来不知道有这样的事情。"放弃我现在的样子，然后消失在微风中？不！不！"小河流无法接受这样的事情，毕竟它从未有这样的经验，叫它放弃自己现在的样子，那么不等于是自我毁灭了吗？"我怎么知道这是真的？"小河流这么问。"微风可以把水汽包含在它之中，然后飘过沙漠，等到了适当的地点，它就把这些水汽释放出来，于是就变成了雨水。然后，这些雨水又会形成河流，继续向前进。"沙漠很有耐心地回答。

"那我还是原来的河流吗？"小河流问。"可以说是，也可以说不是。"沙漠回答，"不管你是一条河流或是看不见的水蒸气，你内在的本质从来没有改变。你之所以会坚持你是一条河流，是因为你从来不知道自己内在的本质。"此时小河流的心中，隐隐约约地想起了自己在变成河流之前，似乎也是由微风带着自己，飞到内陆某座高山的半山腰，然后变成雨水落下，才变成今日的河流。于是，小河流终于鼓起勇气，投入微风张开的双臂，消失在微风之中，让微风带着它，奔向它生命中某个阶段的归宿。

【悟在当下】

《庄子·大宗师》里说："夫藏舟于壑，藏山于泽，谓之固矣。然而夜半有力者负之而走，昧者不知也。"意思是，一个人对生命之中的一切，都想把握得很牢，但生命永远都不会被你完全把握的。想要将人生牢牢把握的人，就是庄子所说的“藏舟于壑，藏山于泽”，把船藏在山谷里面，把山藏在海洋里面。如此隐藏，在普通人看来，的确十分牢固。但是，人们往往不知道，可能有个大力士，半夜三更不知不觉地把山和海都背走了。

人生不可能完全被掌控，正所谓“谋事在人，成事在天”，生命中总有些难以预料的事情，有时无须太过执着。正如感情，感情是一捧细沙，握得越紧，越容易流失。自以为一切尽在掌握中，一切藏得严严实实，其实却十分不牢靠。

无论穷汉富翁，无论高官百姓，无论名流常人，都不可能完全掌握自己的人生。弱水三千，只取一瓢。一个人需要的不是把握全部，而是只看一点，坚持下去，也就足够了。

第4章　耐得住寂寞，经得住诱惑

老子说："上善若水，厚德载物。"人生若是如水，往来穿梭自如，于浩渺的天地之间默默流淌，上可至穹庐，下可到黄泉，不畏寂寞，不为诱惑，能屈能伸，能进能退，能上能下，只身存天下又有何难？

心境如水

古代，一位官员被革职遣返，他心中的苦闷无处排解，便来找师父开导自己。师父静静听完了他的倾诉，将他带入自己的房中，房间的桌上放着一瓶水。师父微笑着说："你看这只花瓶，它已经放置在这里许久了，几乎每天都有尘埃灰烬落在里面，但它依然澄清透明。你知道这是何故吗？"此人思索良久，仿佛要将花瓶看穿，忽然他似有所悟："我懂了，所有的灰尘都沉淀到瓶底了。"

师父点点头："世间烦恼之事数之不尽，有些事越想忘掉越挥之不去，那就索性记住它好了。就像瓶中的水，如果你厌恶地摇它，会使一瓶水都不得安宁，混浊一片；如果你愿意慢慢地、静静地让它们沉淀下来，用宽广的胸怀容纳它们，这样，心灵并未因此受到污染，反而更加纯净了。"官员恍然大悟。

【悟在当下】

水具有滋养万物生命的德性，使万物得其润泽，而不与万物争利，永远不居高位，不把持要津，在这个永远不平的物质世界中，宁愿自居下流，藏垢纳污而包容一切。所以老子形容它："处众人之所恶，故几于道。"

老子只是拿水与物不争的善性一面，来说明它几乎近于道的修为而已。一个人的行为如果能做到如水一样，善于自处而甘居下地，所谓“居善地”；心境像水一样，善于容纳百川的深沉渊默，所谓“心善渊”；行为举止同水一般助长万物生灵，所谓“与善仁”；言语如潮水一样准则有信，所谓“言善信”；立身处世像水一样持平正衡，所谓“正善治”；担当做事像水一样调剂融合，所谓“事善能”；把握机会，及时而动，做到同水一样随着动荡的趋势而动荡，跟着静止的状况而安详澄澈，所谓“动善时”；遵循水的基本原则，与物无争，与世无争，永无过患而安然处顺，便是掌握了天地之道的妙用了。

人生在世，若能将水的特性发挥得淋漓尽致，可谓完人，正是“上善若水，厚德载物”。

不以物喜，不以己悲

北宋范仲淹曾挥毫撰写了千古传诵的《岳阳楼记》，不以物喜，不以己悲，情感不轻易地随景而迁。升官发财之日，不会得意忘形；遭厄受穷之时，也不致愁眉紧锁。身居高职，能为民解忧；一旦流离江湖，依旧心系万民。在位也忧，离职也忧。如要问：似这般无日不忧，几时才是一乐？只道“先天下之忧而忧，后天下之乐而乐”，这两句话阐明了范仲淹一生所追求的为人准则，是他忧国忧民思想的高度概括。

从青年时代开始，范仲淹就立志做一个有益于天下的人。为官数十载，他在朝廷犯颜直谏，不怕因此获罪。他发动了庆历新政，这一政治改革，触及北宋的政治、经济、军事制度的各个方面，虽然由于守旧势力的反对，改革失败了，但范仲淹主持的这次新政却开创了北宋士大夫议政的风气，传播了改革思想，成为王安石熙宁变法的前奏。

他在地方上每到一处，便兴修水利、培养人才、保土安民，政绩斐然，真正做到了为官一任，造福一方。在生活上，他治家严谨，衣食不华，只为温饱，直到晚年，也没建造一座像样的宅第。然而，他却乐善好施，待人亲热敦厚，乐于义助他人，当时的贤士，很多是在他的教导和荐拔下成长起来的。即使是乡野和街巷的平民百姓，也都能叫出他的名字。当他离任时，百姓拦住传旨使臣的路，要求朝廷让范仲淹继续留任。

范仲淹死后，朝野上下一致哀痛，甚至西夏、甘、凉等地的少数民族也都聚众举哀，连日斋戒。凡是他从政过的地方，老百姓纷纷为他建祠画像，数百族人来到祠堂，像死去父亲一样痛哭哀悼。看来好像范仲淹的一生错过了许多，比如荣华富贵，比如功名利禄，其实他表面错过的都是实际收获的，正是“了却君王天下事，赢得生前身后名”。

【悟在当下】

许多大公无私之人表面上看似因为无私而失去了许多，殊不知，他们为此得到的更为丰裕。如果抛开历史，走进生活之中，你同样会发现，如果不将自己局限在一个狭小自私的位置上，获得的将会更多。

老子说天地之所以能够长久存在，是因为其“不自生”，“故能长生”。天地自然而生，不为万物，不为人。天地的“不自生”，正是天地极其自私的道理。但是，老子在这里所表现的是天地的“极私”，同时也正是天地的“至公”。

从万物个体的小生命来看，生死仿佛是极为不幸之事，但从天地长生的本位来说，生生死死只是万物表层的变相。万物与天地本来便是一个同体的生命，万物的生死只是表层现象的两头，天地能生能死的功能，并没有随生死的变相而消灭，它本来便是一个整体的大我，无形无相，生而不生，真若永恒似的存在着。

得道的圣人如果能够效法天地的法则立身处世，去掉自我人为的自私，把自己假象的身心摆在最后，把自我人为的身心，看成是外物一样，便真正摒弃了私心。只要奋不顾身，为“义所当为”的需要而努力去做，那么，虽然看似把自身的利益置于最后，其实恰好是一路领先，光耀千古。看来虽然是外忘此身而不顾自己，其实是做出了一个身存天下的最好安排。

志在天下者先正其身

王莽是皇太后王政君的弟弟王曼的儿子，父辈中九人封侯，父亲早死，孤苦伶仃。与同族同辈中声色犬马的纨绔子弟相比，王莽聪明伶俐，孝母尊嫂，生活俭朴，饱读诗书，结交贤士，声名远播。他曾几个月衣不解带地悉心侍候伯父王凤，深得这位大司马的疼爱。加官晋爵后的王莽依旧行为恭谨，生活俭朴，深得赞誉。

正当王莽踌躇满志之时，成帝去世，哀帝即位，王莽的靠山王政君被尊为太皇太后，失去了权力，王莽下野，并一度回到了自己的封国。这段时间，王莽依然克己节俭，结交儒生，韬光养晦。为了堵住众人之口，哀帝以侍候王太后的名义，把王莽重新召回到京师。随着年仅9岁的汉平帝即位，王莽将军国大政独揽一身，其野心也急剧膨胀。而后，一心想当帝王的王莽，假借天命，征集天下通今博古之士及吏民48万人齐集京师，“告安汉公莽为皇帝”的天书应运而生，王莽也理所应当地由安汉公而变为摄皇帝、假皇帝。在平定了几次叛乱之后，王莽宣布接受天命，改国号为“新”。

称帝后，他仿照周朝推行新政，屡次改变币制，更改官制与官名，削夺刘氏贵族的权力，引发豪强不满；他鄙夷边疆藩属，将其削王为侯，导致边疆战乱不断；赋役繁重，刑政苛暴，加之黄河改道，以致饿殍遍野。王莽最终在绿林军攻入长安之时于混乱中被商人杜吴所杀，新朝随之覆灭。

【悟在当下】

历史上，“身轻失天下”者甚多，而王莽是其中的一个典型。当了十五年新朝皇帝的王莽，是近两千年来中国历史上争议最多的人物之一，有人把他比做“周公再世”，是忠臣孝子的楷模；有人把他看成“曹瞒前身”，是奸雄贼子的榜首。白居易一语道破天机：“向使当初身便死，一生真伪复谁知！”正印证了老子的一句话：“奈何万乘之主，而以身轻天下。”

人的生命价值，在于其身存。志在天下，建丰功伟业者，正是因为身有所存。现在正因为还有此身的存在，因此，应该戒慎恐惧、燕然自处而游心于物欲以外。不以一己私利而谋天下大众的大利，立大业于天下，才不负生命的价值。可惜为政者，大多只图眼前私利而困于个人权势的欲望中，以身轻天下的安危而不能自拔，由此而引出老子的奈何之叹！

小事糊涂，大事不糊涂

吕端，字易直，是幽州安次人。北宋开宝年间被授职为参知政事。当时赵普主持中书省，曾经说：“我观察吕公向皇上奏事，得到嘉奖不曾高兴，遇到挫折不曾害怕，也不表现在言谈话语中，真是宰相的气度啊！”太宗想要用吕端为相，有人说：“吕端为人糊涂。”太宗说：“吕端小事上糊涂，大事上不糊涂。”已经属意于吕端。吕端任宰相，谨慎稳重，主抓要领，办事清平简约。

当时，李继迁（西夏之建立者，党项族人，原先依附宋朝，受宋太宗赐姓，名为赵保吉）侵扰西部边境，保安军奏报，俘获李母。

宋太宗想杀李母，召寇准（当时是掌军事的枢密副使）谋议。寇准告退之后，来到相府，吕端心念一动，问寇准说：“陛下有没有告诫先生不要对吕端说？”寇准说：“没有。”吕端说：“边界经常发生的事，我不必参与；但如果是军国大事，我身为宰相，不可不知。”寇准就告诉他原委。吕端继续问：“如何处置？”寇准说：“计划在保安军北门外处斩李母，借以警告李继迁。”吕端说：“这么做并非良策，希望先生把计划的时间缓一缓，我将入奏。”

吕端入奏太宗：“当年项羽捉到了刘太公，想将他烹杀以警告刘邦，但刘邦却说，希望分我一杯羹。想做大事的人常顾不得自己的亲眷，何况李继迁是悖逆、凶暴之辈？陛下今日杀了李母，难道明日李继迁就会束手就擒？如果不能，杀了李母，只会结怨，并加深对方叛逆的意图。”太宗说：“既然如此，又该如何呢？”吕端说：“以臣愚见，应将李母安置在延州（今陕西延安市），派人善加照顾，借以招徕李继迁，即使他不愿投降，也可以牵制他，何况李母的生死大权始终在我方手里。”太宗很高兴地说：“如果不是你，就几乎误了大事。”就采用了吕端的计策。

李母后来病死在延州，而李继迁则在不久之后，因出攻西蕃中箭死亡，他的儿子随即归顺，这是吕端的功劳。

吕端在危急时刻也体现了自己“大事不糊涂”的本色。公元997年，宋太宗病危，吕端每天都陪同皇太子（宋真宗）入侍，探问病情。

当时宦官王继恩暗中勾结参知政事李昌龄、殿前都指挥使李继勋、知制诰胡旦，图谋拥立楚王赵元佐。

太宗刚驾崩，李皇后随即派王继恩召见吕端，吕端怕局势生变，就将王继恩锁入房内，再派人严加看守，然后入宫进见。

皇后说：“陛下业已驾崩，立嗣以长才顺乎传统，如今应当如何呢？”

吕端说：“先帝生前册立太子，正是为了今日，如今先帝才刚驾崩，怎可违命而有不同的意见呢？”说完，就到了福宁宫。

真宗登基，垂帘端坐于殿上接见群臣。吕端这时立在殿下，不肯下拜，先请求卷帘，然后登上殿阶详细察看，确认是真宗本人之后，才走下殿阶，率领群臣叩头跪拜，高呼万岁。

接着，吕端将李继勋派赴陈州（今河南淮阳县），贬李昌龄为忠武军（治所在今河南许昌市）司马，贬王继恩为右监门卫将军，安置于均州（今湖北均县北），而胡旦则被流放到浔州（今广西桂平），家产充公。

【悟在当下】

《庄子·内篇·大宗师》中说："天之小人，人之君子；人之君子，天之小人也。"其中，"天之小人，人之君子"指的是做事圆滑高明，但内心不正，道德方面不为人所称道；"人之君子，天之小人"指的是为人内心方直，但是往往不合于世，不善交际，处世不高明。比如说，孔子道德非常高明，在世间却老是碰壁看起来到处不合时宜，周游列国到处不得志，是一个"人之君子，天之小人"。

庄子认为，一个真正得道的人应该既是"天之君子"，也是"人之君子"，"圣人之才"与"圣人之道"兼备，这样方可称得上"大宗师"。而吕瑞，恰恰可以称得上是做人的大宗师，他对于糊涂术的把握可谓高明。

正所谓，时常糊涂的是一介凡夫，追求难得糊涂的是智者。小事糊涂、大事不糊涂才是一个得道的大宗师。这便是庄子提倡的"糊涂之道"。

"记住"与"忘却"的正确运用

生活中，总有一些事情需要我们牢记于心头，而又有另外一些事需要我们忘却于脑后。什么该记住，什么该忘却，是需要我们用心去体会的。

铁匠和他的好朋友结伴去旅行，一路上两个人相互照顾。

有一天，他们在翻过一座大山时，铁匠不幸失足，在他滑向悬崖边的一瞬间，好朋友不顾自身危险，拼命拉住了他。铁匠于是在附近的一块大石头上刻下：某年某月某日，好朋友救了铁匠一命。

他们继续前行。一个月后，他们来到一处结冰的河边，他们为是踏冰而过还是寻桥而过争吵起来。一气之下，好朋友踢了铁匠一脚，铁匠跑到冰面上刻下：某年某月某日，好朋友踢了铁匠一脚。

有个过路的行人见了，好奇地问铁匠："你为什么把好朋友救你的事刻在石头上，而把他踢你的事刻在冰上？"

铁匠说："好朋友救了我，我永远都感激他；至于他踢我的事，我会随着冰上字迹的融化而忘得一干二净。"

【悟在当下】

《庄子·内篇·德充符》中说："故德有所长，而形有所忘。人不忘其所忘，而忘其所不忘，此谓诚忘。"意思是：只要德行上有过人之处，形体上就会被人遗忘。人如果不仅忘记容易忘记的形体，还能忘记不容易忘记的德行，那就叫作"真忘"。

一般的人做不到"真忘"，甚至也做不到因为德行美而忘掉形体丑，他们自以为聪明，结果，应该忘记的不忘，不该忘记的却忘记了。在庄子看来，这是真正的大糊涂。而铁匠的"记住"与"忘却"，遗忘别人的"不好"，铭记别人的"好"，才是真正的会做人，这种人才能得到别人的敬佩和敬仰。

为善不为名

小镇上有一家菜摊，平时顾客不多，因为这里的人都比较穷，买不起菜。不过，经常有些穷人家的孩子来这里转悠。虽然他们只是玩，可店主还是像对待大人一样与他们打招呼。"孩子们，今天还好吧？"

"我很好，谢谢。老板，这些马铃薯看起来真不错。"

"可不是嘛。你妈妈身体怎么样？"

"还好，一直在好转。"

"那就好。你想要点什么吗？"

"不，先生。我只是觉得你的马铃薯真新鲜！"

"你要带点儿回家吗？"

“不，先生。我没钱买。”

“用东西交换也可以呀！”

“哦……我只有几颗赢来的玻璃球。”

“真的吗？让我看看。”

“给，你看。这是最好的。”

“看得出来。嗯，只不过这是个蓝色的，我想要个红色的。你家里有红色的吗？”

“差不多有吧！”

“这样，你先把这袋马铃薯带回家，下次来的时候让我看看那个红色玻璃球。”

“一定。谢谢你，老板。”

每次店主和这些小顾客交谈时，店主太太就会默默地站在一旁，面带微笑地看着他们。她熟悉这种游戏，也理解丈夫所做的一切。

镇上很多贫困的人家没有钱买菜，也没有任何值钱的东西可以交换。为了帮助他们，他就这样假装着和孩子们为一个玻璃球讨价还价。就像刚才的这个孩子，这次他有一个蓝色的玻璃球，可是店主想要红色的，下次他一准儿会带着红玻璃球来，到时候店主又会让他再换个绿的或橘红的来。当然打发他回家的时候，一定会让他捎上一袋子上好的蔬菜。

许多年过去了，店主因病去世。镇上所有的人都去向他的遗体告别，包括以前那些和他交换东西的孩子们，而今他们都已经成了社会上的成功人士。

店主太太站在丈夫的灵柩前。小伙子们走上前去，逐一拥抱她，亲吻她的面颊，和她小声地说几句话。然后，她泪眼朦胧地目视他们在灵柩前停留，看着他们把自己温暖的手放在店主冰冷苍白的手上。

【悟在当下】

《庄子·内篇·养生主》中有：“为善无近名。”这句话的意思是，做善事是一个人应该做的，并不是为了让别人知道你在做善事才这样。

如果一个人为了做好人而做好事，为了做好事的名声，那就不算是真正的做好事。庄子提倡的是人生行为要做到至善，至善无痕。

我们很难估量做善事对一个人生命价值的影响。做善事并不是为了引起别人的关注，生命需要我们做的是敞开心扉爱他人，真诚地爱他人，去宽慰失意的人，安抚受伤的人，激励沮丧泄气的人。至善无痕，让施与心就像玫瑰花一样散发芬芳吧。

循“道”而行，天下太平

汉文帝即位不久，下了一道诏书说：“一个人犯了法，定了罪也就是了，为什么要把他的父母妻儿也一起逮捕办罪呢？我不相信这种法令有什么好处，请你们商议一下改变的办法。”大臣们一商量，按照汉文帝的意见，废除了一人犯法、全家连坐的法令。后来的缇萦上书，废除肉刑，更是文帝仁慈治天下的表现。临淄太仓令淳于意因无心官场，辞官归乡成为一名郎中。一次，当地一位豪商的妻子生了病，请淳于意医治，不料病人不治身亡，大商人仗势向官府告了淳于意一状，当地官吏判处其“肉刑”，将其押赴长安。淳于意的小女儿陪父前往长安，并托人写了一封奏章传入宫门，乞求皇帝废除惨无人道的肉刑，自己甘愿没为官奴替父赎罪。汉文帝看了信，召集群臣，说：“犯罪受罚，理当如此。但肉刑过于残酷，不利于人改过自新，将之取缔吧！”

吕祖谦曾说过：“凡四百年之汉，用之不穷者，皆文帝之所留也。”综观西汉文帝在位的言行政措，有一点特别突出，即“躬自俭约”，文帝淳朴节俭是臣民的表率。《史记·孝文本纪》中记载：文帝即位从政23年间，生活俭朴，身着粗袍；修建陵墓全用泥瓦，甚至连墓室装饰也明令不准使用金、银、铜、锡等贵重金属；所宠爱的慎夫人，也随文帝过着简朴的生活，平时不着一般贵妇穿的拖地长裙，而是像劳动妇女那样“衣不曳地”，所居住的室内帷帐全无雕龙绣凤的纹饰。一次，汉文帝想在宫内修一座露台，就向工匠打听所需花费，当工匠告诉他修成需要百金时，汉文帝马上感叹：“这花费相当于十户中等人家的财产啊。”于是放弃了原先的打算。

此外，文帝还经常揽过失于自身，他说：“我听说天之道是祸自怨恨而起，福由行德而生，百官的不对，应该由我亲身负责……我不英明，不能施德及远，以致使边疆的人们不得宁息。”汉文帝下罪己诏非常频繁，无论天象异常或外患日亟，他都要罪己反省。后世许多人认为时为代王的刘恒在继承帝位之前的谦虚不过是一场“不敢为天下先”的表演，即便如此，也是文帝将黄老之术运用娴熟的表现吧。

【悟在当下】

老子传了三件法宝：“曰慈，曰俭，曰不敢为天下先。”

慈，指内心深处纯良与中正的外在表现；俭，指适中适可的行事方式；不敢为天下先，即具体应该如何去做。凡事从“我”着手，恰好解决问题即可，无须过多的形式与修饰，否则，便是冗余。不敢为天下先，即不违背“道”，做事符合“道”的准则，无论是事物内在的道还是外在的道。背“道”而驰，就会冒天下之大不韪，循“道”而行，也有一定的前提要求，即“不敢”的时候，不具备某种能力的时候，没有认清某种“势”的时候，就不要“螳臂挡车”，为天下之先。

深谙“黄老之道”的汉文帝将老子的传世三件宝真正身体力行，慈、俭、不敢为天下先，都逐一做到。汉文帝学习老子可谓抓住了其精髓所在，故能成为一代名主。

强盗的原则

春秋后期，由于统治者的横征暴敛和兼并战争的掠夺，下层人民不堪重负，纷纷起来反抗，其中规模较大的反抗斗争就是发生在鲁国境内以跖为首的奴隶起义。柳下跖，姓展，名雄，鲁国柳里人，因居住在“柳下”，是被称作“跖”的赤脚奴隶，故名柳下跖。因为他领导了奴隶起义，故被史册上污称为“盗跖”。

庄子曾描写柳跖率徒众9000人横行天下，专与诸侯作对，破人门户，夺人财物，掳人妻女，所到之处，大国据城守卫，小国坚壁清野。由于其经年累月地骚扰民间，气焰万丈，故而是人人畏惧的大盗。据说，孔夫子曾企图劝他改恶从善，结果被他骂作伪君子，而且将孔子驳斥得无言以对。《庄子·胠箧》中不无调侃地说，盗跖之所以得以横行，一方面是所谓的“圣人”给其以可乘之机，另一方面是他主张“盗亦有道”。

有一次，柳跖的喽啰们问他：“做强盗也有自己的道义和原则吗？”柳跖回答说：“当然，道义原则无论在什么地方都不能抛弃。对于强盗来说，事先摸清楚对方府库中财物的数量和贮存情况，精确地估计是否一定能够得手，这叫作圣明；开始抢时不怕顽强的抵抗，勠力同心，奋勇争先，这叫作勇敢；抢完后主动断后，掩护同伙，甘于冒险，这叫作义气；适可而止，见好就收，反对蛮干，务求必胜，这叫作明智；分赃时要平均分配，轻财重义，取少让多，这叫作仁义。以上五则，就是我们作为强盗必须遵循的道义和原则。”

【悟在当下】

人活着都是偷了天地自然的东西，偷太阳的光芒，偷土壤的养分，侵害万物的生命，托钵乞食，却还认为是理所当然。修道人偷盗天地精华之机，也是如此。人要不犯盗戒，只有餐风饮露，享受江上之清风与山间之明月，才算是清白。从另一个角度讲，“天地，万物之盗”，天地也是偷了万物的生命，才显现出天地存在的威德功能。

如此看来，这个世界本来就是互相偷盗的世界，彼此相偷，互相浑水摸鱼，而夸耀自己为万物之灵的人，也不过是自欺欺人而已。因此，“盗”无处不在，但“盗”亦有道，不同情况下的盗取，换来的是不同的结局。

第5章　人生不必太算计

生命的路径是不能计算的，它时好时坏，时而通畅，时而岔路频频，所以要以无为之心有所作为，在平静中悦纳生活所得。毕竟不论生活的担子有多重，每个人都能支持到夜晚的来临；不论工作多么辛苦，每个人都能做完一天的工作；无论遇到多少伤心事，每个人都能很甜美、很有耐心、很可爱、很纯洁地活到太阳下山，这就是生活的内涵。

人生不能太算计

《红楼梦》中有一回特意讲“香菱学诗”的故事，曹雪芹写道：

香菱是个对文学很有追求的女孩子，尤其热爱诗，她想学写诗，并且在才女如云的大观园里，勇敢而真诚地表达了自己的想法，并很是认真地将这种追求和热爱付诸行动。

故事开头说有一天香菱一见黛玉就说明求教之意，黛玉慨然允诺。以下写香菱在黛玉指导下学习写诗的全过程，大致可分为黛玉指导读诗和香菱练习写诗两个阶段。

第一次，黛玉先略说律诗的章法、对仗和平仄，使香菱深受启发。循此继进，黛玉又指出“立意”是诗的头等大事，同时告诫香菱切不可爱那些浅近的诗，并给她开了一个书目，安排了读的顺序。在这次谈话的末尾，黛玉又将王维的五言律诗集借给香菱，要求她见画有红圈的就读。第二次是在香菱读完王维的五言律诗后进行的，黛玉称之为“讲究讨论”，实际上是要检查香菱对王诗理解的程度。香菱果真不负所望，把王诗中的炼字功夫说得头头是道，说到“墟里上孤烟”这一句，还联系自己进京那年所见黄昏时分村落的景象，把诗境都说活了。而黛玉又把陶诗

“暧暧远人村，依依墟里烟”翻出来给香菱看，启发她认识了脱化前人诗句的道理。香菱就开始练习写诗，宝钗也参与了其中的指导。

香菱的诗一共写了三稿。第一稿是在“茶饭无心，坐卧不定”的情况下经过苦思写成的。宝钗先看，说“这个不好，不是这个作法”；黛玉则认为“意思却有，只是措辞不雅”，指示她“丢开”这首，“放开胆子”另作一首。香菱得了这个指示，就“连房也不入，只在池边树下，或坐在山石上出神，或蹲在地下抠土”，“皱一回眉”，又“含笑一回”，简直到了如痴如醉的地步，可这样写出来的第二稿依旧不行，黛玉说“过于穿凿，还得另作”；宝钗则认为它离了题，不是写“月”，而是写“月色”了。尽管又一次失败，但香菱毫不气馁，便独自走到阶前竹下去构思她的第三稿。她“挖心搜胆”，绝无旁骛，以致将探春说的“你闲闲罢”听成“十五删的‘闲’字”，反过来说探春“错了韵了”。这一天，香菱满心想的都是诗，到晚间还是“对灯出神，三更上床，到五更才朦胧睡去”。最后，她居然在梦中把这首诗作成了，而且笑道：“可是有了，难道这一首还不好？”待到宝钗将她唤醒，她立即将诗抄写下来——这就是她的第三稿，后来博得了众姐妹的一致称赞：“不但好，而且新巧有意趣。”

香菱为什么那么快就能学会写诗，并写得那么好呢？其根源就在于她喜欢诗、热爱诗。惟其热爱，才能精益求精，不辞辛劳，才能“三更上床，到五更才朦胧睡去”，孜孜不倦，也才能取得较高的成就。

【悟在当下】

《庄子·齐物论》就曾经写道：“惟其好之也，以异于彼；其好之也，欲以明之。彼非所明而明之，故以坚白之昧终。而其子又以文之纶终，终身无成。”讲述了昭文、师旷、惠子的音乐达到了神仙的境界的原因，那就是因为他们个人的爱好不同。一个人有所“好”，这也是“几”，把握这个长处，专搞这一行，没有不成功的。所以任何学问、任何东西，“知之者，不如好之者”，“好”到什么程度，“好”到发疯了、入迷了，他一定成功。“惟其好之也，以异于彼”，“彼”就是外面一切其他的东西都不在话下，都不在心目中，这就是人的成功之路。“其好之也，欲以明之”，了不起的专家，万世留名的有所成就的人物，因为他对某一件事有偏好，所以他死死地钻进去，硬要把这个问题弄到透顶、透彻，因而才有成就。

很多孩子并不喜欢音乐，而是喜欢运动，但是在家长的坚持下，必须去上钢琴课；许多孩子并不喜欢背诵唐诗宋词，而是喜欢各种小动物、植物，但是在家长的坚持下，必须每天在家中学习唐诗宋词……这样的事情还算少吗？一个小伙子明明喜欢舞文弄墨，但在家长的坚持下，去报考了大学的计算机系，这是多么可悲啊！家长们可能会说，这叫有用，其实，这纯然是以一种功利眼光来看待外界的表现。俗话说："三百六十行，行行出状元。"哪一行学好了、学精了，都能够在这个世界上获得幸福。而如果都能按照"惟其好之"的原则去发展自己，谁又敢保证我们都不能成为天才呢？

做人效法天道

三国时曹魏阵营有两个著名谋士，一是杨修，一是荀攸。杨修自恃才高，处处点出曹操的心事，经常搞得曹操下不了台，曹操"虽嬉笑，心甚恶之"，终于借一个惑乱军心的罪名把他杀了。而荀攸则完全是另一种结局。荀攸有着超人的智慧和谋略，不仅表现在政治斗争和军事斗争中，也表现在安身立业、处理人际关系等方面。他在朝二十余年，能够从容自如地处理政治旋涡中上下左右的复杂关系，在极其残酷的人事倾轧中，始终地位稳定，立于不败之地。

在当时的社会政治、经济条件下，曹操虽然以爱才著称，但作为地主统治阶级的铁腕人物，铲除功高盖主和有离心倾向的人，却从不犹豫和手软。荀攸则很注意将超人的智谋应用到防身固宠、确保个人安危方面。那么，荀攸是如何处世安身的呢？曹操有一段话很形象也很精辟地反映了荀攸的这一特别的谋略："公达外愚内智，外怯内勇，外弱内强，不伐善，无施劳，智可及，愚不可及，虽颜子、宁武不能过也。"可见荀攸平时十分注意周围的环境，对内对外、对敌对己，迥然不同，判若两人。参与谋划军机，他智慧过人，迭出妙策；迎战敌军，他奋勇当先，不屈不挠。但他对曹操、对同僚，却注意不露锋芒、不争高下，把才能、智慧、功劳尽量掩藏起来，表现得总是很谦卑、文弱、愚钝。

荀攸大智若愚、随机应变的处世方略，使得其在与曹操相处的二十余年中，关系融洽，深受宠信。从来不见有人到曹操处进谗言加害于他，他也几乎从未得罪过曹操，或使曹操不悦。建安十九年，荀攸在从征孙权的途中善终而死。曹操知道后痛哭流涕，对他的品行推崇备至，赞誉他为谦虚的君子和完美的贤人，这都是荀攸无为而作、明哲保身的结果。

【悟在当下】

荀攸深语老子“无为”之道，无为而为，反而能够有所作为。世间法则，均是在两个极端之间徘徊，例如：以柔克刚，“木”虽钝，但削成“矛”状，或许比真正的矛还要锋利。

“万物作焉而不辞，生而不有，为而不恃”语出《道德经》，意即：天地间的万物，不辞劳苦，生生不息，但并不将成果据为己有，不自恃有功于人。如此包容豁达，反而使得人们更能体认自然的伟大，并始终不能离开它而另谋生存。所以上古圣人悟到此理，便效法自然法则，用来处理人事。

做人处世，效法天道，尽量地贡献出来，不辞劳苦，不计较名利，不居功，秉承天地生生不已、长养万物万类的精神，只有施出，而没有丝毫占为己有的倾向，更没有相对地要求回报。人们如能效法天地存心而做人处世，这才是最高道德的风范。

做理所应当做的事

孔子一心向老子问“礼”，于是便带着弟子们来到了洛阳。老子把孔子师徒引入大堂，入座之后，孔子表明来意，老子点头微笑。孔子师徒正准备洗耳恭听之时，不想老子却张开嘴巴：“你们看我这些牙齿如何？”孔子师徒莫名其妙地看了看老子七零八落的牙齿，不知何意。随后，老子又伸出舌头问：“那么，我这舌头呢？”孔子又仔细看了看老子的舌头，灵光乍现，醍醐灌顶，孔子顿悟，微笑着答道：“先生学识渊博，果然名不虚传！”

后来，师徒几人辞别老子，起身返回鲁国。弟子子路却疑云重重，不得释然。颜回问其何故，子路说：“我们大老远跑到洛阳，原本想求学于老子，没想到他什么也不肯教给我们，只让看了看他的嘴巴，这也太无礼了吧？”颜回答道：“我们这次来不枉此行，老子先生传授了我们别处学不来的大智慧。他张开嘴让我们看他的牙齿，意在告诉我们：牙齿虽硬，但是上下碰磨久了，也难免残缺不全；他又让我们看他的舌头，意思是说：舌头虽软，但能以柔克刚，所以至今完整无缺。”子路听后恍然大悟。

颜回继续道：“这恰如征途中的流水虽然柔软，但面对挡道的山石，它却能穿山破石，最终把山石都抛在身后；穿行的风虽然虚无，但它发起脾气来，也能撼倒大树，把它连根拔起……”孔子听后称赞说：“颜回果然窥一斑而知全豹，闻一言而通万里呀！”

【悟在当下】

满齿不存，舌头犹在，无为而作，才能完成义所当为之事。

所谓“处无为之事”，是说为而无为的原则，一切作为，应如行云流水，义所当为，理所应为，做应当做的事。做过了，如雁过长空，不着丝毫痕迹，没有纤芥在心，正如泰戈尔诗中所写，天空没有翅膀的痕迹，但鸟儿已经飞过。

言传不如身教

老子看见周王朝日趋衰败，不可救药，便抽身离去。他骑着一匹青牛，只身前往西域。要到西域去，必须经过一个关口，即函谷关，两面两座高耸入云的山峰对峙，中间有一条深险波折的羊肠小道。守关的长官叫关令尹喜，又叫令尹喜，是一个学识渊博、颇有见地之人。这日，他到城头瞭望，见辽阔碧空中一团紫气自东冉冉而来，尹喜料定今日必会有圣人到来。果然，没过多久，他在关上远望，看见一个人骑着青牛信步而来，风度非凡，细看，原来是当时名重一时的伟大思想家老子。

关令亲自打开城楼上的大厅，请老子坐下，端茶倒水，忙个不停。老子不卑不亢地坐下，朝窗外一望，只见黄土平原延伸到天际，苍苍茫茫，没有尽头。函谷关地势险要，路上人来车往，一目了然。尹喜恭敬地对老子说：“我仰慕您的道德学问，想拜您老为师。”老子道：“我已老了，腹中空空，没有什么学问，怎么好意思开口教人呢？”尹喜见他推托，便半开玩笑半正经地说：“您满腹经纶，如果不留下些东西来，恐怕很难走出这个函谷关的。”老子知道无法推托，便接过尹喜递上的笔，一口气在竹简上洋洋洒洒写下了五千个字，这就是后世称为《老子》的一部书。因为这书上篇开卷谈“道”，下篇首章谈“德”，所以又称《道德经》。老子之所以自著五千文，一方面由于关令的“胁迫”，另一方面也是知音难觅。尹喜拿起老子写好的书稿，认真拜读，最后决定放弃官职，与老子一同出走西域，后来人们还看到他们二人一起在流沙里行走。

【悟在当下】

老子认为“处无为之事，行不言之教”，是为上智。不言之教的确是人生智慧的最高境界，却很难做到。其实，不言之教，即是说，言传不如身教，只要身体力行，更能将自己所要讲述的道理形象深刻地表达出来，也能传授给别人智慧。

三年不鸣，鸣将惊人

春秋时代楚国著名的贤君楚庄王，少年即位，面对混乱不堪的朝政，为了稳住事态，他表面上三年不理朝政，声色犬马，实则在暗地里等待时机，人问之，曰：“三年不飞，飞将冲天；三年不鸣，鸣将惊人。”

果然，不久后，他厚积薄发，励精图治，其在位的22年间，知人善任，整顿朝纲，兴修水利，重农务商，使国力日渐强盛，先后灭庸、伐宋、攻陈、围郑，陈兵于周郊，问鼎周王朝，成为历史上著名的春秋五霸之一。

【悟在当下】

在《庄子·内篇·逍遥游》中，庄子说深海里有条鱼，突然一变，变成天上会飞的大鹏鸟。鲲化鹏这个问题含意丰富，包含了两个方面——“沉潜”与“飞动”。潜伏在深海里的鱼，突然一变，变成了远走高飞的大鹏鸟。《逍遥游》一开始便告诉了人们一个人生的道理，人生的某个时刻，或是一个人年轻之时，或是修道还没有成功的时候，或是倒霉得没有办法的时候，必须“沉潜”在深水里头，动都不要动。只要修到相当的程度，摇身一变，便能展翅高飞了。

成败宛若两重天，人生必须厚积薄发，时机未达之时，静若处子，沉心静气，卧薪尝胆；一旦时机成熟，动如脱兔，灵敏应对，抓住机遇，扶摇直上。

天无绝人之路

在《庄子》一书中，庄子用寓言故事向我们讲述了很多与常人形态迥异的人，比如残疾人、受过刑罚的人。从外表上看，他们甚至连生活都无法自理，过着贫穷的生活，但是这些人或者精力充沛，或者很有理想，总之都过得很快乐，堪称异事。比如《人间世》中，庄子就讲述了支离疏的故事。

这个名叫支离疏的人，下巴隐藏在肚脐下，双肩高于头顶，后脑下的发髻指向天空，五官的出口也都向上，两条大腿和两边的胸肋并生在一起。他给人缝衣浆洗，足够度日；又替人筛糠簸米，足可养活十口人。国君征兵时，支离疏捋袖扬臂在征兵人面前走来走去；国君有大的差役，支离疏因身有残疾而免除劳役；国君向残疾人赈济米粟，支离疏还领得三种粮食、十捆柴草。

最后庄子得出结论说，像支离疏那样形体残缺不全的人，还足以养活自己，终享天年，更何况我们这些形体完整的人呢！

【悟在当下】

庄子告诉我们，天无绝人之路，一个人的境况无论多么困难，总是会有路走下去的。因此，人在贫困的处境当中只要能抱着坚定的信念，努力上进，就能跨越贫困，走向成功。其关键还需要身处贫困的你，不要被贫困压倒才行。

执着而有远见，将无所不窥

有一个人经常出差，经常买不到对号入座的车票，可是无论长途短途，无论车上多挤，他总能找到座位。

他的办法其实很简单，就是耐心地一节车厢一节车厢找过去。这个办法听上去似乎并不高明，却很管用。每次，他都做好了从第一节车厢走到最后一节车厢的准备，可是每次他都用不着走到最后就会发现空位。他说，这是因为像他这样锲而不舍找座位的乘客实在不多。经常是在他落座的车厢里尚余若干座位，而在其他车厢的过道和车厢接头处，居然人满为患。

他说，大多数乘客轻易就被一两节车厢拥挤的表面现象迷惑了，不去细想在数十次停靠之中，从火车十几个车门上上下下的流动中蕴藏着不少提供座位的机遇；即使想到了，他们也没有那一份寻找的耐心。眼前一方小小立足之地很容易让大多数人满足，为了一两个座位背负着行囊挤来挤去也让他们觉得不值。他们还担心万一找不到座位，回头连个好好站着的地方也没有了。与生活中一些安于现状、不思进取、害怕失败的人，永远只能滞留在没有成功的起点上一样，这些不愿主动找座位的乘客大多只能在上车时最初的落脚之处一直站到下车。

【悟在当下】

不行动，就不会有收获，眼光放得不远，脚步就只能被困在眼前。这就告诉我们，不能被眼前的表象所困，心界要比眼界放得更远。

《庄子·逍遥游》中就有这样一段论述：到近郊的草木间去，一天在那里吃上三顿，回来了肚子还饱饱的；假如走一百里路呢，就不同了，得带一点干粮，说不定要两三天才能回来；如果走一千里路，那就要准备带两三个月的粮食了。

在这里，庄子也在讲述人生境界的问题。前途远大的人，就要有远大的计划；目光短浅、急功近利，只看现实的人，恐怕只能抓住今天。

生活中，我们常常被眼前利益的绚烂外貌蒙住了双眼，宁愿一直低头享受那片刻的短暂欢愉，也不肯抬起头望望远方，去寻找更大的空间。只图眼前利益的人，受人性所限，只会陷入庸人自扰的无边烦恼；唯有立足长远的人，才能突破人性的瓶颈，活出智慧人生。

前途究竟是什么？前途是一次有计划的旅行，执着而有远见，自信而能把握关键。这就是庄子这个“其学无所不窥”者给我们的启示。

路是走出来的

在《德充符》里面，庄子向我们讲了一个被砍了一只脚，却很成功的一个人。

鲁国有个被砍掉一只脚的人，名叫王骀，可是跟从他学习的人却跟孔子的门徒一样多。孔子的学生常季向孔子问道："王骀是个被砍去了一只脚的人，跟从他学习的人在鲁国却和先生的弟子相当。他站着不能给人教诲，坐着不能议论大事；弟子们却空怀而来，学满而归。难道确有不用言表的教导，身残体秽者的内心世界也能达到成熟的境界吗？这又是什么样的人呢？"孔子回答说："王骀先生是一位圣人，我的学识和品行都落后于他，只是还没有前去请教他罢了。我将把他当作老师，何况学识和品行都不如我孔丘的人呢！何止鲁国，我将引领天下的人跟从他学习。"

庄子通过这个故事告诉我们，一个人外在的境遇再困难，只要经过努力，他还是可以走出一条成功的路来。

【悟在当下】

一位名人说过："不论担子有多重，每个人都能支持到夜晚的来临；不论工作多么辛苦，每个人都能做完一天的工作，每个人都能很甜美、很有耐心、很可爱、很纯洁地活到太阳下山，这就是生命的真谛。"确实如此，唯有流着眼泪吞咽面包的人才能理解人生的真谛。因为苦难是孕育智慧的摇篮，它不仅能磨炼意志，而且能净化人的灵魂。如果没有那些坎坷和挫折，人绝不会有这么丰富的内心世界。苦难能毁掉弱者，同样也能造就强者。

做一个生命的强者，就要在任何时候都不放弃希望，这样我们最终会等到转机来临的那一天。

世事无常，结果有常

唐末农民起义领袖黄巢，年轻时曾赴试，落第后满腔愤慨，离别长安之际，写下一首著名的"反诗"即《不第后赋菊》，诗云："待到秋来九月八，我花开后百花杀。冲天香阵透长安，满城尽带黄金甲。"五百年后，元末农民起义军领袖朱元璋，也信手涂鸦，作了一首《菊花诗》："百花发时我不发，我若发时都吓杀。要与西风战一场，遍身穿就黄金甲。"

一个起义反臣，一位开国皇帝，二者诗作的意境和词句如出一辙，后人多讥讽皇帝剽窃。胡适先生就曾调侃说：“朱元璋跟黄巢乃同道中人，臭味相投。一个做了皇帝，一个成了贼寇罢了。”

的确如此，不过细细品咂，却能品出一些深意。朱元璋出身草莽，来自社会的底层，当从最下层爬上最高峰，其心境可能颇为复杂，他对黄巢的“抄袭”或许是与其惺惺相惜吧。

清人笔记《通幽趣录》中提及，朱元璋在吞并陈友谅、方国珍诸路枭雄时，曾与谋臣李善长、胡惟庸等人闲谈：“黄巢一介落第武子，后来能创金甲百万之众攻陷唐都，称大齐皇帝，乃是一雄杰也。”由此可见，除了成王败寇的结果迥异外，朱元璋是将黄巢视为知己的。

【悟在当下】

成功了，便是皇帝，历史也成了他的家事；失败了，就是叛变，在历史上被打上一个永远不光彩的印迹。历史朝代交替，似乎都伴随着一个反叛者和一个新的帝王。

老子讲求因果相袭，成者王侯败者寇，不过是历史上偶然与必然的因果轮回，所谓成王败寇，不过如此，一声叹息，化为尘埃。正如南怀瑾先生慨叹，道衍化为德，德再衍化为仁、义、礼、乐，再由仁、义、礼、乐衍化而为权术，表示了人类的心路历程，每况愈下，陷溺愈深。老子被后世误读为阴谋家，其实是替历史枉担了虚名。

第6章　安贫乐道也是享富贵

人生一世，劳苦一生，为自己、为家人、为事业，忙忙碌碌，明知道到头来终是一场空，也跳不出世俗的羁绊。不如一切顺其自然，如同匆匆过客，看名利直如看清风白云，过好眼前的日子，好吃好喝、好睡好醒，安贫乐道是归处，自然就不会被名利所累。

看名利直如看清风白云

有个富翁在急流中翻了船，爬到溪间的石头上大喊救命。一个年轻人奋不顾身地荡舟去救，但是由于山洪下泻而渐涨的湍流，船行进得艰难而缓慢。“快呀！”富翁高喊，“如果你救了我，我给你一千块！”船仍然移动缓慢。“用力划啊！如果你划到，我给两千块！”青年奋力地划着，但是既要向前，又要抗拒水流的阻力，船速仍然难以加快！“水在涨，你用力呀！”富翁声嘶力竭地狂喊，“我给你五千块！”此时，洪流已经快淹到他站立的地方。青年的船缓缓靠近，但仍有一段距离。“我给你一万块，快呀！”富翁的脚已经淹在水中了，但是船速反而越来越慢了。“我给你五万……”话音未落，富翁已经被一个大浪打下岩石，转眼卷入洪流，失去了踪影。青年颓丧地回到岸上，蒙头痛哭：“我当初只想到救他一命，但是他却说要给我钱，而且一次又一次地增加。我心想，只要划慢一点点，就可能多几万块的收入，哪里知道，就因为慢了这么一下，使他被水冲走，是我害了他啊！”青年后悔不已，“但是，当我心里只有义，而没有想到利的时候，他为什么要说给我钱呢？”

说到底，是富翁自己害了自己。

在没有涉及名利时，本性总是义字当头的，一旦勾起了内心隐藏的私欲，世间的人或事就会变得十分复杂。人是一个很矛盾的生物，内心永远有着双重标准，要求别人能做到无欲无私，以符合圣人的标准，而自身又总在私欲的缠缚中打转。

【悟在当下】

《老子》中提出了避免名利争斗的方案，那就是“不尚贤，使民不争”“不贵难得之货，使民不为盗”。一语道破天机，即是一切顺其自然，如同匆匆过客，看名利直如看清风白云，不过心，自然就不会被名利所累。

人生一世，劳苦一生，为儿女、为家庭、为事业，最后直到生命之火燃尽，仍找不到生命的答案。明知道到头来终是一场空，也跳不出世俗的羁绊。那些人们拼命想要得到的东西，最终还是不能真正属于自己。人在旅途，同为劫灰过往客，又何必在一时的名利得失中斤斤计较？

抹平“名心”，任人牛马

一只芦花鸡总是丢蛋，女主人每天都要四下寻找。后来，邻居告诉她一个方法：这鸡丢蛋丢野了，放个“引蛋”，它就不会乱跑了。于是主人把芦花鸡放进草筐的时候，在鸡的肚子下放了一个鸡蛋，果然，芦花鸡不到处乱跑了。后来，主人再放进去的，只是两半对接的蛋壳，芦花鸡下蛋的时候径自就奔着那草筐去了。有一次，另一只鸡提前占了它的窝，芦花鸡安静地在旁边等了一会儿，直到那只鸡把蛋下出来，它才探头探脑地跳了上去。再后来，主人干脆放进去一个半圆的土豆，那鸡也照样上去。那个土豆在草筐里整整待了一个夏天。秋天的时候，土豆已经干瘪得又黑又蔫，但芦花鸡因为这个土豆，没有再丢过一个蛋。

【悟在当下】

其实，人又何尝不是如此呢？许多人都习惯性地奔赴着一个既定的目标，在生活中重复着芦花鸡和土豆的故事，而这个土豆便是让人无法轻易描绘出的“名心”。

《庄子·内篇·人间世》中，庄子借孔子之口说出了一句人生的名言：“名也者，相轧也；知也者，争之器也。”人为了求名，不择手段，人类自己的知识技巧，成了斗争的工具，最终为名所困。

人最高的道德，就是把这个“名心”抹平。就像庄子所讲的，“一以己为马，一以己为牛”，人家叫我是牛，很好，叫我是马，也好，人把虚荣心去掉了，一任时人牛马，也就不会有那么多计较和不快了。

得失不挂心

在《庄子·列子》中，庄子向我们讲述了这样一则故事：

黄河边上，有一个家境贫穷靠编织苇席为生的人家，一天，这家的孩子潜入深渊，得到一枚价值千金的宝珠。回到家后，父亲对他说：“快点拿过石块来锤坏这颗宝珠！价值千金的宝珠，必定出自深深的潭底黑龙的下巴下面，你能轻易地获得这样的宝珠，一定是正赶上黑龙睡着了。倘若黑龙醒过来，你还想活着回来吗？”

有的人企图通过不正当的手段谋取他人或者国家的钱财，能瞒过一时，但能瞒过一世吗？最终会有真相大白的那一天。

【悟在当下】

《庄子·秋水》中有言道：“得而不喜，失而不忧；知分之无常也。”意思是说：得到了荣誉、宠禄不必狂喜狂欢，失去了也不必耿耿于怀、忧愁哀伤，得失界限不会永远不变。一切功名利禄都不过是过眼烟云，得而失之、失而复得这种情况都是经常发生的，要意识到一切都可能因时空转换而发生变化，就能够把功名利禄看破，荣辱毁誉不挂心。

钱财便如腐烂之鼠

庄子的朋友惠子在梁国做宰相，庄子前往看望他。有人对惠子说：“庄子来梁国，是想取代你做宰相。”于是惠子恐慌起来，在都城内搜寻庄子，整整三天三夜。

庄子前往看望惠子，说：“南方有一种鸟，它的名字叫鹓，你知道吗？鹓从南海出发飞到北海，不是梧桐树它不会停息，不是竹子的果实它不会进食，不是甘美的泉水它不会饮用。正在这时一只鸱鹰寻觅到一只腐烂了的老鼠，刚巧从空中飞过，鸱鹰抬头看着鹓，发出一声怒气：‘吓！’如今你也想用你的梁国来怒叱我吗？”

那些名利在庄子的眼中就是一只腐烂了的老鼠。联系现代社会，某些官员争相贪敛，唯恐落于人后，真是一种巨大的讽刺！

【悟在当下】

一个人是否追求名利，往往取决于一个人的荣辱观。荣辱观是一个人人生观、世界观的重要体现。有人以出身显赫作为自己的荣辱，公侯伯爵，讲究某某“世家”、某某“后裔”。有的人则以钱财多寡为标准。所谓“财大气粗”“有钱能使鬼推磨”“金钱是阳光，照到哪里哪里亮”，以及“死生无命，荣辱在钱”“有啥别有病，没啥别没钱”，等等，这些俗话正揭示了以钱财划分荣辱的现状。

以家世、以钱财来划分荣辱毁誉的人，尽管具体标准不同，但其着眼点、思想方法都是一致的。他们都是从客观的、外在的条件出发，并把这些看成是永恒不变的财富，而忽视了主观的、内在的、可变的因素，导致了极端、片面的形而上学错误，结果吃亏的是自己。

持这种荣辱观的人，就会拼命追逐名利。这种欲望不可遏止，最终导致一些人铤而走险，走向邪恶、堕落的道路。攫取这种不义之财，必然会遭到报应。

名是忧，利是愁

有一天，庄子在濮水边垂钓，楚王派遣两位大臣先行前往致意，大臣说：“楚王愿将国内政事委托给你而劳累你了。”就是楚王想要请庄子去做楚国国相。

庄子手持钓竿头也不回地说：“我听说楚国有一神龟，已经死了三千年了，楚王用竹箱装着它，用巾饰覆盖着它，珍藏在宗庙里。这只神龟，是宁愿死去为了留下骨骸而显示尊贵呢，还是宁愿活着在泥水里拖着尾巴呢？”

两位大臣说：“宁愿拖着尾巴活在泥水里。”

庄子说：“你们走吧！我仍将拖着尾巴生活在泥水里。”

【悟在当下】

在《庄子·天运》中，庄子假托孔子的口吻说：“以富为是者，不能让禄；以显为是者，不能让名。亲权者，不能与人柄，操之则栗，舍之则悲，而一无所鉴，以窥其所不休者，是天之戮民也。”意思是说：把贪图财贿看作正确的人，不会让人利禄；把追求显赫看作正确的人，不会让人名声；迷恋权势的人，不会授人权柄。掌握了利禄、名声和权势，便唯恐丧失而整日战栗不安，而放弃上述东西又会悲苦不堪，而且心中没有一点鉴识，目光只盯住自己所无休止追逐的东西，这样的人只能算是被大自然所刑戮的人。

过分关心个人的荣辱得失，就只能忧虑烦恼，无以摆脱。

不为高官厚禄喜不自禁，不为前途无望随波逐流

从前，卫国有一群演戏的艺人，因为遇上年岁饥荒，便到他乡卖艺求生。他们在路上经过一座山。据说这座山里有许多恶鬼，还有吃人的罗刹。夜里山中风大天冷，大家燃起火，在火旁边睡了。半夜里，有一个人实在感觉寒冷，就起来穿上演戏用的罗刹服，对着火坐着。同伴中一个人从睡梦中醒来，突然看见火旁边坐着一个罗刹，顾不上仔细看清楚，爬起来就跑。这一下惊动了所有的伙伴，大家一起亡命奔逃起来。那位穿着罗刹服的人一惊，也跟着大家狂奔，前面逃跑的人以为罗刹要来害人，更加恐惧惊慌。大伙不顾一切拼命逃生，有的跳进河里沟里，有的摔伤胳膊跌伤腿，疲惫至极。到了天亮，大伙才看清楚后面追的原来是同伴。有时候，扰乱我们心神的，往往并不是现实中的东西，而是藏于心中的“罗刹”——名心。

【悟在当下】

庄子说：“不为轩冕肆志，不为穷困趋俗，其乐彼与此同，故无忧而已矣。”

大意是，不追求官爵的人，不因为高官厚禄而喜不自禁，不因为前途无望、穷困贫乏而随波逐流、趋势媚俗，荣辱面前一样达观，所以他也就无所谓忧愁。所以庄子主张“至誉无誉”。也就是说，在他看来最大的荣誉就是没有荣誉，把荣誉看得很淡很轻，名誉、地位、声望都算不得什么，即使行善做好事也不要留名。

当一个人能做到这一点时，他就能对客观的、外在的存在，如出身、家世、钱财、生死、容貌都看得很淡泊，就能够达到精神的超脱、洒脱的境界，正所谓“去留无意，任天空云卷云舒；宠辱不惊，看窗外花开花落”。

再大的名气也会被遗忘

晋人车胤，家贫买不起灯油，夏夜就用白布袋装萤火虫，借着萤光夜读。这就是中国人家喻户晓、老少皆知的“囊萤夜读”的成语故事，成为勉励寒门子弟勤奋好学的千古美谈。

可惜后来“囊萤夜读”变质了，成了某些人博取虚名的手段。某书生因“囊萤夜读”而闻名乡里，有一同乡大为钦佩，大清早前去拜访，不料家人说书生已出门去了。同乡不胜惊诧：大好的光阴为何不用来读书呢？家人说：没什么，他只是捕萤去了，傍晚就回来。

书生为了追求虚名，大好的天光下出门捕萤，黄昏再回来装模作样地表演一番，完全是本末倒置，“名”是有了，但时间一长自然露出马脚。靠一时的投机哗众取宠，这样的“名”往往很短暂，如过眼烟云，很快会被世人遗忘，这位“名人”便也不再风光了。

【悟在当下】

书生刻意追求虚名，最终累的不但是自己，还闹了个大笑话。在庄子看来，这不但可笑，还是非常危险的。

《庄子·徐无鬼》中有这样一段话：

“故曰鸱目有所适，鹤胫有所节，解之也悲。故曰风之过河也有损焉，日之过河也有损焉。请只风与日相与守河，而河以为未始其撄也，恃源而往者也。故水之守土也审，影之守人也审，物之守物也审。

“故目之于明也殆，耳之于聪也殆，心之于殆也殆。凡能其于府也殆，殆之成也不给改。祸之长也兹萃，其反也缘功，其果也待久。”

意思是说：所以说猫头鹰的眼睛只有在夜晚才适宜看视，仙鹤具有修长的双腿，截断就会感到悲哀。所以说，风儿吹过了河面河水就会有所减损，太阳照过河去河水也会有所减损。假如风与太阳总是盘桓在河的上空，而河水却认为不曾受到过干扰，那就是靠河水源头小溪的不断汇聚。所以，水保持住了泥土也就安定下来，影子留住了是因为人体安定下来，事物固守着事物因而相互安定下来。

所以，眼睛一味地追求超人的视力也就危险了，耳朵一味地追求超人的听力也就危险了，心思一味地追求外物也就危险了。才能从内心深处显露出来就会危险，危险一旦形成就来不及悔改。灾祸滋生并逐渐地增多与聚集，返归本性却为功名所累，要想获得成功便须持续很久很久。

从庄子的话中，我们可以看出，不去刻意追求，却往往会得到意想不到的结果，处心积虑地追求一件事物，往往会得到适得其反的效果。

很穷很愉悦

庄子身穿粗布衣并打上补丁，工整地用麻丝系好鞋子走过魏王身边。魏王见了说：“先生为什么如此疲惫呢？”

庄子说：“是贫穷，不是疲惫。士人身怀道德而不能够推行，这是疲惫；衣服坏了鞋子破了，这是贫穷，而不是疲惫。这种情况就是所谓生不逢时。大王没有看见过那跳跃的猿猴吗？它们生活在楠、梓、豫、章等高大乔木的树林里，抓住藤蔓似的小树枝自由自在地跳跃而称王称霸，即使是神箭手羿和逢蒙也不敢小看它们。等到生活在柘、棘、枳、枸等刺蓬灌木丛中，它们就小心翼翼地行走而且不时地左顾右盼，内心震颤恐惧发抖；这并不是筋骨紧缩有了变化而不再灵活，而是所处的生活环境很不方便，不能充分施展才能。如今处于昏君乱臣的时代，要想不疲惫，怎么可能呢？比干遭剖心刑戮就是最好的证明啊！”

【悟在当下】

庄子物质生活很贫穷，但是他的精神生活却并不贫穷。安贫乐道是庄子对自己的要求，也是对世人的忠告。但正如庄子所说，贫穷并非疲惫，安贫乐道的人也并非没有精神内涵，不思进取。一个人物质上贫穷并不可怕，但一定不要使自己的心理贫穷，心理贫穷才是真正的可悲。庄子很贫穷，但是庄子的精神力量却散发出耀眼的光辉，他深谙快乐生活的道理，心与物游，天真烂漫。

穷人一样做贵人

《庄子·让王》中记载：

春秋时原宪住在鲁国，一丈见方的房子，盖着茅草；用桑枝做门框，用蓬草做成门；用破瓮做窗户，用破布隔成两间；屋顶漏雨，地面潮湿，他却端坐在那里弹琴。子贡骑着大马，穿着白衣，里面是紫色的里子，小巷子容不下高大的马车，他便走着去见原宪。原宪戴顶破帽子，穿着破鞋，倚着藜杖在门口应答。子贡说：“呵！先生生了什么病？”原宪回答说：“我听说，没有钱叫作贫，有学识而无用武之地叫作病，现在我是贫，不是病。”子贡因而进退两难，脸上露出羞愧的表情。

子贡自以为了不起，听了智者对于贫穷的看法，他自己的脸上也露出了羞愧的表情。因为他自己实际上有病——心病，不能从高层次看待贫困的问题，也忍受不了贫困的生活，更不理解那些善于忍受贫困，而心怀大志的人。

【悟在当下】

贫穷毕竟不是什么好事。每个人都希望改变贫穷的状况，但是急于求成或是用歪门邪道去脱贫，不过是贪恋富贵罢了。

一个人在贫穷的生活中，如果能保持快乐的心情，精神饱满，形态天真，就能获得圆满的人生。相反，如果一个人心灵空虚，贪欲满心，即使他家财万贯，也不会获得快乐。

大富大贵反是毒

彭泽少时家贫，苦志励学，明孝宗弘治三年考中进士，历官至刑部郎中，后因得罪有势的宦官，被外放为徽州知府。

彭泽的女儿临当出嫁，彭泽便用自己的俸银做了几十个漆盒当作陪嫁，派属吏送回家中，彭泽的父亲见后大怒，立刻把漆盒都烧了，自己背着行李奔波几千里来到徽州。

彭泽听说父亲突然来到，不知家中出了什么大事，忙出衙相迎，却见父亲怒容满面，一句话也不说。

彭泽见状，也不敢造次发问，见父亲满面风尘，又背负行李，便使眼色让手下府吏去接过行李。

彭泽的父亲更是有气，把行李解下，掷到彭泽的脚下，怒声道："我背着它走了几千里地，你就不能背着走几步吗？"

彭泽被骂得哑口无言，抬不起头来，只得背着行李把父亲请进府衙。

彭泽父亲进屋后，既不喝茶，也不落座，反而命令彭泽跪在堂下，府中官吏们纷纷上前为知府大人求情，全不济事，彭泽只得跪在父亲面前，却还不知为了何事。

彭泽的父亲责骂彭泽："你本是清贫人家子孙，如今做了几天官，就把祖宗家风全忘了，皇上任命你当知府，你不想着怎样使百姓安居乐业，去学着贪官的样儿，把宫中财物往自己家搬，长此下去岂不成了祸害百姓的贪官？"

彭泽此时方知父亲盛怒是为了何事，却不敢辩解，府中衙吏替他辩白说东西乃是大人用自己俸银所买，并非官家钱物。

彭泽的父亲却说："开始时用自己的俸银，俸银不足便会动用官银，现在不过是几十个漆盒，以后就会是几十车金银。向来贪官和盗贼一样，都是从小开始，况且府中官吏也是朝廷中人，并不是你家奴仆，你却派人家几千里地为自己女儿送嫁妆，这也符合道理吗？"

彭泽叩头服罪，满府官吏也苦苦求情，彭泽父亲却依然怒气不解，用来时手拄的拐杖又痛打彭泽一顿，然后拾起地上还未解开的行李，径自出府，又步行几千里回老家去了。

彭泽受此痛责，不但廉洁自守，不收贿赂，而且不再挂心家里的事，一心扑在府中政务上，当年朝廷审核官员业绩，以徽州府的政绩最高。

彭泽受此庭训，可称得上是当头棒喝，他以后为官一生，历任川陕总督、左都御史、提督三边军务、兵部尚书等要职，都是掌握巨额军费，不要说有心贪污，即便按照常例，也会积累一笔十代八代享用不尽的财富。彭泽却为将勇，为官廉，死后破屋几间，妻子儿女的生活都成问题。之所以能清廉如此，自当归功于他父亲的教育。

【悟在当下】

在《庄子·至乐》中，庄子论述了人生在世什么才是最大的快乐。开篇庄子就提出了这样的问题：天下有最大的快乐还是没有呢？有可以存活身形的东西还是没有呢？现在，应该做些什么又依据什么？回避什么又安心什么？靠近什么又舍弃什么？喜欢什么又讨厌什么？

接着庄子对这个问题给予这样的回答："夫天下之所尊者，富贵寿善也；所乐者，身安厚味美服好色音声也；所下者，贫贱夭恶也；所苦者，身不得安逸，口不得厚味，形不得美服，目不得好色，耳不得音声；若不得者，则大忧以惧。其为形也亦愚哉。

"夫富者，苦身疾作，多积财而不得尽用，其为形也亦外矣。夫贵者，夜以继日，思虑善否，其为形也亦疏矣。"

意思是说，世上的人们所尊崇看重的，是富有、高贵、长寿和善名；所爱好喜欢的，是身体的安适、丰盛的食品、漂亮的服饰、绚丽的色彩和动听的乐声；所认为低下的，是贫穷、卑微、短命和恶名；所痛苦烦恼的，是身体不能获得舒适安逸、口里不能获得美味佳肴、外形不能获得漂亮的服饰、眼睛不能看到绚丽的色彩、耳朵不能听到悦耳的乐声；假如得不到这些东西，就大为忧愁和担心，以上种种对待身形的做法实在是太愚蠢啊！

富有的人，劳累身形勤勉操作，积攒了许许多多财富却不能全部享用，那样对待身体也就太不看重了。位高的人，夜以继日地苦苦思索怎样才会保全权位和厚禄与否，那样对待身体也就太忽略了。

功名利禄如过眼烟云，若是太纠结于得到多少，失去多少，对人就是一种无形的毒害。

第7章　人算不如天算，以变应变

世态时时刻刻都在变化，生命的历程也在顷刻间覆地翻天。正所谓人算不如天算，时移必须事易，面对莫测人事，应对之法唯有顺应时势，以变应变，及时调整自己的行为举止，不因袭守旧，在变化中找到出路。

以变应变，寻找出路

吴国的大将吕蒙，十几岁就从军打仗，由于英勇善战，屡建战功，三十多岁就升为中郎将。但他不好读书，常常闹出“张冠李戴”式的笑话。每逢给孙权上书，只能口述，让别人代笔。这样，有时难免词不达意，弄得孙权哭笑不得。所以，吴主孙权劝吕蒙抓紧时间读书，并用自己和别人的体会予以开导，批评他不应强调军务繁忙而不求进步。

吕蒙接受了孙权的教诲，开始发愤读书，而且进步很快。

后来，吴国军事统帅周瑜病死，鲁肃为吴国都督。鲁肃最初瞧不起吕蒙，认为他只是一介武夫。有一次，鲁肃路过吕蒙驻防的地方，看望吕蒙，故意为难他，提出了许多战略上的问题。他原以为吕蒙一问三不知。但出乎意料的是，吕蒙有问必答，且对答如流，特别是如何对付蜀国大将关羽，吕蒙讲了五条应敌之策，讲得很有见地，令鲁肃折服。

鲁肃大为惊喜，拍着吕蒙的肩膀说：“我原来认为你只有武略，是个粗莽武夫，今天同你谈话，才知道你是一个有学问、有见识的人，你已经不是当年的吴下阿蒙了！”

吕蒙回答说：“士别三日，即应刮目相看。”

【悟在当下】

《庄子·齐物论》中说："今之隐机者，非昔之隐机者也。"意思是说：你今天靠在茶几上休息的这个状况，跟从前的情形完全两样。也就是说，世间一切事物（包括人在内）都是不断地变化和发展的，我们也必须用变化发展的观点来看待一切事物，不仅要看到事物的现状，而且要看到事物的过去和将来，要使自己的思想适应变化的情况。

我们在生活中如果也能做到随机应变、顺势而动，无疑会对我们适应生活，适应现实变化有很大的帮助。

在变化的时代，应当紧跟时代节拍，以变应变，寻找出路，不然你会处于被动地位。要成大事者必须能顺应时势，善于变化，及时调整自己的行动方案，而不因袭守旧，这是成大事者适应现实的一种方法。

因此，我们在日常生活中要吸取类似的教训：不要因为取得一点成绩就沾沾自喜、骄傲自满，须知这样下去，会由进步变为落后；也不要因为遇到挫折和失败就灰心丧气，悲观绝望，须知失败乃成功之母，只要吸取教训，挫折会变顺利，失败会变成功。认识了事物变化发展的本质，用变化和发展的眼光看待一切事物，才不会偏离生活的轨道。

时移势易，做法不拘泥

曾国藩是清代的名臣，他的同乡好友欧阳兆熊评价他说，曾国藩的思想一生有三变。早年在京城时信奉儒家，治理湘军、镇压太平天国时采用法家，晚年功成名就后则转向了老庄的道家。这个说法大体上描绘了曾国藩一生三个时期的重要思想。

曾国藩的儒家思想，形成于他在京做官时。他用程朱理学这块砖敲开了做官的大门之后，并没有把它丢在一边，而是对它进行深入研讨，同时曾国藩又得益于唐鉴、倭仁等理学大师的指点，这使他在理学素养上更是有了巨大的飞跃。他不仅对理学证纲名教和帝国统治秩序的一整套伦理哲学，如性、命、理、诚、格、物、致、知等概念，有深入的认识和理解，而且还进行了理学所重视的修身养性。这种修身养性在儒家是一种"内圣"的功夫，通过这种克己的"内圣"功夫，最终达到治国平天下的目的。他还发挥了儒家的“外王”之道，主张经世致用。唐鉴曾对他说，经济，即经世致用包括在义理之中，曾国藩完全赞成并大大地加以发挥。而且曾国藩还非常重视对现实问题的考察，重视研究解决的办法，提出了不少改革措施。曾国藩对儒学，尤其是程朱理学的深入研究，是他这个时期重要的思想特点，而对于这一套理论、方法的运用，则贯穿了他的一生。

为了镇压太平天国起义，曾国藩回到湖南组建湘军。在对待起义军和管理湘军的问题上，他的一系列主张和措施表现了他对法家严刑峻法思想的极力推崇。他提出要“纯用重典”，认为非采取烈火般的手段不能为治。而且，他还向朝廷表示，即使由此而得残忍严酷之名，也在所不辞。他确实也是这样做的。他设立审案局，对所捕农民严刑拷打，任意杀戮。他还规定，不纳粮者，一经抓获，就地正法。在他看来，儒家的“中庸”之道，在战争与治军上是行不通的。

曾国藩在为官方面，恪守的却是“清静无为”的老庄思想。他常表示，于名利之外，须存退让之心。在太平天国败局已定，即将大功告成之时，他的这种思想愈加强烈，一种兔死狗烹的危机感时常萦绕在他的心头。天京攻陷之后，曾国藩便立即遣散湘军，并做功成身退的打算，以消除清政府的疑忌，这不失为明哲保身的高招。

不同的时期有不同的思想倾向，说明曾国藩善于从诸子百家中汲取养分以适应不同的情况。曾国藩的以变应变，造就了他的功业。

【悟在当下】

在社会中寻求发展，要想做到积极应变，除了要顺应时代的潮流之外，还应当根据对手情况的变化而变化，也就是说“敌变我变”。

“敌变我变”是人们适应形势发展、不断调整自己思想与行为的基本策略。所谓“敌”不一定就是敌人，而是泛指对手、环境等，比如对于个人所存在的环境，对于生意人的行情，对于企业、厂家的同行等。因为大家都在求生存、求发展，都在想新招、出新点子。因此，时移则势易，势易则情变，情变则法不同，顺理成章。

生活中的你，如果还没有走向成功，那么你不妨问问自己，是否经常省察时代和自身呢？学会随时随地变化，将对你的人生具有至关重要的作用。

无时无刻不思考

有个环境美化设计师喜好对称。他想在一个公园中种植四棵树，要求每一棵树离其他三棵树的距离都是相等的。

这个设计方案该怎么做呢?

通常，有人马上找到线索：让三棵树组成一个等边三角形，而另外一棵树处在这个三角形的中央。其实仔细想一想，就知道这个答案并不符合题意，因为四棵树相互之间的距离并不均等。

那么，到底该怎样安排这四棵树的布局呢?

或许可以将它们排成一个正方形，但是这也无法满足题目中的要求：四棵树相互间的距离必须是相等的。那么将它们排成一排也不行。至此，在一个平面上栽种四棵树，无论怎样排列，都是无法满足要求的，思维的突破方向就是要打破平面这个自设的障碍。

新线索找到了，答案也就水到渠成了：让其中三棵树组成一个等边三角形，另外一棵树则种植在中间隆起的小山坡上。

这就是创新，它无时无刻不在我们周围发生。

【悟在当下】

创新是存在于世间的一种美丽的奇迹，它能化腐朽为神奇，变荒漠为绿洲，变沧海为桑田。创新是人类特有的素质，是人生的境界得以提升的一大要素。拥有创新能力的人，就会美丽如天神，他的思维就会焕发出灿烂的光辉。正如法国作家罗曼·罗兰所说的那样，“一切生命的意义就在于此——在于创造的刺激”。

在实践过程中，运用创新思维，提出一个又一个新的观念，形成一种又一种新的理论，做出一次又一次新的发明和创造，都将不断地提高一个人成就大业的能力。

成功的可贵之处在于创新思维。一个成大事的人只有通过有所创新，才能体会到人生的真正价值和真正幸福，并激励人们以更大的热情去继续从事创新性实践活动，实现人生的更大价值。

这就是《庄子》，它其中很多精华的内容并不是由外表的文字反映出来的，因此，阅读《庄子》，更是一种思考的过程，思考得越深入，得到的越多。

忠臣也不过是被利用的工具

岳飞为宋朝名将，事母至孝，家贫力学，母亲在其背上刺了“精忠报国”四字，岳飞以此为一生处世的准则。北宋时，岳飞居老将宗泽帐下，屡破金兵，宋高宗手书“精忠岳飞”，制旗赐之。后破李成，平刘豫，斩杨幺，立下赫赫战功，收复辽阔失地，却因“莫须有”的罪名，受秦桧所害，死于狱中。

然而，就是这样一位忠诚之士，在那个昏乱的朝代，在奸诈之人眼中又是如何的呢？南宋初年，面对着金人的大举入侵，当时号称名将的刘光世、张浚等人，只会一味地避敌逃跑，而不敢奋起反击。这一方面因为他们天生患有软骨病，另一方面，也因为他们官已高、位已尊，以为即使立了大功，也不可能得到更大的升迁。他们便安于现状，什么国家利益、民族利益，在他们心目中根本不占什么地位，当时岳飞入伍不久，虽然已崭露头角，毕竟还没有太大的名望和地位。只有他在和金人进行着殊死的战斗。当时有个叫郡缉的人，上书朝廷，推荐岳飞，推荐书颇值得思量：“如今这些大将，都是富贵荣华到了头，不肯再为朝廷出力了，有的人甚至手握强兵威胁控制朝廷，很是专横跋扈，这样的人怎么能够再重用呢？……驾驭这些人，就好像饲养猎鹰一样，饿着它，它便为你博取猎物；喂饱了，它就飞掉了。如今的这些大将，都是还未出猎就已被鲜汤美肉喂得饱饱的，因此，派他们去迎敌，他们都掉头不顾……至于岳飞，却不是这样，他虽然拥有数万兵众，但他的官爵低下，朝廷对他也未有什么特别的恩宠，是一个默默无闻的低级军官，这正像饥饿的雄鹰准备振翅高飞的时候。如果让他去立某一功，然后赏他某一级官爵；完成某一件事，给他某一等荣誉，就好像猎鹰那样，抓住一只兔子，便喂一只老鼠，抓住一只狐狸，就喂它一只家禽。以这种手段去驾驭他，使他不会满足，总有贪功求战之意，这样他必然会为国家一再立功。”

乱世出忠臣，在那个是非颠倒、生灵涂炭的年代，即使忠臣也不过是被利用的工具。

【悟在当下】

老子的历史哲学与儒家的观念，乃至一般社会人生的态度，另成一格，大异其趣。老子提出天道自然，道衰微了，后世之人便开始提倡仁义道德，不料结果却适得其反。随着知识的发达、教育学问的普及，社会中阴谋诡诈、作奸犯科的人也越来越多，故老子“绝利弃智”的思想不无道理。

“六亲不和有孝慈”，如果家庭是个美满的家庭，一团和气，大家和睦相处，那么个个看来都是孝子贤孙，根本用不着标榜谁孝谁不孝。如果家中出了个孝子，相对之下，便有不被认同的不孝之子，因此，六亲不和，才有所谓的“父慈子孝”。同理，“国家昏乱有忠臣”，老子不希望历史上出现太多的忠臣义士，因为历史上所谓的忠臣无不生于生灵涂炭的乱世，忠臣的形成，往往反映了一代百姓的苦难。如果国家风调雨顺，处于太平盛世，人人自重自爱，没有杀盗淫掠之事，那么也就无所谓忠奸之分了。

老子的话不无道理，与其历史上多出些孝子贤臣，还不如家家和谐，无孝与不孝之分，国家安定，无忠奸之辨。

与其期盼孝子贤臣，不如致力于建设一个和谐的大同世界，路不拾遗，夜不闭户，没有恶的出现，也没有善的彰显，失去相对而言的比较，留下的却是绝对的美好。这或许是古圣先贤们可望而不可即的梦吧。

智慧与奸诈只有一线之隔

《三国志·魏书》中说，曹操“外虽宽容”，其实“内不能平”。外表看起来很有道德修养的样子，其实内心并不平和。《三国演义》正是基于这种基调，刻画了一个“满口仁义道德，一肚子男盗女娼”的奸雄形象，虽然有失偏颇，但从人物刻画的角度来看，无疑是成功的。曹操善于利用道德，邀买人心，将道德作为一种可利用的形式，伪装自己，控制别人，脱离了道德的本意。一句“宁可我负天下人，不可天下人负我”将其道德之下隐藏的奸诈拽了出来。刘备同样也是以“仁义道德”为旗号，招揽天下之士，比之曹操，他多出的是一分真诚，与民秋毫无犯，重情重义，体恤下属，没有在智慧与奸诈间迷失，自然能得到天下人心。

【悟在当下】

刘备与曹操的比较说明了：智慧与奸诈只有一线之隔。

老子说："大道废，有仁义。智慧出，有大伪。"智慧与奸诈仅一线之隔，聪明与狡猾是息息相关的孪生兄弟。老子并非反对仁义道德，只是利用变通原理，对仁义道德的运用做出了新的解读，每一件事，皆有其正反两面，仁义道德亦如此，融会贯通，方能洞烛先机，随时知变、适变、应变。

祸之所倚，福之所伏

有一个富翁，在一次大生意中亏光了所有的钱，并且欠下了债，他卖掉房子、汽车，还清债务。

此刻，他孤独一人，无儿无女，穷困潦倒，唯有一只心爱的猎狗和一本书与他相依为命，相依相随。在一个大雪纷飞的夜晚，他来到一座荒僻的村庄，找到一个避风的茅棚。他看到里面有一盏油灯，于是用身上仅存的一根火柴点燃了油灯，拿出书来准备读书。但是一阵风忽然把灯吹熄了，四周立刻漆黑一片。这位孤独的老人陷入了黑暗之中，对人生感到痛彻的绝望，他甚至想到了结束自己的生命。但是，立在身边的猎狗给了他一丝慰藉，他无奈地叹了一口气沉沉睡去。

第二天醒来，他忽然发现心爱的猎狗被人杀死在门外。抚摸着这只相依为命的猎狗，他决定要结束自己的生命，世间再没有什么值得留恋的了。于是，他最后扫视了一眼周围的一切。

这时，他发现整个村庄都沉寂在一片可怕的寂静之中。他不由急步向前，啊，太可怕了，尸体，到处是尸体，一片狼藉。显然，这个村庄昨夜遭到了匪徒的洗劫，整个村庄一个活口也没留下来。

看到这可怕的场面，老人不由心念急转，啊！我是这里唯一幸存的人，我一定要坚强地活下去。此时，一轮红日冉冉升起，照得四周一片光亮，老人欣慰地想，我是这个世界上唯一的幸存者，我没有理由不珍惜自己。虽然我失去了心爱的猎狗，但是，我得到了生命，这才是人生最宝贵的。

【悟在当下】

每个人都有自己所拥有的，也会有相应的失去。在慨叹不幸时，多想想自己所拥有的，每一样都是最宝贵的。

《庄子·内篇·人间世》中说：福轻乎羽，莫之知载；祸重乎地，莫之知避。

如果人一生都要求幸福，那是不可能的事情，因为幸福就像轻飘飘的羽毛一样难以把握，而艰难痛苦就像脚下的大地一样始终不离左右，所以人一生都是身在祸福之中。明白了这点，你就能以平和的心态来看待身边的得失。

量力而行

有一头野猪，从一出生就被关在一个山洞里喂养。它的妈妈十分宠爱它，平常舍不得放它出去锻炼锻炼，直到野猪长大了，牙齿长得又长又尖，它妈妈才放它出山洞，让它去自谋生路。因而这头野猪直到出山洞时，还不知道别的动物是什么长相，又都有些什么本事。

这只刚出道的野猪，刚开始碰到的恰好都是些力气比它小的动物，理所当然的，这些小动物也就成了野猪的“阶下囚”，野猪为此扬扬得意，它错误地认为这世上所有的动物都不如它。

隔了几天，这只野猪碰见了一只狼，它扑上去就把狼咬死了，这一下，野猪更加得意、更加自信，行为也就更加放肆。随后它看见鹿，又扑上去乱咬一气，鹿挣扎了几下，就死于野猪的“钢牙”下。野猪的自信心上升到了极点，它决定要凭着自己的本领“雄霸天下”。

一天，这只野猪正在森林里“散步”，一头大象走了过来，野猪自言自语地说：“这家伙个头儿真大，但看样子并不灵活，我要在它面前显示一下我的力量，征服它，让它以后听从我的指挥。”野猪带着必胜的信心，毫不犹豫地朝大象冲了过去。

大象毫不惊慌，它伸出长长的鼻子把野猪卷了起来，高高举起，然后狠狠地摔到地上，几脚就把这只狂妄自大的野猪踩死了。

这头野猪最后之所以惨死，就因为它对世路的难行认识得不够，最终栽倒在半途之中。

【悟在当下】

一个人若想在这个世间走得更顺畅、更完美，必须学会“端虚勉一”“内直外曲”“成而上比”，更应该学会“心斋”，这样不但能保全自己，更能达到游世的境界。

正如《庄子·生主》中所说：为善无近名，为恶无近刑。缘督以为经，可以保身，可以全生，可以养亲，可以尽年。明哲保身之妙法，尽在其中矣！

庄子只是为我们提供了一种在人世生存的可能的途径而已，无论如何，一个人必须开自己的慧眼学会怎样做人，认清那条适合自己的道路，才能在这个艰难的丛林世间立于不败之地。

庖丁解牛，由浅入深

庖丁给文惠君宰杀牛牲，分解牛体时手接触的地方，肩靠着的地方，脚踩踏的地方，膝抵住的地方，都发出砉砉的声响，快速进刀时刷刷的声音，无不像美妙的音乐旋律，符合桑林舞曲的节奏，又合于经首乐曲的乐律。

文惠君说：“嘻，妙呀！技术怎么达到如此高超的地步呢？”

庖丁放下刀回答说：“我所喜好的是摸索事物的规律，比起一般的技术、技巧又进了一层。我开始分解牛体的时候，所看见的没有不是一头整牛的。几年之后，就不曾再看到整体的牛了。现在，我只用心神去接触而不必用眼睛去观察，眼睛的官能似乎停了下来而精神世界还在不停地运行。依照牛体自然的生理结构，劈击肌肉骨骼间大的缝隙，把刀导向那些骨节间大的空处，顺着牛体的天然结构去解剖；从不曾碰撞过经络结聚的部位和骨肉紧密连接的地方，何况那些大骨头呢！优秀的庖丁一年更换一把刀，因为他们是在用刀割肉；普通的庖丁一个月就更换一把刀，因为他们是在用刀砍骨头。如今我使用的这把刀已经十九年了，所宰杀的牛牲上千头了，而刀刃锋利就像刚在磨刀石上磨过一样。牛的骨节乃至各个组合部位之间是有空隙的，而刀刃几乎没有什么厚度，用薄薄的刀刃插入有空隙的骨节和组合部位间，对于刀刃的运转和回旋来说那是多么宽绰而有余地呀。所以我的刀使用了十九年，刀锋仍像刚在磨刀石上磨过一样。虽然这样，每当遇上筋腱、骨节聚结交错的地方，我看到难于下刀，为此而格外谨慎，不敢大意，目光专注，动作迟缓，动刀十分轻微。牛体霍霍地全部分解开来，就像是一堆泥土堆放在地上。我于是提着刀站在那儿，为此而环顾四周，为此而踌躇满志，这才擦拭好刀收藏起来。”

【悟在当下】

在《庄子·内篇·养生主》中，庄子借庖丁之口，讲述了自己修养的造诣境界和处世的方法、原则。当庖丁到一般的杀牛匠那里去看时，看到杀牛匠的小心紧张与严谨的准备，自己便“怵然为戒”，顿生警觉，仿佛看到自己的榜样。庖丁的技术那么高明，可是在看技术差的人杀牛时，并没有看不起别人。

他的做法为我们提供了一个做人的标杆。学问到了最高境界，就是以最平凡、最肤浅的人做自己的老师，做自己的榜样。

不必四处宣扬，以身作则即可

《新唐书》中有一个武则天与狄仁杰的故事：

武则天称帝后，任命狄仁杰为宰相。有一天，武则天问狄仁杰：“你以前任职于汝南，有极佳的表现，也深受百姓欢迎。但却有一些人总是诽谤诬陷你，你想知道详情吗？”狄仁杰立即告罪道：“陛下如认为那些诽谤诬陷是我的过失，我当恭听改之；若陛下认为并非我的过失，那是臣之大幸。至于到底是谁在诽谤诬陷，如何诽谤，我都不想知道。”武则天闻之大喜，说狄仁杰是仁师长者。

【悟在当下】

《庄子·内篇·齐物论》中有：“夫大道不称，大辩不言，大仁不仁，大廉不嗛，大勇不忮。道昭而不道，言辩而不及，仁常而不周，廉清而不信，勇忮而不成。”

这句话的意思是说，至高无上的真理是不必称颂的，最了不起的辩说是不必言说的，最具仁爱的人是不必向人表示仁爱的，最廉洁方正的人是不必表示谦让的，最勇敢的人是从不伤害他人的。真理完全表露于外那就不算是真理，逞言肆辩总有表达不到的地方，仁爱之心经常流露反而成就不了仁爱，廉洁到清白的极点反而不太真实，勇敢到随处伤人也就不能成为真正勇敢的人。

这其中的道理便是，真正有德行的人，不必四处宣扬，以身作则，就能够将自己的美德传达给别人。所以说，有时候高声标榜自己，未必能显出自己的好处；反而是沉默寡言，即便遭受了毁谤也不反驳，更能显现自己的信心。这正是“浊者自浊，清者自清”的道理。

第8章　世事无常，当下就是幸福

人生的这场大梦，不知道能有几个人真的清醒。有的人可能一辈子就这样浑浑噩噩地走完了；有的人等醒悟的时候已经晚了，生命之车已经快驶到终点。生命如同时间，过去留不住，未来看不见，与其烦恼无常生死，不如把握眼前此刻，不惶恐、不惧怕，镇定地享受生命的快乐。

大梦谁先觉

《庄子·齐物论》中有这样一个故事：

有一天黄昏，庄周梦见自己变成了蝴蝶。

他拍了拍翅膀，果然像是一只蝴蝶，快乐极了。这时候，他完全忘记自己是庄周。

过了一会儿，他在梦中大悟，原来那得意的蝴蝶就是庄周。

那么，究竟是庄周做梦变成蝴蝶，还是蝴蝶做梦变成庄周？

庄周可以是蝴蝶，蝴蝶也可以是庄周。

活在人生这场大梦中的人，很难弄清楚究竟自己活在其中的世界和自己死后所去的世界哪一个才是真实的。很多人只在快走到人生尽头的时候，才有了“恍然如梦”的感觉。

中国古代流传了许多“恍然如梦”的故事，读来让人回味无穷。

相传，唐代有个姓淳于名棼的人，嗜酒任性，不拘小节。一天适逢生日，他在门前大槐树下摆宴和朋友饮酒作乐，喝得烂醉，被友人扶到廊下小睡。迷迷糊糊中，仿佛有两个紫衣使者请他上车，马车朝大槐树下一个树洞驰去。但见洞中晴天丽日，别有洞天。车行数十里，行人络绎不绝，景色繁华，前方朱门悬着金匾，上书“大槐安国”，有丞相出门相迎，告称国君愿将公主许配，招他为驸马。淳于棼十分惶恐，不觉已成婚礼，与金枝公主结亲，并被委任为“南柯郡太守”。淳于棼到任后勤政爱民，把南柯郡治理得井井有条，前后二十年，上获君王器重，下得百姓拥戴。这时他已有五子二女，官位显赫，家庭美满，万分得意。

不料檀萝国突然入侵，淳于棼率兵拒敌，屡战屡败，公主又不幸病故。淳于棼连遭不测，失去国君宠信，后来他辞去太守职务，扶柩回京，心中郁郁寡欢。后来，君王准他回故里探亲，仍由两名紫衣使者送行。车出洞穴，家乡山川依旧。淳于棼返回家中，只见自己身子睡在廊下，不由吓了一跳，惊醒过来，眼前仆人正在打扫院子，两位友人在一旁洗脚，落日余晖还留在墙上，而梦中经历好像已经整整过了一辈子。淳于棼把梦境告诉众人，大家感到十分惊奇，一齐寻到大槐树下，果然掘出一个很大的蚂蚁洞，旁有孔道通向南枝，另有小蚁穴一个。梦中“南柯郡”“槐安国”，其实原来如此！

【悟在当下】

故事虽为大家所熟知，但读来仍别有意味，真正参透梦境、参透人生之人又能有几个？人生就是这样一场大梦，醒时做白日梦，睡时做黑夜梦，现象不同，本质一样，夜里的梦是白天梦里的梦，如此而已。什么时候才真正不做梦呢？必须得道，只有“大觉而后知此其大梦”，大彻大悟大清醒以后，才会顿悟人生不过是一场“大梦”。

人生的这场大梦，不知道能有几个人真的清醒。有的人可能一辈子就这样浑浑噩噩地走完了；有的人等醒悟的时候已经晚了，生命之车已经快驶到终点。

生命无尽，春来夏又生

《庄子·大宗师》中记载：

子祀、子舆、子犁、子来四个人在一起谈话，说：“谁能够把无当作头，把生当作脊柱，把死当作尻尾，谁能够通晓生死存亡浑然一体的道理，我们就可以跟他交朋友。”四个人都会心地相视而笑，心心相契却不说话，于是相互交往成为朋友。

不久子舆生了病，子祀前去探望他。子舆说："伟大啊，造物者！把我变成如此屈曲不伸的样子！腰弯背驼，五脏穴口朝上，下巴隐藏在肚脐之下，肩部高过头顶，弯曲的颈椎形如赘瘤朝天隆起。"阴阳二气不和酿成如此灾害，可是子舆的心里却十分闲逸，好像没有生病似的，蹒跚地来到井边对着井水照看自己，说："哎呀，造物者竟把我变成如此屈曲不伸！"

子祀说："你讨厌这屈曲不伸的样子吗？"子舆回答："没有，我怎么会讨厌这副样子！假令造物者逐渐把我的左臂变成公鸡，我便用它来报晓；假令造物者逐渐把我的右臂变成弹弓，我便用它来打斑鸠烤熟了吃；假令造物者把我的臀部变化成为车轮，把我的精神变化成骏马，我就用来乘坐，难道还要更换别的车马吗？至于生命的获得是因为适时，生命的丧失是因为顺应；安于适时而处之顺应，悲哀和欢乐都不会侵入心房。这就是古人所说的解脱了倒悬之苦。然而不能自我解脱的原因，则是受到了外物的束缚。况且事物的变化不能超越自然的力量已经很久很久，我又怎么能厌恶自己现在的变化呢？"

不久子来也生了病，气息急促将要死去，他的妻子、儿女围在床前哭泣。子犁前往探望，说："嘿，走开！不要惊扰他由生而死的变化！"子犁靠着门跟子来说话："伟大啊，造物者！又将把你变成什么，把你送到何方？把你变化成老鼠的肝脏吗？把你变化成虫蚁的臂膀吗？"

子来说："父母对于子女，无论东西南北，他们都只能听从吩咐调遣。自然的变化对于人，则不次于父母，它使我靠拢死亡而我却不听从，那么我就太蛮横了，而它有什么过错呢！大地把我的形体托载，用生存来劳苦我，用衰老来闲适我，用死亡来安息我。所以把我的存在看作是好事，也因此可以把我的死亡看作好事。现在如果有一个高超的冶炼工匠铸造金属器皿，金属熔解后跃起说'我必须成为良剑莫邪'，冶炼工匠必定认为这是不吉祥的金属。如今人一旦承受了人的外形，便说'成人了，成人了'，造物者一定会认为这是不吉祥的人。如今把整个浑一的天地当作大熔炉，把造物者当作高超的冶炼工匠，用什么方法来驱遣我而不可以呢？"于是安闲熟睡似的离开人世，又好像惊喜地醒过来而回到人间。

这四个人真是奇人异士，这个故事也很奇异而耐人寻味，从中我们可以看出庄子对生死的态度是何等超然，境界是何等开阔。

【悟在当下】

春暖时节，花开正艳，生命的灿烂一览无余，但花开之后就有凋谢的那一天，就像生命必有终结之时一样。可是生命的灿烂平息之时，生命并不会停止，就像庄子所说的那样，“指穷于为薪，火传也，不知其尽也”，生命会继续生生不息地存在下去。正如白居易的一首诗所写的那样：

离离原上草，一岁一枯荣。

野火烧不尽，春风吹又生。

庄子告诉我们，人死了以后并没有到哪里去，真正的生命的光辉，它永远是亮着的。

于人于天有益，天人皆择之

传说老子骑青牛过函谷关，在函谷府衙为府尹留下洋洋五千言《道德经》时，一年逾百岁、鹤发童颜的老翁到府衙找他。老翁对老子略略施了个礼说：“听说先生博学多才，老朽愿向您讨教个明白。”

老翁得意地说：“我今年已经一百零六岁了。说实在话，我从年少时直到现在，一直是游手好闲地轻松度日。与我同龄的人纷纷作古，他们开垦百亩沃田却没有一席之地，修了万里长城而未享辚辚华盖，建了大量屋宇却落身于荒野郊外的孤坟。而我呢，虽一生不稼不穑，却还吃着五谷；虽没置过片砖只瓦，却仍然居住在避风挡雨的房舍中。先生，是不是我现在可以嘲笑他们忙忙碌碌劳作一生，只是给自己换来一个早逝呢？”

老子听了，淡然一笑，吩咐府尹说：“请找一块砖头和一块石头来。”老子将砖头和石头放在老翁面前说：“如果只能择其一，仙翁您是要砖头还是愿取石头？”老翁得意地将砖头取来放在自己的面前说：“我当然择取砖头。”老子抚须笑着问老翁：“为什么呢？”老翁指着石头说：“这石头没棱没角，取它何用？而砖头却用得着呢。”老子又招呼围观的众人问：“大家要石头还是要砖头？”众人纷纷说要砖而不取石。老子又回过头来问老翁：“是石头寿命长呢，还是砖头寿命长？”老翁说：“当然石头了。”老子释然而笑说：“石头寿命长，人们却不择它，砖头寿命短，人们却择它，不过是有用和没用罢了。天地万物莫不如此。寿虽短，于人于天有益，天人皆择之，皆念之，短亦不短；寿虽长，于人于天无用，天人皆摒弃，倏忽忘之，长亦是短啊。”老翁顿然大悟。

【悟在当下】

“参赞天地之化育”，正是人道价值之所在。人生于天地之间，忽而数十年的生命，仿如过客，晃眼即逝，到底它的意义何在？人类生活在天地间，勉勉强强过得去，从始至终都在体会着苦。然而，天地虽不完备，缺陷丛生，但是人类可以通过合理运用自身的智慧与能力，创造一个圆满和谐的人生，弥补天地的缺憾。

人，有的可以永远做自己生活的主人，而有的只配永远做自己生活的奴隶。就像故事中的马一样，为了满足自己的虚荣，填满自己的妒忌心，却永远地丢弃了自由的权利。你选择了什么样的人生道路，就会享有什么样的人生。但无论你要选择什么、放弃什么，都要弄清楚这样做值得不值得。

荣华尽褪是苍凉

在讨论生死问题的时候，庄子引用了“丽姬出嫁”的故事：

丽姬原本是一个民女，因为皇宫选宫女，她被选中，最后还成了皇后，享尽人间荣华富贵。她在回想当初被选中时，在家里哭得一塌糊涂的悲惨情形，现在看来当初是多么的荒唐、愚蠢、无知。

同样的道理，在生死问题上也是如此，因为人心怀死亡的恐惧而在临死前拼命哭泣，结果死了以后到阴间反而觉得很舒服，到那时才知道临死时的哭泣与挣扎都是多余的。

庄子在另一则寓言故事中提到了死亡的快乐：

庄子到楚国去，途中见到一个骷髅，枯骨凸露，呈现出原形。庄子用马鞭从侧旁敲了敲，问道：“先生是贪求生命、失却真理，因而成了这样呢？抑或你遇上了亡国的大事，遭受到刀斧的砍杀，因而成了这样呢？抑或有了不好的行为，担心给父母、妻儿子女留下耻辱，羞愧而死因此成了这样呢？抑或你遭受寒冷与饥饿的灾祸而成了这样呢？抑或你享尽天年而死去成了这样呢？”

庄子说罢，拿过骷髅，用作枕头而睡去。

到了半夜，骷髅给庄子显梦说：“你先前谈话的情况真像一个善于辩论的人。看你所说的那些话，全属于活人的拘累，人死了就没有上述的忧患了。你愿意听听人死后的有关情况和道理吗？”

庄子说：“好。”

骷髅说：“人一旦死了，在上没有国君的统治，在下没有官吏的管辖，也没有四季的操劳，从容安逸地把天地的长久看作时令的流逝，即使南面为王的快乐，也不可能超过。”

庄子不相信，说：“我让主管生命的神来恢复你的形体，让你重新长出骨肉肌肤，返回到你的父母、妻子儿女、左右邻里和朋友故交中去，你希望这样做吗？”

骷髅皱眉蹙额，深感忧虑地说：“我怎么能抛弃南面称王的快乐而再次经历人世的劳苦呢？”

【悟在当下】

人们如此惧怕死亡，但是没有人知道，人在死亡以后是否也会一样畏惧着生存，想方设法地避免“出生”在这个“活着”的世界。

恐惧心理有一个很明显的特点：对于那些神秘和恐惧的事物，对它们越不了解，恐惧感就会越强。人类对于死亡的恐惧就是如此。

人总是习惯性地把死亡想象成失去、虚无、黑暗、痛苦，所以，在人的心里，死亡成了绝望的代名词。我们自以为是地被自己的想象所欺骗，因而生出了种种恐惧，又让这种恐惧占据了内心，影响了活着的心情。

但这种想象是没有依据的，为没有依据的事情恐惧、痛苦，很不值得。

其实，死亡并不可怕。古希腊的快乐主义大师伊壁鸠鲁认为：“一切善恶凶吉都在人的感觉之中，而死亡不过是感觉的丧失。所以，死亡事实上与我们的感觉无关，因而无须恐惧死亡，因为，在人活着的时候，死亡还没有真正到来，而一旦死亡降临时，我们又感觉不到死亡了。”可怕的只是我们对死亡的想象。

不要把死亡放在心上

从前在杞国，有一个胆子很小，而且有点神经质的人，他常会想到一些奇怪的问题，而让人觉得莫名其妙。

有一天，他吃过晚饭以后，拿了一把大蒲扇，坐在门前乘凉，并且自言自语地说："假如有一天，天塌了下来，那该怎么办呢？我们岂不是无路可逃，而将活活地被压死，这不就太冤枉了吗？"

从此以后，他几乎每天为这个问题发愁、烦恼。朋友见他终日精神恍惚、脸色憔悴，都很替他担心，但是，当大家知道原因后，都跑来劝他说：

"老兄啊！你何必为这件事自寻烦恼呢？天空怎么会塌下来呢？再说即使真的塌下来，那也不是你一个人忧虑发愁就可以解决的啊，想开点吧！"

可是，无论人家怎么说，他都不相信，仍然时常为这个不必要的问题而担忧。

后来的人就根据上面这个故事，引申成"杞人忧天"这句成语，它的主要意义在于唤醒人们不要为一些不切实际的事情而忧愁。它与"庸人自扰"的意义大致相同。

【悟在当下】

人的生死有时就是"有定数"，应了"死生有命，富贵在天"的说法。要顺其自然，就是在大势已去时，想得开，别钻牛角尖，特别是对少年夭折、中年短命、突然变故、死于非命的打击，要寻找平衡就得这样想，才能解脱。不然，你无论如何也不能接受眼前的现实，最终死而不能复生，活人总要活下去，一切悲观消极都无济于事。

庄子对人生的短暂有着深刻的认识，他说：

"人生于天地之间，就像骏马穿过一个狭窄的通道，瞬间而过罢了。自然而然地，全都蓬勃而生；自然而然地，全都顺应变化而死。业已变化而生长于世间，又会变化而死离人世，活着的东西为之哀叹，人们为之悲悯。"但是面对终将到来的死亡，庄子并不是陷入悲观绝望，而是达观地看待这一切，他说："可是人的死亡，也只是解脱了自然的捆束，毁坏了自然的拘括，纷纷扰扰地，魂魄必将消逝，于是身形也将随之而去，这就是最终归向宗本啊！"既然死亡只是为了回归本源，还有什么好悲哀的呢？庄子的意思是，既然你思考这个问题得不到解决，那就换一种角度去面对。

生命是宝贵的、短暂的，重生乐生，在有限的生命岁月，创造更多更高的人生价值，使生命更有意义，不枉来世上走一趟。世间的事情永远不可能是十全十美的，也许正因为这样，才会有人穷其一生都在追求完美的东西。歌德有句名言：生活在理想的世界，就是要把不能的东西当作仿佛是可能的东西来处理。别总是面对死亡而悲观，是的，既然活着，就应该好好歌唱，活着就应该笑。因为只有笑，才是苦难最好的归宿。“笑对生活”就是乐生重生，顺其自然，追求高，看得透，想得开，活得既有意思、有价值，又比较轻松。

不要总把死亡放在心上，这样就能轻松一点、自在一点。享受明月清风，坐看水流云动，享受生命的大自在，何乐而不为？

善生不如善死

她是一个年轻的护士，很多时间都是在病房里度过，病人床头的花开花谢让她深刻地感受到生命的脆弱。有时候，她甚至觉得病人床头大朵绽放的花仿佛浑然不知死亡的存在，冰冷的花蕊就像一只只嘲弄的眼睛，因此，她一点也不喜欢花。

一天，病房里一个新来的男孩送给她一盆花，她竟然没有拒绝。也许是为了他孩子一般的笑容，也许是怕伤害对方的心。从搬进来的第一天起，她就知道他再没有机会离开这间病房了。

那次，他趁她不注意的时候偷偷地溜到外面玩了，回来的时候正好碰见了她。他像一个做错事的孩子站在她面前，低着头一声不吭。到了傍晚，她的桌上多了一盆三色堇，紫、黄、红，斑斓交错，像蝴蝶展翅，又像一张顽皮的鬼脸，旁边还附着一张小条子：“想知道你不高兴的样子像什么吗？”她忍俊不禁。第二天她又收到了他送的一盆太阳花，小小圆圆的红花，每一朵都是一个灿烂的微笑：“想知道你笑的样子像什么吗？”

后来，他带她到附近的小花店闲逛，她这才惊奇地知道，世上居然有这么多种花，玫瑰深红，康乃馨粉黄，马蹄莲幼弱婉转，郁金香艳异咄咄，栀子香得动人魂，而七里香更是摄人心魄。她也惊奇于他谈起花时眼里放出的光，仿佛那里面燃烧着生命的激情。

他问：“你爱花吗？”

“花是无情的，不懂得生命的可贵。”

他微笑着告诉她：“懂得花的人，才会明白花的可敬。”

一个烈日炎炎的中午，她远远看见他在住院部的花园里呆立着，她刚要喊一声，他听到了脚步，急切回身，食指掩唇：“嘘——”

那是一株矮矮的灌木，缀满红色灯笼的小花，此时每一朵花囊都在爆裂，无数花子四周飞溅，仿佛一场密集的流星雨。他们默默地站着，见证了一种生命最辉煌的历程。

第二天，他送给她一个花盆，盆里只有满满的黑土。他微笑着说：“我把昨天捡回来的花子种在盆里了，一个月后就会开花。”

三天后，深夜，他床头的急救铃声突然响起。她第一时间冲到病人的身边，在家属的眼泪中，她知道一切都已经太晚了。在生命的最后时刻，他始终保持着奇异的清醒，对身边的每一个人露出了一个灿烂的笑容，像刚刚展翅便遭遇风雪的花朵，渐渐冻凝成化石。

她没有哭，只是每天都给那一盆光秃秃的土浇水。后来，她到外地出差一个星期，回来后，发现那盆花不见了。同屋的女伴看见里面什么都没有种，就把它扔到窗外了。

又过了一段时间，她打开桌前久闭的窗，整个人惊呆了——

窗户下，一个摔成两半的花盆里长出了一株瘦瘦的嫩苗，青翠欲滴，还有一个羞涩的含苞，好像一盏燃起的生命之灯。这时，她忽然懂得了生命的真谛。

【悟在当下】

生命之旅，哪怕短暂如昙花一现，也应当珍惜这仅有一次的生存权利。我们理应在有限的时间里，绽放生命的花朵，让生命更精彩。

《庄子·大宗师》中说：“夫大块载我以形，劳我以生，佚我以老，息我以死。故善吾生者，乃所以善吾死也。”这是庄子参透生死问题后所讲的道。天地造化赋予人一个生命的形体，让我们劳碌度过一生，到了生命的最后才让人休息，而死亡就是最后的安顿，这就是人一生的描述。善待自己生的人，也一定会善待自己的死。

“善吾生者，乃所以善吾死也。”这是一个重要的结论。生命是虚无而又短暂的，它在于一呼一吸之间，如流水般消逝，永远不复回。一个人只有真正认清了生命的意义、生命的方向，好好地活着，将生命演绎得无比灿烂、无比美丽，才是真正懂得善待生命的人。

暴尸或深葬皆相同

据《庄子·列子》载：

庄子生命垂危时，其弟子们商量如何为其厚葬。庄子得知，对弟子说：我视蓝天为自己的棺椁，把光辉的太阳和皎洁的月亮看作相连的宝玉，天上的星星是珍贵的珍珠。把天下万物当作自己的殉葬品，这还不够齐备吗？何必还搞什么厚葬？当他的弟子解释说，怕他的遗体为乌鸦啄食时，庄子说，放在地面上为乌鸦、老鹰啄食，埋到地下则会被蝼蚁啄食，这不是偏心吗？

庄子把死看得很淡。人既然已经死了，就等于回归宇宙自然之中，暴尸或深葬，为乌啄，为蚁食，反正都一样，何必那么在意？

【悟在当下】

万物有生也有死，这是生命的自然规律。对生和死的态度，形成了每个人的生死观，生死观是一个人世界观的重要内容。有什么样的人生观，就有什么样的处世哲学、生活态度。

庄子在《大宗师》中把生和死看成一种自然现象，指出：“死生，命也，其有旦之常，天也。”就是说，人的生和死是不可避免的，就像有白天和黑夜一样平常，并且认为“其生也天行，其死也物化”（《庄子·天道》），“其生若浮，其死若休”（《庄子·刻意》）。一个人的降生是依循着自然界的运动而生，一个人的死亡也只是事物转化的结果；生若浮游天地之间，死若休息于宇宙怀抱。一切都没什么好大惊小怪，生也好，死也罢，平平常常，没什么可怕的。

承认生命的自然属性，当生则生，不当生则不生。生则好好生活，死则超然以对。这才是真正的解脱，真正超越生死的人生态度。

心安理得，享受生命之乐

一个旅行者在草原上被一只狂怒的野兽追赶。旅行者为了逃生，藏到一口无水的井中。然而，他看见井底有一条龙，张着血盆大口想吞噬他。这个不幸的人不敢爬出井口，否则会被狂怒的野兽吃掉；他也不敢跳入井底，否则会被巨龙吞噬。他抓住井缝里生长出的野灌木枝条，死死地抓住不放。他的手越来越无力，他感到不久自己就要向危险投降，危险正在井口和井底两头等着他。但他仍然死死地抓住灌木。忽然，两只老鼠绕着他抓住的灌木主枝画了一个均匀的圆圈，然后从各方啃噬。灌木随时都会断裂垮掉，他也随时会落入龙的巨口。旅行者目睹着这一切，深知必死无疑，而在他死死抓住灌木的时候，却看见灌木的树叶上挂着几滴蜜汁，他便把舌头伸过去，去舔舐这或许是最后的快乐。

【悟在当下】

在进退维谷的人生境遇中，以全部的力量抗争险恶的势力弥足珍贵。倘若面对无法抗衡的力量的威胁，直到生命的最后一刻，仍能够镇定自若地去享受和体味生命最后的快乐，则更能显现出一种真正超然的人生本色。

《庄子·内篇·养生主》中讲道：老子死后，秦失去吊唁，哭了几声就出来了。老子的弟子认为他的行为过于草率，就问他："就这样吊唁他，可以吗？"秦失说："可以的。一个人活在这个世界上，是顺着生命的自然之势来的；年龄大了，到了要死的时候，也是顺着自然之势去的。你的老师偶然来到世间，是应时而生，又偶然离开世间，是顺命而死。安于时机并且顺应变化，哀乐心情就不能进入心中。"

正如秦失所说：真正的生命不在现象上，人们要看透生死，"安时而处顺，哀乐不能入也"。这才是最高的修养。生死的问题看空了，随时随地心安理得、顺其自然，才能做到不惶恐、不惧怕，镇定地享受生命的快乐。

第 9 章　命好不如修养好

心灵就像一轮秋月挂于高天，清辉弥漫，皎洁晶莹，如果你总是受制于世俗的声色名利，你的心就会充满浓厚的乌云，心月就会越来越暗淡。因而道家才提出了“养心胜于养身”的观点，只要心获得了解脱，不再不知餍足，保持心境自然，就能达到不养身而健康的程度，做到简单而快乐。

圣人般虚淡的心境

《庄子》中曾提到过一个女人，她在与南伯子葵地交谈的时候讲了这样一段话：“你知道卜梁倚吗？他有圣人般明敏的才气，却没有圣人般虚淡的心境。而我呢，我有圣人般虚淡的心境，却没有圣人那种明敏的才气。我本想如果用虚淡的心境去教导他，没准他果真能成为圣人。然而，结果却不是这样。虽然把圣人虚淡的心境传告给具有圣人才气的人看起来更容易些，但我还是选择持守着告诉他，结果，他三天之后便能遗忘天下。看到他已经可以遗忘天下，我又凝寂持守，结果，他七天之后就能遗忘万物。看到他已经遗忘外物，我又凝寂持守，结果他九天之后便能遗忘自己的存在。等到他遗忘了自己的存在，他的心境便能如朝阳一般清新明澈。当心境如朝阳般清新明澈，他就能够感受那绝无所待的道了。当他感受了道，就能超越古今的时限。当他超越古今的时限可以在历史中穿梭，那么便进入无所谓生、无所谓死的境界。一个人生活在世界上，当你摒除了生也就没有了死，因为没有了死的对比，那时候的生也就不存在了。”

【悟在当下】

庄子认为，一个可以学道的人，必须有“圣人般虚淡的心境”，否则，这个人只能在世间随波逐流，跟随着众人行走于声色名利之中，永远没有醒悟的那一天。

一个人，只有学会了修养自己的心灵，才能保持内心的宁静与和谐，才有可能像庄子一样，达生而逍遥。

首养自然之心，保持纯真本性

陶渊明原是晋朝大司马陶侃的曾孙。他一生仕途不达，曾做过五次官，最后一次在家乡附近当了一个小县令。他在任大概一百多天时，有名督邮前来视察，旁人提醒他“应束带是之”，还要送些厚礼给他。陶渊明一听心里不高兴，督邮算个什么人物？乃乡里小儿。我怎能为五斗米折腰呢？这样他就找了个理由辞去了县令，回乡归隐，回归自然。

返乡后，陶渊明过着耕读的生活，生活虽然并不富裕，但精神上自由，“采菊东篱下，悠然见南山”“舟摇之以轻荡，风飘之而吹衣”，他过着悠然自得的生活。以后他写下了《桃花源》的著名诗篇，表达了他的理想。

自然可以开启人的心灵、陶冶人的情操。人久居闹市，心久系官场人实际上活得很累，一些荣华富贵，一些名声赞誉都是表面的东西。月明风清时，人立于月下，就会突然觉得自己生活得很可笑、荒唐。整日费尽心思与人争斗，为官职而不耻说那些不愿说的话，何必要这样难为自己？

【悟在当下】

此时，放下来，走出去，到自然的怀抱中沐浴春风，攀登高山，放歌旷野，你会舒服许多。自然是功名的清新剂。

庄子认为，养心首先要养自然之心，要保持人原有的那种质朴、纯真的自然属性。整日工于心计、追逐名利，如何养生，如何养心？

回到自然去！在心态上回到自然去！这就是庄子给我们的启示。

心灵就像一轮秋月挂于高天，清辉弥漫，皎洁晶莹，如果你总是受制于世俗的声色名利，你的心就会充满浓厚的乌云，那轮心灵的明月就会越来越暗淡，直至无光。因此，一个现代人，如果能多接近自然，就能清除心灵的乌云，那轮心月就会焕发出本属于它的明丽，生命也会在心月的清辉中常驻常新。

顺应习性，养虎无患

你不了解那养虎的人吗？他从不敢用活物去喂养老虎，因为他担心扑杀活物会激起老虎凶残的习气；他也从不敢用整个的动物去喂养老虎，因为他担心撕裂动物也会诱发老虎凶残的习气。知道老虎饥饱的时刻，通晓老虎暴戾凶残的秉性。老虎与人不同类却向饲养人摇尾乞怜，原因就是养虎人能顺应老虎的性子；而那些遭到虐杀的人，是因为触犯了老虎的性情。

爱马的人，以精细的竹筐装马粪，用珍贵的蛤壳接马尿。刚巧一只牛虻叮在马身上，爱马之人出于爱惜随手拍击，没想到马儿受惊便咬断勒口、挣断辔头、弄坏胸络。意在爱马却失其所爱，能够不谨慎吗？！

只要懂得顺应习性，养虎也不会受到伤害；如果违逆了习性，即使是温顺的马，也会对你发怒。

【悟在当下】

《庄子》的《骈拇》篇中说：“凫胫虽短，续之则忧。鹤胫虽长，断之则悲。故性长非所断，性短非所续，无所去忧也。”

意即：凫的腿即使很短，但如果你把它接长，凫就会很痛苦；鹤的腿即使很长，要把它截断，鹤也会很悲伤。所以，本性长的不要折断，本性短的不要接长，这样就没有什么可忧愁的了。

风靡欧美的《简单生活》一书的作者丽莎指出：“每天都给自己一段独处的时间，好好问问自己，到底想过什么样的生活？什么是可有可无的？什么是必须去不懈追求的？这样的追问可以一直延续下去。还可以把每天的想法记录下来，这样你会看到，随着生活阅历的增加，思考的深入，你的回答也不断成熟。只要我们不再一味追求外界的认可，疲惫无奈地生活在他人的注视之下，我们就会真诚生活，成为自己命运的主宰者。”

这里，简单生活的法则和庄子的观点不谋而合。

生命之美在于静

在《庄子·在宥》篇，庄子讲述了黄帝向广成子问道的故事，故事这样说：

黄帝做了十九年天子，诏令通行天下，听说广成子居住在崆峒山上，特意前往拜见他。

黄帝见到广成子后说：“我听说先生已经通晓至道，冒昧地请教至道的精华。我一心想获取天地的灵气，用来帮助五谷生长，用来养育百姓。我又希望能主宰阴阳，从而使众多生灵遂心地成长，对此我该怎么办？”

广成子回答说：“你所想问的，是万事万物的根本；你所想主宰的，是万事万物的残留。自从你治理天下，天上的云气不等到聚集就下起雨来，地上的草木不等到枯黄就飘落凋零，太阳和月亮的光亮也渐渐地晦暗下来。然而谗谄的小人心地是那么褊狭和恶劣，又怎么能够谈论大道？”

黄帝听了这一席话便退了回来，弃置朝政，筑起清心寂智的静室，铺着洁白的茅草，谢绝交往独居三月，之后再次前往求教。

广成子头朝南地躺着，黄帝则顺着下方，双膝着地匍匐向前，叩头着地行了大礼后问道：“听说先生已经通晓至道，冒昧地请教，修养自身怎么样才能活得长久？”

广成子急速地挺身而起，说：“问得好啊！来，我告诉给你至道。至道的精髓，幽深邈远；至道的至极，晦暗沉寂。什么也不看，什么也不听，持守精神保持宁静，形体自然顺应正道。一定要保持宁寂和清静，不要使身形疲累劳苦，不要使精神动荡恍惚，这样就可以长生。眼睛什么也没看见，耳朵什么也没听到，内心什么也不知晓，这样你的精神定能持守你的形体，形体也就长生。小心谨慎地摒除一切思虑，封闭起对外的一切感官，智巧太盛定然招致败亡。我帮助你达到最光明的境地，直达那阳气的本原。我帮助你进入幽深渺远的大门，直达那阴气的本原；天和地都各有主宰，阴和阳都各有府藏，谨慎地守护你的身形，万物将会自然地成长。我持守着浑一的大道而又处于阴阳二气谐调的境界，所以我修身至今已经一千二百年，而我的身形还不曾衰老。”

黄帝再次行了大礼叩头至地说：“先生真可说是跟自然混而为一了！”

开始时，广成子不愿向黄帝说道。黄帝放弃天下，斋戒三个月以后，广成子才向黄帝说了以下的话：“你问得好啊！来，我告诉你至道是什么。至道的精华，幽深而无状；至道的极致，蒙昧而无声。不听不看，让精神安静，形体就自然端正。一定要安静，一定要清静，不要劳累形体，不要耗费精力，这样就能长生。”广成子主要说的是怎样才能求得道，我们却可以从中体悟到“静”的作用，每个人想要得到幸福，都要保持自己心灵的平静。如果你的生命一直处于烦躁、嘈杂的状态之中，怎能找到自己的心灵呢？内心的平静是智慧的珍宝，是长久努力自律的成果，它呈现出丰富的经验与不凡的真知灼见。一个人即使身处闹市，也要保持静的状态。

【悟在当下】

人们认为自己的想法愈益成熟而变得沉稳，要有这样的体认必须了解别人亦是如此。他若有正确的体认，借着因果道理愈来愈透彻明白事物的关联性，便不再惊慌失措、焦虑悲伤，而是稳重镇定、从容沉着。

王维诗云：

人闲桂花落，夜静春山空。

月出惊山鸟，时鸣春涧中。

很多人都认为王维只是在写自然界景物的美丽，其实那写出来的诗已经不是自然界的美丽了，而是诗人生命的美。诗人为什么能够体验到生命的美？就在于他的静。如果一个人在喧闹的都市中，仍保持一颗清静无为的心，就能像王维那样体验到生命中蕴含着的花落、月出、鸟鸣的美丽，就能拥有一个诗意的幸福人生。

从从容容才是真

徐缓是一位成功人士，当他的同学还在为饭碗苦苦奋斗时，他已拥有了属于自己的一片天地。这一切似乎并没有像有些人那样牺牲健康和情趣孜孜以求，而是在从容淡定中将一切尽收囊中。有人欲探得其中奥秘，徐缓说，其实挺简单，换来这份从容的，也就是半小时。他刚参加工作时，和许多人一样，总觉得手头的事情做不完，业余爱好也丢了，人疲乏得要命，到头来还没落得个好结果。后来有一天，父亲对他说："你能不能试一试，每天早出门半个小时？"他看了父亲一眼，对父亲的话并不十分理解，但他还是决定试一试。从第二天起，他开始比正常时间早半个小时出门。当他走到公共汽车站时，发现等车的人不多，上了车，又发现有许多空位，比平时惬意多了。而且，由于还没到上班高峰期，路上的交通也不堵塞，很快就到达目的地。坐在车上时，他就把一天的工作理了个头绪。进入办公室后，同事们还没来，他在空旷的办公室里伸展了一下手脚，而后开始听一段音乐。当同事们匆匆忙忙地打卡、手忙脚乱地开抽屉时，他的面前已放好了需整理的材料，并泡好了一杯热茶，接下来的工作是有条不紊的。

这里讲的或许是时间管理，半小时的短暂时间换来一世从容。其实，这是一种原理，兵荒马乱中永远都是一团乱麻，从容之中才能气定神闲，决胜千里。

【悟在当下】

许多人一世"劳生"，从来不知"徐生"的从容，其实他们陷入了人生的误区，无法自拔。人生有三重境界：看山是山，看水是水；看山不是山，看水不是水；看山还是山，看水还是水。

看山是山，看水是水，是说一个人在涉世之初纯洁无瑕，目光所及之处一切都新鲜有趣，眼睛看见什么就是什么。

看山不是山，看水不是水，是因为随着年龄的渐长，阅历渐丰，日渐发现世事的繁杂，不愿再轻易相信什么，山不再是单纯的山，水也不再是单纯的水。如果一个人长期停留在人生的第二重境界，便会这山望着那山高，斤斤计较，与人攀比，欲望的沟壑越来越深，就在此境界中到达了人生的终点。这也就是为什么许多人在俗世中迷失了自己，在疲于奔命的路上终结了自己的一生。

看山还是山，看水还是水，第三重境界并非人人能达到。这是一种拨云见日的豁然开朗，是本性的自然回归，心无旁骛，只做自己该做的。面对纷杂世俗之事，一笑而过，笑看世间风云变幻，只求从从容容、平平淡淡，因此，看到的又是山水的本来面貌。真正的做人与处世之道便在其中：人本是人，不必刻意去做人；世本是世，无须精心去处世。

沙漠里拾起心斋

有人在一个辽阔的沙漠里安装了一部公用电话，其初衷当然是为了那些偶尔经过的人，可以使用它来接通城市，以满足物质的、心理的种种需求，甚至援救。而绝不会是相反的情形，因为即使有人打过来又能找谁呢？谁会傻傻地在沙漠里等一个电话吗？某天，住得离这部公用电话最近的一个人，当然，虽然最近也有几十公里的路程，此人经过这儿时居然听见电话铃在响……那个人显然是拨错号了，但他与接听电话的人聊了一会儿，聊得挺愉快。后来此人经过时，只要听到电话铃声在响，就去接听，他和每个打电话来的人都聊得很愉快。但心里不免奇怪，自己与那些人素不相识，他们都是找谁的呢？

有一段时间他试着不去接电话，渐渐地，他发现，无论接与不接那电话铃总是在响，就像都市里的心理热线一样。久居沙漠的他当然不知道，对于城市人，这电话还真有点类似心理热线的作用。身居闹市的他们凭借一根电话线接通了一片空旷，如果正好有人来接，他们就可以聆听那寂静无边的美妙声响，如果没人接听，就正好证实了那里空无一人，只是想找一处空灵之地，一处可供心灵迷失片刻的地方。更让沙漠中人想不到的是，这个电话号码如今已被张贴到互联网上，很多人都在拨打它。结果是，那头电话铃声整天响个不停，这头拨号时常遭遇忙音。原来，为了找一处心斋，人们竟然争先恐后，拥挤如常。

【悟在当下】

这个故事是一个有趣的揣测，但是不无道理，不过，真要让心静静持斋，又何必拘泥于一种形式呢？

《庄子·内篇·人间世》中说："入则鸣，不入则止。""入则鸣"，外境界一进来，心就引起共鸣了，即外界的风一来，你的心波就动摇了，心中的清静境界就消失了。

"听止于耳"，听觉停止了，和外界脱离了关系，所以叫他也听不见了，入定了。"心止于符"，心里面什么念头也不动，自然和"道"符合了。"气也者，虚而待物者也"。这个时候，呼吸之气是空灵的。"待物者"即所谓跟外面物理世界还是相对有待的。虽然身心内外一片虚灵，还是跟外面物理世界相待的，内心空灵是第一步的修养。

“唯道集虚”，把内心虚灵的境界，练习久了，累积久了，那么达到形而上的道也就快了。你能够做到内心意识不动，心灵很凝定，耳根不向外听了，完全是返之内在了，这才是内心真正的持斋。

谁捆绑了你

有一天，一人来到一个山脚下，看见在一片绿草丛中有一位牧童骑在牛背上，吹着横笛，逍遥自在。他走上前去问道：“你看起来很快活，能教给我解脱烦恼的方法吗？”牧童说：“骑在牛背上，笛子一吹，什么烦恼也没有了。”他试了试，却无济于事。于是，他又开始继续寻找。

不久，他来到一个山洞里，看见有一个老人独坐在洞中，面带满足的微笑。他深深鞠了一躬，向老人说明来意。

老人问道：“这么说你是来寻求解脱的？”

他说：“是的！恳请不吝赐教。”

老人笑着问：“有谁捆住你了吗？”

“没有。”

“既然没有人捆住你，何谈解脱呢？”他恍然醒悟。

【悟在当下】

《庄子·内篇·养生主》中说：“天也，非人也。天之生是使独也，人之貌有与也。以是知其天也，非人也。”

这里的“天”不是宗教里的什么东西，是指自然的意思。即不管是什么原因造成这个样子，它都是天命，都不能归之于人为。天然给我生命，要让我用一只脚活着，我就用一只脚活着。因此，每个人都有天然的生命，每个人的身体形貌都是独立的，各有各的精神。

我们的一生汲汲营营，所以总是四处寻找解脱的途径，殊不知，并没有谁捆住你的手脚，真正难以摆脱的是困于心中的那个瓶颈。我们之所以不快乐，就是因为活得不够单纯。其实，不要去刻意追求什么，不要向生命去索取什么，不要为了什么给自己设置障碍。其实，简单而自然，本身就是一种幸福。

保持自然的生活方式，不因外在的影响而痛苦抉择，便会懂得生命简单的快乐。人生当中，许多时候，我们并没有机会和时间进行抉择。人生的抉择是最困难的，也是最简单的，困难在于你总是把抉择当作抉择；简单在于你别去考虑抉择问题，遵循生命自然的方式就行了。

猝然临之而不惊，无故加之而不怒

金熙宗天眷二年（1139年），石琚考中进士，任邢台县令。当时官场腐败，贪污成风，邢台守吏更是贪婪恶暴，强夺民财。在此环境之下，石琚却保持着清醒的头脑，他不仅不贪不占，还多次告诫别人不要贪取不义之财，他常对人说：

“君子求财，取之有道，怎么能利令智昏，干下不仁不义之事呢？人们都知钱财的妙处，却不闻不问不义之财所带来的隐患，这是许多人最后遭祸的根源啊。”

邢台守吏对石琚的劝告置之一笑，还嘲笑他说：

“世事如此，你一个人能改变得了吗？你的这些高论说来动听，实际上却全无用处，你何苦自守清贫，不识时务呢？要知无财才是大祸，你身在祸中，尚且不知，岂不遭人耻笑？切不可再言此事了。”

石琚又气又怒，他当面对邢台守吏又规劝说：

“一个人到了见利不见害的地步，他就要大祸临头了。你敛财无度，不计利害，你自以为计，在我看来却是愚蠢至极。回头是岸，我实不忍见到你东窗事发的那一天。”

邢台守吏拒不认错，私下竟反咬一口，向朝廷上书诬陷石琚贪赃枉法。结果，邢台守吏终因贪污受到严惩，其他违法官吏也被一一治罪，石琚因清廉无私，虽多受诬陷却平安无事。

石琚官职屡屡升迁，有人便私下向他讨教升官的秘诀，石琚总是一笑说：

“我不想升迁，凡事凭良心无私，这个人人都能做到，只是他们不屑做罢了。”

来讨教的人不信此说，认为石琚是在敷衍自己，心怀怨气，石琚见此又是一笑道：

“人们过分相信智慧之说，却轻视不用智慧的功效，这就是所谓的偏见吧。”

金世宗任命石琚为参知政事，石琚却百般推辞，金世宗十分惊异，私下对他说：

“如此高位，人人朝思暮想，你却不思谢恩，这是何故？”

石琚以才德不堪作答，金世宗仍不改初衷。石琚的亲朋好友力劝石琚，他们惶急道：

“这是天下的喜事，只有傻瓜才会避之再三。你一生聪明过人，怎会这样愚钝呢？万一惹恼了皇上，我们家族都要受到牵连，天下人更会笑你不识好歹。”

石琚面对责难，一言不发。他见众亲友喋喋不休，最后长叹说：

“俗话说，身不由己，看来我是不能坚持己见了。”

石琚无奈接受了朝廷的任命，私下却对妻子忧虑地说：

“树大招风，位高多难，我是担心无妄之灾啊。”

他的妻子不以为然，说道：

“你不贪不占，正义无私，皇上又宠信于你，你还怕什么呢？”

石琚苦笑道：

“身处高位，便是众矢之的，无端被害者比比皆是，岂是有罪与无罪那么简单？再说皇上的宠信也是多变的，看不透这一点，就是不智啊。”

石琚任太子少师之时，曾奏请皇上让太子熟习政事，嫉恨他的人便就此事攻击他别有用心，想借此赢取太子的恩宠。金世宗听了十分生气，后细心观察，才认定石琚不是这样的人。

金世宗把别人诬陷他的话对石琚说了，石琚所受的震撼十分强烈，他趁此坚辞太子少师之位，再不敢轻易进言。

大定十八年，石琚升任右丞相，位极人臣，前来贺喜的人络绎不绝。石琚表面上虚与委蛇，私下却决心辞官归隐。他开导不解的家人故旧说：

“我一生勤勉，所幸得此高位，这都是皇上的恩典，心愿已足。人生在世，祸在当止不止，贪心恋栈。”

他一次又一次地上书辞官，金世宗见挽留不住，只好答应了他的请求。世人对此事议论纷纷，金世宗却感叹说：

“石琚大智若愚，这样的大才天下再无二人了，凡夫俗子怎知他的心意呢？”

【悟在当下】

在个人道德修养上，老子曾言："吾有三宝，曰慈，曰俭，曰不敢为天下先。"庄子心中也有"人生宝"，即《庄子·内篇·大宗师》中这样一句话：以刑为体，以礼为翼，以知为时，以德为循。

面对人生的波澜，应做到"猝然临之而不惊，无故加之而不怒"。意即：深知进退，而游刃有余。石琚可谓深谙进退之道，能进能退，把握有度，所以才能在官场多年而屹然不倒。

第10章　把生活当作一门艺术

生活的美丑也是世俗加给我们的界定。人必须摘下看生活的有色眼镜，用自己的眼睛去看世界，才能发现世界的美。懂得用心体会生活，就会发现，生活处处都美丽动人，心也能获得逍遥的境界。

超然外物，可得自由

《庄子·田子方》中写道：

列子为伯昏无人表演射箭的本领，他拉满弓弦，又放置一杯水在手肘上，发出第一支箭，箭还未至靶的，紧接着又搭上了一支箭，刚射出第二支箭，而另一支又搭上了弓弦。在这个时候，列子的神情真像是一动也不动的木偶人。伯昏无人看后说："这只是有心射箭的箭法，还不是无心射箭的箭法。我想跟你登上高山，脚踏危石，面对百丈的深渊，那时你还能射箭吗？"

于是伯昏无人便登上高山，脚踏危石，身临百丈深渊，然后再背转身来慢慢往悬崖退步，直到部分脚掌悬空，这才拱手恭请列子跟上来射箭。列子伏在地上，吓得汗水直流到脚后跟。伯昏无人说："一个修养高尚的'至人'，上能窥测青天，下能潜入黄泉，精神自由奔放，达于宇宙八方，神情始终不会改变。如今你胆战心惊，有了恐惧的念头，你要射中靶的不就很困难了吗？"

【悟在当下】

一个人如果不懂得放下，就会执着于外物，就会在做事的时候分心，这样的人就不会获得最后的成功，更何谈精神的自由呢？

因此，一个人不但要学会执着，更要学会放，就像庄子所说的，如果能够遵循宇宙万物的规律，把握“六气”的变化，遨游于无穷无尽的境域，他还仰赖什么呢！一个人不再依赖外物的时刻，就是获得自由的时刻！

心变成一湖水，自然尝不到人生苦涩

有一位智者，学识渊博，德高望重，他有一个小徒弟，天资聪颖，但却总是怨天尤人。这天，徒弟又开始不停抱怨，智者对他说：“去取一些盐来。”徒弟不知师父何意，疑惑不解地跑到厨房取了一罐盐。师父让徒弟把盐倒进一碗水里，命他喝下去，徒弟不情愿地喝了一口，苦涩难耐，师父问：“味道如何？”徒弟皱了皱眉头，说：“又苦又涩。”师父笑了笑，让徒弟又拿了一罐盐和自己一起前往湖边。师父让徒弟把盐撒进湖水里，然后对徒弟说：“掬一捧湖水喝吧。”徒弟喝了口湖水，师父问：“味道如何？”徒弟说：“清爽无比。”师父又问：“尝到苦涩之味了吗？”徒弟摇摇头。师父语重心长地对他说：“人生中的许多事情如同这罐盐，放入一碗水中，你尝到的是苦涩的滋味；放入一湖水中，你尝到的却是满口甘爽。让自己的心变成一湖水，自然尝不到人生的苦涩。”

【悟在当下】

老子说：“我愚人之心也哉，沌沌兮。”“愚”，并非真笨，而是故意表现出来的。“沌沌”，不是糊涂，而是如水汇流，随世而转，自己内心却清楚明了。

俗人有俗人的生活目的，道人悟道人的生命情调。以道家来讲，人生是没有目的的，即佛家所说“随缘而遇”，以及儒家所说“随遇而安”。但是老子更进一步地说，随缘而遇还要“顽且鄙”，坚持个性，又不受任何限制。

做人做事，都应如此，莫让心境局限在一个狭小的空间。心如大海，便可达到出世的境界。

无为之为，无可无不可

李泌一生中多次因各种原因离开朝廷这个权力中心。玄宗天宝年间，当时隐居南岳嵩山的李泌上书玄宗，议论时政，颇受重视，却遭到杨国忠的嫉恨。杨国忠毁谤李泌以《感遇诗》讽喻朝政，李泌被送往蕲春郡安置，他索性“潜遁名山，以习隐自适”。后来自从肃宗灵武即位时起，李泌就一直在肃宗身边，为平叛出谋划策，虽未身担要职，却“权逾宰相”，因而招来了权臣崔圆、李辅国的猜忌。收复京师后，为了躲避随时都可能发生的灾祸，也由于叛乱消弭、大局已定，李泌便功成身退，进衡山修道。代宗刚一即位，又将李泌召至京师，任命他为翰林学士，使其破戒入俗，李泌顺其自然。当时的权相元载将其视作朝中潜在的威胁，寻找名目再次将李泌逐出。后来，元载被诛，李泌又被召回，却再一次受到重臣常衮的排斥，再次离京。建中年间，泾原兵变，身处危难的德宗又把李泌招至身边。

李泌屡蹶屡起、屹立不倒的原因，在于其恰当的处世方法和豁达的心态。其行入世，其心出世，所以社稷有难时，义不容辞，视为理所当然；国难平定后，全身而退，没有丝毫留恋。李泌已达到了顺应外物、无我无己的境界，正如儒家所说“用之则行，舍之则藏”，“行”则建功立业，“藏”则修身养性，出世入世都充实而平静。李泌所处的时代，战乱频仍，朝廷内外倾轧混乱，若要明哲保身，必须避免卷入争权夺利的斗争之中。心系社稷，远离权力，无视名利，谦退处世，顺其自然，乃李泌的处世要诀。

【悟在当下】

身做入世事，心在尘缘外。唐朝李泌便为世人演绎了一段出世心境入世行的处世佳话。他睿智的处世态度充分显现了一位政治家、宗教家的高超智慧。该仕则仕，该隐则隐，无为之为，无可无不可。

李泌有一阕《长歌行》：“天覆吾，地载吾，天地生吾有意无。不然绝粒升天衢，不然鸣珂游帝都。焉能不贵复不去，空作昂藏一丈夫。一丈夫兮一丈夫，千生气志是良图。请君看取百年事，业就扁舟泛五湖。”这既是他本人一生的写照，也是他对于后人的忠告。

冲虚自然，仿佛一泓活水

郭子仪被唐德宗称之为尚父。尚父这个称谓，只有周朝武王称过姜太公，在古代是一个十分尊崇的称呼。由唐玄宗开始，儿子唐肃宗，孙子唐代宗，乃至曾孙唐德宗，四朝都由郭子仪保驾。唐明皇时，安史之乱爆发，玄宗提拔郭子仪为卫尉卿，兼灵武郡太守，充朔方节度使，命令他率军讨逆。唐朝的国运几乎系于郭子仪一人之身。

唐代宗时，天下大乱，新疆联合西藏造反，快要打到长安了，皇帝下诏请郭子仪出山。当时他连一支部队都没有，跟在身边的只有老部下数十个骑士，一接到诏命，他只好临时凑人出发，勉勉强强把没有经过训练的后备兵，连退伍老弱都加以整编，也只凑了5000人，去抗拒敌人10万雄兵。他到了前方跟随军的儿子讲，这仗不能打，我一个人去敌营，或许还有点办法。郭子仪出发之际，他的三儿子郭晞紧紧拽住父亲的马缰："回纥人如狼似虎，父亲大人是堂堂元帅，怎么能自己送上门去当俘虏？"郭子仪告诉儿子："现在敌强我弱，如果硬拼，我们父子都要战死，江山社稷就危险了。如果能与回纥谈判，说服他们倒戈，那就是黎民百姓的福气，扭转战局，在此一举。"他推开了儿子，向回纥军营策马而去。回纥首领药葛罗听说郭子仪来了，将信将疑，他生怕有诈，命人弯弓搭箭，严阵以待。郭子仪摘下头盔，脱掉铠甲，放下兵器，缓缓而行。当他来到药葛罗面前时，回纥酋长们一起拜倒，表达了诚心诚意的欢迎。郭子仪凭借一已之力说服回纥首领，单骑退兵，从此名震千古，传为佳话。

不止一次，许多危急都被郭子仪化解了，当天下无事了，皇帝又担心他功高震主，命其归野。朝中的文臣武将，都是郭子仪的部下，可是一旦皇帝心存疑虑，要罢免他时，他就马上移交清楚，坦然离去。等国家有难，一接到命令，郭子仪又不顾一切，马上行动，所以屡黜屡起，四代君主都离他不行。

郭子仪将冲虚之道运用得挥洒自如，以雅量容天下。皇帝面前一个颇有权位的太监鱼朝恩，用各种花样专门来整他，他都没有记恨，一一包容。最后鱼朝恩居然派人暗地挖了郭父的坟墓，郭子仪不动声色，在皇帝吊唁慰问时哭着说："臣带兵数十年，士兵在外破坏别家坟墓的事，我都顾及不到，现在家父的坟墓被人挖了，乃因果报应，与他人无关。"

郭子仪洞悉世情，汾阳郡王府从来都是大门洞开，贩夫走卒之辈都能进进出出。郭子仪的儿子多次劝告父亲，后来，郭子仪语重心长地说：“我家的马吃公家草料的有500匹，我家的奴仆吃官粮的有1000多人，如果我筑起高墙，不与外面来往，只要有人与郭家有仇，嫉妒郭家的人煽风点火，郭氏一族很可能招来灭族之祸。现在我打开府门，任人进出，即使有人想诬陷我，也找不到借口啊。”儿子们恍然大悟，都十分佩服父亲的高瞻远瞩。

郭子仪晚年在家养老时，王侯将相前来拜访，郭子仪的姬妾从来不用回避。唐德宗的宠臣卢杞前来拜访时，郭子仪赶紧让众姬妾退下，自己正襟危坐，接待这位当朝重臣。卢杞走后，家人询问原因，郭子仪说道：“卢杞此人，相貌丑陋，心地险恶，如果姬妾见到他，肯定会笑出声来，卢杞必然怀恨在心。将来他大权在握，追忆前嫌，我郭家就要大祸临头了”。果然，后来卢杞当上宰相，“小忤己，不致死地不止”，但对郭家人一直十分礼遇，完全应验了郭子仪的说法，一场大祸消于无形。

【悟在当下】

郭子仪的一生便是“挫锐解纷，和光同尘”的最好解读，做人如此，做官如斯，已是人中之极了。

冲虚自然，仿佛一泓活水，永远不盈不满，来而不拒，去而不留，除故纳新，流存无碍而长流不息。凡是有太过尖锐、呆滞不化的心念，便须顿挫而使之平息；倘有纷纭扰乱、纠缠不清的思念，也必须要解脱斩断。

天地万物都有真善美

在《庄子·田子方》篇中，庄子杜撰了一则孔子拜见老子的故事：

孔子拜见老子，老子刚洗了头，正披散着头发等待吹干，那凝神寂志、一动不动的样子好像木头人一样。孔子在门下屏蔽之处等候，不一会儿见到老子，说：“是孔丘眼花了吗，抑或真是这样的呢？刚才先生的身形体态一动不动的，真像是枯槁的树桩，好像遗忘了外物、脱离于人世而独立自存一样。”老子说：“我是处心遨游于混沌宇宙初始的境域。”

孔子问：“这说的是什么意思呢？”老子说：“你心中困惑而不能理解，嘴巴封闭而不能谈论，还是让我为你说个大概。最为阴冷的阴气是那么肃肃寒冷，最为灼热的阳气是那么赫赫炎热，肃肃的阴气出自苍天，赫赫的阳气发自大地；阴阳二气相互交汇融合因而产生万物，有时候还会成为万物的纲纪，却不会显现出具体的形体。消逝、生长、满盈、虚空，时而晦暗、时而显明，一天天地改变、一月月地演化，每天都有所作为，却不能看到它造就万物、推演变化的功绩。生长有它萌发的初始阶段，死亡也有它消退败亡的归向，但是开始和终了相互循环，没有开端，也没有谁能够知道它们变化的穷尽。倘若不是这样，那么谁又能是万物的本源？”

孔子说：“请问游心于宇宙之初、万物之始的情况。”老子回答：“达到这样的境界，就是‘至美’‘至乐’了，体察到‘至美’也就是遨游于‘至乐’，这就叫作‘至人’。”孔子说：“我希望能听到那样的方法。”老子说：“食草的兽类不担忧更换生活的草泽，水生的虫豸不害怕改变生活的水域，这是因为只进行了小小的变化而没有失去惯常的生活环境，这样喜怒哀乐的各种情绪就不会进入内心。普天之下，莫不是万物共同生息的环境。获得这共同生活的环境而又混同其间，那么人的四肢以及众多的躯体都将最终变成尘垢，而死亡、生存终结，开始也将像昼夜更替一样，没有什么力量能够扰乱它，更不去介意那些得失祸福！舍弃得失祸福之类附属于己的东西就像丢弃泥土一样，懂得自身远比这些附属于自己的东西更为珍贵，珍贵在于我自身，而不因外在变化而丧失。况且宇宙间的千变万化从来就没有过终极，怎么值得使内心忧患？已经体察大道的人便能通晓这个道理。”

孔子说：“先生的德行合于天地，仍然借助于至理真言来修养心性，古时候的君子，又有谁能够免于这样做呢？”老子说：“不是这样的。水激涌而出，不借助于人力方才自然。道德修养高尚的人对于德行，无须加以培养，万物也不会脱离他的影响，就像天自然高，地自然厚，太阳与月亮自然光明，又哪里用得着修养呢！”

孔子从老子那儿回来，把见到老子的情况告诉给了颜回，说：“我对于大道，就好像瓮中的小飞虫对于瓮外的广阔天地啊！不是老子的启迪揭开了我的蒙昧，我不知道天地之大那是完完全全的了。”

老子告诉孔子，他“游心于物之初”乃是“至美至乐”。

【悟在当下】

一个真正得道的人，他的生活中的一切都是艺术品，任何事物都充满了难言的真善美。花落了，可以葬花；叶落了，可以做成美丽的标本。他不会被世间的荣枯牵绊，也不会因为万物的流逝而或喜或悲。忘记一切，超脱一切，就能在一切当中逍遥自如。由此观之，人如果能够忘记各种欲念是非，把生活当作乐趣，他的生活就会变得更快乐。

放松些，会活得更久

某父子俩一起耕作一片土地。一年一次，他们会把粮食、蔬菜装满那老旧的牛车，运到附近的镇上去卖。但父子二人相似的地方并不多。老人家认为凡事不必着急，年轻人则性子急躁、野心勃勃。

一天清晨，他们套上了牛车，载满了一车子的粮食、蔬菜，开始了旅程。儿子心想他们若走快些，当天傍晚便可到达市场。于是他用棍子不停地催赶牛车，要牲口走快些。

“放轻松点，儿子，”老人说，“这样你会活得久一些。”

“可是我们若比别人先到市场，我们便有机会卖个好价钱。”儿子反驳。

父亲不回答，只把帽子拉下来遮住双眼，在牛车上睡着了。年轻人很不高兴，愈发催促牛车走快些，固执地不愿放慢速度。他们在快到中午的时候，来到一间小屋前面，父亲醒来，微笑着说：“这是你叔叔的家，我们进去打声招呼。”

“可是我们已经慢了半个时辰了。”儿子着急地说。

“那么再慢一会儿也没关系。我弟弟跟我住得这么近，却很少有机会见面。”父亲慢慢地回答。

儿子生气地等待着，直到两位老人慢慢地聊足了半个时辰，才再次起程，这次轮到老人驾牛车。走到一个岔路口，父亲把牛车赶到右边的路上。

“左边的路近些。”儿子说。

“我晓得，”老人回答，“但这边路上的景色好多了。”

“你不在乎时间？”年轻人不耐烦地说。

“噢，我当然在乎，所以我喜欢看漂亮的风景，把时间都用来享受。”

蜿蜒的道路穿过美丽的牧草地、野花，经过一条清澈河流——这一切年轻人都视而不见，他心里翻腾不已，十分焦急，他甚至没有注意到当天的日落有多美。

他们最终没有在傍晚赶到。黄昏时分，他们来到一个宽广、美丽的大花园。老人呼吸着芳香的空气，聆听着小河的流水声，把牛车停了下来。“我们在此过夜好了。”

“这是我最后一次跟你做伴，”儿子生气地说，“你对看日落、闻花香比赚钱更有兴趣！”

“对了，这是你这么长时间以来所说的最好听的话。”父亲微笑着说。

几分钟后，父亲开始打呼噜，儿子则瞪着天上的星星。长夜漫漫，儿子好久都睡不着。天不亮，儿子便摇醒父亲。他们马上动身，大约走了一里路，遇到一个农民正在试图把牛车从沟里拉上来。

“我们去帮他一把。”老人低声说。

“你想浪费更多时间？”儿子有点生气了。

“放轻松些，孩子，有一天你也可能掉进沟里。我们要帮助有所需要的人——不要忘了。”

儿子生气地扭头看着一边。

等到另一辆牛车回到路上时，天已是大亮了。突然，天上闪出一道强光，接下来似乎是打雷的声音。群山后面的天空变得一片黑暗。

“看来城里在下大雨。”老人说。

“我们若是赶快些，现在大概已把货卖完了。”儿子大发牢骚。

“放轻松些……这样你会活得更久，你会更享受人生。”仁慈的老人劝告道。

到了下午，他们才走到俯视城镇的山上。站在那里，看了好长一段时间，两人都不发一言。

终于，年轻人把手搭在老人肩膀上说：“爸，我明白您的意思了。”

他把牛车掉头，离开了那从前叫作广岛的地方。

【悟在当下】

如何使生命有意义，是一个值得思考的问题。庄子为我们提供了一个答案，那就是《庄子·田子方》所说的：得至美而游乎至乐，谓之至人。换句话说，庄子提倡一种艺术化的生活，一个人，在短暂的人生路上，能够把生活当成一门艺术，就能把生活演绎得绚烂而多彩。

是的，现代社会中的人，失去了信仰的基石，以至于很早就忘记了人在社会中真正要追求的是什么。他们的心灵变得很空虚，所以只能用各种各样的欲望来代替。他们每天都在匆匆赶路，为了一些蝇头小利，像苍蝇一样奔波不息。其实，生活的美一直在你的周围，如果你能改变自己的想法，珍视自己的内心，修身养性，把生活当作一门艺术来对待，你就能像庄子所说的那样，获得真正的艺术化的自由生活。

顺应外界而保持真我

在《庄子·知北游》中，庄子假托孔子和其弟子颜渊对话，阐释“外化内不化”的道理。

颜渊问孔子说：“我曾听先生说过：‘不要有所送，也不要有所迎。’请问先生，一个人应该怎样居处与闲游？”

孔子说：“古时候的人，外表适应环境变化，但内心世界却持守凝寂；现在的人，内心世界不能凝寂持守，而外表又不能适应环境的变化。随外物变化的人，必定内心纯一凝寂而不离散游移，对于变化与不变化都能安然听任，安闲自得地跟外在环境相顺应，必定会与外物一道变化而不有所偏移。狶韦氏的苑囿，黄帝的果林，虞舜的宫室，商汤、周武王的房舍，都是他们养心任物的好处所。那些称作君子的人，像儒家、墨家之流，以是非好坏来相互诋毁，何况现时的人呢！圣人与外物相处却不损伤外物。不伤害外物的人，外物也不会伤害他。正因为无所伤害，因而能够与他人自然相送或相迎。山林，还是旷野呢？这都使我感到无限欢乐啊！可是欢乐还未消逝，悲哀又接着到来。悲哀与欢乐的到来，我无法阻挡；悲哀与欢乐的离去，我也不可能制止。可悲啊，世上的人们只不过是外物临时栖息的旅舍罢了。人们知道遇上了什么却不知道遇不上什么，能够做自身能力所及却不能做自身能力所不及的事。不知道与不能够，本来就是人们所不可回避的，一定要避开自己所不能避开的事，难道不可悲吗！最好的言论是什么也没说，最好的行动是什么也没做。要想把每个人所知道的各种认识全都等同起来，那就实在是浅陋了。”

【悟在当下】

《庄子·山木》中，庄子曾经对他的弟子说过这样的话：

假如能顺应自然而自由自在地游乐，也就不是这样。没有赞誉没有诋毁，时而像龙一样腾飞，时而像蛇一样蛰伏，跟随时间的推移而变化，而不愿偏滞于某一方面；时而进取，时而退缩，一切以顺和作为度量，悠然自得地生活在万物的初始状态，役使外物，却不被外物所役使，那么，怎么会受到外物的拘束和劳累呢？这就是神农、黄帝的处世原则。

现代人身处竞争激烈的社会，只有学会顺应万物的变化而变化，才能获得自由。如果一个人能够在这个社会之中做到“外化而内不化”，就能体验到生命操之在我的快感了，也就能体验到真正的人生大自由。

进入信息时代，世界瞬息万变，我们的社会每天都在出现新情况、提出新规则，这对每一个人都是一种新的要求、新的考验。如果一个人食古不化，总是坚持自己的保守的、墨守成规的准则，就会陷入被动，在社会上没有立锥之地。因此，一个人应该学会顺应外界的变化，接受各种各样的新知识，同时又坚守自己的心灵，保持一颗纯净的心灵。在顺应外界和保持真我之间灵活应付，就能够达到“一龙一蛇，与时俱化”，就能体验到真正的人生大自由。

自由弥足珍贵

戴晋生是个很有才学的人，魏王听说后，便把他请到王宫中面谈。谈话间，魏王见他气度不凡，是经国济世之才，于是要留戴晋生在宫中做官，赐给优厚的俸禄。

戴晋生却拒绝了，他说：“您见过那沼泽荒地中的野鸡吗？它没有人用现成的食物喂养，全靠自己辛勤觅食，总要走好几步才能啄到一口食，常常是用整天的劳动才能吃饱肚子。可是，它的羽毛却长得十分丰满，光泽闪亮，能和天上的日月相辉映；它奋翅飞翔，引吭长鸣，那叫声弥漫在整个荒野和山陵。您说，为什么会这样呢？因为野鸡能按自己的意志自由自在地生活，它不停地活动，无拘无束地来往于广阔的天地之中。现在如果把它捉回家，喂养在粮仓里，使它不费力气就能吃得饱饱的，它必然会失去原来的朝气与活力，羽毛会失去原有的光润，精神衰退，垂头丧气，叫声也不雄壮了。

“您知道这是什么原因吗？是不是喂给它的食物不好呢？当然不是。只是因为它失去了往日的自由，禁锢了它的志趣，它怎么会有生气呢！”

自由是比任何物质的享受都要珍贵的，野鸡尚且如此，更不用说人了。

【悟在当下】

《庄子·内篇·养生主》曰：泽雉十步一啄，百步一饮，不蕲畜乎樊中。神虽王，不善也。在庄子的眼中，野鸡为了生存，十步一啄，百步一饮，一天到晚四处找食。虽然如此，但它觉得很快乐，因为野鸡没被关在笼子里。而那些被关在笼子里的动物，虽然不必四处觅食，可它们都为此付出了沉重的代价。自由是珍贵的，一旦失去了就再也无法挽回，这也是做人的道理。

发现生活的美好

在《庄子·徐无鬼》中，徐无鬼经由女商的引荐得见魏武侯，一席话把魏武侯说得很高兴。女商就问他用什么方法让魏武侯高兴的，徐无鬼就说了这样一段话：“你没有听说过越地流亡人的故事吗？离开都城几天，见到故交旧友便十分高兴；离开都城十天整月，见到在国都中曾经见到过的人便大喜过望；等到过了一年，见到好像是同乡的人便欣喜若狂。不就是离开故人越久，思念故人的情意越深吗？逃向空旷原野的人，丛生的野草堵塞了黄鼠狼出入的路径，却能在杂草丛中的空隙里跌跌撞撞地生活，听到人的脚步声就高兴起来，更何况是兄弟亲戚在身边说笑呢？很久很久了，没有谁用真人纯朴的话语在国君身边说笑了啊！”

可见，让魏武侯高兴的关键就在于“真人纯朴”四个字，魏侯一定很少听到真心话，所以听徐无鬼的话，就感觉是回家了一样。

同样的道理，现代人生活在都市之中，被种种人造之美所遮蔽，如果能够有机会领略自然天地的美景，一定也会如魏武侯听徐无鬼讲话一般轻松快乐。

追求恬淡的人，不会患得患失、斤斤计较。他们没有强烈的物欲，邪恶也不会侵袭他们的身心。尽管庄子的“无欲”“无誉”观有许多偏激之处，但当人们为金钱所诱惑，为官爵所累的时候，何不从庄子他老人家的训哲中发掘一点值得效法和借鉴的东西呢?

有一个富翁，为了教每天精神不振的孩子知福惜福，便让他到当地最贫穷的村落住了一个月。一个月后，孩子精神饱满地回家了，脸上并没有带着“下放”的不悦，这让富爸爸感到不可思议。爸爸想要知道孩子有何感悟，问儿子：“怎么样?现在你知道，不是每个人都能像我们过得这么好吧？”

儿子说：“是的，他们过的日子比我们还好。因为，我们晚上只有灯，他们却有满天星空。我们必须花钱才能买得到食物，他们吃的却是自己的土地上栽种的免费粮食。

“我们只有一个小花园，对他们来说到处都是花园。

“我们听到的都是噪音，他们听到的都是自然音乐。

“我们工作时神经紧绷，他们一边工作一边大声唱歌。

“我们要管理佣人、管理员工，他们只要管好自己。

“我们要关在房子里吹冷气，他们在树下乘凉。

“我们担心有人来偷钱，他们没什么好担心的。

“我们老是嫌菜不好，他们有东西吃就很开心。

“我们常常失眠，他们睡得好安稳。所以，谢谢你，爸爸。你让我知道，我们可以过得那么好。”

【悟在当下】

你还在抱怨你生活的世界没有给你美吗？庄子说得好：“天地有大美而不言。”美到处都有，生活中不是缺少美，只是缺少发现美丽的眼睛。通过万花筒看世界，美得变幻无穷；通过污秽的窗子看人生，到处都是泥泞。到底你的生命画布如何着色，要看你拥有一颗怎样看待世界的心。把天地装到你的心中，你就能看见自然的美。

人生处处皆道场

一个对生活极度厌倦的绝望少女，打算以投湖的方式自杀。在湖边她遇到了一位正在写生的画家，画家正专心致志地画着一幅画。少女厌恶极了，她鄙薄地睨了画家一眼，心想：幼稚，那鬼一样狰狞的山有什么好画的！那坟场一样荒废的湖有什么好画的！

画家似乎注意到了少女的存在和情绪。他依然专心致志、神情怡然地画，过了一会儿，他说："姑娘，来看看画吧。"

她走过去，傲慢地睨视着画家手里的画。

少女被吸引了，竟然将自杀的事忘得一干二净，她真是没发现世界上还有那样美丽的画面——他将"坟场一样"的湖面画成了天上的宫殿，将"鬼一样狰狞"的山画成了美丽的、长着翅膀的女人，最后将这幅画命名为"生活"。

少女的身体在变轻，在飘浮，她感到自己就是那袅袅婀娜的云……

良久，画家突然挥笔在这幅美丽的画上点了一些麻乱的黑点，似污泥，又像蚊蝇。少女却惊喜地说："星辰和花瓣！"

画家满意地笑了："是啊，美丽的生活是需要我们自己用心去发现的呀！"

【悟在当下】

庄子提醒我们："丧己于物，失性于俗者，谓之倒置之民。"就是说，一个人如果自己迷失在物质世界中，如果把自己的真性情流失到世俗之中，那么这个人就是一个本末倒置的人，就无法获得心灵的自由。

因此，一个人要真正获得自由的逍遥境界，必须看破执着于物、迷失于世俗的虚妄。生活的美丑也是世俗加给我们的变色镜，人必须摘下这个变色镜，用自己的眼睛去看世界，才能发现世界的美。懂得用心体会生活，就会发现，生活处处都美丽动人，心也能获得逍遥的境界。

孔子篇　儒家学说的经典故事和思想

起源于先秦、成就于汉朝的儒家思想，它以“仁”的思想为核心伦理，包括孝、悌、忠、恕、礼、知、勇、恭、宽、信、敏、惠等智慧。这每一种智慧，都是积极入世的，它们提高人的道德思想水准，增强人的立身处世能力。它告诉人们，首先修身养性、懂得生活，继而再谈如何治家治国，最后达到以利天下的境界。

南宋大儒朱熹有一首脍炙人口的诗：“半亩方塘一鉴开，天光云影共徘徊。问渠哪得清如许，为有源头活水来。”讲的便是儒家文化对于世人的影响及作用。它是说，儒家思想如同渠水之源，以一种流动的姿态存于世间，采集了各种人间生存的哲学，利益芸芸众生，助人耕耘生活。

可以说，几千年来的文人墨客，无不为儒学的思想所倾倒。在这些脍炙人口的故事当中，闪现的不但是儒家的处世智慧，更体现了在儒学思想影响下的人性光辉。

第11章　君子有所为，有所不为

人世间最宝贵的不是金银财宝，而是一颗正直无私、宽厚谦逊、品行高尚的君子之心，那是纵有千金也不能买到的稀世珍品。正如孟子所言："居天下之广居，立天下之正位，行天下之大道；得志与民由之，不得志独行其道；富贵不能淫，贫贱不能移，威武不能屈，此之谓大丈夫。"不为世间任何声色货利所疑惑，这就是君子气度。

千金不能买骨气

山东潍县以前是个多灾多难的地方，经常发生水灾、旱灾。"扬州八怪"之一的郑燮（即郑板桥）在当地任县令七年期间，就有五年发生灾情。在他刚到任那一年，潍县发生水灾，十室九空，饿殍满地，其景象惨不忍睹。郑板桥据实上报，请求朝廷开仓赈灾，可朝廷迟迟不准。在危急时刻，郑板桥毅然开仓放粮，他说："不能等了，救命要紧。朝廷若有怪罪，就惩办我一个人好了。"这样灾民很快得救了。

郑板桥深知"民为邦本，本固邦宁"的古训，做任何事，他首先想到的是百姓。他招民工修整水淹后的道路城池，采取以工代赈的办法救济灾区壮男；同时责令大户在城乡施粥救济老弱饥民，不准商人囤积居奇；他自己带头捐出官俸，并刻下"恨不得填满了普天饥债"的图章。他开仓借粮时有秋后还粮的借条，到秋粮收获时，灾民歉收，他当众将借条烧掉，劝人们放心，努力生产，来年交足田赋。由于他的这些举措，无数灾民解决了倒悬之危。

为了老百姓，他得罪了一些富户，特别在整顿盐务时，更是触动了富商大贾的私利。潍县濒临莱州湾，盛产海盐，长期以来，官商勾结，欺行霸市，哄抬盐价，

郑板桥

贱进贵卖，缺斤少两，以次充好。郑板桥针对这些弊端，严令禁止。因此，一些富人对他造谣毁谤，匿名上告。1752年，潍县又发大灾，郑板桥申报朝廷赈灾，上司怒其多次冒犯，又加上听信谗言，不但不准，反给他记大过处分，钦命罢官，削职为民。

离开潍县时，百姓倾城相送。郑板桥为官十余年，并无私藏，只是雇三头毛驴，一头自骑，两头分驮图书行李，由一个差丁引路，凄凉地向老家走去。临别时他为当地百姓画竹题诗："乌纱掷去不为官，囊囊萧萧两袖寒。写取一枝清瘦竹，秋风江上作鱼竿。"

【悟在当下】

郑板桥为官，不以自己的才情作为晋升的手段，也不以此卖弄，而是用在为民谋福上，这种宽厚无私的精神才是人格的最高境界。

子曰："听讼，吾犹人也。必也使无讼乎！"意思是：审理诉讼案件，我同别人一样能做好。但内心总是希望这些事情不再发生啊！孔子所发的感慨是希望通过教化，提升人们的修养，减少案件的发生。这是以天下人为念的崇高博大的情怀。在圣人看来，人世间最宝贵的不是金银财宝，而是一颗宽厚无私、品行高尚的心灵，那是纵有千金也不能买到的稀世珍品。

清风浩荡，正气一身

文天祥本来是个文官，可为了反抗蒙古人的入侵，保卫家国，他勇敢地走上了战场。那时蒙古派出大军，要消灭南宋，文天祥听到消息，拿出自己的家产，招募三万壮士，组成义军，抗元救国。有人说："蒙古大军人那么多，你只有这些人，不是虎羊相拼吗？"文天祥则说："国家有难而无人解救，是令我心痛的事。我力量虽然单薄，也要为国尽力！"

后来，南宋的统治者投降了蒙古军，文天祥仍然坚持抗战。他对大家说："救国如救父母。父母有病，即使难以医治，儿子还是要全力抢救啊！”不久，他兵败被俘，坚决不肯投降，写下了有名的诗句“人生自古谁无死，留取丹心照汗青”，表明自己坚持民族气节至死不变的决心。他拒绝了蒙古人的多次劝降，最终舍身报国，慷慨就义。

【悟在当下】

浩然正气是孟子关于品德修养的核心思想，可以说，浩然之气是人的精神“脊梁”，是抵御歪风邪气的“屏障”。正气长存，则邪气却步、阴霾不侵；正气长存，则清风浩荡，乾坤朗朗。要保持浩然正气，就必须“一日三省吾身”，做到自重、自省、自警、自励，时时处处以激浊扬清、弘扬正气为己任，使正气日盛，邪气渐消，引领整个社会不断走向正义和文明。这才是君子之道。

不卑不亢，顶天立地

年轻时的司马迁为继承父亲遗志，计划写一部全面记述从黄帝时期至汉代的“史书”。在他进行了长达二十年的知识积累，开始写作这部历史巨著的时候，李陵事件发生了。当时朝廷专管刑法的廷尉杜周，为了迎合和讨好当朝皇帝，竟给无辜的司马迁判了“腐刑”（即割去男人的生殖器官）。按照当时汉朝的法律，被判了刑的犯人是可以用钱来赎罪的。但是司马家世代为史官，根本拿不出赎金。因此，他只能屈辱地受刑。

遭受如此酷刑，是人生的奇耻大辱。司马迁本来已经没有勇气再活下去。但是，父亲的遗志还没有完成，自己用一生的精力所搜罗的材料，以及成“一家之言”的理想还没有实现。经过了无数个日夜的痛苦煎熬，他终于豁然开朗——周文王被纣王关在羑里，写出了《周易》；孔子一生困厄不得志，但他却孜孜不倦地教育学生，并且写下了《春秋》；左丘明眼盲，以巨大的毅力写成了《国语》；屈原遭人排挤诬陷，流放他乡，却写出了名著《离骚》；孙膑遭朋友庞涓陷害，被砍掉了两个膝盖骨，他还能忍辱负重，写出了《孙子兵法》。中国历史上的这些伟人给了司马迁莫大的鼓舞。于是他决心抛弃个人的悲痛与屈辱，效法这些古人，完成自己的宏愿。司马迁出狱后，汉武帝让他当了中书令。他以巨大的毅力忍受着朝廷上下投来的鄙视与嘲讽的目光，经过了十数年坚忍不拔的艰苦努力，终于完成了这部空前的历史巨著——《史记》。

【悟在当下】

孟子如此给大丈夫下定义：“居天下之广居，立天下之正位，行天下之大道；得志与民由之，不得志独行其道；富贵不能淫，贫贱不能移，威武不能屈，此之谓大丈夫。”意思是说，居住在天下最广大的居所里，站立在天下最正大的位置上，行走在天下最广阔的道路上，能实现志向就要与百姓一起去实现，不能实现志向就独自实行这个原则；高官厚禄不能动我心，家贫位卑不能改变我的行为，权威武力不能挫我志向，这才叫作大丈夫。

司马迁虽遭人生奇耻大辱，但他并不因此而屈服，终成一家之言而青史留名，这就是真正的大丈夫。

诚实也是一种乐趣

张劭和范式同在太学学习，二人脾气相投，结拜为兄弟，后来两人分别返乡，张劭与范式约定第二年重阳将到范式家拜见他的父母，看看他的孩子。当约好的日期快到的时候，范式把这件事告诉了母亲，请母亲准备酒菜招待张劭。

然而，范式左等右等，直到太阳西坠，新月悬空，仍不见张劭来赴约，母亲问：你们分别已经两年了，相隔千里，你就那么认真地相信他吗？范式回答：张劭是一个讲信用的人，他一定不会违约的。范式一直候在门外，直至深夜时分，才见一黑影隐隐飘然而至，仔细一看，来的却是张劭的鬼魂。原来为了养家，张劭忙于经商，不知不觉忘了二人重阳之约，直到当日早上才回想起来。可是从张劭所在的山阳到这里足有一千里路，一天之内无论如何都走不到了。为了守约，他想起古人曾说过：人不能一日千里，而鬼魂可以。于是挥刀自刎，让鬼魂来践约。

“请兄弟原谅我的疏忽。看在我一片诚心上，你去山阳见一见我的尸体，那我死也瞑目了。”张劭的鬼魂把话说完，就飘走了。而范式，在赶到山阳见了张劭的灵柩后，自愧张劭为己而死，也挥刀自刎来回报张劭的信义！众人惊愕不已，后来就把二人葬在了一起。汉明帝听说此事，非常赞赏二人互相之间的真诚与心意，在他们墓前建了一座庙，称为“信义祠”。

【悟在当下】

“待到重阳日，还来就菊花”，多么富有诗意的约会！为了赴约而横刀自刎，却是令人感叹的壮举。他们二人的确值得在祠庙中受世人的崇拜。

儒学经典中一再强调“诚信”这一美德，皆因这是人与人交往的最基本的底线。诚信是做人的基本准则和起码的道德修养。为人以诚，待人以信，不但是人的内在品质和精神要求，也应该是社会的规范。

人无信，难行于世

皇甫绩是隋朝一位很有名的大臣。他三岁的时候父亲就去世了，母亲一个人难以维持家里的生活，就把他带到外婆家居住。外公见皇甫绩聪明伶俐，又没了父亲，挺可怜的，因此就格外疼爱他。

皇甫绩的外公叫韦孝宽，韦家在当地是有名的大户人家，家里很富裕。由于家里上学的孩子多，外公就请了个教书先生在自家给孩子们授课，也就是办了个私塾。这样一来，皇甫绩和表兄弟们都在自家的学堂里上学。

外公虽然心地善良，但也是个很严厉的老人，尤其是对他的孙辈们，更是严加管教。私塾开学的时候，外公就立下规矩，谁要是无故不完成作业，就按照家法重打二十大板。

有一天，上午上完课后，皇甫绩和他的几个表兄躲在一个已经废弃的小屋了里下棋。一贪玩，不知不觉就到了下午上课的时间。大家都忘记做老师上午留的作业。

第二天，这件事被外公知道了，他把几个孙子叫到书房里，狠狠地训斥了一顿，然后按照规矩，每人重打二十大板。

外公看皇甫绩年龄最小，平时又很乖巧，再加上没有了父亲，就不忍心打他。于是，就把他叫到一边，慈祥地对他说：“你还小，这次我就不罚你了。但是以后不能再犯这样的错误，不做功课，不学好本领，将来怎么能成大事？”

皇甫绩平时和表兄们相处得很好，小哥哥们都很爱护他。看到小皇甫绩没有被罚，心里都很高兴。可是，小皇甫绩心里很难过，他想：我和哥哥们犯了一样的错误，耽误了功课。外公没有责罚我，这是心疼我。可是我不能放纵自己，应该按照先前所定的规矩，重打二十大板。

于是，皇甫绩就找到表兄们，求他们代外公责打自己二十大板。表兄们一听，都扑哧一声笑了出来。皇甫绩一本正经地说：“这是私塾里的规矩，我们都向外公保证过触犯规矩甘愿受罚，不然就是不遵守诺言。你们都按规矩受罚了，我也不能例外。”

表兄们都被皇甫绩这种信守学堂规矩、诚心改过的精神感动了。于是，就拿出戒尺打了皇甫绩二十大板。

后来皇甫绩在朝廷里做了大官，但是这种从小养成的信守诺言、勇于承认错误的品德一直没有丢，这使得他在文武百官中享有很高的声望。

【悟在当下】

一诺千金，自己说过的话一定要算数，自己许下的诺言一定要兑现。正如孔子所言：“人而无信，不知其可也。大车无輗，小车无軏，其何以行之哉？”輗和軏都是车子的关键所在，如果大车没有横杆，小车没有挂钩，那车子是走不动的。如果一个人没有信用，根本就不能在社会上很好地生存。对于人来说也是一样，不管做人、处世、为政，“信”都是关键所在。

多行少言，言多必失

古时候，有一个皇帝认为自己开创了世界上最强盛的王国，国家的每一样东西都是世界第一流的，尤其制作的绳子更是举世无双。但是一群外国商人认为这个国家的绳子不结实，而自己的绳子才是第一流的，于是他们就四下里散播该国绳子不如外国绳子的言论。这个皇帝知道后异常愤怒，盛怒之下，派兵把这群外国商人全部抓了起来，同时判处商队的首领以绞刑。

就在行刑的那一天，商队首领被绑在绞刑架上，绞刑开始的时候，他拼命地挣扎，左摇右晃，不肯乖乖就范。突然，用于绞刑的绳子被他弄断了，他猛地摔在了地上。在当时，如果行刑时遭遇到这样的情况，会被认为犯人受到了上天的庇佑，必须将犯人赦免，否则是对上天的大不敬，将受到惩罚。

商队首领确信自己将会得到赦免后，得意忘形，向着围观的人群大声喊叫道："看到了吧，你们王国的绳子就是这么差劲，连个人都吊不住！你们总是自诩为大国，可是你们连个绳子都造不好！"

监斩官将绞索断裂的消息上报给皇帝，皇帝一听虽然心中很是气愤，但祖宗传下的规矩不能轻易破坏，于是就御笔亲题赦免商队首领。

就在这时，皇帝突然问道："绳子断了以后那个家伙说了什么没有？"

"陛下，"太监说，"他说我国的绳子很差劲，连个人都吊不住，我国什么都不会制造……"

皇帝怒从心生，把赦免令撕了个粉碎，大声说："好，既然这样，就让我们用事实来证明吧！"

商队首领再一次被绑上了绞刑架。这一次，绳子没有断。

【悟在当下】

孔子说："先行其言而后从之。"意思就是告诉人们，平日行走社会要谨言而慎行，否则多言常会贻害自己，导致终身的遗憾。自古"言多必失"的教训实在太多，所以，不要再希冀用言辞来给别人留下深刻的印象，你说得越多，你所能控制的也就越少，说出愚蠢的话的可能性也就越大。花不可开得太盛，盛极必衰；话也不可说得太满，满必有所失。给自己留些余地，才不会常受"坦率"之害。在人生路上，一言一行都关系着个人的成败荣辱，所以言语谨慎对一个人立身、处世具有很重要的意义。处世戒多言，言多必失。

当断不断，反受其乱

16世纪日本江户幕府时期，军阀德川家康与武田信玄之间产生了激烈的矛盾，从而发生了火并。武田信玄凭借自己强大的实力以及指挥能力，把德川的军队打得丢盔弃甲，毫无还击之力，溃退至滨松城。

武田信玄一路追击，准备歼灭敌军在滨松城内。当武田兵临城下时，只见滨松城的城门大开，火光通明，一片安宁祥和。武田信玄是当时日本著名的军事理论家，从小熟读兵书，深谙中国的《孙子兵法》，他一看便知道德川在摆空城计，便想立即冲进城去。但转念一想，德川是知道他能识破空城计的，敢如此安排，其中必然有诈，必须慎重行事。于是武田放弃了直接攻城，把军队安扎在城外。此时，德川的3000后备部队也已接近了滨松，武田更加确信了自己的判断，认为城内必有伏兵，因此始终没敢攻进城去。不久，他因为劳累过度，加之露宿郊野，得肺病而死。

【悟在当下】

季文子性格过于谨慎，不敢冒险，凡事没有十拿九稳的概率他就不会去干。孔子听说以后讲道："再，斯可矣！"意思是说，考虑两次就可以了，不要优柔寡断思虑过多。

俗话说得好："当你在为没有抓住机遇老人的头发而暗自后悔的时候，你只能摸到它的秃头了！"谨慎本来不是一件坏事，而且很有必要，但是凡事过头了也就等于还没有到达标准一样，也就是孔子说的"过犹不及"。北大教授、著名学者季羡林在《季羡林谈人生》一书中也曾批评过这样的做法，觉得过于谨慎浪费了时间不说，还往往让人错失良机。谨小慎微的人难免落入小家子气的俗套。

待君子要严，待小人要宽

徐文远是隋朝名门之后，他幼年跟随父亲到了长安，那时候他们的生活十分困难，难以自给。他勤奋好学，通读经书，终有所成，后来官居隋朝的国子博士，越王杨侗还请他担任祭酒一职。隋朝末年，洛阳一带发生了饥荒，徐文远只好外出打柴维持生计，凑巧碰上李密，于是被李密请进了自己的军队。李密曾是徐文远的学生，他请徐文远坐在上座，自己则率领手下兵士向他参拜行礼，请求他为自己效力。

徐文远对李密说："如果将军你决心效仿伊尹、霍光，在危险之际辅佐皇室，那我虽然年迈，仍然希望能为你尽心尽力。但如果你要学王莽、董卓，在皇室遭遇危难的时刻，趁机篡位夺权，那我这个年迈体衰之人就不能帮你什么了。"

李密答谢说："我敬听您的教诲。"

后来，李密战败，徐文远归属了王世充。王世充也曾是徐文远的学生，他见到徐文远十分高兴，赐给他锦衣玉食。徐文远每次见到王世充，总要十分谦恭地对他行礼。有人问他："听说您对李密十分倨傲，但却对王世充恭敬万分，这是为什么呢？"

徐文远回答说："李密是个谦谦君子，所以像郦生对待刘邦那样用狂傲的方式对待他，他也能够接受；王世充却是个阴险小人，即使是老朋友也可能会被他陷害杀死，所以我必须小心谨慎地与他相处。我针对不同的人而采取相应的对策，难道不应该如此吗？"

等到王世充也归顺唐朝后，徐文远又被任命为国子博士，很受唐太宗李世民的重用。

【悟在当下】

有人以水比喻君子，以油比喻小人，说道："水味淡，其性洁，其色素，可以洗涤衣物，沸后加油不会溅出，颇似君子有包容之度；而油则味浓，其性滑，其色重，可以污染衣物，沸后加水必四溅，又颇似小人无包容之心。"此话说得精辟透彻。

君子坦荡荡，你可以拒绝他的要求，他不会挂怀。君子有缺点，你指出来，他会感激不尽。与君子交朋友，可以袒露心扉，不用有戒心。对小人却万万不可，与之相处，需要"战战兢兢，如履薄冰"，"待小人要宽，防小人要严"。要礼而敬之，敬而远之。

第 12 章　潜心修德，正身成事

儒家思想非常重视对人的品性教育，做人做事都要以道德作为基础，决定一个人价值和前途的不是聪敏的头脑和过人的才华，而是正直的品德。品德就是成就一切的力量，对于人来说，它是比才学还重要的生存课题。

才高八斗不如德重千斤

有一位老锁匠一生修锁无数，技艺高超，收费合理，深受人们敬重。老锁匠的年纪渐渐大了，为了不让自己的技艺失传，他决定为自己物色一个接班人。最后老锁匠挑中了两个年轻人，准备将一身技艺传给他们其中一个人。一段时间以后，两个年轻人都学会了不少东西。但两个人中只有一个能得到真传，老锁匠决定对他们进行一次考试。

老锁匠准备了两个保险柜，分别放在两个房间里，让两个徒弟去打开，谁花的时间短谁就是胜者。结果大徒弟只用了不到十分钟就打开了保险柜，而二徒弟却用了半个小时，众人都以为大徒弟必胜无疑。

老锁匠问大徒弟："保险柜里有什么？"大徒弟眼中放出了光亮："师傅，里面有很多钱，全是百元大钞。"老锁匠又问二徒弟同样的问题，二徒弟支吾了半天说："师傅，我没看见里面有什么，您只让我打开锁，我就打开了锁。"

老锁匠十分高兴，郑重宣布二徒弟为他的正式接班人。大徒弟不服，众人也不解，都来询问老锁匠，他微微一笑说："不管干什么行业都要讲一个'信'字，尤其是我们这一行，要有更高的职业道德。我收徒弟是要把他培养成一个高超的锁匠，他必须做到心中只有锁而无其他，对钱财视而不见。否则，心有私念，稍有贪心，登门入室或打开保险柜取钱易如反掌，最终只能害人害己。我们修锁的人，每个人心上都要有一把不能打开的锁。”

【悟在当下】

老锁匠的话确实耐人寻味，他把道德作为权衡徒弟的最终标准，所以二徒弟虽比大徒弟才能差，但最终因为品德而被师傅选为接班人。可见德才兼备的人最为珍贵，而两者失衡时，品德就要重于才能。

中国自古素有重视德行的传统。儒家经典《周礼》中有“敏德以为行本”之说。《诗经》里也有“高山仰止，景行行止”的诗句，比喻对道德高尚、光明正大者的敬仰、仿效。《论语》中孔子也说：“如有周公之才之美，使骄且吝，其余不足观也。”即使有周公那样的才能和美好的资质，只要骄傲吝啬，他其余的一切也都不值一提了。

这其中，才能资质属于才的方面，骄傲吝啬属于德的方面。也就是说，如果一个人才高八斗而德行不好，那么也是不值得一提的，只有德才兼备才是完美的人。由此可见，无论做人做事都要以道德作为基础，决定一个人价值和前途的不是聪敏的头脑和过人的才华，而是正直的品德。品德就是力量，它比“知识就是力量”更为正确。

时时内讼，检讨自己

夏朝时，一个背叛的诸侯有扈氏率兵入侵，夏禹派他的儿子伯启抵抗，结果伯启被打败了。他的部下很不服气，要求继续进攻，但是伯启说：“不必了，我的兵比他多，地也比他大，却被他打败了，这一定是我的德行不如他，带兵方法不如他的缘故。从今天起，我一定要努力改正过来才是。”从此以后，伯启每天很早便起床工作，粗茶淡饭，照顾百姓，任用有才干的人，尊敬有品德的人。过了一年，有扈氏知道了，不但不敢再来侵犯，反而自动投降了。

像伯启这样，肯虚心地检讨自己，马上改正有缺失的行为，那么最后的成功，舍他其谁呢？

【悟在当下】

《论语·公冶长》中，子曰："已矣乎！吾未见能见其过而内讼者也。"意思是说："完了啊！我没见过能看到自己的过失而深切自责的人。"从孔子的这句话中可以看出，孔子教育学生们要"修持涵养"，也就是注重修养。而"内讼"正是修养的一个不可缺少的部分。所谓"内讼"，说简单些，就是由内心对自己进行自我审判。怎么审判呢？就是，内心进行情感与理性、天理与人欲的权衡，找出自己的缺点，时时进行自我反省。

当然，"内讼"于既过之后，又不如防于未过之前。防的办法，说难也难，说简单也简单，只是戒慎恐惧。所谓"慎之又慎，日慎一日"。

特立独行，要有个性

子路、曾皙、冉有、公西华坐在孔子身旁。孔子说："不要认为我比你们年纪大一点，就不敢在我面前随便说话，你们平时总在说：'没有人知道我呀！'如果有人想重用你们，那么你们打算怎么办呢？"

子路不假思索地回答说："一个拥有一千辆兵车的国家，夹在大国之间，常受外国军队的侵犯，加上内部又有饥荒，如果让我去治理，三年时间，就可以使人人勇敢善战，而且还懂得做人的道理。"孔子听了，微微一笑，于是又问："冉求，你怎么样？"

冉求回答说："一个纵横六七十里，或者五六十里的国家，如果让我去治理，等到三年，就可以使老百姓富足起来。至于修明礼乐，那就只得另请高明了。"

孔子又问："公西华，你怎么样？"

公西华回答说："我不敢夸口说能够做到怎样，只是愿意学习。在宗庙祭祀的工作中，或者在同别国的会盟中，我愿意穿着礼服，戴着礼帽，做一个小小的赞礼人。"

孔子接着问曾点，这时曾点弹瑟的声音逐渐慢了，接着铿的一声，放下瑟直起身子回答说："我和他们三位的才能不一样呀！"孔子说："那有什么关系呢？不过是各自谈谈自己的志向罢了。"

曾点说："暮春时节，天气暖和，春天的衣服已经上身了。我愿意和五六位成年人，六七个青少年，到沂河里洗洗澡，在舞雩台上吹吹风，一路唱着歌儿回来。"

【悟在当下】

孔子的一句问话，以及弟子们的回答，孔门这几位弟子的个性跃然纸上，子路的忠诚与勇敢，冉有的谨慎，公西华的谦虚，曾点心灵的平静与淡然，都呼之欲出。

个性就是一种特质，一种不因潮流而改变的东西，一种你有别人没有的东西。一个人如果没有个性，就会埋没在熙熙攘攘的人群中，随波逐流，浑浑噩噩。因此，应当充分发挥自己的能力，秀出自己的个性，脱颖于芸芸众生，一飞冲天。

君子以自强不息

西晋时期，司马家族的统治极其腐败，致使国力衰弱。北方匈奴乘机入侵，打败了晋军主力，攻陷了晋都洛阳，俘虏了晋愍帝。

匈奴对晋愍帝百般羞辱，最后杀了他。在匈奴的统治下，百姓的生活更是水深火热。

这时，一位名叫祖逖的爱国志士，发誓要收复失地，拯救苦难百姓。他与好友刘琨住在一起，每日凌晨鸡鸣之时，两人就起床练剑。无论酷暑严冬、刮风下雨，从不间断。就这样，他们练就了高强的武艺，磨砺了坚定的意志。

公元317年，司马睿在建康（今南京市）建立了东晋政权，史称晋元帝。东晋朝廷苟安于江南一隅，并没有收复失地的意图。祖逖为此十分焦虑，他专程赶到建康求见司马睿，要求领兵北伐，收复中原。

司马睿没有办法拒绝祖逖的要求，就任命祖逖为豫州刺史，却不给他一兵一卒，只拨给他1000人的粮食和3000匹布，要他自己招兵买马，建立军队。

虽然得不到朝廷的全力支持，可祖逖并没有放弃北伐的决心。他带领几百名志愿北伐的壮士，渡江北上。船到江心，祖逖敲着船桨，大声地发誓："北伐如不成功，我祖逖绝不再踏入这条大江。"随行的人听了祖逖的豪言壮语，一个个热血沸腾。

过江以后，祖逖一边召集人马，打造兵器，一边与敌人作战。中原的老百姓给他们送来了粮草。军民同心协力，浴血奋战，祖逖很快就收复了黄河以南的大部分土地。

【悟在当下】

在《论语》中还有一句话："子不语怪、力、乱、神。"也就是说，孔子平时不谈这些鬼神的东西，他说："未能事人，焉能事鬼？"这就是我们的圣人，他对鬼神之事避而不谈，因为他认为一个人做任何事情都要依靠自己，而不是靠烧香拜神就能解决的。

求神不如求人，求人不如求己。人要想经历风雨，而立于不败之地，必须学会自立，才能在遇到困难时不畏缩。但是要想战胜困难，自立只是第一步，还要学会自强，欲成事，先壮大自己的力量，练就一身真本领。一个自立自强的人，命运也会向他低头。

以真示人，其心亦真

东晋时，王家是大家族，社会地位很高。因此，当时的太尉郗鉴，就想在王家挑选女婿。郗鉴这个女儿，才貌双全，郗鉴爱如掌上明珠，这么一个宝贝女儿，一定要找个门当户对的人家。

郗鉴觉得王家与自己情谊深厚，又同朝为官，听说他家子嗣甚多，个个都才貌俱佳。一天早朝后，郗鉴就把自己择婿的想法告诉了王丞相。王丞相说："那好啊，我家里子嗣很多，就由您到家里任意挑选吧。凡您相中的，不管是谁，我都同意。"郗鉴就命心腹管家带上重礼到了王丞相家。王府子弟听说郗太尉派人觅婿，都仔细打扮一番出来相见。寻来觅去，一数少了一人。

王府管家便领着郗府管家来到东跨院的书房里，就见一个袒腹的青年人仰卧在靠东墙的床上，似乎对太尉觅婿一事无动于衷。郗府管家回去向郗鉴报告："王家的少爷个个都好，他们听到了相公要挑选女婿的消息以后，个个都打扮得整整齐齐，循规蹈矩，唯有东床上有位公子，袒腹躺着若无其事。"郗鉴说："那个人就是我所要的好女婿！”于是马上派人再去打听，原来那人是王羲之。郗鉴来到王府，见到王羲之既豁达又文雅，才貌双全，当场下了聘礼，择为快婿。

【悟在当下】

王羲之并不因有人来挑选女婿就刻意打扮自己，这就是显其真。一个以真示人的人一定会有一个好前途，所以王羲之被选中了。

在这个世界上，我们每一个人都是独一无二的个体。每个人都有自己的独特个性和特色，我们不必去寻求这样那样的机心，应以自我的真心对待万事万物。事实上，只要我们在遵守团体规则的前提下能够保持自我本色，不人云亦云，不亦步亦趋，就能创造出属于自己的美好人生。

有勇，更要有谋

战国时期，秦赵之间曾发生“完璧归赵”的故事，故事的主角是蔺相如。因为没有得到和氏璧，秦王怀恨在心，连续两次伐赵，杀了两万多人，然后又主动与赵国和好，约赵王在渑池相会。

见面后，秦王就趁机羞辱赵王，他在酒酣耳热之际对赵王说：“寡人窃闻赵王好音，请奏瑟。”赵王怯于秦国的势力，无奈只好奏了一曲。鼓瑟之后，秦御史立刻记入史册：“某年月日，秦王与赵王会饮，令赵王鼓瑟。”

蔺相如看了，心里非常愤怒，便以牙还牙，他对秦王说：“赵王窃闻秦王善为秦声，请奏盆缶，以相娱乐。”秦王大怒，不肯，相如进缶跪请。秦王仍然不肯击缶，相如便威胁说：“五步之内，相如请得以颈血溅大王矣！”于是“秦王不怿，为一击缶”。秦王迫于无奈，很不高兴地击打了一下瓦盆，相如立刻要赵御史记录在案：“某年月日，秦王为赵王击缶。”这样，我为你鼓瑟，你为我击缶，双方就扯平了。

【悟在当下】

蔺相如巧用妙计，为赵国挽回了面子，其勇谋可嘉，实为后世人效仿的典范。

欲成大事者，忠勇直爽还不够，一味地冒进，很容易令自己受到重挫，因而要懂得曲线前进的道理，学会运用智慧来成事。孔子在教育弟子的时候，就传达了这样的观点。

一次，孔子的弟子子路问："老师，假使你打仗，你带哪一个？你总不能带颜回吧？他营养不良，体力不够，你得带我吧？"孔子听了子路的话，笑着骂他说："暴虎冯河、死而无悔者，吾不与也。必也临事而惧、好谋而成者也。"意思是像你这种脾气，要打仗绝不带你，你像一只发了疯的猛虎一样，站在河边就想跳过去，跳不过也想跳，这样有勇无谋怎么行？看上去一鼓作气，很英勇的样子，大有一副慷慨赴死的凛然气概，但是这种做法实在是去冤枉送死，真正成大事的人必须要有勇有谋才行。

勇与谋，自古以来，就涉及人类思想和活动的方方面面。历代，大凡成功的人，都能将勇气和谋略进行完美的结合。一个敢作敢为的人，只有同时拥有一个多计善谋的头脑，才能成为真正的强者。一个有勇无谋的人，即使毫无畏惧，雄心勃勃，但是没有谋略，鲁莽行事，只会把事情弄得一团糟；反之，一个有谋无勇的人，虽然胸有千秋大计，但是没有勇气去行动，最后也只会一事无成。总之，大智大勇是谱写壮丽人生篇章的必要条件。

道听途说不可尽信

春秋时代，齐国有个人叫毛空，他爱听那些没有根据的传说，然后再把自己听到的津津有味地讲给别人听。有一次，毛空听到一只鸭和一块肉的事，他觉得非常稀奇，便告诉给艾子。他说："有一个人，养了一只特别能生蛋的鸭，那鸭一天能生一百多个蛋。"他见艾子笑了，又说："那天，从天上掉下一块肉，那块肉长有三十丈，宽有十丈。"艾子笑着问道："真的吗？有那样长的肉吗？"毛空急忙说："噢，那就是长二十丈。"艾子仍不相信。他又改口："一定是十丈长了。"艾子说："你说的那只鸭是谁家养的？你说的那块肉掉在了什么地方？"毛空支支吾吾说不出来，最后只好说："我是在路上听别人说的。"

【悟在当下】

孔子说："道听而途说，德之弃也！"在路上听到传言就到处去传播，这是道德所唾弃的。

确实，道听途说，以讹传讹，只能助长流言蜚语的危害。我们应该用睿智将获得的信息进行筛选，再讲出来。只有谨言慎行，才能接近真理。

第 13 章　锲而不舍，学有大成

时光的流逝是无情的，它能让一个英雄白发苍苍，也能让一个倾国倾城的美人容颜老去。所以在与时间的斗争中，被动的永远是人。因此人若要有所进步，不被时间遗弃，就必须有永远学习、永远进步的精神，做到“苟日新，日日新，又日新”，才能时时保持进步的状态，随时都有新的境界。

学问不用才是盲症

曾国藩是清朝末年一位赫赫有名的人物，但是他的事业并非一帆风顺，而是十分坎坷的。他一生大部分心血用在了组织湘军上，刚开始练兵，差点被兵勇打死；初战大败，又差点跳河自尽。可以想象，没有维护儒学正统地位的信念，曾国藩不会支撑到最后的胜利。同时，曾国藩信仰“经世致用”，特别注重实践。他深深懂得“兵马未动，粮草先行”的道理，十分注重筹饷工作。因此，湘军的饷银是当时最高的。如此一来，士兵自然愿意为曾国藩卖命。湘军的战斗力是因血缘关系形成的，湘军的士兵大多是亲戚、朋友和乡亲，因此凝聚力很强，具有极强的互助精神。曾国藩也很会知人善用，因此手下人才济济。曾国藩还很注重对士兵进行信念的灌输，由此他把湘军打造成了一支有信念的军队。曾国藩军事上胜利的原因大致可归纳为以上几条。而政治上的胜利，则是因为他能够“己欲立而立人，己欲达而达人”。曾国藩手下大将多是流落民间的低级知识分子，几乎没有人是行伍出身。这些人得到了曾国藩不遗余力的提拔和重用，因此，形成了历史上以曾、胡、左、李为首的湘军政治集团。这使曾国藩成为湘军政治集团独一无二的事业领袖和思想领袖。

【悟在当下】

《论语》开篇就是那句最著名的话："学而时习之，不亦说乎？"意思是：学习并且时常复习，难道不快乐吗？蔡元培先生对这句话曾有独到的见解，他说，一个人求学问就是为了经世致用，即使刚开始时有人不了解，还是要一如既往地去做，这样才能学得真学问。可以这样说，学问不是用来当摆设的，必须用于实践，才会变得有意义。在儒家思想熏陶下成长的曾国藩没有做一个死板的读书人，而是坚持将自己所学用在事业上，用儒家的精神力量来统领自己的军队，最终获得了成功。

正所谓"学而不能行，谓之病"，"不闻不若闻之，闻之不若见之，见之不若知之，知之不若行之"。光学不用，犹如纸上谈兵，纵然胸中有千军万马，锦囊妙计，若没有付诸实践，则一切就毫无意义。"十年寒窗"成就的满腹经纶，须在现实中发挥其最大的能量，如此才能成就大事业。

发明千千万，起点是一问

唐朝诗人郑谷自幼聪明，七岁就能吟诗作对。郑谷有一位诗友是个和尚，叫齐己。他年长于郑谷，经常和郑谷吟诗唱和，因此二人的友谊十分深厚。有一次，齐己作了一首诗，诗名是《早梅》，诗云：

万木冻欲折，孤根暖独回。
前村深雪里，昨夜数枝开。
风递幽香出，禽窥素艳来。
明年如应律，先发望春台。

笔落诗成，齐己吟诵再三，自我感觉十分好，便去邀郑谷品评。郑谷看后，说此诗都好，但须改一字就更加完美了。齐己听后，很着急地问："哪一字？"郑谷微笑着说，诗中"昨夜数枝开"，如果改为"一枝开"，岂不是把早梅的这一"早"字写活了？齐己听后连连点头称是，不觉佩服得下拜致谢。时人于是称郑谷为"一字师"。

【悟在当下】

我国著名教育家陶行知先生曾说："天地是个闷葫芦，闷葫芦里有妙理。您不问它您怕它，它一被问它怕您。您若愿意问问看，一问直须问到底。"又说："发明千千万，起点是一问。禽兽不如人，过在不会问。智者问得巧，愚者问得拙。人力胜天工，只在每事问。"

可见，最聪明的人不是依靠固有的天赋，而是通过不耻下问以获取新的知识，不断充实自己。所有的智者都会比普通人更加用心地去请教别人，在"每事问"中获得学问。清代刘开说："君子之学必好问。"只有问与学相辅而行之，做一个胸怀广阔的人，勇于探询，方能心明眼亮。

锲而不舍做学问

王羲之

东晋大书法家王羲之被后人誉为"书圣"，王献之是王羲之的第七个儿子，天资聪颖，机敏好学，他七八岁时始习书法，师承其父。有一次，王羲之看献之正聚精会神地练习书法，便悄悄走到其身后，猛然伸手去抽献之手中的毛笔，献之握笔很牢，没被抽掉。王羲之很是高兴，夸赞道："此儿后当复有大名。"

王羲之曾对献之说，只有写完院里的十八缸水，他的字才会有筋有骨、有血有肉，直立稳健。献之心中颇有些不以为然，他勤奋地练了五年，写完了三缸水，自认为书法已小有所成，遂将自己十分满意的习字拿给父亲过目，谁知王羲之一张张掀过，却频频摇头。直到看见一个"大"字，王羲之才现出了较满意的神色，随手在"大"字下填了一个点。小献之又将习字拿去给母亲看，母亲认真地翻看，最后指着王羲之在"大"字下加的那一点，说："吾儿磨尽三缸水，唯有一点似羲之。"献之此时方知与父亲的差距，又锲而不舍地练了下去。当他真的用尽十八缸水，其书法果然达到了力透纸背、炉火纯青的程度。王献之书法与其父并列，被人们称为"二王"。

【悟在当下】

《荀子·劝学》中有这样一段话："故不积跬步，无以至千里；不积小流，无以成江海。骐骥一跃，不能十步；驽马十驾，功在不舍。锲而舍之，朽木不折；锲而不舍，金石可镂。"它告诫为学之人，学问是点滴积累起来的，只有锲而不舍，持之以恒，方能得大学问。

任何成就都是不畏艰险，一点一滴积累起来的。远大的理想与眼光，再加上点滴的积累和百折不挠的精神，是人成就一切的基石。

苟日新，日日新

南北朝时期，梁朝有个人，名叫江淹，他年轻时家境贫寒，却好学不倦，诗和文章都写得很好，成为当时负有盛誉的作家。中年为官以后，有一天晚上，他梦见一个自称郭璞的人，对他说："我的五彩笔在你处多年，请你还给我吧！"江淹听了这话以后，到自己怀中去摸，果真摸到了五彩笔，便还给了郭璞。从此以后，江淹写诗作文便再也没有优美的句子了。

据史学家考证，江淹确有其人，他的诗文到后来退步也真有其事，但他的文采一落千丈的根本原因不是上面的那个还五彩笔的传说。他早年家境贫寒，所以学习刻苦，"留情于文章"，而且非常注意向有成就的前辈学习，"于诗颇加刻画，虽天分不优，而人工偏至"，也就是说他虽缺乏做学问的条件，但却加倍去努力、去钻研。他的成就不是天意神授，而是来自勤和思，勤奋不怠，好学不倦，这就是他前半生誉满朝野的根本原因。

到了后半生，官做大了，名声也大了，江淹认为平生所求皆已具备，功名既立，须及时行乐了。于是他由嬉而随，耽于安乐，自我放纵，再不求刻苦砥砺了。他自己说他性有三短，其中的"体本疲缓，卧不肯起""性甚畏动，事绝不行"等就属于"随"的劣性。"随"导致他事业心消磨，他只"望在五亩之宅，半顷之田"，什么治国平天下的雄心壮志都烟消云散了。后来诗文褪色，"绝无美句"，这是必然的结局。

【悟在当下】

孔子认为学习是一件终身的事情，因此他说："吾十有五而志于学，三十而立，四十而不惑，五十而知天命，六十而耳顺，七十而从心所欲，不逾矩。"孔子的一生就是学习的一生，他从十五岁立志学习，一直到去世都在孜孜以求。而且孔子本人对自己的人生定位也非常准确：他认为自己是一个为了发愤求学，常常连自己腹中饥饿都感觉不到的人，有时候连吃饭都忘了。一旦学问上有所获益，又会快乐得忘记忧愁，连日渐衰老的威胁也忘了。正因为孔子的为学精神是永远年轻的，才能够"苟日新，日日新，又日新"。因为终生不倦地学习，才能时时保持进步的状态，随时都有新的境界。

学无止境知无涯，正如逆水行舟一样，不进则退，因此应当抱有终身学习的信念。有大学问的人，贵在勤勉和持之以恒的努力，取得一点成绩就沾沾自喜、满足现状，再聪明的人也会有江郎才尽的那一天。

饱读诗书不如躬身实践

公元前262年，秦昭襄王派大将白起进攻韩国，占领了野王（今河南沁阳）。截断了上党郡（治所在今山西长治）和韩都的联系，上党形势危急。上党的韩军将领不愿意投降秦国，打发使者带着地图把上党献给了赵国。

赵孝成王（赵惠文王的儿子）派军队接收了上党。过了两年，秦国又派大将军王龁率兵围住上党。

赵孝成王听到消息，连忙派廉颇统领二十多万大军去救上党。他们才到长平（今山西高平市西北）的时候，上党已经被秦军攻占了。

廉颇见状连忙守住阵地，叫兵士们修筑堡垒，深挖壕沟，跟远来的秦军对峙，准备做长期抵抗的打算。

王龁想尽快攻下长平，于是几次三番向赵军挑战，可廉颇说什么也不跟他们交战。王龁想不出什么法子，只好派人回报秦昭襄王，说："廉颇是个富有经验的老将，不轻易出来交战。我军老远到这儿，长期下去，就怕粮草接济不上，怎么好呢？"

秦昭襄王请范雎出主意。范雎说："要打败赵国，必须先叫赵国把廉颇调回去。"

秦昭襄王说："这哪能办得到呢？"

范雎说："让我来想办法。"

几天后，赵孝成王就听到左右纷纷议论，说："秦国就是怕让年轻力强的赵括带兵；廉颇不中用，眼看就快投降啦！"

他们所说的赵括，是赵国名将赵奢的儿子。赵括小时爱学兵法，谈起用兵的道理来，头头是道，自以为天下无敌，连他父亲也不放在他眼里。

赵王听信了左右的议论，立刻把赵括找来，问他能不能打退秦军。赵括说："要是秦国派白起来，我还得考虑一下。如今来的是王龁，他不过是廉颇的对手。要是换上我，打败他不在话下。"

赵王听了很高兴，就拜赵括为大将，去接替廉颇。

蔺相如听后对赵王说："赵括只懂得读父亲的兵书，不会临阵应变，不能派他做大将。"可是赵王对蔺相如的劝告听不进去。

当时赵括的母亲也向赵王上了一道奏章，请求赵王别派他儿子去。赵王把她召了来，问她什么理由。赵母说："他父亲临终的时候再三嘱咐我说：'赵括这孩子把用兵打仗看作儿戏似的，谈起兵法来，就眼空四海，目中无人。将来大王不用他还好，如果用他为大将的话，只怕赵军断送在他手里。'所以我请求大王千万别让他当大将。"

赵王不相信这些话，还是让赵括带兵出征了。

公元前260年，赵括领兵二十万到了长平，廉颇验过兵符后，回邯郸去了。

赵括统率着四十万大军，声势十分浩大。他把廉颇规定的一套制度全部废除，下了命令说："若秦国再来挑战，必须迎头打回去。敌人打败了，就得追下去，杀得他们片甲不留。"

那边范雎得到赵括替换廉颇的消息，知道自己的反间计成功，就秘密派白起为上将军，去指挥秦军。白起一到长平，布置好埋伏，故意打了几阵败仗。赵括不知是计，拼命追赶。白起把赵军引到预先埋伏好的地区，派出精兵二万五千人，切断赵军的后路；另派五千骑兵，直冲赵军大营，把四十万赵军切成两段。赵括这才知道秦军的厉害，只好筑起营垒坚守，等待救兵。秦国又发兵把赵国救兵和运粮的道路切断了。

赵括的军队，内无粮草，外无救兵，守了四十多天，兵士都叫苦连天，无心作战。赵括带兵想冲出重围，秦军万箭齐发，把赵括射死了。赵军听到主将被杀，也纷纷扔了武器投降。四十万赵军，就在只会“纸上谈兵”的主帅赵括手里全部覆没了。

【悟在当下】

赵括虽饱读兵书，对兵法了如指掌，但真正打起仗来却无法将平时侃侃而谈的兵法应用于实际的战争当中，最终战死沙场。

子贡问什么是君子，孔子回答说，君子一定会把实际行动放在言论的前面。而孔子的学生中，子路最怕听孔子对他讲话，因为他怕自己听了而做不到，有愧于为学。由此可见，实践是何等的重要。所以，对于做人做事的道理，空有夸夸其谈是不行的，只有足够的实践，才能彻底参悟。真正的君子就应将毕生所学用于实践，并不断从实践中完善自己。

抓住今天，少依赖明天

鲁迅成功的秘诀就是珍惜时间。鲁迅12岁在绍兴城读私塾的时候，父亲正患着重病，弟弟年纪尚幼，他不仅经常上当铺、跑药店，还得帮助母亲做家务。为免影响学业，鲁迅对于时间的利用可谓精确至极。每每只要有空，即便说句话的工夫，也能写上一两个字或在内心默读文章。

此后，鲁迅几乎每天都在挤时间。他的一句名言，“时间，就像海绵里的水，只要你挤，总是有的”。这句话至今为止，都是人们心目中铭记的有关时间的名言。鲁迅不但喜欢读书写作，还对各种民间艺术深感兴趣。他的一生是在不断的学习中度过的，工作时常常到深夜都不会休息。即便是在病中，也从不浪费一分一秒。

【悟在当下】

先圣孔子在河边说道：“奔流而去的是这样匆忙啊！白天黑夜地不停留。”滚滚东逝的江水是不会再复返的，正如匆匆而过的时光。

时光的流逝确实无情也无奈，它能让一个英雄白发苍苍，也能让一个倾国倾城的美人容颜老去。岁月每时每刻都在流逝，就像那从不歇息的流水一样无情，没有人能让它们停下匆忙的脚步。所以，鲁迅先生才说："时间就是生命。无端地空耗别人的时间，其实无异于谋财害命。"我们应当记住这样一句话：最吝啬时间的人，时间对他最慷慨。因此要抓住今天，尽可能少依赖明天。

第 14 章　低头做人，抬头做事

谦卑是人生中必不可少的行为品德，它可以挽回不堪想象的恶果。在儒家思想当中，谦卑是一种无言却厚重的力量，它可以帮助人在复杂的世间安稳立足，时刻为人提供晋升的空间。所以有人说，谦恭比高贵更有力度。

忍人所不能忍

刘邦定天下之后，准备封赏官员。由于人多，必须得考虑各种因素，因此弄得他一筹莫展。

有一天，刘邦在洛阳南宫边散心，放眼望去，只见一群人在宫内不远的水池边，有的坐着，有的站着，一个个看上去都是武将打扮，在交头接耳，好像发生了什么事，在议论着什么。刘邦心生疑惑，便把张良找了过来，问道："那群人在干什么？"张良答道："他们准备聚众谋反呢！"刘邦一惊，问："为什么呢？"张良回答："皇上从一个市井百姓开始，与各位将士一道夺取了天下。但现在所封的都是您以前的老朋友及自己的家族，杀的都是您最恨的人，这怎么不使大家害怕呢？今天没有所封，以后肯定难逃一死。这么一想，他们当然头脑发热，要聚众闹事了。"刘邦赶忙征求张良的意见："怎么才能平息呢？"张良问刘邦："皇上平时对将士中的谁最厌恶、憎恨呢？"刘邦说："我最恨的是雍齿。在我起事时，他无缘无故投降了魏，后来又从魏投降赵，再从赵投降张耳。当张耳投降我时，我才收容了他。现在因为刚灭楚不久，我不方便无缘无故杀他。想起他来我就恨得牙齿'咯咯'作响。"

张良一听，说："好！您立即把他封为侯，这样就可化解眼下的人心浮动。"

刘邦对张良很信任，他相信张良的话很有道理。过了不久，刘邦在南宫设酒招待群臣。在宴席快要结束时，他宣布："封雍齿任什邡侯。"将士们见刘邦能宽容对待他最讨厌的人，知道不用再担心自己的性命，便都忠心拥护刘邦。

【悟在当下】

宋代著名大文学家苏轼在评论楚汉之争时就曾说：汉高祖刘邦之所以能胜，楚霸王项羽之所以失败，关键在于能忍不能忍。项羽不能忍，白白浪费自己百战百胜的勇猛；刘邦能忍，养精蓄锐，等待时机，直攻项羽弊端，最后夺取胜利。刘项之争，从多方面说明了这一点。刘邦可以成大业是他懂得忍下人之言，忍一时失败，忍个人意气；而项羽气大，什么都难忍难容，不懂得"小不忍则乱大谋"的道理，大业未成身先死，可悲可叹！

孟子曾言："天将降大任于斯人也，必先苦其心志，劳其筋骨，饿其体肤，空乏其身，行拂乱其所为。"这段话的意思就是，成大器者必先忍人所不能忍，才能有所作为。可见忍于人生有多么重要。

低着头的是稻穗，昂着头的是稗子

据说，秦始皇陵兵马俑博物馆的"镇馆之宝"是一尊跪射俑。许许多多出土的兵马俑都可以算作人间精品，但独独是它能够享有"镇馆之宝"的无上荣誉。最主要的原因是在出土、清理和修复的一千多尊各式兵马俑中，只有这尊跪射俑保存得最为完整，未经人工修复。如果仔细观察，就会发现俑身上的衣纹、发丝都清晰可见。据专家介绍说，这尊跪射俑之所以能够保存得如此完整，完全是得益于它自身的"低姿态"。原来兵马俑坑是地下通道式土木结构建筑，一旦棚顶塌陷、土木俱下时，高大的立姿俑自然是首当其冲遭受灭顶之灾，这样一来，低姿的跪射俑受到的损害就大大减小。此外，跪射俑呈蹲跪姿，右膝、右足、左足三个支点呈等腰三角形，完全支撑着上体，整个身体重心在下，增加了它的稳固性，这与两足站立的立姿俑相比，就避免了倾倒、破损。所以，秦始皇陵兵马俑中的跪射俑在经历了两千多年的岁月后，依然完整地呈现在我们面前，真可谓是"宝中至宝"。

【悟在当下】

跪射俑身体虽然在低处，没有站立的陶俑那样威武，但却在两千年时光的洗礼中保存了自身，可见谦恭矮身未必就是折损自己，有时候也是保身之法。孔子便时时教育弟子，不能忘记“谦恭”之理。

在《论语》中就有这样的记载，子禽向子贡问道：“孔子一到这个国家，就能听到这个国家的政事，是孔子求人告诉他的呢？还是人家主动告诉他的呢？”子贡回答说：“孔子是以温和、善良、恭敬、俭朴、谦让的美德而使得人家主动地把政事告诉他的。他获得这些的方法，大概与别人的不尽相同吧！”孔子的美好品德可归结为：温、良、恭、俭、让，尤其值得一提的是这个“让”，就是“谦让”。这里的“谦让”表现出来的并不是消极的忍让，相反，它是一种积极进取的精神。诚如梁漱溟先生所言：儒家虽然提倡温良恭俭让，但实质宣扬的却是一种积极进取的精神。换句话说，“谦让”就是“以退为进，以柔克刚”，是一种方圆处世的态度。

一个简单的比喻就是，人们总会发现：低着头的是稻穗，昂着头的是稗子。懂得低头，懂得矮身，是一种生存的智慧。

小不忍则乱大谋

古代有个老翁，他开了个典当铺。有一年年底，他忽然听到门外一片喧闹声。他出门一看，原来门外有位穷邻居正在吵嚷。站柜台的伙计就对老翁说：“他将衣服当了钱，空手来取，不给他，他就破口大骂。有这样不讲理的人吗？”门外那个穷邻居仍然是气势汹汹，不仅不肯离开，反而坐在当铺门口。

老翁见此情景，从容地对那个穷邻居说：“我明白你的意图，不过是为了度过年关。这种小事，值得一争吗？”于是，他命店员找出那个典当之物，共有衣服蚊帐四五件。

老翁指着棉袄说：“这件衣服抗寒不能少。”又指着外袍说：“这件给你拜年用。其他的东西不急用，那就留在这里吧。”

那位穷邻居拿到两件衣服，不好意思再闹下去，于是立刻离开了。当天夜里，这个穷汉竟然死在别人的家里。

原来，穷汉同人家打了一年多的官司，因为负债过多，不想活了，于是就先服了毒药。他知道老翁家富有，想敲诈一笔，结果老翁没吃他那一套，没有傻乎乎地当他的发泄对象，于是他就转移到了另外一家。

事后有人问老翁，为什么能够事先知情而容忍他？老翁回答说："凡无理挑衅的人，一定有所依仗。如果在小事上不忍耐，那么灾祸就会立刻到来了。"

【悟在当下】

孔子说："花言巧语惑乱道德。小事情上不能忍耐，就会打乱大的计谋。"他的高徒子夏也说了："虽小道，必有可观者焉；至远恐泥，是以君子不为也。"对此，可以理解为，人都要学会忍耐，如果一点小事都不能容忍而发脾气，就只会坏事。只有下定决心耐住性子，才能做成事，否则就会有麻烦缠上身。可见要做大事，要成大事，关键在于一个"忍"字。

傲者易折

一只风筝在微风中飘然升起，越过了屋顶，飘过了树梢。这时，站在树上的花喜鹊对它说："风筝大哥，你飞得真好！"

"不，"风筝谦虚地说，"要不是有风，要不是有线牵着我，我是飞不好的！"

风越来越大了，线越放越长了，风筝也越飞越高了。等它飞过山顶的时候，心里就有些飘飘然了："啊！当我躺在屋里桌子上的时候，怎么也不知道我原来也是一个飞翔的天才！"

风筝随着风在不停地上升、上升，一直飞到了白云之上。当它俯视地面的时候，地上的房屋、树木、河流，甚至大山都显得那么渺小，就连平时高飞的雄鹰，现在也在它的脚下。它心里有一种说不出的滋味，仿佛自己的身体也在膨胀，变得高大起来。

"喂！"它毫不客气地对在它脚下盘旋的雄鹰说，"抬起头来看看我！过去人们总是赞扬你飞得高，现在怎么样？我比你飞得还要高！"

雄鹰抬头看看它，并没有与它争辩，只是意味深长地瞅了瞅它身下那根长长的线，微微一笑。

这样一来，风筝更沉不住气了，涨红了脸说："你这是什么意思？好像我离了线就不能飞似的！其实，我还可以飞得更高些，都怪这根可恶的线！"为了显示自己的才能，风筝拼命挣扎，只听得"嘭"的一声，拴在它身上的线断了。风筝很得意，心里想：这下可好了！我可以自由飞翔了，想飞多高就飞多高！果然，在断线的瞬间，它迅猛地向上冲了好大一截。

谁知它很快便失去了重心，在风中身不由己地向下翻滚，最后一头栽进了臭水沟。

【悟在当下】

风筝离开了线的牵引便无法再高飞，人丧失了自知的能力也只能遭受挫折。

《周易》就在解读第五十五卦"丰"卦时说："九三，丰其沛，日中见沬，折其右肱，无咎。"其中大暗谓之"沛"。"沬"通昧，指昏暗的小星。遮阳的黑云迅速扩大，遮天蔽日，昏暗不明。这种昏暗到了什么程度呢？在正午甚至能看到不起眼的小星星。将"丰"卦的这个含义还原到人生当中，就是说，骄傲的人戴上有色眼镜后，他们的世界就处在一片昏暗中，对任何事都失去了正确的价值判断，也就看不到自己的闪光点，更看不到别人的闪光点，所以就常常变得盲目，最终脱离了自己的行进轨迹，犯了不该犯的错误，拖累了自己。

可见，谦卑是人生中必不可少的行为品德，它可以挽回不堪想象的恶果。谦卑是一种无言却厚重的力量，它比骄傲更有力。一个人如果想在纷繁复杂的世间立足，有时谦恭比骄傲更有用处。

虚怀若谷才能时时进步

杨万里是南宋著名的诗人，他知识渊博，非常有才华，所写的诗一直广为流传，但他为人很低调，一直非常谦虚。

江西有一个名士，他常常说自己学识渊博，天下没有人胜得过他。后来，他听说杨万里很有名，非常不服气，决定给他写一封信，说要亲自到杨万里的家乡——吉水来拜见他。杨万里早就听说这个人一贯骄傲得不得了，就给他回了一封信，说："我很欢迎您的到来，冒昧地向您提一个小小的要求，听说你们家乡的配盐幽菽非常有名，很想亲口尝一尝滋味，请您来时顺便捎带一点。"

那个名士拆信一看，不禁一下子愣住了，什么是配盐幽菽呀？自己从未听说过。他想了很久，也想不出是什么东西，他又不愿意去问别人，只好自己在街上到处乱找，但找了很久也没有找到。后来，他实在想不出是什么东西，只好空着手来到吉水。他见到杨万里后，寒暄了两句就问："您信中提到的配盐幽菽是不是卖的地方比较偏僻，我找了很久也没有找到。实在抱歉！"

杨万里听了哈哈大笑起来："你们那里家家户户都有啊！"说着，他随手从书架上取下一本《韵略》，翻开其中的一页。名士接过来一看，上面明明白白地写着"豉，配盐幽菽也"一行字。

他这才明白，原来所谓配盐幽菽，就是家庭日常食用的豆豉啊！豆豉是用黄豆或黑豆泡透、煮熟后再发酵的食品，然后再放上盐，这道家常小菜的别名就叫配盐幽菽。

名士看了非常惭愧，他这才明白自己平日读书太少了。从此以后，他再也不骄傲自大、目中无人了。

【悟在当下】

一个人如果开始骄傲了，那么他就看不到自己的缺陷，就不会继续学习，最终只能和肤浅挂钩了，那应该以怎样的态度去求知呢？

心中充满求知的欲望，就会如饥似渴，就能克服各种困难，风雨不能阻拦，困难不能吓倒，这样的人怎么可能不获得人生的成功呢？

一个人必须时刻保持虚怀若谷的状态，才能不断进步，最终获得人生的成功。

转移话题，摆脱窘境

有一次，孟子对齐宣王说："王之臣，有托其妻子与其友，而之楚游者，比其反也，则冻馁其妻子，则如之何？"假定你齐宣王的部下中，有一位大臣，把自己的妻子儿女，托给一位朋友照顾，自己到楚国去访问，等到他回来的时候，妻子儿女都已经冻死饿死了。像这样的朋友该怎么办呢？齐宣王的回答倒干脆，“弃之”。

孟子又问：“士师不能治士，则如之何？”如果你下面的执法官员，没有好好尽职做事，那你怎么办？齐宣王回答说：“已之。”即那就罢免了他。

孟子不依不饶，接着问：“四境之内不治，则如之何？”一个国家不安定，这个责任问题怎么办？孟子这一问使齐宣王陷入困境，他有些吃不消了，只好不理孟子的问题，顾左右而言他。

【悟在当下】

“转移话题”就是用巧妙的语言将话题的锋芒转换到其他地方，从而使自己摆脱窘境。正如人不会十全十美一样，再聪慧的人，也会遇到难以回答的问题。面对这样的问题，如果不能巧妙地应答，就将陷入尴尬之中。此时，最好的办法是巧转话题“顾左右而言他”。

值得注意的是，凡事过犹不及，要掌握一个“度”，“顾左右而言他”的说话技巧确实可以化解尴尬于无形，但是要用在适当的语言环境和交往对象上，不可滥用。否则只能适得其反，令人反感！

推己及人仁之方

南宋诗人杨万里的妻子在古稀之年，每到天寒时，天不亮就早早起来，然后径直走进厨房，熟练地生火、烧水、煮粥。满满的一大锅粥要熬上很长时间，杨夫人每次都耐心地等着。清甜的粥香顺着热气渐渐充满了厨房，飘到了院子里。院子的另一边，仆人们伴着这熟悉的香气陆陆续续地起床，洗漱完毕后，来到厨房，并接过杨夫人盛起的满满一大碗热粥喝了起来。杨夫人的儿子杨东山看到母亲忙碌的身影，甚是心疼。一次，他劝母亲说：“天气这么冷，您又何苦这么操劳呢？”杨夫人语重心长地说：“他们虽是仆人，也是各自父母所牵挂的子女。现在天气这么冷，他们还要给我们家里做活。让他们喝些热粥，心中有些热气，这样干起活来才不会伤身体。”

一席话说得儿子点头称赞，杨夫人之所以能说出如此慈悲为怀的话，就是因为她是一个心地善良，懂得体贴与关怀的好人。她会设身处地体会别人的切身感受，所以能够为别人着想。这样既教育了儿子，也温暖了仆人们的心。

【悟在当下】

由此故事推想，小中可见大道理。我们行走在这个社会当中，自己不想要的，也不要强加给别人，再进一步，自己想要立足，就要能够大度地让别人也能立足，所谓仁德之心，无非就是孔子所说的推己及人。

当然，并不是所有的事都要“己所欲”才施于人，推己及人也要有自己的“道”，即有一定的原则和分寸，毕竟不是所有于己有益的东西都适用于他人，当然也不是所有对他人有益的东西，别人都能接受。在他们不想接受时，绝不能以“这是为他们好”为由，强迫其接受，因为每个人都有自由选择的权利。

总而言之，儒家文化中所推崇的推己及人的“仁之方”，就是要我们凭借自身的宽大心胸，来容纳别人。这是几千年前的圣人给世人开出的一剂良方，是仁德的原点，也是儒家思想中值得我们现代人学习的一条做人做事的重要道理。

第 15 章　中庸处世，不落俗套

“中庸”是儒家思想的核心之一，中庸即是中和，不是平庸碌碌无为，不是插科打诨，它追求的是不亏不盈、可进可退、不急不缓、不过不及、不骄不馁，得到人生大智慧与为人处世中较为完美的平衡点。

中庸不是平庸，而是恰到好处

《尹文子・大道上》有一个故事：齐国有一个姓黄的老相公，他有两个女儿，都长得十分漂亮，堪称国色天香。但这位黄公每与人谈起他的两个女儿，总是“谦虚”地说：“小女质陋貌丑，粗俗蠢笨。”这些话被一传十、十传百，以致他两个女儿因“丑陋”远近闻名，直到过了婚嫁的年龄，仍无人求聘。

后来有个鳏夫，因无钱再娶，无奈之下，便到黄公门上求婚。黄公因大女儿年龄已大，也不再考虑是否合适，便一口答应了。婚礼完毕，这位新郎揭开新娘的盖头一看，不禁大喜过望，原来自己娶到的竟然是一位绝代佳人。消息传开，人们才知道黄公言之不实，于是一些名门子弟竞相求娶他的小女儿，自然也是天姿国色。

【悟在当下】

谦虚是好事，谦虚过头了往往就被人看成虚伪，或是被人误以为确实物无所值。这个故事就是告诉我们，凡事不要做得太过，也不可半点心力不尽。孔子就曾拿弟子做比喻，来形容过犹不及的道理。

一次子贡问孔子：“颛孙师和卜商谁好一些？”孔子回答说：“师也过，商也不及。”意思是颛孙师做得过了，而卜商做得还不够。子贡就又问：“是颛孙师更好一些吗？”孔子回答说：“过犹不及。”意思是说“过了”和“不够”都不好啊。

“过犹不及”道出的正是孔子的“中庸”思想。“中庸”即中和，不是平庸碌碌无为，追求的是不亏不盈、可进可退、不急不缓、不过不及、不骄不馁，得到人生大智慧与为人处世中较为完美的平衡点。做什么都应该适度，超越这一度，事物就向反面转化，会带来不良的后果。

雪中送炭心留暖

一次，子华替孔子出使齐国，冉有为子华的母亲向孔子请求补助一些谷子。孔子说：“给她六斗四升。”冉有请求再增加一些。孔子说：“再给她二斗四升。”最后冉有给了她八百石谷子。

孔子听到后，说：“赤之适齐也，乘肥马，衣轻裘。吾闻之也：君子周急不继富。”意思是子华出使齐国穿着华丽，看得出他很有钱，而我听说过：君子救济有紧急需要的穷人，而不应去接济富人。

【悟在当下】

其实这并不说明孔子的小气，毕竟雪中送炭要强过锦上添花，因为“渴时一滴如甘露，醉后添杯不如无”！

济人于危难之中，才能解人“倒悬”之危。雪中送炭，恰一股清泉济人于口干舌燥之时。古谚云：“赠人玫瑰手余香，雪中送炭心留暖。”有时一掷千金，也难以获得别人青睐，但有时候，虽然只有一餐之惠，竟能令人终生难忘。这是因为“锦上添花人人有，雪中送炭世间无；济人需济急时无，求人需求大丈夫”。就是施舍亦要看场面，用在适当的时机，才能达到效果。有智慧的人，当须如此作风，才能济世救人。

看得长远，未雨绸缪

曾国藩带湘军围剿太平天国时，清朝政府对他的态度极为复杂：如果不用这个人，太平天国声势浩大，无人能敌；如果用他，一则是此人手握重兵，二则曾国藩的湘军是其一手建立的子弟兵，怕对朝廷构成威胁。在这种思想下，朝廷对曾国藩的态度是用你办事，不给高位实权。苦恼的曾国藩急需朝中重臣为自己撑腰说话，以消除朝廷的疑虑。

有一天，曾国藩在军中得到胡林翼转来的肃顺的密函，得知这位精明干练的顾命大臣在西太后面前推荐自己出任两江总督。曾国藩大喜过望，咸丰帝刚去世，太子年幼，顾命大臣虽说有数人之多，但实际上是肃顺独揽权柄，有他为自己说话，就再好不过了。

曾国藩提笔想给肃顺写封信表示感谢，但写了几句，他就停下了。他知道肃顺为人刚愎自用，很有些目空一切的味道。他又想起西太后，这个女人现在虽没有什么动静，但绝非常人，以曾国藩多年的阅人经验来看，西太后心志极高，且权力欲强，又极富心机。肃顺这种专权的做法能持续多久呢？西太后同肃顺会合得来吗？

思前想后，曾国藩最终没有写这封信。后来，肃顺被西太后抄家问斩，在众多官员讨好肃顺的信件中，独无曾国藩的只言片语。

【悟在当下】

“人无远虑，必有近忧”，这句话出自《论语·卫灵公》。孔子的意思是：一个人如果做事情鼠目寸光，不是深谋远虑，那么他一定会遇到很多困扰。

人生的每一步都是一个选择题，每一个选项通向的是不同的道路，一步走错，就有可能陷入歧途。因此，面对人生这条路，需要有大眼光、大智慧，看得长远，未雨绸缪，自然会一生顺遂，有所成就。

该方则方，不方则圆

东晋明帝时，中书令温峤被明帝的亲信、大将军王敦妒忌。王敦于是请明帝任温峤为左司马，由王敦管理，准备等待时机将他除掉。

温峤为人机智，早已洞悉王敦所为，便假装殷勤恭敬，尽心尽力地办理王敦府事，并时常在王敦面前献计，借此迎合王敦，使他对自己产生好感。

除此之外，温峤有意识地结交王敦唯一的亲信钱凤，并经常对钱凤说："钱凤先生才华能力过人，经纶满腹，当世无双。"因为温峤在当时一向被人认为有识才看相的本事，因而钱凤听了这赞扬，心里十分受用，和温峤的交情日渐加深，因此便常常在王敦面前说温峤的好话。透过这一层关系，王敦对温峤渐渐解除戒心，甚至引为心腹。

不久，丹阳尹辞官出缺，温峤便对王敦进言："丹阳之地，对京都犹如人之咽喉，必须有才识相当的人去担任才行。如果所用非人，恐怕难以胜任，请你三思而行。"王敦深以为然，就请他谈自己的意见。温峤诚恳答道："我认为没有人能比钱凤先生更合适了。"王敦又以同样的问题问钱凤，因为温峤推荐了钱凤，碍于面子，钱凤便说："我看还是派温峤去最适宜。"这正是温峤暗中打的小算盘，果然如愿。王敦便推荐温峤任丹阳尹，并派他就近暗察朝廷的动静，随时报告。

温峤接到派令后，马上就做了一个小动作。原来他担心自己一旦离开，钱凤会立刻在王敦面前进谗言而让王敦召回自己。于是，他在王敦为他饯别的宴会上假装喝醉了酒，歪歪倒倒地向在座同僚敬酒。敬到钱凤时，钱凤未及起身，温峤便以笏（朝板）击钱凤束发的巾坠，不高兴地说："你钱凤算什么东西，我好意敬酒你却敢不饮。"王敦以为温峤真的喝醉了，还为此劝两人不要误会。

温峤赴任时，突然跪地向王敦叩别，眼泪汪汪，出了王敦府门又回去三次，好像十分不舍离去的样子，弄得王敦十分感动。

温峤刚上任，钱凤晋见王敦说："温峤为皇上所宠，与朝廷关系密切，何况又是皇上的舅舅庾亮的至交，实在是不能信任。"

王敦以为钱凤是因宴会上受了温峤的羞辱而恶意中伤，便生气地斥责道："温峤那天是喝醉了，对你是有点过分，但你不能因这点小事就来报复嘛！"钱凤深感羞惭，怏怏退出。

温峤终于摆脱王敦的控制，他回到了建康，将王敦图谋叛逆的事报告了明帝，又和大臣庾亮共同计划征讨王敦。消息传到武昌王敦将军府，王敦勃然大怒："我居然被这小子骗了。"然而，毕竟鞭长莫及，无可奈何，王敦无法挽救失败的命运了。

【悟在当下】

做人固然需要正直，但是如果不知变通，就有可能碰钉子，甚至会遭不测。因此为人处世头脑一定要灵活，遇事该方则方，不该方时就要圆熟一些，尤其在遇到将要对己不利的形势时，应将刚直不阿和委曲求全结合起来，随机应变，先保护自己以屈求伸。

君子成人之美，不成人之恶

在唐朝，有一个叫谢原的人，他精通辞赋，善作歌词，所作的歌词在民间流传甚广。

有一年春暖花开的时候，谢原到张穆王家做客，张穆王亲自设宴款待他。饮酒畅谈之余，张穆王让自己的小妾谈氏在帘子后面弹唱助兴，动听的歌声徐徐传来，谢原仔细一听，歌词是如此熟悉，谈氏唱的正是自己所作的一首竹枝词。张穆王见谢原听得十分出神，干脆叫谈氏出来拜见。谈氏长得貌美非凡，袅娜娉婷，她把谢原所作的歌词都唱了一遍。

谢原十分高兴，犹遇知音，对谈氏产生了爱慕之情。他站起来说："承蒙夫人的厚爱，在下感激不尽，只不过夫人所唱的是在下的粗浅之作。我应该重作几首好词，以备府上之需。"次日，谢原即奉上新词八首，谈氏把它们一一谱曲弹唱，两人配合得十分默契。这样一来，谢原和谈氏日久生情，终于有一天，谢原忍不住向谈氏表白了。谈氏虽然心里欢喜，但自知是张穆王的小妾，身不由己。

于是，谢原亲自去拜见张穆王，请求张穆王成全。

在去见张穆王之前，谢原已有心理准备，来承受他的怒气。但张穆王听说后却哈哈大笑起来，他笑着说："其实我早有此意。虽然我也喜欢她，但你们两个是天生的一对。一个作词，一个谱曲；一个吹拉，一个弹唱，你说，这不是天造地设的一双吗？我怎能不成人之美呢？”

谢原没有想到张穆王如此大度。为报答张穆王，谢原把此事作成词，谈氏把它谱成曲，四处传唱。张穆王成人之美的美名马上传播开来，很多有识之士都来投靠他。

【悟在当下】

“君子成人之美，不成人之恶。小人反是。”这话出自《论语》，意思是说君子通常成全他人的好事，不破坏别人的事，而小人却与之完全相反。孔子说的“成人之美”即成全他人的好事，这种成全也包含了想方设法地去帮助他人实现其美好的愿望。

成人之美是一种气度，一种胸怀，一种君子风范。这种风范也就是我们时下经常提到的绅士风度。孔子正是用这种乐道好施、与人为善的亲和力，去感召笼络一切人，去组合建立他所追求的人与人之间的理想关系。人与人之间的和睦共处，是每个时代都应致力追求的。

糊涂是另类的聪明

齐国一位名叫隰斯弥的官员，住宅正巧和齐国权贵田常的官邸相邻。田常为人深具野心，后来欺君叛国，挟持君王，自任宰相执掌大权。隰斯弥虽然怀疑田常居心叵测，不过依然保持常态，丝毫不露声色。

一天，隰斯弥前往田常府第进行礼节性的拜访，以表示敬意。田常依照常礼接待他之后，破例带他到邸中的高楼上观赏风光。四周风景一览无遗，唯独南面视线被隰斯弥院中的大树所阻碍，于是隰斯弥明白了田常带他上高楼的用意。

隰斯弥回到家中，立刻命人砍掉那棵阻碍视线的大树。

正当工人开始砍伐大树的时候，隰斯弥突然又命令工人立刻停止砍树，他道出了其中的奥妙：

“能看透别人的秘密并不是好事。现在田常正在图谋大事，就怕别人看穿他的意图，如果我按照田常的暗示砍掉那棵树，只会让田常感觉我机智过人，对我自身的安危有害而无益。不砍树的话，他顶多对我有些埋怨，嫌我不能善解人意，但还不致招来杀身大祸。”

【悟在当下】

过于聪明，往往会给自己招来祸患，所以聪明的糊涂才是保身之法。

孔子便经常教育弟子，不可太莽撞。孔子的弟子子贡是个比较直爽的人，看见不顺眼的事就当面指责对方，为此，他经常得罪别人。孔子发现这种情况后，就劝子贡不要对别人要求太高了，有时候做人也需要糊涂一点，老是得罪人不是什么好事情。

有道是“木秀于林，风必摧之”。生活中如果你要特立独行、与众不同，那就会有很多人对你看不惯，群起而攻之。因此，做人就是要糊涂一些，得让人处且让人，事事留有余地。这样在生活中才能够不结仇，不结怨，不吃亏。糊涂是另类的聪明，是岁月在一个人身上沉淀下来的智慧。

路径窄处，退一步与人行

战国时期，楚国梁国交界，两国边境上各设界亭，亭卒们各自在空地里种了西瓜。梁国的亭卒非常勤劳，锄草浇水，瓜秧长得非常好，而楚国的亭卒十分懒惰，不务农事，西瓜的长势就不好，与梁国的瓜田有了天壤之别。楚国的亭卒们心生妒忌，于是他们在一个无月的夜晚，跑过境把梁国地里的瓜秧给扯断了。

第二天，梁国的亭卒发现此事非常气愤，将之上报给县令宋就，要求也去扯烂楚国的瓜秧。宋就说：“这样做当然很解气，可我们明明不愿意他们扯断我们的瓜秧，为什么还要去扯断别人的瓜秧呢？明明他人做得不对，我们再跟着学，这实在太狭隘。”人们觉得很有道理，就问他该怎么办，宋就说：“你们可以每晚给他们的瓜秧浇水，让他们的瓜秧好起来。”梁亭的人听了宋就的话觉得很有道理，于是就照做了。

过了一段时间，楚国人发现自己的瓜秧长得一天好似一天，他们很奇怪，经过仔细观察，才发现原来是梁国人为他们浇的水，觉得非常惭愧，无地自容，上报楚王。楚王听了之后，特备厚礼送到梁国，表示酬谢，并以示自责，结果这一对敌国成了友好的邻邦。

【悟在当下】

孔子曾言“以直报怨”，意思就是说凡事公事公办。别人对你不好，并不等于一定要报复别人，把自己的事情做好，不要对不起别人，别人也就很难得寸进尺，你也能高枕无忧。

做人不可模棱两可

唐朝有个文学家叫苏味道，曾经官居相位，向来以处世圆滑、模棱两可而著称。他对人总是一副恭敬的样子，别人问他对某件事情的看法，他从来都不会给出一个准确的答案，时人称之为“苏模棱”。他经常对他周围的人传授他的处世“真经”，叫作“处事不欲决断明白，若有错误，必贻咎谴，但模棱以持两端可矣”。结果，他历来为人所讥笑。

【悟在当下】

子曰：“乡原，德之贼也。”孔子说：“道德伪善者（所谓的好好先生）是偷道德的贼。”

这种早就为孔子所唾弃的“好人主义”，时至今日，我们中的少数人仍然奉之为宝贝。在工作上，各管各事，事不关己，高高挂起。如此，你好我好，大家都好，一团和气，表面上是“团结”了，可道德呢？良知呢？这样只会造成正气不伸、邪气蔓延，黄钟毁弃、瓦釜雷鸣的局面。

可见这种外表恭敬的人，其危害是何其巨大！知道了这些再反观自己平时的一些做法，相信你对自己应该怎样做一定会很明白了。

第16章　容己容人容事，从容一生

从容的人生，不是玩世不恭，更不是自暴自弃，而是一种达观，一种洒脱；一份成熟，一份练达。学会享受这种人生，容己容人容事，才不会终日郁郁寡欢，才不觉得活着太累，才能够诗意地栖息在这片生存的空间。

容人所不容

子张与子夏都是孔子的弟子，他们有同窗之谊。这一天子夏的学生问子张交友之道。子张没有直接回答，他反过来问子夏的弟子："你们的老师子夏是怎么说的啊？"对方回答："对于能交往的人我们就友好对他，对于那些不能交往的人就距离他远一点。"子张听说了以后说了这段话："和我听到的不一样（子张是指从他的老师孔子那里学到的学问）。一个君子固然要使贤能的人敬重，不过与此同时还要能容下众人。对好的要鼓励他，对不好的要更加关爱他。如果我自己是一个贤良的人，那么别人为什么要将我拒之门外呢？假定我自己很不好，根本就不是一个有良好品质的人，他人会因此疏远我，又谈什么拒绝别人呢？"

【悟在当下】

子张的这一段话表面上看起来是教子夏弟子的交友之道，其实是做人之道，是关于人生修养的教诲。"海纳百川，有容乃大"，宽容，是一种美德和修养，是一种宽大的胸怀和气量。

马克·吐温这样形容宽容：一只脚踩扁了紫罗兰，它把香味留在那脚跟上，这就是宽容。面对人生的苦难与命运的多舛，抑或面对他人无心的伤害，应该选择宽容，这丝毫无损于自己的尊严，反而有助于人们在漫长的生命之河中穿越平庸。具有宽容的思想境界，才会懂得人生的真谛，宽容也是一门生活的艺术。

不必死要面子

孔子的爱徒颜渊死了，他的老父亲——颜路“请子之车以为之椁”。古时候人们在棺材的外面还要再套一个大棺材，名字叫作“椁”。现在颜路就是来向孔子要这个“椁”，他说：“老师啊，把您的车子卖了吧，给颜渊做个椁。您也知道我们家很贫穷。”看来颜路来的时候信心十足，打定主意要孔子卖车，然后给颜渊买椁发丧。但是他没想到孔子这样回答他：“才不才，亦各言其子也。鲤也死，有棺而无椁。吾不徒行以为之椁，以吾从大夫之后，不可徒行也。”这个可不行。你是爱你自己的儿子所以才有这样的想法，但是我的儿子鲤死的时候，也是有棺无椁。我没有卖掉自己的车子而给他买椁。何况我出门办事总不能徒步吧？所以我的车子不能卖。

【悟在当下】

这样看来似乎孔子不近人情，更不用谈什么仁义道德了。其实不然，孔子在这里是教育颜路，人都已经死了还要讲究那么多干吗？活人当然要比死人重要，因此你也就不必去花费那么多了。况且你家里现在也没有钱，不要死要面子活受罪了。

从容练达，诗意一生

县城老街上有一家铁匠铺，铺里住着一位老铁匠。时代不同了，如今已经没人再需要他打制的铁器，所以，现在他的铺子改卖拴小狗的链子。

他的经营方式非常古老和传统。人坐在门内，货物摆在门外，不吆喝，不还价，晚上也不收摊。你无论什么时候从这儿经过，都会看到他在竹椅上躺着，微闭着眼，手里是一只半导体收音机，旁边有一把紫砂壶。

当然，他的生意也没有好坏之说。每天的收入正够他喝茶和吃饭。他老了，已不再需要多余的东西，因此他非常满足。

一天，一个文物商人从老街上经过，偶然间看到老铁匠身旁的那把紫砂壶，因为那把壶古朴雅致，紫黑如墨，有清代制壶名家戴振公的风格。他走过去，顺手端起那把壶。壶嘴内有一记印章，果然是戴振公的。商人惊喜不已，因为戴振公在世界上有“捏泥成金”的美名，据说他的作品现在仅存三件：一件在美国纽约州立博物馆；一件在中国台湾“故宫博物院”；还有一件在泰国某位华侨手里，是那位华侨1993年在伦敦拍卖市场上，以56万美元的拍卖价买下的。

商人端着那把壶，想以10万元的价格买下它，当他说出这个数字时，老铁匠先是一惊，然后很干脆地拒绝了，因为这把壶是他爷爷留下的，他们祖孙三代打铁时都喝这把壶里的水。

虽然壶没卖，但商人走后，老铁匠有生以来第一次失眠了。这把壶他用了近六十年，并且一直以为是把普普通通的壶，现在竟有人要以10万元的价钱买下它，他转不过神来。

过去他躺在椅子上喝水，都是闭着眼睛把壶放在小桌上，现在他总要坐起来再看一眼，这种生活让他非常不舒服。特别让他不能容忍的是，当人们知道他有一把价值连城的茶壶后，来访者络绎不绝，有的人打听还有没有其他的宝贝，有的甚至开始向他借钱。他的生活被彻底打乱了，他不知该怎样处置这把壶。当那位商人带着20万现金，再一次登门的时候，老铁匠没有说什么。他招来了左右邻居，拿起一把斧头，当众把紫砂壶砸了个粉碎。

现在，老铁匠还在卖拴小狗的链子，据说现在他已经106岁了。

【悟在当下】

老铁匠是真正体悟到了人生的本质，他的心中已没有名利等身外之物的束缚，只想从容而安静地生活，因此，他才没有一丝犹豫地砸了别人眼里的宝贝，从而活出了自己的诗意人生。

诗意人生，不是玩世不恭，更不是自暴自弃，而是一种达观，一种洒脱，一份人生的成熟，一份人情的练达。学会享受诗意人生才不会终日郁郁寡欢，才不觉得人生活得太累，才能够诗意地栖息在这片生存的空间。

相信自己，不必患得患失

中国古代有一位神射手，叫后羿。经过多年的勤学苦练，加上先天的禀赋，他练就了一身百步穿杨的好本领，立射、跪射、骑射样样精通，而且箭箭都会射中靶心，从来没有失过手。人们对他充满敬佩，争相传颂他高超的射技。

夏王从身边人那里听说了这位神射手的事迹，他想一睹其风采，于是把后羿召入宫来，让后羿单独给他一个人演习一番。

后羿被带到宫中，在御花园里的一个开阔地带，夏王叫人拿来一块一尺见方，靶心直径大约一寸的兽皮箭靶，用手指着说："今天请先生来，是想请你展示一下你那精湛的本领，这个箭靶就是你的目标。为了使这次表演不至于沉闷乏味，我来给你定个赏罚规则：如果射中了的话，我就赏赐给你黄金万两；如果射不中，那就要削减你一千户的封地。现在请先生开始吧。"

后羿听了夏王的话，一言不发，面色凝重。他慢慢走到离箭靶大约一百步的地方，脚步显得相当沉重。然后，后羿取出一支箭搭上弓弦，摆好姿势拉开弓准备射击。

想到自己这一箭出去可能发生的结果，一向镇定的后羿呼吸变得急促起来，拉弓的手也微微发抖，几次都没有把箭射出去。过了好一会儿，后羿终于下定决心松开了弦，箭应声而出，"啪"地一下钉在离靶心足有几寸远的地方。后羿脸色一下子白了，他再次弯弓搭箭，精神却更加不集中了，射出的箭也偏得更加离谱。

后羿收拾弓箭，勉强微笑着向夏王告辞，悻悻地离开了王宫。夏王在失望的同时掩饰不住心头的疑惑，就问手下道："这个神箭手后羿平时射起箭来百发百中，为什么今天跟他定下了赏罚规则，他就大失水准了呢？"

【悟在当下】

患得患失是人生的精神枷锁，是附在人身上的阴影。后羿因无法摆脱名利的枷锁，失了平常心，于是患得患失，最终丧失了平时的水平。由此可见，好心态对于人多么重要。

子曰："鄙夫可与事君也与哉？其未得之也，患得之；既得之，患失之。苟患失之，无所不至矣。"孔子的意思是，怎么可以和品质低下的人一起侍奉君主呢？

他没得到职位时，生怕得不到，得到之后，又怕失掉。假如一个人总是害怕失掉职位，那就无论什么事都做得出来了。这就是“患得患失”一词的来历。

一个人的才华、时间、精力毕竟有限，要想做好一切想做的事是不可能的。有些事，别人行，并不一定你也行，昨天行并不意味着今天还行。尊重现实、顺其自然乃智者之举，而患得患失不仅折磨自己的心智，更会使自己一事无成，苦恼不堪。

苦中不改其乐

生命各有各的快乐，能否实现关键在于不同个体对各自生活的一种简单的满足。不要被世俗的绳结羁绊，听从内心真切的呼唤，便能享受属于自己的快乐。

龙王与青蛙在海滨相遇，打过招呼后，青蛙问龙王：“大王，你的住处是什么样的？”

“珍珠砌筑的宫殿，贝壳筑成的阙楼，屋檐华丽而有气派，厅柱坚实而又漂亮。”龙王反问了一句：“你呢？你的住处如何？”

青蛙说：“我的住处绿藓似毡，娇草如茵，清泉潺潺。”说完，青蛙又向龙王提了一个问题：“大王，你高兴时如何？发怒时又怎样？”

龙王说：“我若高兴，就普降甘露，让大地滋润，使五谷丰登；若发怒，则先吹风暴，再发霹雳，继而打闪放电，叫千里以内寸草不留。那么，你呢？青蛙！”

青蛙说：“我高兴时，就面对清风朗月，呱呱叫上一通；发怒时，先瞪眼睛，再鼓肚皮，最后气消肚瘪，万事了结。”

【悟在当下】

人活在世上都要扮演一定的角色，或者是“龙王”，或者是“青蛙”。或许你的生活很简单，但是你也会有自己的乐趣。生活的滋味从来都不是枯燥的，而是人的心灵在干涸。只要心中有清泉，不失叮咚作响的快乐之心，自然能安贫乐道，随性自然。孔子就曾评价其弟子颜回，说他“贤哉回也！一箪食，一瓢饮，身在陋巷，人不堪其忧，回也不改其乐。贤哉回也”，这是孔子对颜回品德的最佳诠释。颜回的生活虽苦，但却过得心满意足，谁又能说颜回不快乐呢？

第 17 章　良友胜于千万财富

子曰：益者三友，损者三友。友直、友谅、友多闻，益矣；友便辟、友善柔、友便佞，损矣。益友对人的自身修养有益无害，损友对人的品性形成则有害无益。所以交到一个好的朋友，胜于得万千的财富，交到一个坏朋友，如同身陷囹圄。所以说，交友要交益友，友不在多，更无须满天下，品质上者最佳。

棋品如人品，交友需审慎

唐朝元和年间，东都洛阳留守名叫吕元应。他酷爱下棋，养有一批共同下棋的食客。吕留守常与食客下棋。谁如果赢了他一盘，出入可配备车马；如赢两盘，可携儿带女来门下投宿就食。

有一日，吕留守在亭院的石桌旁与食客下棋。正在激战犹酣之际，卫士送来一叠公文，要吕留守立即处理。吕元应便拿起笔准备批复。下棋的食客见他低头批文，认为不会注意棋局，迅速地偷换了一子。哪知，食客的这个小动作，吕元应看得一清二楚。他批复完文件后，不动声色地继续与食客下棋。食客最后赢了这盘棋，回到住房后，心里一阵欢喜，期望着吕留守提高自己的待遇。

第二天，吕元应携来许多礼品，请这位食客另投门第。其他食客不明其中缘由，很是诧异。

十几年之后，吕留守处于弥留之际，他把儿子、侄子叫到身边，谈起这件下棋的事，说："他偷换了一个棋子，我倒不介意，但由此可见他心迹卑下，不可深交。你们一定要记住这些，交朋友要慎重。"他积多年人生经验，深觉棋品与人品密不可分。

【悟在当下】

食客偷换棋子，足见其人品处于下乘，他今日换了棋子，明日可能就会败坏了忠心，因此吕留守才不敢留他。正所谓，君子之交淡如水。意思就是说，君子之间的交往如同茶水一样清润可口，透明可见。但与小人结交确实要慎之又慎。在《论语》中，孔子就曾说："可与共学，未可与适道；可与适道，未可与立；可与立，未可与权。"意思是说，能与之共同学习做人做事道理的人，不一定能与之抵达大道；能与之抵达大道的，不一定能与之坚守不移；能坚守不移的，不一定通达灵活。言下之意便是告诉人们，君子交友要有所选择，并一定要慎重，要选择那些品德高尚的人结交，这才是正确之道。

对朋友的过错适当规劝，对其优点不忘提点

春秋时鲍叔牙和管仲是好朋友，二人相知很深。他们曾经合伙做生意，一样地出资出力，分利的时候，管仲总要多拿一些。别人都为鲍叔牙鸣不平，鲍叔牙却说，管仲不是贪财，只是他家里穷。

管仲几次帮鲍叔牙办事都没办好，三次做官都被撤职，别人都说管仲没有才干，鲍叔牙又出来替管仲说话："这绝不是管仲没有才干，只是他没有碰上施展才能的机会而已。"

更有甚者，管仲曾三次被拉去当兵参加战争而三次逃跑，人们讥笑他贪生怕死。鲍叔牙再次直言："管仲不是贪生怕死之辈，他家里有老母亲需要奉养啊！"

后来，鲍叔牙当了齐国公子小白的谋士，管仲却为齐国另一个公子纠效力。两位公子在回国继承王位的争夺战中，管仲曾驱车拦截小白，引弓射箭，正中小白的腰带。小白弯腰装死，骗过管仲，日夜驱车抢先赶回国内，继承了王位，称为齐桓公。公子纠失败被杀，管仲也成了阶下囚。

齐桓公登位后，要拜鲍叔牙为相，并欲杀管仲报一箭之仇。鲍叔牙坚辞相国之位，并指出管仲之才远胜于己，力劝齐桓公不计前嫌，用管仲为相。齐桓公于是重用管仲，果如鲍叔牙所言，管仲的才华逐渐施展出来，终使齐桓公成为春秋五霸之一。

【悟在当下】

鲍叔牙无时无刻不在为管仲周旋，如此朋友，堪称知己。如何对待朋友，孔子有他的观点。子贡就曾问孔子交友之道。孔子回答道：“忠告而善道之，不可则止，无自辱也。”这里孔子讲“忠告而善道之”，是说你在规劝朋友时，要娓娓道来，不一定要苦口婆心地说，这就是“善道之”。如果这样还说不通，就要适可而止了，不要等到人家不耐烦而自取其辱。友道的精神，在于“规过劝善”，遇到朋友犯错误时，不妨对他进行提点，并且表示宽容，但不要总盯着他的缺点不放；看到他的优点时，应该帮助他发挥长处，如此才能交到真心实意的挚友。

五指皆有其长处

五根手指闲来无事，无意中提及谁最优秀这个话题，发生了激烈的争执。大拇指扬扬得意地说：“在咱们五个当中我是最棒的，我最粗最壮，人们赞美谁、夸奖谁时，都会把我竖起来……”闻听此言，食指不服气了，站出来说：“咱们五个当中，我才是最厉害的，别人哪里出现错误，人都会用我把错误指出来……”中指拍拍胸脯不可一世地说：“看你们一个个矮的矮，小的小，哪有一个像样的，我才是真正顶天立地的英雄……”到无名指了，它更是心有不甘：“你们算什么，人们最信任的是我，当一对情侣喜结良缘的时候，那颗代表着真爱的结婚戒指带在谁身上啊？”轮到小指发言，虽然它最不起眼，可气势却不低，它说：“谁最重要，不能只看这些小事，当每个人虔心拜佛、祈祷的时候，我是站在最前面的，所以最重要的是我！”

这时，手的主人说话了：“你们对我来说同样重要，谁也不比谁强，谁也不比谁差。”

【悟在当下】

人们心中总觉得自己比身边的朋友强。其实，没有一个朋友不如自己，虽然你在许多方面有过人之处，但总有一个方面要逊色于人。金无足赤，人无完人，每个人都有自己的优势和劣势。

正如孔子所说："君子不重则不威，学则不固，主忠信，无友不如己者，过则勿惮改。""无友不如己者"并非指不要与不如自己的人交朋友，而是说不要看不起任何一个人，不要认为任何一个人都不如自己。你身边的每一位朋友都有其过人之处，不要认为你的朋友不如你，你应该发现他人身上的闪光之处，用其长而舍其短。这样你才能改过迁善，有所进步。

朋友贵益不贵多

吴国大司马吕岱的亲随徐原正直豪爽，有才略、有志向，吕岱知道他能成器，便赠送给他头巾、衣服，常与他一起谈论，以后又举荐提拔他，使他官至侍御史。徐原忠诚豪爽，喜欢有话直说。吕岱有过错时，徐原往往直言规劝争辩，还公开评论。有人把这事告诉吕岱，吕岱赞叹说："这正是我器重徐原的缘故啊！"后来，徐原死了，吕岱哭得很伤心，他说："徐原是对我吕岱有益的朋友，现在不幸去世，我还能再从哪里听到人家谈论我的过错啊！"

【悟在当下】

子曰：益者三友，损者三友。友直、友谅、友多闻，益矣；友便辟、友善柔、友便佞，损矣。

世间每个人都需要朋友，朋友有益友与损友之分。友直、友谅、友多闻，是对自身有益的朋友。"友直"，是讲直话的朋友；"友谅"，是个性宽厚、能够原谅人的朋友；"友多闻"，是见多识广、知识渊博的朋友。对自身修养无益而有害的损友亦有三种，"友便辟"，是指有特别的嗜好，或者软硬不吃、不经意间便会将他得罪的朋友；"友善柔"，是个性软弱、依赖性强，缺乏个人主见甚至一味迎合于你的朋友；"友便佞"，则是专门逢迎拍马的朋友，通常成事不足，败事有余，于己无益。

所以说，交友要交益友，要与那些敢于指出自己的错误，并帮助自己提高的人交往。故事中徐原就是吕岱的益友，他能替吕岱着想，敢于指出吕岱的错误。无怪乎徐原去世后，吕岱会感慨万分。

朋友不在多，更无须满天下，品质上者最佳。

人生唯求一知音

俞伯牙是春秋时期著名的音乐大师，被称为“琴仙”。这一日他坐船来到川江峡口处，突遇狂风暴雨。船夫速将船摇到一山崖下抛锚歇息，雨过风停，伯牙见这高山之间的川江有别样的风韵，不禁犯了琴瘾，就在船上借此情景弹奏起来。他正弹到兴头处，突然琴弦断了一根。猛抬头，见不远处的山崖上有个樵夫，正立在那里注目聆听！

伯牙问道：“小哥怎么会在此处？”那人答道：“小人打柴被暴雨阻于此崖。雨停正要回家，忽听琴声一片，不觉听上了瘾！”见樵夫如此说，伯牙高兴地问道：“你既然听琴，可知老夫适才弹奏的是什么曲子？”樵夫说道：“略知一二，方才大人所弹，乃是您见到山中川江在雨后的感慨。大人的琴音是那般昂扬雄伟，就像那巍峨的高山！有的琴音是那样浩浩荡荡，就像滔滔流水！”

俞伯牙心内一惊，心想；他比我自己的体会都深！遂惊喜万分，急忙推琴而起，拱手作礼道：“真是荒山藏美玉，黄土埋明珠！老夫游尽五湖四海，遍访知音，今得遇小哥，此生心愿已了！”遂促膝谈心。通过交谈，俞伯牙才知道钟子期虽是个樵夫，可是学识渊博，深谙乐理，具有高尚的志趣和情操，便拉他面对青山作拜，结成刎颈之交。

然后，伯牙将自己刚才所弹之曲起名《高山流水》，以纪念与子期之交。次日，艳阳高照，长江口两人洒泪而别。约定来年春暖花开之际在此聚首，以叙衷肠。

时间飞逝，转眼到了约定日期，俞伯牙又驾舟来到长江口，却不见钟子期来与他会面。一打听才知道，子期已于年前病逝！伯牙听了顿时热泪长流。他来到子期的坟前，弹了一曲《高山流水》之后，泪流满面地说：“从此知音绝矣！”说完，他拿起琴朝钟子期墓前的石头上用力一摔，琴身粉碎。

从此，俞伯牙终生不再弹琴。

【悟在当下】

一个人有一个知己，那是非常高兴的事情。有句老话叫作：“人生得一知己，死而无憾。”交一个真心的朋友，对任何人来说，都是非常难得的。在这个人世间，有许多空虚伤痕，许多孤独苦痛，许多忧郁失落，许多悲欢激动，这都需要一个知心人与你共同分担，也只有知心人才会陪你一起心痛，陪你共同抵御这世间的风雨、寒冷。人生得一知己，足矣！

掺杂利益的友情不堪一击

一天傍晚，有两个非常要好的朋友在林中散步。突然，有人从林中惊慌失措地跑了出来，两人见状，便拉住那个人问道："你为什么如此惊慌，到底发生了什么事情？"

那人忐忑不安地说："我正在移植一棵小树，却忽然发现了一坛子黄金。"

两个人虽然感到好笑，但转念一想那可是一坛黄金啊，于是其中一个人说道："你这个人真蠢，挖出了黄金还被吓得魂不附体，真是太好笑了。"然后，他们相互使了一下眼色，另一个人问道："你是在哪里发现的，告诉我们吧，我们不害怕。"

那人说："还是不要去了，这东西会吃人的。"

两个人异口同声地说："我们不怕，你就告诉我们黄金在哪里吧。"

那人告诉了他们具体的地点，两个人跑进树林，果然在那个地方找到了黄金。好大的一坛子黄金！

其中一个人说："我们要是现在把黄金运回去，不太安全，还是等天黑再往回运吧。这样吧，现在我留在这里看着，你先回去拿点饭菜来，我们在这里吃完饭，等半夜时再把黄金运回去。"

于是，另一个人就回去拿饭菜去了。

留下的人守着满坛的金子，脑筋转了起来，他心想："要是这些黄金都归我，那该多好呀！等他回来，我就一棒子把他打死，那么，这些黄金不就都归我了吗？"

回去的那个人也一边准备饭菜一边想："我回去先吃饱饭，然后在他的饭里下些毒药。他一死，黄金不就都归我了吗？"

回去的人提着饭菜刚到树林里，就被留下的人从背后用木棒狠狠地打了一下，当场毙命。然后，那个人拿起饭菜，狼吞虎咽地吃了起来。没过多久，他的肚子里就像火烧一样疼，这才知道自己中毒了。临死前，他想起了林外遇到的人说的话，叹道："那人的话真是应验了，我当初怎么就没有明白呢？"

【悟在当下】

人若无友，如只身跋涉于沙漠、孤舟航行于大海，故人生在世，无不希望自己有很多好友。然而，茫茫人海，什么样的人可交为友，什么样的人不可为友，对此每个人应该都有自己的体会。隋末大儒王通说过：“以势交者，势倾则绝；以利交者，利穷则散。”意思就是说，友情中掺杂了利益的存在，友情就很难坚持下去，最终不但连朋友都无法做，还会因为利益的关系而互相伤害。

因此，交友一定要交真心朋友，而疏离那些见钱眼开的人。

第18章　君子坦荡，小人戚戚

君子坦荡、达观，无论得意或艰困，都能做到俯仰无愧；小人常为名利所绊，患得患失，所以悲切、忧愁。所以在观人品人的时候，要看清别人的行径是正是邪，自然就能分清君子小人，找到值得结交的人物。

不因容貌对人盖棺定论

唐玄宗时，裴宽曾在润州地方官员手下做事。当时的润州刺史韦诜的女儿正是待嫁之龄，他一直想挑选一个好女婿，却没有遇到最满意的。一天，他在家里休息，登楼望远，发现花园里有个人正在埋东西，他很好奇，于是问家里人那个人是谁，家人出去打听了一下，回来报告说："那个人是裴宽。他为官清廉，不愿意接受别人的贿赂，生怕玷污了自己的名声，辱没了家门。有人送给他一大块鹿肉干，没容他回绝，放下东西就走了，他没办法，只好将这块鹿肉干埋了起来。"韦诜听后，对裴宽的人品赞叹不已，决定把女儿许配给他。

成亲那天，韦诜让女儿躲到帷帐后面偷偷看一眼裴宽。这一看，让韦家小姐很是难过，因为裴宽又高又瘦，穿着一件碧绿的衣裳，当时人们都取笑他，叫他"碧鹳"。韦诜见女儿如此态度，于是严肃地说："父母爱惜自己的女儿，一定要让她嫁给贤良的公侯做妻子，怎么能够以貌取人呢？"果然，裴宽不负岳父的厚望，后来官至礼部尚书，声名远扬。

【悟在当下】

《荀子·非相》有云："故相形不如论心，论心不如择术；形不胜心，心不胜术；术正而心顺之，则形相虽恶而心术善，无害为君子也。形相虽善而心术恶，无害为小人也。”意思是说，观察人的外形不如论及人的内心思想，论及人的内心思想又不如看其所采用的处世为人的方式方法。内心思想的魅力高于其形象，而处世方式又胜于其内心思想。如果处世为人的方式方法正当、合理，又与内在思想和谐统一，就算身材相貌不好，也不会妨碍他成为光明正大、道德高尚的君子。相反，身材容貌虽好，但思想行为是邪恶的，也不会妨碍他成为卑鄙无耻的小人。由此可见，识人当观其心术以及为人处世的方法，这才是识人之道。

君子坦荡荡，小人长戚戚

一个人丢失了斧头，就怀疑是邻居的儿子偷的，从此后他便每天观察邻居儿子的言谈举止、神色仪态。这样一观察，他觉得邻居的儿子怎么看都是偷斧子的样子，思索的结果进一步强化了他原来的假想，于是他断定贼就是邻居的儿子。

可是，过了不久，他在山谷里找到了自己砍柴时丢失的斧头，这时候他再看那个邻居的儿子，竟然一点也不像偷斧子的贼了。

【悟在当下】

这个人无疑是一个爱成天琢磨别人的人，一开始他就给自己下了个结论，然后走进了猜疑别人的死胡同。“君子坦荡荡，小人长戚戚。”孔子说这句话的意思是：君子坦荡、达观，无论得意或艰困，都能做到俯仰无愧；小人常为名利所绊，患得患失，所以悲切、忧愁。梁漱溟先生对此进一步说，这也是告诉人们为人处世不要成天琢磨别人，猜疑别人，以致自己患得患失。

巧言令色者少有仁德

唐玄宗做了二十多年太平天子，渐渐滋长了骄傲怠惰的情绪。他想，天下太平无事，政事有宰相管，边防有将帅守，自己何必为国事过分操心。于是，他就过起了享乐的生活。

宰相张九龄看到这种情况，心里很着急，常常给唐玄宗提意见。唐玄宗本来很尊重张九龄，但是到了后来，对张九龄的意见也听不进去了。

有一个大臣李林甫，是个不学无术的人。他什么事都不会，专学了一套奉承拍马的本领。他和宫内的宦官、妃子勾结，探听宫内的动静。唐玄宗在宫里说些什么，想些什么，他都先摸了底。等到唐玄宗找他商量什么事，他就对答如流，简直跟唐玄宗想的一样。唐玄宗听了觉得很舒服，认为李林甫又能干，又听话，比张九龄强多了。

唐玄宗想把李林甫提为宰相，跟张九龄商量。张九龄看出李林甫不是一个正直之人，就直截了当地说："宰相的地位，关系到国家的安危。陛下如果拜李林甫为相，只怕将来国家要遭到灾难。"

这些话传到李林甫那里，他恨死了张九龄。朔方（治所在今宁夏灵武）将领牛仙客，目不识丁，但是在别的方面很有点办法。唐玄宗想提拔牛仙客，张九龄没有同意。李林甫在唐玄宗面前说："像牛仙客这样的人，才是宰相的人选；张九龄是个书呆子，不识大体。"

有一次，唐玄宗又找张九龄商量提拔牛仙客的事，张九龄还是不同意，唐玄宗发火了，厉声说："难道什么事都得由你做主吗？"

唐玄宗觉得张九龄越来越讨厌，加上听信了李林甫的诽谤，终于借个由头撤了张九龄的职，让李林甫当宰相。

李林甫一当上宰相，第一件事就是把唐玄宗和百官隔绝，不许大家在唐玄宗面前提意见。有一次，他把谏官召集起来，公开宣布说："现在皇上圣明，做臣下的只要按皇上的旨意办事，用不着大家七嘴八舌。你们没看到立仗马（一种在皇宫前做仪仗用的马）吗？它们吃的饲料相当于三品官的待遇，但是哪一匹马要是叫了一声，就被拉出去不用，后悔也来不及了。"有一个谏官不听李林甫的话，上奏本给唐玄宗提建议。第二天，就接到命令，被降职到外地去做县令。大家知道这是李林甫的意思，以后谁也不敢向玄宗提意见了。

李林甫知道自己在朝廷中的名声不好，凡是大臣中能力比他强的，他就千方百计地把他们排挤掉。他要排挤一个人，表面上不动声色，笑脸相待，却在背地里暗箭伤人。

有一次，唐玄宗在勤政楼上隔着帘子眺望，兵部侍郎卢绚骑马经过楼下。唐玄宗看到卢绚风度很好，随口赞赏几句。第二天，李林甫得知这件事，就把卢绚降职为华州刺史。卢绚到任不久，又被诬说他身体不好，不称职，再一次降了职。

有一个官员严挺之，被李林甫排挤在外地当刺史。后来，唐玄宗想起他，跟李林甫说："严挺之还在吗？这个人很有才能，还可以用呢。"

李林甫说："陛下既然想念他，我去打听一下。"

退了朝，李林甫连忙把严挺之的弟弟找来，说："你哥哥不是很想回京城见皇上吗？我倒有一个办法。"

严挺之的弟弟见李林甫这样关心他哥哥，当然很感激，连忙请教该怎么办。李林甫说："只要叫你哥哥上一道奏章，就说他得了病，请求回京城来看病即可。"

严挺之接到他弟弟的信，真的上了一道奏章，请求回京城看病。李林甫就拿着奏章去见唐玄宗，说："真可惜，严挺之现在得了重病，不能干大事了。"

唐玄宗惋惜地叹了口气，也就算了。

像严挺之这样上当受骗的还有不少，尽管李林甫伪装得好，但是他的阴谋诡计最终还是被人们识破了。人们就说李林甫这个人是"嘴上像蜜甜，肚里藏着剑"（成语"口蜜腹剑"就是这样来的）。

李林甫当了十九年宰相，一个个有才能的正直的大臣全都遭到排斥，一批批钻营拍马的小人都受到重用提拔。就在这个时期，唐朝从兴盛转向衰败，"开元盛世"的繁荣景象消失，接着出现的就是"天宝之乱"（天宝是唐玄宗后期的年号），也就是"安史之乱"。

【悟在当下】

子曰："巧言令色鲜矣仁。"孔子说爱耍嘴皮子的人绝对不会仁厚，果然如此。

每个人都喜欢被别人逢迎奉承，面对奉承或批评仍能泰然处之，则十分不易。因此，当别人将你捧到高处时，即使心中觉得很舒服，也一定要敲响警钟为自己。那些在我们面前老说好话的人，一般都会另有所谋。"巧言"之人很少有仁厚的，因为他们的巧言不过是为了要掩人耳目，降低他人的警惕心而已。他们在你面前永远是和颜悦色、满面春风地恭维奉承你，但是在背后则会传播谣言、恶意诽谤。

看眼识人内心

隋朝末年，战事频繁，魏徵隐居于梁、宋之间。李密早年投身行伍，后因战败，只身逃到了雁门，易名换姓，扮成一教书先生，与魏徵认识且常来往。

一次，魏徵半开玩笑地同他说：“我观察先生面色沮丧，目光涣散，心神不定，言语支吾，现在朝廷正在抓捕山东的叛乱分子，难道先生就是其中的要人吗？”李密惊慌起身，抓住魏徵的手说：“您既已知道我的底细，还望先生救我。”魏徵说：“我看先生没有帝王气象，也不具将帅的谋略，仅一乱世英雄而已。”接着魏徵详细地向他分析了历代帝王、将帅及乱世英雄成败得失的原因，最后魏徵说：“我夜观天象，汾河晋地一带有帝王将出，如您能前去辅佐，则前途不可限量。”话音未落，李密拂袖而起，傲慢地说：“腐儒之辈，不屑与图大事。”不久，李密又借故西逃，沿途招兵买马，驻营作战，最后还是一败涂地，投降了唐王朝。后又闹叛乱，终被全部消灭。

【悟在当下】

孟子在《离娄上》中有一段用眼睛判断人心善恶的论述：“存乎人者，莫良于眸子。眸子不能掩其恶。胸中正，则眸子了焉；胸中不正，则眸子眊焉。听其言也，观其眸子，人焉廋哉？”意思是说，观察一个人，没有比观察他的眼睛更好的办法了。眼睛掩藏不了他内心的邪恶。心胸正直，眼睛就明亮，心胸不正，眼睛就浊暗。只要善于倾听他所说的话，并观察他眼睛反映出的信息，一个人内心的想法就无处可藏了。李密涣散的目光已经泄露了他的底气不足，败局已定，所以魏徵通过观察他的眼神看出他气数已尽。

在现实生活中，与人交往学会看懂对方眼神中传递出的信息，可以让你准确地判断出对方的心理及他的为人。有识之士能够知人有所思、知人有所为。他们知道处世的最难之处莫过于知人，而善识人者总能找到识人的技巧，通过一个人的眼睛观其内心，不失为一个识人的明智之举。

不可人云亦云

中山国叛乱时，魏文侯派乐羊为帅，领兵伐中山国，而乐羊的儿子乐舒恰恰在中山国做官。乐羊因故连续三次延缓攻城日期，此时魏国一些本来就对乐羊得宠而嫉恨在心的大小官员们，听到这个消息纷纷上书告乐羊的状，说乐羊不但念及私情，不进攻中山国贻误了战机，而且有与中山国合谋反叛魏国的意图，大肆攻击乐羊。魏文侯凭着对乐羊的了解和信任，终不为之所动，把这些告状信统统锁进一个箧子里，并不时派人到前线慰劳乐羊和他的部队。

其实，乐羊之所以没有起兵攻城是因为他顾及城中百姓的安危，因此给中山国三个月时间，想让他们自动投降。但是三月期限已到，中山国仍不肯投降，乐羊马上亲自督战攻城。中山国王无计可施，只好把乐舒给杀了，用他的肉煮了一罐汤，让人送给乐羊，企图使乐羊为之心惊胆战，动摇攻城的信心。乐羊接过汤来，毅然食之，并对来者说："回去转告你的国王，我军中炊具很多，马上就要轮到他了！"随即发起全线攻击，一下子就占领全城，中山国王走投无路，自杀身亡。

乐羊回朝后，魏文侯出城远迎，并在宫内设宴为其庆功洗尘。宴毕，魏文侯命人取来两个密封的箧子送给乐羊。乐羊以为是因立功所赏的金银财宝，回家一看，全是一些告他围城不攻企图谋反的书信状纸。乐羊大为吃惊和感慨，心想：朝中有如此多的人造谣诽谤我，要不是君主信任我，不为谗言所动，我恐怕早变成刀下鬼了。从此，乐羊对魏文侯更加感激，忠心效劳。

【悟在当下】

子曰："众恶之，必察焉；众好之，必察焉。"意思是说：大家都厌恶他，我必须考察一下；大家都喜欢他，我也一定要考察一下。在孔子看来，一个人的好与坏不是绝对的。在不同的地点、不同的人们心目中，往往有很大的差别。假如当初魏文侯自己没有主见，相信群臣的传言，临阵撤换乐羊，甚至问罪，那么魏国能够这么快取得战争的胜利吗？答案不言而喻。

人都有从众心理，这种心理也时常发生在识人的过程中，很多人都习惯通过别人的想法来判断一个人的品行，其实由于不同的利害关系，任何人对他人的评价都不可能准确，都有可能出现偏颇。因此，对于众人的意见、社会的传言，既不要盲目相信，也不要全盘否定。正确的态度、重要的途径是“察”之。查清内情后，才能尽量不做出错误的举动。

不以荣辱断人心

《绎史·卷九十五》引《留青日札》里记载了关于孔子弟子公冶长的故事。传说公冶长擅长鸟语。他生活贫困，经常没有粮食吃。有一次，一只鸟飞到他的房前，大声对他鸣叫着说：“公冶长！公冶长！南山有个虎驮羊，尔食肉，我食肠，当急取之勿彷徨。”公冶长听了之后，马上跑到南山，果然看见一只被虎咬死的山羊，于是拿了回来。后来，羊的主人在公冶长家里发现了羊角，就认为是他偷了羊，把他告到鲁国国君那里。公冶长将事情的经过说了一遍，但鲁国国君不信他懂得鸟语，将他关进了监狱。而孔子知道他的秉性，为他向国君申辩，求情，鲁国国君没有理会。孔子叹息着说：“公冶长虽然在监狱里，却是无辜的啊。”

过了几天，公冶长在狱中，听到上次那只鸟又叫道：“公冶长！公冶长！齐人出师侵我疆。沂水上，峄山旁，当亟御之勿彷徨。”他听后，马上将此事报告给了国君，国君仍然不相信他的话，但还是派人前去查看，结果真的发现了齐国的军队，于是发兵突袭，取得大胜。鲁国国君因此释放了公冶长，并给了他很多赏赐，还想让他做大官，公冶长坚辞不受，因为他觉得凭自己懂得鸟语获得官位是一种耻辱。

【悟在当下】

人生的遭遇有时是身不由己，一时的荣辱有可能只是假象。所以我们不可以戴着有色眼镜看人。

戴着有色眼镜看人，就是带着固有的感情色彩，也就是带着成见去识别人。戴着有色眼镜看人，会使我们犯下许多错误，从而影响我们正常的人际关系。摘下“茶色眼镜”，看一论一，以眼前论眼前，凭事实说话，对别人做出客观评价，这样才能使我们尽量不犯错。

识人，当用明眸、真心，方能准确、恰当。

君子善假于物

战国末期的名相吕不韦原来只是一个商人，他经常来往于各国间做生意。一次他到赵国的都城邯郸去做买卖，遇到在赵做人质的秦国公子异人。异人是秦国太子安国君的儿子，但是因为安国君讨厌异人的母亲夏姬，因此异人被送到赵国当人质。赵国由于与秦国交战因此十分轻视异人，所以异人处境有些困窘。吕不韦却从商人角度看到了他身上的价值，认为奇货可居，于是与他结交，经过几次交往。两人成了好朋友。当时安国君有二十几个儿子，他不知道到底哪一个儿子好些，所以一直没有立太子。

有一天，吕不韦去找异人，问他想不想回秦国，异人说："我做梦都想回去，可一来我没法回去，二来回去了又能做什么？"吕不韦说："我会想办法让你回秦国，而且还要让安国君立你为太子。"异人听了，十分感动，就说："如果真能让我当秦国国君，我就让你当丞相。"

吕不韦于是先用重金贿赂了安国君妻子华阳夫人的姐姐，进而见到了华阳夫人。吕不韦送给华阳夫人许多珠宝，并竭尽全力地说服没有生过儿子的她认异人为自己亲生儿子，并通过她要求安国君派人将异人接回秦国，改名子楚。

后来，安国君即位，即秦孝文王，他在位时间很短，没多久王位就传给了子楚，是为秦庄襄王，庄襄王任命吕不韦为丞相，封文信侯。

三年后，秦庄襄王死了，吕不韦就扶持太子嬴政即位，这就是历史上非常有名的秦始皇。当时嬴政只有13岁，一切国事都由吕不韦把持，嬴政称他为尚父。吕不韦的权势达到了顶峰。

【悟在当下】

《荀子·劝学》中云："假舆马者，非利足也，而致千里；假舟楫者，非能水也，而绝江河。君子生非异也，善假于物也。"意思是说，骑马的人，自己跑得并不快，但可以到达千里之外；乘船的，并不一定会游泳，但可以穿江过河。君子并非智慧异于常人，只是善于利用事物而已。

这说明，一个人的力量终究有限，要想取得非凡的成就，仅靠一个人的微薄力量是不够的。因此要学会结交可以给自己帮助的贵人。凭借贵人的帮助，事业往往会拨云见日，逐步走向成功。

第19章　居上无宦乐，达人不折腰

做官一阵子，做人一辈子。做领导如同做人，有一颗宽厚的心，容人之过，念人之功，谅人之短，扬人之长，必然会使得下属奋力相报，也为自己的事业铺开一条畅通之路。

以情暖人，以情用人

吴起是战国时期著名的军事家，他在担任魏军统帅时，与士卒同甘共苦，深受下层士兵的拥戴。当然，吴起这样做的目的是要让士兵在战场上为他卖命，多打胜仗。他的战功大了，爵禄自然也就高了。

有一次，一个士兵身上长了个脓疮，作为一军统帅的吴起，竟然亲自为士兵吸吮脓血，全军上下无不为之感动，而这个士兵的母亲得知这个消息时却哭了。有人奇怪地问道："你的儿子不过是小小的兵卒，将军亲自为他吸脓疮，你为什么哭呢？你儿子能得到将军的厚爱，这是你们家的福分哪！"这位母亲哭诉道："这哪里是爱我的儿子呀，分明是让我儿子为他卖命。想当初吴将军也曾为孩子的父亲吸脓血，结果打仗时，他父亲格外卖力，冲锋在前，终于战死沙场，现在他又这样对待我的儿子，看来这孩子也活不长了！"

【悟在当下】

"天降下民，作之君，作之师，惟曰：其助上帝，宠之。"是孟子引用的《书经》里的话。意思是说：天降生一般的人，也替他们降生了君主和老师，这些君主和老师的唯一责任，是帮助上天来爱护人民。"作之君，作之师"正是政治哲学的一个大原则，也是我国古代的领导哲学，在现代社会的意义仍然明显。

作为领导者，如果手下没有一群优秀的人才，是难以成功的。所以洞悉此道的领导人在争夺人才时，无不费尽苦心。在争夺人才的策略中，以情动人是最常见的一种。中国人尤其如此。“生当陨首，死当结草”“士为知己者死”无一不是“感情效应”的结果。感情投资，可谓是一种最为高明的领导艺术。

领导者只要善用“情”这一法宝，以情暖人，以情感人，以情化人，自然会在无形中为自己建立一个良好的群众基础。只有在大家都拥护你的情况下，整个团队才能产生凝聚力和向心力，从而建功立业。

知人善任，则人人皆可为我所用

一代明君唐太宗李世民就是一位知人善任、用人善用其所长的君主。

在一次宴会上，唐太宗对王珐说：“你善于鉴别人才，尤其善于评论。你不妨从房玄龄等人开始，评论一下他们的优缺点，同时和他们互相比较一下，你在哪些方面更优秀。”

王珐回答说：“孜孜不倦地办公，一心为国操劳，凡所知道的事没有不尽心尽力去做，在这方面我比不上房玄龄；常常留心于向皇上直言进谏，认为皇上能力、德行比不上尧舜，这方面我比不上魏徵；文武全才，既可以在外带兵打仗做将军，又可以进入朝廷担任宰相，在这方面，我比不上李靖；向皇上报告国家公务，详细明了，宣布皇上的命令或者转达下属官员的汇报，能坚持做到公平公正，在这方面我不如温彦博；处理繁重的事务，解决难题，办事井井有条，这方面我也比不上戴胄；至于批评贪官污吏，表扬清正廉洁，疾恶如仇，这方面比起其他几位来说，我也有一日之长。”唐太宗非常赞同他的话，而大臣们也认为王珐完全道出了他们的心声，连连称是。

【悟在当下】

《贞观政要》记载着唐太宗李世民的用人之术。深谙儒家用人之道的李世民说：“明主之任人，如巧匠之制木。直者以为辕，曲者以为轮，长者以为栋梁，短者以为拱角，无曲直长短，各种所施。明主之任人也由是也。知者取其谋，愚者取其力，勇者取其威，怯者取其慎，无智愚勇怯，兼而用人，故良将无弃才，明主无弃士。”

可见，大凡高明的领导者无不深明此意：知人善用并能用得恰到好处，这样就能不失时机地赢得事业的成功。

居上者宽，为下者敬

楚庄王逐鹿中原，连续几次取得了胜利。群臣都向楚庄王祝贺，庄王设宴款待群臣。席间，庄王命最宠爱的妃子为参加宴会的人敬酒。

这时，天色渐渐暗了下来，大厅里开始燃起蜡烛。猜拳行令，敬酒干杯，君臣喝得不亦乐乎。忽然，一阵狂风刮过，大厅内所有的蜡烛一下全被吹灭，整个大厅一片漆黑。庄王的那位美妃正在席间轮番敬酒，突然，黑暗中有一只手拉住了她的衣袖。对这突然发生的无礼行为，美妃喊又不敢喊，走又走不脱，情急之下，她急中生智，顺手一抓，扯断了那个人帽子上的帽缨。那人手一松，美妃趁机挣脱跑到楚庄王身边，向庄王诉说被人调戏的情形，并告诉庄王，那人的帽缨已被扯断，只要点明蜡烛，检查帽缨，就可以查出这个人是谁。

楚庄王听了宠妃的哭诉，出乎意料地表示出很不以为然的样子。他想，怎么能为了爱妃的贞节而使部属受到污辱呢？于是，庄王趁烛光还未点明，便在黑暗中高声说道：“今天宴会，盛况空前，请各位开怀畅饮，不必拘礼，大家都把自己的帽缨扯断，谁的帽缨不断谁就是没有喝好！”群臣哪知庄王的用意，为了讨得庄王欢心，纷纷把自己的帽缨扯断。等蜡烛重新点燃，所有赴宴人的帽缨都断了，根本就找不出那位调戏美妃的人。就这样，调戏庄王宠妃的人，不仅没有受到惩罚，就连尴尬的场面也没有发生。按说，在宴会之际竟敢调戏王妃，堪称杀头之罪了。楚庄王为什么蓄意开脱，不加追究呢？他对王妃解释说：“酒后失态是人之常情，如果追查处理，反会伤了众人的心，使众人不欢而散。”

时隔不久，楚庄王借口郑国与晋国在鄢陵会盟，于第二年春天，倾全国之兵围攻郑国。战斗十分激烈，历时三个多月，发动了数次冲锋。在这场战斗中，有一名军官奋勇当先，与郑军交战斩杀敌人甚多。最后，楚国取得胜利，在论功行赏之际，楚庄王才得知奋勇杀敌的那名军官，名叫唐狡，就是在酒宴上被美妃扯断帽缨的人，他此举正是为报楚庄王之恩！

【悟在当下】

孔子在《论语·八佾》中说：“居上不宽，为礼不敬，临丧不哀，吾何以观之哉？”孔子的意思是，如果你是别人的上级，你不能容忍下属的任何过错与不足，那么你的下属就惨了。历史上有很多明君，他们在对待下属的时候都是睁一只眼闭一只眼，在小事情上装糊涂，不会把下属逼得每日战战兢兢，如临深渊、如履薄冰。其实，容人之过，释人之嫌，不只是为政之道，更是一种为人的度量，同时也是一种生存的谋略。

容人之过，方能得人之心。有过之人常希望得到他人的宽容，希望得到悔过自新的机会。这种需要一旦得到满足，其对立情绪便会立即消失，从此感恩戴德，“得人滴水之恩，必当涌泉相报”的情感会很快在心理上占据主导地位。

作为一名领导者，若能宽宥下属的某些过失，容人之过，念人之功，谅人之短，扬人之长，必然会使得下属奋力相报，在客观上为自己留下了一条后路。

明确职责，推举贤良

孔子的弟子仲弓准备到鲁国权臣季氏家做事。他临行前来向老师请教：“老师，你告诉我怎样为政吧。我一个新上任的官员，总要让我烧几把火吧？”孔子告诉他要烧好三把火——“先有司，赦小过，举贤才”。翻译成今天的话就是：“第一件事，你到了那儿要搞清楚职务之间的权责问题，务必做到权责分明；第二件事，你作为领导要对下属宽容，能赦人小过，这个问题还是居上要宽；第三件事，向你的上级推荐贤才。”

孔子所要求仲弓做的三件事——明确职责、居上要宽、推举贤良，正是对一个好领导的内在要求。这第一把火“权责明晰”是为了各司其职，井然有序。这样做的益处很多，不会出现互相推诿的现象，也不会有人敢随意越权。《红楼梦》中秦可卿死后，王熙凤协理宁国府时做的第一件事就是明确众人的权限与职责。

第二把火要求居上要宽，也就是要求做领导的切莫吹毛求疵。这个世上哪里有什么完人，下属偶尔犯了一点小错不要当作惊天动地的大事来宣扬、批评，这样做只会增加下属的负担。

第三把火要做一个“伯乐”，人到了领导的位置要善于发现人才，力求做到人尽其才、物尽其用，否则因为嫉贤妒能而独霸位置就是“窃位”的小人了。

【悟在当下】

孔子在这里提到的做官“三把火”，其本质还是对一个人修养的规范。一个人做不好人，官自然也就当不好。要烧好当官的三把火，先要把“人”字写好，这是最紧要的，也是孔子在《为政》篇中屡次提到的准则。

古代先贤早就说过，人的社会发展应当是“正心、修身、齐家、治国、平天下”的过程。这就是说，个人要想有所作为，必先修养自身心志，才能参与治理国家、服务社会。可见正心、修养自身是做人的根本、做官的前提，治国、平天下才是做官的目的。

身负重责，且慢行乐

晋献公死后，他的五个儿子为争王位展开了激烈的争夺。公子重耳遭受陷害，逃到狄国（现河北正定县）。后来，他同父异母的兄弟夷吾当上国君，这就是晋惠公。为除后患，晋惠公派人前往狄国刺杀重耳。重耳连夜离开狄国，带着狐偃等人，再次逃难。

他们一路逃跑，风餐露宿，历尽艰辛，粮食不够吃，衣服不够穿，不得不靠野菜充饥，甚至乞讨度日。他们先后到过卫国、齐国、宋国、郑国、楚国，最后到达秦国。在整个逃难的艰苦岁月里，狐偃紧跟公子重耳，帮他渡过重重难关。

秦穆公一心要帮助公子重耳返回晋国做国君，便于公元前636年出动大军，亲自护送他。到了黄河，秦穆公分一半人马送给他过河，自己留一半人马在黄河西岸接应。

上船的时候，公子重耳的随从把逃难时用的物品全都搬到船上，一样也舍不得扔掉。重耳见了，哈哈大笑，他说："我回去做国君，要什么有什么，还要这些破破烂烂的东西干什么？"

说着吩咐人们把东西撇在岸上。人们七手八脚地把这些东西扔到岸上，有的把破衣旧裤丢到河里。

忠心耿耿的狐偃把这一切看在眼里，心中十分难过。他想，公子未得富贵，先忘贫贱，将来怎么会是个好君主？于是，他把秦穆公送给他的一块白玉拿出来，对重耳说："如今公子过河，对岸就是晋国。你内有大臣，外有秦国，我就留在这里吧。现奉上这块白玉，以表我的心意。"

重耳一听，十分诧异，他说："我全靠你们帮助才有今日。大家在外面吃了十九年的苦，现在回去，有福同享，你怎能不回去？"

狐偃说："以前公子在患难之中，我还有些用处。现在公子回去做国君，情形不同了，自然另有一批新人使唤。我们就好比这些旧衣破鞋，还带回去做什么？"

重耳听了，恍然大悟，直怪自己不该得意忘形，于是红着脸流着泪对狐偃说："这都是我的不是，做人应该饱不忘饥。"说着又吩咐人们把破烂东西重新装到船上。

他们过了黄河，打了胜仗，重耳做了国君，是为晋文公。

【悟在当下】

正因为有了狐偃这样的谋士辅佐，忧其君之忧，晋文公重耳才成就了一代霸主之伟业。儒家思想的薪尽火传，塑造了一代一代具有极强的责任感的仁人志士。这些人物所体现的正是"先天下之忧而忧，后天下之乐而乐"的"大责任"观。当今时代，外面的世界太精彩，各种诱惑接踵而来。这对每个人都是莫大的考验，身处大千世界，当守住自己的精神家园，时刻记住且慢行乐，想想自己应当承担的人生责任和社会责任，切勿忘忧，不知所以。

沉着冷静，不轻易下判断

汉朝年间，当卫青挥军北伐匈奴的时候，前锋苏建、赵信两人，奉令率领三千骑兵深入敌境，单独与单于遭遇。双方大战下来，结果汉兵伤亡殆尽，赵信选择投降匈奴，苏建则只身逃回卫青营部。

这时，卫青的幕僚周霸说："自从大将军出师以来，从未杀过一位有过失的将领。但现在苏建全军覆没，却独自活命回来，实在有损军威，将军应该将他斩首示众，借以建立威信。"

但另一位姓安的幕僚则说："苏建等人仅以三千士兵，抵挡匈奴数万兵马，虽战而败，可是并没有投降之心。现在他拼命回来，却反而要被杀，实在没道理，也不公平。"接着他又说："如果杀了他，等于是告诉全体官兵，除非是每战必胜，否则，如果没有战死，回来一样是死路一条。这岂不是间接鼓励官兵，倘若战事不利，就只有投降敌人这一条路？这在军纪危机的时候，对官兵的心理将有不良的影响，不可不慎啊！"

卫青听后觉得这位安姓幕僚的话非常有道理，于是说道："我卫青带兵一向带心，不怕没有威信，也不必靠杀人来立威。同时，我向来不恃宠而骄，虽然领军在外，也不随意擅用生杀之权。有关苏建的功过，还是交由朝廷去定夺吧！"

接着，卫青将苏建送交朝廷议处。后来，朝廷也未将苏建处死。

【悟在当下】

孔子说过，"不在其位，不谋其政"。这句话的真实意思是，不在那个位置上，就不能准确知道它的内容。孔子的这段话，不是一种推卸责任的话，事实上，这是在告诉我们真正的学问是要和做人做事相结合的。对于一件事还不了解或无从判断时，就不要随便下结论，更不要随便批评。

遇到麻烦要保持沉着冷静的头脑，而不是只凭表面现象妄下结论。沉着冷静给自己赢得思考的时间，留有想象的余地，进而能使麻烦的危害性降低，甚至变害为利。否则，就会把原本简单的事情搞复杂，扩大事情的态势，导致不利的结果。

凡事都要想一想为什么会出现这种情况，出现这种情况的深层原因是什么，应该怎么对待。事情总会有起因，但起因很可能隐藏在事物的背后，如果只凭感觉臆测就草率行事，肯定会出差错，导致后悔不迭。

第20章　心如赤子，不贪不骄不纵

君子爱财亦爱名，但取之有道。这是一个正人君子所应秉持的名利观。名利与钱财为世人所钟爱，但是人不能违背自己的良心与道义去拿不属于自己的东西。该得则得，得不到亦不苟求，真正做到物来则迎，过去不留，这便是儒家推崇的名利观。

仁义是“利”，道德也是“利”

在晋安帝义熙即位的同年夏天，陶渊明被任命为彭泽县县令。他上任不到三个月，有一天，接到上级官员送来的一份公函。公函上说，郡里有个官员要来彭泽县检查公务，文中暗示陶渊明放聪明些，小心谨慎地伺候。

陶渊明一向正直，他一生办事公道，从不阿谀奉承。接到公函后，他感到很纳闷，猜不透文中的深层含义。于是他叫县衙里的师爷来给他解释一下。

这位师爷看完之后，心领神会，他说：“历任的县太爷为迎接上级每一位官员，都要好生准备，恭恭敬敬地在路边迎候，安排欢迎仪式，为的是讨得他们的欢心。”

“讨得他们的欢心又如何？”陶渊明问。

“啊，这您还不懂？要是讨得这些官老爷的欢心，那升官发财之路就光明了。否则的话，恐怕连您头上的这顶乌纱帽也保不住了。大人，您可千万别马虎啊！”

陶渊明听到这里，拍案而起，愤怒地说：“岂有此理，怎能为这五斗米官俸向乡里小人折腰！这官，我不做了！”

说完，陶渊明脱下官服，交出官印，毅然回家耕田去了。

【悟在当下】

孟子见梁惠王时，为梁惠王讲“利”的含义，他认为：仁义是利，道德也是利。道德之利是广义的、长远的利，是大利，不是狭义的金钱财富的利，也不只是权利的利。可见，人们追求有用或没用的东西都是利，只不过有大利、小利之分。追求大利者得到的是大德，追求小利者得到的是难以满足的利益心，给自己带来的不过是痛苦而已。而陶渊明的淡泊名利、知足常乐、悠然处世，则为我们提供了一条摆脱名利囚锁的出路。

凭良心取财

战国时期，孟子名气很大，府上每日宾客盈门，其中大多是慕名而来、求学问道之人。有一天，接连来了两位神秘人物，一位是齐国的使者，一位是薛国的使者。对他们，孟子自然不敢怠慢，小心周到地接待他们。

齐国的使者给孟子带来赤金100两，说是齐王的一点小意思。孟子见其没有下文，坚决婉拒了齐王的馈赠。使者灰溜溜地走了。

过了一会儿，薛国的使者也来求见。他给孟子带来50两金子，说是薛王的一点心意，感谢孟子在薛国发生兵难时帮了大忙。孟子吩咐手下人把金子收下。左右的人都很奇怪，不知孟子葫芦里装的是什么药。

其中有一位弟子问孟子：“齐王送您那么多的金子，您不肯收；薛国才送了齐国的一半，您却接受了。如果您刚才不接受是对，那么现在接受就是错了；如果您刚才不接受是错，那么现在接受就是对了。”

孟子回答说：“都对。在薛国的时候，我帮了他们的忙，为他们出谋设防，平息了一场战争，我也算个有功之人，为什么不应该受到物质奖励呢？而齐国人平白无故给我那么多金子，是有心收买我，君子是不可以用金钱收买的，我怎么能收他们的贿赂呢？”左右的人听了，都十分佩服孟子的高明见解和高尚操守。

【悟在当下】

孔子曾言：“富与贵，是人之所欲也；不以其道得之，不处也。贫与贱，是人之恶也；不以其道得之，不去也。”意思是说发财、做官是人人都想得到的，不用正当的方法得到的，不要接受；贫穷和地位低贱是人人厌恶的，不用正当方法摆脱的，就不要摆脱。这其中蕴含了君子只取正义之财的道理。

君子爱财，取之有道，这是一个正人君子所应秉持的金钱观。名利与钱财为世人所钟爱。但是人不能违背自己的良心与道义去拿不属于自己的东西，不义之财就算得到，将来也要十倍于它去偿还。

蝇头小利是陷阱

冯谖是孟尝君的食客，因为饭桌上无鱼，便弹铗而歌。后来他被孟尝君的诚意与谦逊所感动，终于为其利益而奔走。

有一次，孟尝君想从门客中选一人代他到薛邑（孟尝君的封地）收债，冯谖主动申请前往。孟尝君很高兴，便同意了。冯谖收拾停当之后，向孟尝君辞行，并请示：“收完债，您需要买些什么东西吗？”孟尝君顺口答道：“先生看我家里缺什么，就买些什么吧！”

冯谖驱车来到薛邑，他派人把所有负债之人都召集到一起，核对完账目后，他便假传孟尝君的命令，把所有的债款赏给负债诸人，并当面烧掉了债券，百姓感激不已。

冯谖随即返回，一大早便去求见孟尝君，孟尝君没料到他回来得这么快，半信半疑地问：“债都收完了吗？”冯谖答：“收完了。”“那你给我买了些什么回来呢？”孟尝君又问。冯谖不慌不忙地答道：“您让我看家里缺少什么就买什么，我考虑到您有用不完的珍宝、数不清的牛马牲畜，美女也很多，缺少的只有‘义’，因此我为您买‘义’回来了。”孟尝君不知其所云，忙问“买义”是什么意思。冯谖就把债款赐薛民的事说了，并补充说：“您以薛为封邑，却对那里的百姓像商人一样盘剥刻薄。我假传您的命令，免除了他们所有的债，并把债券也烧了。”孟尝君听罢心里很不高兴，只得悻悻地说：“算了吧！”

一年后，孟尝君由于失宠被新即位的齐王赶出国都，只好回到薛邑。往日的门客都各自逃散了，只有冯谖还跟着他。当车子距薛邑还有上百里远时，薛邑百姓便已扶老携幼，夹道相迎。孟尝君好生感慨，回头对冯谖说：“先生您为我所买的‘义’，我今天终于看见了！”

冯谖焚债券而买“义”，此举确实高明，这也印证了他的大智谋与眼光。

【悟在当下】

以利交换，得到的肯定不是义，而以利还义，得到的回报才能远远超越钱财给人的回报。

子夏做了莒父的总管，问孔子怎样办理政事。孔子说：“无欲速；无见小利。欲速则不达；见小利则大事不成。”意思是你不要求快，不要贪求小利。求快反而达不到目的，贪求小利就做不成大事。确实如此，从古至今，很多人在利益面前摔了跟头，私欲膨胀，最终落得一个可悲的下场。

人生如梦，弹指一挥间。在这个过程中，无数人为蝇头小利算来算去，终究一事无成，如一粒尘土来到世间，庸碌过后，仍旧是尘归尘。因此，要想在短暂的人生中成就一番大事业，千万不可被小利蒙蔽了双眼，必须将眼光放长远，迈过小利的陷阱，才能真正有所作为。

君子取义，舍生忘死

秦朝末年，韩信发兵袭齐。齐军败退，齐将田横悲愤交加，为图复国之计，自立为王，率部属五百人隐入海岛（即今田横岛）。

公元前202年，刘邦称帝，为消灭各地残余的反抗势力，刘邦又派使者来岛招降：“田横来，大者王，小者封侯，不来则举兵加诛。”面对刘邦的再次招降，田横出于“国家危亡，利民至上”的思想，为保全五百部属的性命，毅然带着两名随从前往洛阳朝见刘邦。但行至洛阳三十里外的尸乡时（今河南偃师），田横获悉刘邦召见的目的旨在“斩头一观”，愤然对随从说：“当初我和刘邦都想干一番大事业，而如今一个贵为天子，一个却要做他的臣子，我忍辱负重只不过是想保全我五百部属的性命。刘邦见我，无非是想看我面貌，此地离洛阳三十里，若拿着我的人头快马飞驰去见刘邦，面貌还不会变。”言外之意是：我死，刘邦会认为岛上群龙无首，五百人的性命也就保住了。说完，不顾随从再三跪求，遥拜齐国山河，悲歌：“大义载天，守信覆地，人生遗适志耳。”然后拔刀自刎。

田横自杀后，二随从急将田横之首送至洛阳，刘邦看到田横能为五百人自杀，感动地说：“竟有此事！一介平民，兄弟三人为国前仆后继，宁死不屈，这能说不是贤德仁义的人吗？”遂派两千禁军，以王礼葬田横于河南偃师，并封田横的二随从为都尉。二随从不被官位所动，埋葬田横后，随即在其墓旁挖坑自尽。留岛的五百兵士听说田横为他们而自杀后，为表达对田横的忠义之心，遂集体挥刀自刎。

【悟在当下】

子曰：“君子之于天下也，无适也，无莫也，义之于比。”君子对于天下的事情，不会坚持一定要怎么做，也不会坚持一定不怎么做，只看怎么合理，便怎么做。君子对他人没有偏颇厚薄，唯仁义是亲，而不是以利作为行为准则。田横为民谋利殚精竭虑、捍卫国家坚贞不屈、大义载天守信覆地、舍生取义甘抛头颅，真乃大英雄也。

人生在世，大义为先，舍己为公，舍生忘死，都是“舍鱼而取熊掌者也”。舍得贪婪，高枕无忧；舍得名利，乐得清静；舍得自我，便能活出极致。

三起三落，宠辱不惊

孙叔敖原来是位隐士，被人推荐给楚庄王，三个月后做了令尹（宰相）。他善于教化引导人民，因而使楚国上下和睦，国家安宁。

有位孤丘老人，很关心孙叔敖，特意登门拜访，问他：“高贵的人往往有三怨，你知道吗？”

孙叔敖回问：“您说的三怨是指什么呢？”

孤丘老人说：“爵位高的人，别人嫉妒他；官职高的人，君王讨厌他；俸禄优厚的人，会招来怨恨。”

孙叔敖笑着说：“我的爵位越高，我的心胸越谦卑；我的官职越大，我的欲望越小；我的俸禄越优厚，我对别人的施舍就越普遍。我用这样的办法来避免三怨，可以吗？”

孤丘老人很满意，笑着离去。

孙叔敖严格按照自己所说的行事，避免了不少麻烦，但也并非是一帆风顺，他曾几次被免职，又几次复职。有个叫肩吾的隐士对此很不理解，就登门拜访孙叔敖，问他：“你三次担任令尹，也没有感到荣耀；你三次离开令尹之位，也没有露出忧色。我开始对此感到疑惑，现在看你的心态又是如此平和，你的心里到底是怎样想的呢？”

孙叔敖回答说：“我哪里有什么过人的地方啊！我认为官职爵禄的到来是不可推却的，离开是不可阻止的。得到和失去都不取决于我自己，因此才没有觉得荣耀或忧愁。况且我也不知道官职爵禄应该落在别人身上呢，还是应该落在我的身上。落在别人身上，那么我就不应该有，与我无关；落在我身上，那么别人就不应该有，与别人无关。我的追求是顺其自然，悠然自得，哪里有工夫顾得上什么人间的贵贱呢？”

肩吾对他的话很钦佩。

孙叔敖后来得了重病，临死前告诫儿子说：“楚王认为我有功劳，因此多次想封赏我土地，我都没有接受。我死后，楚王为了奖励我生前的功绩，一定会封给你土地，你千万不要接受富饶的土地。在楚国和越国之间，有个地方叫‘寝丘’。这个地方土地贫瘠，名字也很不好听。楚国人信奉鬼神，越国人讲求吉祥，都不会争夺这个地方，因此这个地方可以长久拥有。”

孙叔敖死后，楚王果然要封给他儿子一块好的土地，他儿子辞谢不受，只请求寝丘之地，楚王答应了他的请求。按照楚国的规定，分封的土地不许传给下一代，唯有孙叔敖儿子的封地可以世代相传。

【悟在当下】

孙叔敖三次离开令尹之位，依然不露忧色，其人心志弥坚，令人敬佩。成大事者不拘成败得失，虽苦却不改其色，是为强者，就连孔子都不得不佩服。

有一次，子张和孔子谈话，他说：“老师，楚国人子文三次做宰相，又三次被罢免，但是他三起三落时没有任何的喜色，也没有任何的怒色。而且自己所推行的政策，一定会告诉新任，这样的人怎么样？”孔子向来对这样的人很钦佩，说他的修养非常高。宠辱不惊且淡泊明志，不是一般人能做到的。

作为普通人，我们常有的是宠辱若惊，既不淡泊也不明志，因此宠辱不惊的人生修养要很豁达的心胸才能做得到。但是并不是因为我们平凡就达不到这种境界，人生境界的高低不在于个人社会地位的高低，而在于眼界的高下。如果你的胸怀够宽广，能够承载很多得意与失意，那么你就可以从容地走完一生。

赤子之心不慕虚名

有一个书生因为像晋人车胤那样借萤火夜读，在乡里出了名，乡里的人都十分敬仰他的所作所为。

一天早晨，有一人去拜访他，想向他求教。可是这位书生的家人告诉拜访者，说书生不在家，已经出门了。

来拜访的人十分不解地问："哪里有夜里借萤火读书学一个通宵，而清晨大好的时光不读书却去干别的杂事的道理？"

家人如实地回答说："没有其他的原因，主要是因为要捕萤，所以一大早出去了，到黄昏的时候就会回来的。"

【悟在当下】

书生为了效仿前人，得到虚名，做了本末倒置的蠢事，又如何不叫人感到可笑！

虚名会使人失去自我，使人丧失尊严，更危险的是贪慕虚名可能让对手有机可乘，到时受到的伤害却是无可估量的。

我们以赤子之身来此世界，当以赤子之心度此一生，此乃"要留清白在人间"之意。此无声名，亦无功利，然而这也是莫大声名，莫大功利了。

怀才不遇，皆因才气不足

一个女孩自视甚高，以为自己无所不能。然而毕业后却屡次碰壁，一直找不到理想的工作。她觉得自己怀才不遇，对社会非常失望。她觉得，是因为没有伯乐来赏识她这匹“千里马”。痛苦、绝望之下，她来到大海边，打算就此结束自己的生命。这时，正好有一个老妇人从这里走过，救了她。老妇人就问她为什么要走绝路，她说自己不能得到别人和社会的承认，没有人欣赏并且重用她。

老妇人从脚下的沙滩上捡起一粒石子，让女孩看了看，然后就随便地扔在地上，对女孩说：“请你把我刚才扔在地上的那粒石子捡起来。”“这根本不可能！”女孩说。老妇人没有说话，接着又从自己口袋里掏出一颗晶莹剔透的珍珠，也随便地扔在了地上，然后对女孩说：“你能不能把这颗珍珠捡起来呢？”“当然可以。”“那你就应该明白原因了吧？你应该知道，现在你自己还不是一颗珍珠，所以你还不能苛求别人立即承认你，如果要想得到别人的承认，那你就要由一粒石子变成一颗珍珠才行。”

【悟在当下】

一个人不要担心没有职位，而应当担心自己有没有胜任这个职位的能力；一个人不要总是害怕没有人知道自己，而应当担心自己有没有让人知道的本事，所以说，是金子就会发光。

所谓的怀才不遇并非真的怀才不遇，更多时候自己还不是一个人才。一个真正有才华的人是不会担心怀才不遇的。如果本身不是什么人才，就没有必要再抱怨怀才不遇，而是需要努力提升自我，待自己从沙粒中脱颖而出，成为一颗珍珠时，再抱怨也不迟！

第21章　智慧的孝悌才能安家

百善孝为先，原心不原迹。孝敬父母，不在于给了父母多么富贵的生活，更不在于时时刻刻把父母挂在嘴边，而是发自内心地、量力而为地行孝，让父母心情愉悦，让家人不再担忧，这才是真孝。

只养不敬，同样是不孝

有一个七十多岁的老读者，背驼得厉害，但他风雨无阻，几乎天天泡在图书馆的报刊阅览室里。不仅如此，在所有读者中，他总是第一个进去，最后一个走。有时读者都走尽了，他也不走，天天如此。阅览室管理员对这个读者烦透了，打心眼里烦。

那个老读者每次来到阅览室，只是翻翻这看看那，看上去毫无目的，纯粹是来消磨时光的，管理员们都对他没有好感。有一天偶然发生的一件事，让一位管理员从此改变了对老头的看法。

那天在下班的路上，同事突然问她："你母亲是不是被我老婆的那个商场聘为监督员了？"

管理员愕然："没听母亲说过呀。"

同事说："我的老婆在某商场当营业员，她们商场每天开门，迎来的第一个顾客常常是你母亲。而且老人什么也不买，却挨个看柜台，还要问这问那。时间一长，营业员们就以为老人是商场的领导雇的监督员，是来监督他们工作的——因为商场领导有话在先。营业员们就对老人很戒备，同样也很反感。"

听同事说完，这位管理员就径直回到母亲家，父亲两年前病故，母亲一个人生活。管理员把同事所说的事情一说，问母亲是否真的在给人家做监督员。母亲矢口否认：“没有这回事呀？他们大概是误会了，我就是闲逛而已。”

接着，管理员开始数落母亲。

管理员的母亲长叹了一声，伤感地说：“我们这些老人一天到晚太寂寞了，逛逛商店，消磨一下时间，可时间一长就养成习惯了，一天不去就觉得不得劲儿。要不，你要我干什么呢？……”母亲说到这里，垂下花白的头，悄悄地流下了眼泪。

就在一刹那间，管理员突然感到心里酸酸的。母亲有一儿两女，可由于很多方面的原因，他们很少来看母亲，逢年过节的不是寄点东西，就是寄钱。直到此时她才明白母亲最需要的是排解寂寞和孤独呀！那天管理员没有回家住，而是陪母亲住了一晚，聊了一晚上的天。

第二早上，管理员上班很早，驼背老人仍然等候在阅览室门前。也不知怎么，她心中突然涌起一股柔情，她第一次没有用以前的那种眼光来看这个老人。

管理员面带微笑，对他说：“早啊大爷，这么早就来了，来了就进来吧。”

【悟在当下】

《论语·为政》记载：子游问什么是孝道。孔子说：“今之孝者，是谓能养。至于犬马，皆能有养；不敬，何以别乎！”意思是说，现在人只把能养父母便算作孝了。就是犬马，一样能有人养着。没有对父母的一片敬心，又在何处做区分！

孝，绝不仅仅是能够保证父母衣食无忧。因为父母更希望得到的是儿女的真情关心，他们希望的是儿女能常回家看看。

侍父母看心力不看财力

剡子是周朝时的人，祖上世代以耕种为生，老实的爹妈，披星戴月地一年到头苦苦劳作，也只是混个半饥半饱。这年赶上闹灾荒，田里收成不济，日子越发艰难，爹妈忧急交加，一时心火上攻，双双眼睛失明，这可急煞了小小年纪的剡子。

为了给爹妈治病，剡子每天半糠半菜地侍奉双亲充饥后，就到处求人，寻医问药。一天，剡子到深山采药，路过一座庙宇，便进去讨口水喝。他见方丈童颜仙骨，就向他请求治疗眼病的方法。老方丈问明缘由，沉吟一下说：“药方倒有一个，恐怕你采不来。”

“请说，我舍命去采！”

“鹿奶，鹿奶可以治眼疾。”郯子听了，立即叩头谢过老方丈，飞步赶往鹿群出没的树林中。这里的鹿确实不少，可它们蹄轻身灵，一见有人靠近，就一阵风似的飞快逃去。

怎样才能弄来鹿奶呢？郯子绞尽脑汁，昼思夜想。一天，他见村东头猎户家的墙头上晒着一张鹿皮，忽地眼前一亮：把鹿皮借来，披在身上，扮成小鹿的模样，不就能悄悄接近鹿群了吗！于是，郯子迫不及待地走进猎户家，说明来意。好心的猎户欣然把鹿皮借给了他，还指点郯子如何模仿小鹿四肢跑跳的动作。经过多次演练，郯子竟然能举腿投足都像一只活脱脱的小鹿了。

第二天，郯子用嘴叼着一只木碗，悄悄地蹲在树林里。待鹿群走近时，披着鹿皮的郯子像一只小鹿似的不紧不慢地凑到一只母鹿身边，轻手轻脚地挤了满满一木碗鹿奶。直到鹿群走开了，他才站起身来，捧着鹿奶直奔家中。

从那以后，郯子多次用扮成小鹿的办法，去挤母鹿的奶汁。爹娘由于常常喝到鲜美的鹿奶，营养不良的身体一天天强壮起来，后来，失明的眼睛，果然奇迹般地恢复了光明。

【悟在当下】

《论语·学而》中子夏曰：“贤贤易色，事父母能竭其力，事君能致其身，与朋友交言而有信，虽曰未学，吾必谓之学矣。”

其中，“事父母能竭其力”主要是指态度而言，孝敬父母只要是发自内心的、竭尽全力的即可，不必非要强求物质的富足。换句话说，就是尽管儿女不能保证让父母过上富足的生活，但只要能对父母发自内心、量力而为地行孝，就是真孝。如果一定要拿物质来衡量孝心，那么穷人家里就不会有孝子了。

所以说，只要将父母的一切放在心上，心中想着让父母过得更好，这样，即使你孝养父母显得力不从心也会问心无愧。从另一个方面讲，绝大多数的父母都不愿意子女因为自己而背上沉重的负担，只要儿女们过得好，对自己有一份孝心，这就是最好的了。

父母在时不远游

包拯是庐州合肥（今安徽合肥市）人，历史上的包拯不像戏曲中所说的那样是由嫂子养大的，实际上他是由自己的父母养大的。父亲包仪，曾任朝散大夫，死后追赠刑部侍郎。包拯少年时便以孝而闻名，性直敦厚。他在宋仁宗天圣五年，即公元1027年中了进士，当时28岁，先任大理寺评事，后来出任建昌（今江西永修）知县。因为父母年老不愿随他到他乡去，包拯便马上辞去了官职，回家照顾父母。他的孝心受到了官吏们的交口称颂。

几年后，父母相继辞世，包拯这才在乡亲们的苦苦劝说下重新踏入仕途。包拯主动辞去官职，回家孝敬父母，足见其对父母的孝心。时至今日，他对父母的孝敬也堪为当代人的表率。

【悟在当下】

孔子说："父母在，不远游，游必有方。"典籍的注释是："父母在时，不远行。若不得已要远行，也该有个方位。"对父母的孝顺并不是束缚你的绳索，当你远游时，要告诉他们你在什么地方，这样一来，父母有什么事情，也能及时通知你，以免留下什么遗憾。这才是孝道。

古代交通不便，音讯传达非常困难。如果父母因为许多原因急切地想见到子女，一旦耽误了时间，那将留下无可弥补之恨。

百善孝为先

晋朝琅琊人王祥，生母早丧，继母朱氏多次在他父亲面前说他的坏话，使他失去父爱。但是王祥并没有因为这些而怨恨父母，相反，他对父母非常孝顺。父母患病，他便衣不解带、日夜侍候。继母想吃活鲤鱼，但当时是寒冬腊月，冰封三尺，天寒地冻，根本无法捕鱼。但是王祥为了能让病中的继母吃上活鲤鱼，就解开衣服卧在冰上，想用自己的体温化开坚冰捉鱼。突然三尺厚的冰自行融化，从冰下跃出两条鲤鱼。王祥高兴地回家为继母做鲤鱼，继母食后，果然病愈。这就是“卧冰求鲤”的故事。后来王祥隐居二十余年，给父母养老送终后，才应邀出外做官。从温县县令做到大司农、司空、太尉，并被封为睢陵侯。后人为了纪念他，有诗云：继母人间有，王祥天下无。至今河水上，一片卧冰模。

【悟在当下】

孔子之学最重道。所谓道，即人道，其本则在心，而这人道最鲜明的体现是孝悌之心。这也就是为什么有“百善孝为先”的古训。所以要想培养仁爱之心，必先从孝悌始。

儒家认为，“孝”是伦理道德的起点。一个重孝道的人，必然是有爱心的、讲文明的人。重孝道的家庭，亲情浓郁、关系牢固；反之，必然是亲情淡薄、家庭结构脆弱容易解体。而家庭是社会的基础，可见，不重孝道将会影响到整个社会的稳定与和谐。

不孝就是自酿苦果

从前有一对夫妻生了一个白白胖胖的儿子，他们对儿子尽心竭力地抚养，所以孩子一天天茁壮成长。这对夫妻还有一个老母亲与他们同住，平时儿媳老是嫌弃婆婆，不愿意养婆婆，但是因为婆婆能帮他们干活，所以媳妇虽有怨言但还是让婆婆同他们一起吃住。年复一年，随着孙子渐渐长大，老奶奶越来越老了，她的腰因为长年的劳作变得弯曲佝偻，她再也不能做重活了。而且由于年龄的原因，她吃饭的时候常会撒出一些饭粒。这时候，媳妇看婆婆越来越不顺眼，她急于想把婆婆赶出家门，于是总在丈夫面前说婆婆的坏话，没想到丈夫竟然答应妻子赶母亲出门。一天吃过午饭，这对夫妻就把老母亲送到三十里外的山沟里，扔下几块饼，让老母亲自生自灭。没想到回家后，他们发现儿子在村口的大树下坐着。夫妻俩问儿子为什么不回家，儿子说：“我在等奶奶，你们现在把奶奶拉出三十里地外，以后我拉你们八十里也不止。”听了儿子的一番话，夫妻俩顿时明白了。他们赶紧回到山沟里把母亲接了回来。

【悟在当下】

子曰："其为人也孝弟，而好犯上者，鲜矣；不好犯上，而好作乱者，未之有也。君子务本，本立而道生；孝弟也者，其为仁之本与！"这段话的意思是："做人，孝顺父母，尊敬兄长，而喜好冒犯长辈和上级的，是很少见的；不喜好冒犯长辈和上级，而喜好造反作乱的人，是没有的。君子要致力于根本，根本确立了，治国、做人的原则就产生了。因此，孝顺父母，敬爱兄长，可以作为'仁'的根本吧。"

将来孩子能否做到孝，关键还是在于父母的言传身教。所以在孩子出生开始，你就要明白，在无微不至的关怀和爱孩子的同时必须教会孩子孝敬你！如果不意识到这一点，以后就会自酿苦果，老无所养！

为孝原心不原迹

一个风和日丽的好天气，树林中各种各样的鸟都从巢中飞了出来，愉快地在空中飞来飞去。它们那美妙的歌声，给寂静的树林带来了勃勃生机。

可是戴胜鸟和它的老伴却飞不出窝巢了，岁月不饶人，它们的身体早已虚弱不堪了，全身的羽毛已经变得干涩枯燥、暗淡无光，像老树上的枯枝般容易折断，双眼还生了翳病看不见了。为了养儿育女，它们的精力已经快要耗尽了。

老戴胜鸟觉得自己的子女都已经长大，能够独立生活了，自己的职责已经尽到，可以无怨无悔地离开这个世界了。因此，夫妻俩商量，决定不再离开自己的家，安心地待在窝里，静静地等待那迟早会降临的时刻。

但老戴胜鸟想错了，它们辛辛苦苦养育的那些孩子们是绝不会扔下它们不管的。这天早晨，它们的大儿子就带着一些好吃的东西，专程来看望它们。小戴胜鸟发现年迈的双亲身体不好，立即飞去把这个消息告诉了它的兄弟姐妹们。

戴胜鸟的儿女们很快都到齐了，它们聚集在双亲的旧巢前，有一只鸟说："我们的生命是父母亲最伟大的馈赠，它们用爱的乳汁哺育了我们。现在它们老了，病了，眼睛也看不见，已经没有能力养活自己了。我们一定要帮它们治病，细心看护好它们，这是我们做子女的神圣义务！"

这些话刚说完，年轻的戴胜鸟们立刻行动起来。有的飞去筑起温暖的新居，有的振翅飞去捕捉昆虫，有的飞到树林里去找治病的药。

新房子很快就落成了，孩子们小心翼翼地帮着父母搬了进去。为了让父母感到温暖，它们像孵蛋的母鸡用自己的体温去保护没有出壳的雏鸡一般，用自己的翅膀盖住老鸟。它们还细心地喂给父母泉水喝，并用自己的尖嘴帮忙梳理老戴胜鸟蓬乱的绒毛和容易折断的翎毛。

飞往森林的孩子们终于回来了，它们找到了能治失明的草药。大家高兴极了，它们把有特效的草叶啄成草汁给老戴胜鸟擦用。尽管药力很弱，需要耐心等待，它们却一刻也不让父母亲单独留在家里，总是轮流守候在父母身边。

快乐的一天终于到来了，戴胜鸟和它的老伴睁开眼睛，向四周张望，它们认出了自己孩子的模样。孩子们都高兴极了，并准备了丰盛的食物，好好地庆祝了一番。知恩的子女们就这样用自己纯真的爱，治好了父母的病，帮助它们恢复了视觉和精力，以报答养育之恩。

【悟在当下】

俗话说得好：孝敬、孝敬，只有敬才能做到孝。孔子所强调的“孝”也是建立在“敬心”之上，真心地孝敬父母。古语说“久病床前无孝子”，对父母尽孝可能会给自己的生活和事业带来许多麻烦。每当这时，人们便往往会或多或少地流露出一些厌恶的神色，这种时候你不要忘记考虑父母心中的感受。恐怕此时父母心中隐隐的内疚和失望远远比老迈和病痛的折磨更甚。

孝敬在行动上，更要在心中。虽然有些人表面上做得不错，按时按节地照顾父母吃穿，但是很容易因为对父母所做的事情而“居功自满”，时不时地给父母点“脸色”看，实际上是打着“孝”的旗帜折磨父母的心灵，增加父母的内疚和失望。这样的子女和不孝也差不了多少了。

不让家人忧心

有一天，在一个关着一些死刑犯的牢房里，死刑犯们翻着杂志在那里闲聊。

一名犯人指着杂志中的珠宝说："我母亲没有一样像样的首饰，如果她戴上这些首饰一定会很高兴。"

另一名犯人指着上面的房屋说："家里的房子已经很旧了，我的母亲如果有这么一间漂亮的房子多好。"

第三个犯人指着上面的汽车说："要是我的母亲有这么一辆车子，就可以常来看我了，不用每天走着来看我了。"

杂志最后传到一个犯人的手中，他拿着杂志看了很长时间，看着上面的珠宝、房子、汽车……

他沉思许久，然后流着泪说："从出生到长大成人，我们都是母亲牵挂的根源，更是母亲幸福的寄托。我们的一言一行、一举一动都连着母亲的心，我们是母亲心中永远的痛。母亲的付出，并不是希望得到物质的回报。是的，珠宝、别墅、小汽车的确能给母亲带来快乐，但是，在母亲的心底，她最大的幸福永远是儿子自身的正直与平安！如果我们的母亲有一个好儿子就好了！"

这时，所有的人都低下了头。

【悟在当下】

孝的本义就是指由父母对子女的爱而反射出子女对父母的敬爱。但是，在现实社会中，有很多人能自理、自立了，却还是让父母整天为他担惊受怕。在古人看来，这就要算作不孝了。

在孔子看来，让父母担心，或没有用心去孝敬，都不算真正的孝，这样的人品格是有大问题的。孝是美德，也是一种爱。

第22章　幸福人生在于正确选择

一个人在其漫长的一生中所走的每一步，都已为明天埋下了伏笔。我们所做的每一件事，都如同我们撒下的一粒种子，在时光的滋润下，那些种子慢慢生根、发芽、抽枝、开花，最终结出属于自己的果实。所以，幸福的人生在于自己播下了幸福的种子，过上美好的生活在于自己在之前进行了辛勤的耕耘。

人生滋味源于人生选择

颜回是孔子最得意的弟子，他出身贫寒，自幼生活清苦，却能安贫乐道，不慕富贵；他性格恬静，聪明过人，长于深思。孔子所讲的许多高深道理，他能完全理解，且能“闻一知十”。颜回跟随孔子周游列国，过匡地遇乱及在陈、蔡间遇险时，子路等人都对孔子的学说产生了怀疑，而颜回始终坚持不渝。不幸的是颜回早逝，葬于鲁城东防山前。孔子对他的早逝感到极为悲痛，不禁哀叹说：“噫！天丧予！天丧予！”颜回一生没有做过官，也没有留下传世之作，他的只言片语，被收集在《论语》等书中，其思想与孔子的思想基本是一致的，后世尊其为“复圣”。孔子在颜回逝世之后感叹道：“贤哉回也，一箪食，一瓢饮，身在陋巷，人不堪其忧，回也不改其乐。贤哉回也！”

孔子的另一位弟子子贡也博学多才，洞察时势，能言善辩，在经商和社会活动方面都很有成就。《史记·货殖列传》共载17人，子贡列在第二。子贡善于掌握市场信息，并“与时转货赀”，在商业经营和国际贸易中取得巨大成功。他“常相鲁卫，家累千金”“富可敌国”。子贡经商是与政治目的相联系的。他经常“结驷连骑，束帛之币以聘诸侯”“所至，国君无不分庭抗礼”。正因为经商致富，他才有显赫的政治地位和广泛的社会影响力。

【悟在当下】

人生就像是一条路，你所做的每一次选择就是这路上的一个岔道口，它们不停地延伸，把你带向生命的终点。只有到了你要离开这个世界的那一瞬间，你才会知道自己归于何处。到了那个时候，你心中会或多或少地有着某种遗憾或是懊悔："当初，如果我……就好了。"你却永远也无法再次回到当初的那个起点重新做出选择，面对人生的每一条路，你不能不选又不能全选。不选也是一种选择，不选和全选只在特定空间、时间和事件中存在。

总之，无论做出何种选择，都要能够自得其乐，认为这样的选择是值得的，并能为其后果负责。能够如此面对选择，面对人生，相信人生无憾。

积善之人，必有好事

秦穆公在岐山有一个王室牧场，饲养着各种名马。有一天几匹马跑掉了，管理牧场的牧官大为惊恐，因为一旦被大王知道，定遭斩首。牧官四处寻找，结果在山下附近的村庄找到了部分疑似马骨的骨头，心想，马一定是被这些农民吃掉了。牧官大为愤怒，把这个村庄的三百个农民全部判以死刑。

牧官怕秦穆公震怒，于是向穆公报告说，这些农民把王室牧场里的名马吃掉了，因此才判他们死刑。穆公听了不但不怒，还说这几匹名马是精肉质，就赏赐给他们下酒。结果这三百个农人被免除了死刑，高兴地回家了。

几年后，秦穆公与晋惠公交战，陷入绝境，士兵被敌军包围，眼看快被消灭，穆公自己也性命堪忧。这时敌军阵营的一角开始崩裂，一群骑马的士兵冲进来，逼近晋惠公的军队战斗。这些人非常勇猛，只见晋军节节败退，最后只得全部撤走，穆公脱离险境。到达安全地点后，穆公向这些勇敢善战的士兵表达自己的谢意，并问他们是哪里的队伍。他们回答说：我们是以前吃了大王的名马而被赦免死罪的农民。

【悟在当下】

秦穆公一念之善，救人救己。《易经》中有言："积善之家，必有余庆；积不善之家，必有余殃。"而孟子在与邹穆公对话时，引用了曾子的话，"出乎尔者，反乎尔者也"，这都是因果报应的观念。古今中外，一切事情都逃不开这个因果律。

其实，一个人在其漫长的一生中所走的每一步，都已为明天埋下了伏笔。我们所做的每一件事，都如同我们撒下的一粒种子，在时光的滋润下，那些种子慢慢生根、发芽、抽枝、开花，最终结出属于自己的果实。

心如一张白纸

有一天，鬼谷子对孙膑和庞涓说："从今天开始，我坐在屋里三天不动，谁能想办法把我请出去，谁就坐在我的位子上！"

庞涓说："这还不好办？"他到外边转了一圈说："老师，山下来了一伙强盗，要占山为王，快去看看吧。"

鬼谷子说："这里是不毛之地，强盗来此何干？真如此，你就用兵法制伏他们吧！"

隔了一天，庞涓慌慌张张又找老师说："老师，大事不好，咱们的柴草垛被人点着了，你看看吧！"

鬼谷子探身一看，果见大门外浓烟滚滚，便把桌子一拍说："大胆顽徒，没有本事请我出去，竟将柴草点着，命你速去扑火！"无奈，庞涓只好前去救火。

又隔了一夜，庞涓手持一封信说："老师，有人送信，说师爷去世，要你速回家奔丧，来人正在山下等你。"

鬼谷子喝道："狂徒，老爷子早已去世，为何满嘴喷粪？"庞涓三次请师出门均未成功，垂头丧气地走出宅院。

三日下午，天将黄昏，孙膑才睡意未消地来见老师，说："老师，请你出屋难，把你请进屋可不难。"鬼谷子说："一样难！"孙膑摇头："我不信！"鬼谷子说："走！"

说着师徒二人来到院中。孙膑跪拜说："老师，我总算把你请出来了。"

自此，鬼谷子果然站着讲课，让孙膑坐在了老师的位置上。

这个故事中，孙膑和庞涓运用了不同的方法，但庞涓藏着机巧之心，一次又一次拙劣的伎俩让老师反感，从而失去了成功的机会。而孙膑所讲的话自然而然，听不出半点欺诈的味道，所以，鬼谷子相信了他，他便请出了老师。

【悟在当下】

孔子在《论语》中说，“素”如一张白纸，毫不沾染任何颜色，人的思想观念要随时保持纯净无杂，即“不思善，不思恶”。心地胸襟，应该随时怀抱原始天然的朴素，以此态度来待人接物，处理事务。个人拥有这种修养，人生一世便是最大的幸福；如果人人秉有这种生活态度，天下自然太平和谐。

平常心独善其身，智慧心兼济天下

有一位国王酷爱打猎。有一次，国王在追捕猎物时，不幸弄断了一截食指。国王剧痛之余，立刻招来智慧大臣，征询他们对意外断指的看法。智慧大臣轻松自在地对国王说，这是一件好事，并请国王往积极方面去想。

国王闻言大怒，以为智慧大臣幸灾乐祸，即命侍卫将他关进监狱。

待断指伤口愈合之后，国王又兴冲冲地忙着四处打猎，不料被丛林中的野人活捉。依照野人的惯例，必须将活捉的这队人马的首领献祭给他们的神。祭奠仪式刚刚开始，巫师发现国王断了一截食指，而按他们部族的律例，献祭不完整的祭品给天神，是会受天谴的。野人连忙将国王解下祭坛，驱逐他离开，另外抓了一位大臣献祭。

国王狼狈地回到朝中，庆幸大难不死。忽而想起智慧大臣的话，觉得断指确是一件好事，便立刻将他从牢中释放，并当面向他道歉。

智慧大臣还是保持他的积极态度，笑着说这一切都是好事。国王不服气地质问：“说我断指是好事，如今我能接受；但若说因我误会你，而将你关在牢中受苦也是好事，我就不懂了。”

智慧大臣微笑着回答：“臣在牢中，当然是好事。陛下不妨想想，如果臣不在牢中，那么，今天陪陛下打猎的大臣会是谁呢？”

【悟在当下】

孟子曾说：“达则兼济天下，穷则独善其身。”意思是说，得机会，救天下，救国家，救社会；不得机会，则自己修身养性，一切处之泰然。孟子的这种姿态，正是平常心的最佳写照。

人的一生不可能一帆风顺，也不可能充满苦难，总是在得意与失意之间游走，患得患失就会永无宁日，这样的人生是可悲的。因此，面对人生的荣辱，何不以平常心处之？

平常心是尘世中的微笑，是对物欲的淡泊，是风浪中的平静，是困厄中的坦然，是平常事物中的朴素哲学。拥有平常心，就可做到“不以物喜，不以己悲”，明心见性。

仰不愧于天，俯不怍于人

有一位医生在国内享有盛誉，一次，他给一位青年妇女看病。他检查后发现，病人子宫里有一个瘤，需要手术割除。手术当天一切就绪，手术室里都是最先进的医疗器材，对这位有过上千次手术经验的名医来说，这只是个小手术。

当他切开病人的腹部，向子宫深处观察，准备下刀时，突然全身一震，刀子停在空中，豆大的汗珠冒上额头。他看到了一件令他难以置信的事：子宫里的不是肿瘤，而是个胎儿！

他的手颤抖了，内心陷入矛盾的挣扎中。如果硬把胎儿拿掉，然后告诉病人，摘除的是肿瘤，病人一定会感激涕零；相反，如果他承认自己看走眼了，那么，他将会声名扫地。经过几秒钟的犹豫，他终于下定决心，小心缝合刀口之后，回到办公室，静待病人苏醒。然后，他走到病人床前，对病人和病人家属说：“对不起！我看错了，你只是怀孕，没有长瘤。所幸及时发现，孩子安好，一定能生下个可爱的小宝宝！”

病人和家属全呆住了。隔了几秒钟，病人的丈夫突然冲过去，抓住名医的领子，吼道："你这个庸医，我要找你算账！"所幸后来，孩子果然安好，而且发育正常，名医却被告得差点破产。有朋友笑他，将错就错，只需一句话，就可让这一切免于发生。

医生淡淡一笑："我骗不了自己的心。"

【悟在当下】

孔子的弟子曾子曾说过，做人一辈子都应该"战战兢兢"，好像站在悬崖边缘，脚下是万丈深潭，一不小心，就是"一失足成千古恨"。初冬刚结薄冰，或早春要解冻时，走在河面上，要有功夫、有本事，一个疏忽，掉下去就没命了。这就和人生一样，不可任意妄为，一定要有自己的原则，凡事小心谨慎，"仰不愧于天，俯不怍于人"。

在社会当中，人骗人是常事，人还常喜欢骗自己，可是到了自己要死的时候，仍骗不过自己，要想做到内心没有亏欠，就要"如临深渊，如履薄冰"了。

人应该战战兢兢地走完一生，因为你将面临无数对与错的抉择，有时一个点头、一句承诺就有可能让人生的冰面坍塌。生命走到终点的那一刻，回想自己无愧于心，终于可以圆满地为自己画上句号了，也是一种内心的幸福。

宜未雨绸缪，毋临渴掘井

一次，孟子觐见齐宣王，齐宣王谈到自己"君临天下，四海归心"的霸业理想，孟子却给他浇了一盆冷水，说他是"欲辟土地，朝秦、楚，莅中国而抚四夷也。以若所为，求若所欲，犹缘木求鱼也。"意思是以齐宣王现在的做法，想要实现这个愿望就如爬到树上去捉鱼，根本不可能。

其实齐国也是战国时期的大国，经几代君主的治理，国力强大，百姓富足。为何孟子有此一说？借用苏秦对当时齐国的描写："临淄甚富而实，其民无不吹竽鼓瑟，击筑弹琴，斗鸡走犬，六博蹹踘者。临淄之途，车毂击，人户摩，连衽成帷，举袂成幕，挥汗成雨，家敦而富，志高而扬。"

孟子的意思是说，正因为经济繁荣、民间富庶，所以百姓沉浸于奢侈、玩乐的生活。由于人们都过得殷实而富裕，所以一个个都显得志得意满的样子，这就是一种弊害的源头。当一个国家经济安定，社会繁荣，国民收入增加之后，往往就流于浪费，生活方式多半骄奢淫逸，道德堕落，并且容易产生优越感，看轻别人。

因此，孟子说齐宣王想到“莅中国而抚四夷”，那是妄想，是“缘木求鱼”，不可能实现。

【悟在当下】

国君玩物丧国，而普通人玩物则会丧志。因此，我们要居安思危，不可一味追求奢侈享受，挥霍浪费，不思进取。

“历览前贤国与家，成由勤俭败由奢”，这是一个已经被无数次证明了的规律，孟子也说“生于忧患，死于安乐”。虽然我们身处和平年代，但要时时保持清醒的头脑，要有居安思危的意识。在努力提高生活水平的同时，更要提高精神素养，不能一味追求享受，而是应该崇尚勤俭生活，适度消费。愿我们每个人都能铭记“一粥一饭，当思来之不易；半丝半缕，恒念物力维艰。宜未雨而绸缪，毋临渴而掘井”的古训，在日常生活中，“常将有日思无日，莫待无时思有时”。

听礼乐，静静心

颜征在是孔子的母亲，由于她教子有方，培养出了千古流芳的孔圣人，所以世人称颜征在为“圣母”。

早在孔子还不懂事的时候，颜征在就买来了很多乐器，有时自己为儿子吹弹，有时请人为儿子演奏，有时让儿子自己摆弄。邻里乡人不解其意，颜征在对人们解释说，孩子现在还不懂事，但天长日久，他就会喜欢这些礼器。做人要讲根基，办事要按规矩，没有规矩不成方圆，礼器最讲礼仪与规矩，没有章法演奏不出动听的乐曲。所以用这些礼器能让孩子早一点懂得礼仪、音律、等级，这对他日后的成长是至关重要的。

在母亲的引导和教育下，孔子对音乐有了浓厚的兴趣，很小就学会了吹、拉、弹、唱。邻里有了婚丧等红白喜事，他都挟着乐器跑去奏乐。长大后，孔子对音乐的爱好有增无减，简直到了胜过吃肉吃饭的地步。他在齐国听《韶》乐，一连三个月，吃饭连肉味都觉不出了。他说："想不到音乐之美，竟能到如此境界啊！"

孔子对音乐有很强的感悟能力。有一次，孔子向鲁国乐官师襄子学琴，一支曲子他一连弹奏了十日也不调换别的。师襄子建议他换个曲子，孔子说："我已经熟悉这支曲子了，但还没有领悟弹奏它的技术。"过了些时候，师襄子说："你已经掌握了弹奏这支曲子的技术，可以弹别的了。"孔子又说："我还没有领悟它的用意。"又过了一段日子，孔子仍在弹那首曲子，师襄子不耐烦地说："你已经了解它的用意了，可以换一支曲子了。"孔子说："我还没有领悟它所描写的人物形象呢。"又过了一些时候，孔子终于停下不弹了，他默然有所思，看向远处，说："我可能领悟到了，这个人又高又大，皮肤很黑，眼睛向上看，好像要统一四方，这不就是周文王吗？"师襄子听了非常惊讶地说："这支曲子就叫作《文王操》啊！"

从此，孔子对音乐钻研得更深了，他不仅以音乐陶冶情操，还对音乐有了很深的研究，能从音乐中悟出许多深刻的道理。

【悟在当下】

音乐源自人类的精神，是人类灵魂的语言。辜鸿铭先生曾说过，中国人过的是一种"心灵的生活"。而音乐无疑是中国人这种"心灵生活"的一个方面。确实，音乐是一种细腻而丰富的艺术表现形式，它对人的智力发育和情操陶冶都有很大的作用，也为人们的心灵提供了一个得以休憩的空间。

六祖慧能篇　禅宗的经典故事与思想

每个人心中都有禅的种子，只要遇到合适的土壤，这种子就会破土而出，开花结果。禅，不是给予你智慧，而是帮助你开启自己的智慧。有人认为禅玄之又玄，但禅却并不晦涩难懂。禅宗语录、禅宗公案、禅思禅悟、禅事禅诗看起来玄妙难懂，实际上直指人心。在禅宗公案的只言片语中，人们总能找到生活的智慧。

禅可以帮助人们开阔心胸、坚定毅力、开发智慧、调和精神、防治疾病、磨炼心地、锻炼理解力和思考力。懂得了禅，就能够在富时平和、穷时快乐，工作时舒心、休息时放心，就能够生无烦恼，死无畏惧。禅能够给人安定、彻悟、清净、智慧，这些，正是忙乱、疲惫、被折磨、被遮蔽的现代人最需要的东西。

所以在下面的文字当中，你所得的不会是让你在世间游刃有余行走的工具，但却可以帮你开拓心灵的一片净土，领悟生活的真谛，找到幸福的良方。

第 23 章　禅里禅外悟人生

禅不是存在于缥缈的仙道山峰上的东西，禅就是生活，禅就在平凡的人世间。悟禅不一定要打坐，不一定要读经，不一定要苦行。禅是一种纯粹的心灵体验，它的关键在于悟，悟道的人，必定会在生命中的某一刻茅塞顿开，彻悟生命的真谛与天地之间的大光明。

禅到极处，不必谈禅

有一次，慧能禅师在别人家里借宿，中午休息的时候，忽然听见有人在念经，慧能倾身细听，感觉有些不对，于是来到那个念经人的身旁，问道："你常常诵经文，是否了解其中的意思？"那个人摇摇头说："有一些实在难懂。"

慧能就把那个人刚才朗诵的部分为他做了详细的解释："当我们在虚名浮誉的烟灰里老去，满头白发的时候，我们想要什么？当生命的灰烬将熄灭，心跳与呼吸即将停止的时候，什么是我们最后的期盼？当坟墓里的身体腐烂成尸骸，尘归尘，土归土，生命成为毫无知觉的虚空之后，我们在哪里？"

一时间，天清地明，那个人混沌顿开，似乎隐约看见了生命的曙光。

那个人惊异地问慧能佛经上几个字的解释，慧能大笑后说道："我不认识字，你就直接问我意思吧！"那个人听了他的话感到十分吃惊，说道："你连字都不认识，怎么能够了解意思呢？怎么能够理解佛理呢？"

慧能笑着说："诸佛的玄妙义理，和文字没有关系。文字只是工具，理解靠的是心，是悟性，而不是文字。骑马的时候，不一定必须要有缰绳，那是给那些初学者准备的，一旦入门，就可以摆脱缰绳，到想去的地方自由驰骋。"

的确，禅到极处，不必谈禅。这时，所有的语言、文字、思维都是多余的了。

【悟在当下】

在某些时候，禅不能用语言来形容，只能靠悟才能得禅。若是禅需要假于文字来表述，那么就不是禅了。禅就是“云在青天水在瓶”，看什么是什么，不要用任何语言来描述，就是这么不可思议。禅的路不需要文字，悟禅的路也不是由文字生发而来，就好像只看地图，却不是旅行的道理。

心静只因身在禅中

慧能禅师见弟子整日打坐，便问道：“你为什么终日打坐呢？”

“我参禅啊！”

“参禅与打坐完全不是一回事。”

“可是你不是经常教导我们要安住容易迷失的心，清静地观察一切，终日坐禅不可躺卧吗？”

禅师说：“终日打坐，这不是禅，而是在折磨自己的身体。”弟子迷茫了。

慧能禅师紧接着说道：“禅定，不是整个人像木头、石头一样死坐着，而是一种身心极度宁静、清明的状态。离开外界一切物相，是禅；内心安宁不散乱，是定。如果执着人间的物相，内心即散乱；如果离开一切物相的诱惑及困扰，心灵就不会散乱了。我们的心灵本来很清净安定，只因为被外界物相迷惑困扰，如同明镜蒙尘，就活得愚昧迷失了。”弟子躬身问：“那么，怎样去除妄念，不被世间迷惑呢？”

慧能说道：“思量人间的善事，心就是天堂；思量人间的邪恶，心就化为地狱。心生毒害，人就沦为畜生；心生慈悲，处处就是菩萨；心生智慧，无处不是乐土；心里愚痴，处处就是苦海了。在普通人看来，清明和痴迷是完全对立的，但真正智慧的人却知道它们都是人的意识，没有太大的差别。人世间万物皆是虚幻的，都是一样的。生命的本源也就是生命的终点，结束就是开始。财富、成就、名位和功勋对于生命来说只不过是生命的灰尘与飞烟。心乱只是因为身在尘世，心静只是因为身在禅中，没有中断就没有连续，没有来也就没有去。”

弟子终于醒悟，禅师的话像暮鼓与晨钟唤醒了碎裂在生活碾磨里的人。

【悟在当下】

其实参禅的关键并不在于打不打坐，说不说佛，而是在于你怎样去修心，只有心先行进入禅的境界，人才可能修成禅。心是修行的渡头，生命之舟停靠在那里。

禅是载我们渡过苦海的舟，禅是你脚下的岸，而心是扬帆起航之初的渡头。因为佛本来在我们心中，回到你的自性，人人都能成佛。

无我才能有为

慧忠禅师就是一个心外无物的人，可以说，他已经达到了大彻大悟的无我忘我境界。印度的三藏法师自有神通，他来到慧忠禅师面前，与他验证。

慧忠谦抑地问道："久闻您能够了人心迹，不知是否属实？"

三藏法师答道："只是些小伎俩而已！"

慧忠于是心中想了一件事，问道："请看老僧现在心在何处？"

三藏运用神通，察看了一番，答道："高山仰止，小河流水。"

慧忠微笑着点头，将心念一转，又问："请看老僧现在身在何处？"

三藏又做了一番考察，笑着说："禅师怎么去和山中猴子玩耍了？"

"果然了得！"慧忠面露嘉许之色。称赞过后，随即将风行雨散的心念悉数收起，反观内照，进入禅定的境界，无我相、无人相、无众生相、无寿者相，这才笑吟吟地问："请看老僧如今在什么地方？"

三藏神通过处，只见青空无云、水潭无月、人间无踪、明镜无影。

三藏使尽了浑身解数，天上地下彻照，全不见禅师心迹，一时茫然不知所措。

慧忠缓缓出定，含笑对三藏说："阁下有通心之神力，能知他人一切去处，极好！极好！可是不能探察我的心迹，你知道是为什么吗？"

三藏迷惑。慧忠禅师笑着说："因为我没有心迹，既然没有，如何探察？"

无论你的心迹藏得有多深，只要存在，别人就可以探察到。只有心无外物，才能让人无所察觉。

【悟在当下】

南怀瑾曾说："人，悟到了真正的无我，修行到了真正的无我，就是佛了。"这个佛，无我，自然无众生，无寿者，这就是佛的境界。所以做到了无我就是佛境界，一切凡夫都有我相、人相、众生相、寿者相，一切观念的执着，都是因为有我而来，那么真正无我就是佛境界。

千江水月即是禅

唐代朗州太守李翱非常向往药山惟严禅师的德行，一天，他特地亲身去参谒，巧遇禅师正在山边树下看经。虽知太守来，禅师仍无起迎之意，侍者在旁提示，他仍然专注于经卷上。

李太守看禅师这种不理睬的态度，忍不住怒声斥道："见面不如闻名！"

说完便拂袖欲去，惟严禅师至此，才冷冷说道："太守何得贵耳贱目？"

短短一句话，李太守为之所动，乃转身拱手致歉，并问道："如何是道？"

惟严禅师以手指上下说："会吗？"

太守摇了摇头说："不会。"

惟严："云在青天水在瓶！"

太守听了，欣然作礼，随述偈曰：

"练得身形似鹤形，千株松下两函经；我来问道无余说，云在青天水在瓶。"

【悟在当下】

惟严禅师形象地给太守点出了修道见道的境界。"云在青天水在瓶"，这是很自然的，天上的云在飘，水在瓶子里，摆在桌上。一个那么高远，一个那么浅近，这就是个境界。

心有多大，舞台就有多大。的确，心的修持达到了哪种境界，我们的人生境界就有多么开阔。

唯一能抓住的实有就是空无

石恐禅师和西堂禅师是师兄弟，经常在一起参禅。有一次，石恐禅师开玩笑地问西堂禅师：“你会捉虚空吗？”

没想到西堂马上毫不犹豫地回答：“会。”

石恐惊奇地问道：“怎么捉？”

西堂禅师用手在空中抓了一下，说：“就这么捉。”

石恐摇了摇头，说：“你不会捉，不是你那么捉的。”

西堂不服气地反问道：“那师兄你说该怎么捉？”

石恐一把拽住西堂的鼻子，痛得西堂大叫：“师兄放手，这个虚空会痛的。疼死人了，鼻子快拽掉了！”

石恐松开师弟，笑着说：“必须这么捉虚空才行。”

西堂摸着红肿的鼻子，笑呵呵地对师兄说：“多谢师兄指点！”

【悟在当下】

看似一个荒谬的悖论，却是一个活生生的、可感知的事实。我们唯一能抓住的实有就是空无啊！

悟是一把开启天门的钥匙，将你带出头脑的需要，因为头脑是推理的，通过推理你无法走出头脑，通过推理，你会向前、向前，但是你只是在绕圆圈，但那最明白的禅意永远在那里。

实相般若就是形而上的道体，是宇宙万物的本源。世界上很多人都追求这个实相本原，找到了这个东西才能认识自己生命的本源。

但参来悟去，最大的实相却是有产生于无，实有就是虚空的另一种表现。看来唐僧实在没给“弼马温”起错名字啊——悟来悟去原来就是那个空啊！

工夫到了，便能获得禅心

唐代的智闲和尚曾拜灵佑禅师为师。有一次，灵佑问智闲：“你还在娘胎里的时候，在做什么事呢？”

“还在娘胎里的时候，能做什么事呢？”他冥思苦想，无言以对。于是说：“弟子愚钝，请师父赐教！”

灵佑笑着说：“我不能说，我想听的是你的见解。”

智闲只好回去，翻箱倒柜查阅经典，但没有一本书是有用的。他这才感悟道：“本以为饱读诗书就可以体味佛法，参透人生的哲理，不想都是一场空啊！”

灰心之余，智闲一把火将佛籍经典全部烧掉了，并发誓说：“从今以后再也不学佛法了，省得浪费力气！”

于是他前去辞别灵佑禅师，准备下山，禅师没有任何安慰他的话，也没有挽留他，任他到自己想去的地方。

智闲来到一个破损的寺庙里，还过着和原来一样的生活，但是心里还总是放不下禅师问他的话。

有一天，他随便把一片碎瓦块抛了出去，瓦块打到一棵竹子上，竹子发出了清脆的声音。智闲脑中突然一片空明，内心澎湃。他感到了一种从未体验过的颤抖和喜悦，体验到了禅悟的境界。

他终于醒悟了：“只有在生活实践中自悟自证，才能获得禅旨的真谛。”于是立即赶到灵佑禅师身边说：“禅师如果当时为我说破了题意，我今天怎么会体会到顿悟的感觉呢？”

【悟在当下】

如果没有那次顿悟，也许智闲禅师永远都不能成佛，这就是顿悟的巨大作用。

不管是做什么事，想要获得成功，都需要下功夫。任何一种技术、技巧都需要花工夫学会，还要再花更多工夫学精。投机取巧的事是做不长久的，即使是窍门或捷径，也是功夫和经验积累达到熟能生巧的结果。一个人想要修养内心，更需要工夫，工夫到了，你就会在一瞬间获得开悟。

第24章　心有灵犀，彻悟禅机

禅宗不立文字，也即不依赖于佛法的阐发。不阐发教义，不由言语道明，但是禅机中体现的大爱、慈悲、佛理、道法却能让人在无声之中得以体会。禅就是“心有灵犀”“心照不宣”，在无声之中，给人以惊雷般的启发。

心有灵犀，就能心照不宣

公元536年，达摩祖师觉得应该离去了，便召集弟子，说：“你们谈谈自己的悟境吧！”道副说：“依我的见解，不要执着于文字，但也不离于文字，这便是道的妙用。”达摩说：“你得到我的皮毛了。”总持比丘：“依我现在的见解，犹如庆喜看见了佛国，一见便不需再见。”达摩说：“你只得到我的肉了。”道育说：“四大皆空，五蕴非有，依我所见，并无一法可得。”达摩说：“你得到我的骨了。”最后轮到神光，他只是作礼叩拜，然后仍回到原位，并未说话。达摩说：“你得到我的真髓了！”于是，神光慧可成了禅宗二祖，接续了达摩祖师广度众生的事业。

真正的道不是一个人传给另一个人的，而是在某种启发下，“另一个人”开启了自己的心门和智慧，领悟了道的真谛，在两个悟道的人之间，不需要语言的交流，只需心领神会。

有一天，一个哲学家来找佛陀，向他请教：“不用语言，也不用非语言，你告诉我真理好吗？”

佛陀保持沉默。

那个哲学家向佛陀鞠了个躬，感谢佛陀，说：“你的慈悲使我清除了妄念，进入了真理之道。”

哲学家走后，阿难陀问佛陀，哲学家得到了什么真理？

佛陀答道：“一匹好马即使只是在鞭子的影子下也能跑。”

佛陀接收到哲学家的发问后保持了沉默，但他以自身的整个存在（包括慈悲）带动和感染着哲学家，在他们都不说话的那一刻，有一微妙的东西从佛陀那里流向哲学家，从而完成了一种交流。这种交流，不是语言的，也不是非语言的，但它传承了真理，启迪了智慧。

【悟在当下】

语言是为了人与人之间的联系和交流而设立的，它只是一种工具，这一工具将一个人拥有而另一个人没有的东西传递出去。但是对于修行达到一定程度的人，对于事物的认知就有相同的看法，他们不必用语言交流就可以互相感知，比如爱、慈悲、佛理、道，也就是我们所说的“心有灵犀”“心照不宣”。这个时候，语言就失去了存在的必要。

默默倾听，就能接受无限真理

五代时，有一个云门禅师，用行动证悟了这一法门。

五代时的后汉刘王，坚持礼请云门禅师及其寺内大众全体到王宫内过夏。

诸位法师在宫内接受宫女们礼敬问法，莺莺燕燕，热闹非凡。尤其刘王虔诚重法，故禅修讲座，无日无之。寺中耆宿也都乐于向宫女和太监们说法，唯有云门禅师一人在一旁默默坐禅，致使宫女们不敢亲近请示。

有一位值殿的官员，看到这种情形，就向云门禅师请示法要。云门禅师一默，值殿官员不但不以为忤，反而更加尊敬，在碧玉殿前贴一首诗道：“大智修行始是禅，禅门宜默不宜喧。万般巧说争如实，输却禅门总不言。”

“一默一声雷”，云门禅师虽不言语，却有如雷轰顶之开示。如果有人能在这沉默中体会出千言万语，就可以说已透悟到一点禅道了。

【悟在当下】

将语言扔掉，只是听，你便会进入一个完全不同的境界——倾听的，被动的，接受的，你变成了一个无穷大的容器，那时你能接受到真理，那时你不是在说话，不是在进攻，你变得全然的宁静。只要静默和倾听，你就能听到宇宙深处的秘音。

定力十足，不言而悟

有四个和尚为了修行，参加禅宗的“不说话修炼”。

四个人当中，有三个道行较高，只有一个道行较浅。由于该修炼必须点灯，所以点灯的工作就由道行最浅的和尚负责。

“不说话的修炼”开始后，四个和尚就盘腿打坐，围绕着那盏灯，进行修炼。几个小时过去了，四个人都默不作声。

油灯中的油越燃越少，眼看就要枯竭了，负责管灯的那个和尚，见状大为着急。此时，突然吹来一阵风，灯火被风吹得左摇右晃，几乎就要灭了。

管灯的和尚实在忍不住了，他大叫说：“糟糕！火快熄灭了。”

其他三个和尚，原来都闭目打坐，始终没说话，听到管灯和尚的喊叫声，道行在他上面的第二个和尚立刻斥责他说：“你叫什么！我们在做‘不说话修炼’，不能开口说话。”

第三个和尚闻声大怒，他骂第二个和尚说：“你不也说话了吗？太不像样了。”

第四个道行最高的和尚，始终沉默静坐。可是过了一会儿，他就睁眼傲视其他三个和尚说：“只有我没说话。”

【悟在当下】

四个参加“不说话修炼”的和尚，为了一盏灯，先后都开口说话了；最好笑的是，有三个得道的和尚在指责别人“说话”之时，都不知道自己也犯下“说话”的错误了。

沉默是最好的武器，只有这样，一个人的修行才算是到家了。

诗曰：“不智之智，名曰真智。蠢然其容，灵辉内炽。用察为明，古人所忌。学道之士，晦以混世。不巧之巧，名曰极巧。一事无能，万法俱了。露才扬己，古人所少。

学道之士，朴以自保。”

在人生的谈判桌上，“讷者”有时才是最杰出的谈判家。

低调不会被埋没

曾会学士与珊禅师是多年的好朋友。有一次学士外出，偶然遇到了雪窦禅师，于是他就写了封介绍信给雪窦，让他到灵隐寺去找珊禅师，珊禅师一定会照顾他的。雪窦禅师欣然接受，然后拜别，云游去了。

这一别就是三年。曾会学士因为公事，来到了灵隐寺。他突然想起了三年前曾介绍过雪窦禅师来这里，于是便问珊禅师：“雪窦禅师现在怎么样了？”

珊禅师疑惑地说：“没有这个人呀！是不是搞错了？”

曾会学士说：“怎么会错呢？我亲自介绍他来的！”

珊禅师十分为难，派人在寺中的上千僧众中寻找了个遍，可是找了一上午，也没有找到这个人。

曾会学士说：“你还记得拿我介绍信的那个人吗？”

珊禅师摇摇头说：“没有啊！我从来没有收到过你写的介绍信呀！”

珊禅师看学士那么着急想找到这个人，于是便和学士一起去找，可是找遍了每一个地方，就是不见雪窦禅师的踪影。直到天快黑的时候，才在一个很破的屋子的角落里找到了正在打坐的雪窦禅师。

曾会学士大喜地喊道：“雪窦禅师！”

雪窦见是曾会学士，也感到十分惊喜，他与珊禅师各自作礼。珊禅师一见雪窦禅师就看出他将来一定会有不一般的造化。各自寒暄了一阵，曾会学士问道：“三年前我亲笔写的介绍信你给丢了吗？为什么不给珊禅师看呢？害得你住这样的房子！”

雪窦禅师从衣袖里取出原封未动的介绍信还给曾会，说道：“我只是一个云游的和尚，没有什么渴求，为什么要请人介绍呢？”

【悟在当下】

沉默不单是指不说话，有的时候，沉默是一种行为，一种隐藏在众人之中，不高声宣扬自己的行为。为人低调，也是一种沉默。

现代人总是担心忧虑，生怕偶然间失去了自我推销的机会。所以，抓住一切机会表现自己，让自己“冒出头来”，有时还为此劳心劳力，想出种种方法和手段，结果却本末倒置，反而因此招致他人的反感，实在是得不偿失。

其实，只要自己努力，就不怕被埋没，付出了就会有回报。无论禅门还是世俗之门，只要自己努力了，终有一天会得到别人的赏识。

得意而妄言的大境界

有一次，洞山禅师走到水潭的时候，看到一个职僧对大家说法，他不引经据典，只听他自言自语地道：“也大奇！也大奇！佛界，道界，不可思议！”

洞山禅师听后，走上前便问道：“我不问佛界和道界，只问刚才在这里说佛界道界的是什么人？”

那位说法的人，是本寺一位很重要的职事，是一位首座大师，人们叫他初首座。

初首座听后，默然不做一语。

可是洞山禅师不饶过他，一直追问道：“为什么不快说呢？”

初首座不甘示弱地答：“快了就无所得。”

洞山不以为然，反驳道：“你说都没说，还谈什么快了就无所得？”

初首座又默然。

洞山禅师这才觉得遇到了对手，因此就温和说道：“佛和道都只是名词而已，我问你，你为什么不引证教义来说呢？”

初首座反问道：“教义是怎么说的？”

洞山禅师拍掌大笑回答道：“得意妄言！”

【悟在当下】

好一句“得意妄言”，真正的奥妙是只可意会不可言传的。

语言是一个媒介，它就如同一段姻缘中的媒人，媒人介绍一对男女相识，后来他们结为夫妇。最终，是这对夫妇在一起过日子，他们只需谢谢媒人就可以了，没有必要把他接到家里供养。

语言是人与人之间沟通的媒介，语言让人们互相理解。最终，知晓了彼此的意思之后，他们就与这句语言无关了，不必总对它念念不忘，过于执着。如果拘泥于语言，认为“意”就在语言之中，反而无从理解其中的意思，这种做法，是舍本逐末之举。

此时无声胜有声

在一些日本的禅院中，有一个旧的传统：流浪的和尚要与禅院中的和尚辩论有关佛教的问题，如果流浪的和尚赢了，他就能住下过夜，如果输了，他就不得不继续流浪。

在日本的北方，有兄弟俩掌管着一座寺院。哥哥非常有学问，而弟弟比较笨，并且只有一只眼睛。

一天晚上，一个流浪的和尚来请求住宿，哥哥与和尚辩论很久，感到非常累，就吩咐他的弟弟去辩论，哥哥说：“要在沉默中进行对话。”

过了一小会儿，那个流浪者来见哥哥，并且说：“你弟弟真是个厉害的家伙，他非常机智地赢了这场辩论，所以我要走了，晚安。”

“在你走之前，”哥哥说，“请告诉我这场对话。”

“好，”流浪者说，“首先我伸出一个手指代表佛陀，接着，你的弟弟伸出两个手指，表示佛陀和他的教导；为此我伸出三个手指，代表佛陀、他的教导和他的门徒，接着，你聪明的弟弟在我面前挥动着他紧握的拳头，表示那三个都是来自一个整体的领悟。”随后，流浪者走了。

过了一会儿，弟弟带着一副痛苦的样子跑进来。

“我知道你赢了那场辩论。”哥哥说。

“没什么赢的，”弟弟说，“那个流浪者是个非常粗鲁无礼的人。”

“噢？”哥哥说，“告诉我那场辩论的主题。”

“嗨，”弟弟说，“当他看见我时，他伸出一个手指头侮辱我只有一只眼睛，但因为他是一个新来的人，我想还是礼貌些，所以我伸出两个手指，祝贺他有两只眼睛。这时，这个无礼的坏蛋伸出了三个手指，表示在我们中间只有三只眼睛，所以我气疯了，威胁地用拳头打了他的鼻子——所以他走了。”

哥哥笑了。此时只有一笑方了。会心会意，禅意如盛开的花朵。

【悟在当下】

弟弟愚笨，误以为流浪和尚侮辱自己，于是用肢体语言来表达内心，反而令流浪和尚甘拜下风，其中的可笑和玄妙不可言说。哥哥只能会心一笑，从中悟了禅机。

这个故事告诉人们，如果因不知所措而无声沉默，反而比大声辩驳更加有力。无声更胜有声的辩驳，才是最佳的辩驳。

不动摇、不散乱、不烦恼

佛陀有一次在说法时，有一个女子就坐在佛陀身旁入定，文殊菩萨就问佛陀道：

“佛陀！这个女子为什么能在您身旁就座，且入于三昧？而有智能第一之誉的我，为什么却不能呢？”

佛陀回答道：“你把她从定中引出，自己去问她。”

于是，文殊菩萨就绕此女子三圈，并鸣指一下，但此女子都无动于衷，文殊甚至把她托至梵天，尽其神力，都不能使这个女子出定。

佛陀便道：“现在，就算有百千万个文殊，也没有办法使这个女子出定。如果一定要她出定，在下方世界过四十二恒沙国土，有位罔明菩萨可以做得到。”

不久，罔明菩萨从地涌出，向佛陀作礼后，便至此女子前，鸣指一下，此女子马上就出定了。

【悟在当下】

罔明就是无明了。禅定，不为外境所动，虽文殊般若智能，亦不为所动，但无明烦恼的力量不可小看，当无明扰乱身心时，“一念瞋心起，百万障门开”，不可不慎。

佛经中所讲的“定力”就是人们常说的“恒心”，要成就大事，就必须先磨炼人的心灵，在心理上禁得起周围环境及人与事的磨炼，做到不动摇、不散乱、不烦恼，便可保护心念为成功打下良好的基础。

第 25 章　行走坐卧，自然修行

生活就是禅，禅就是生活。满目青山是禅，茫茫大地是禅，浩浩长江是禅，潺潺溪水是禅，青山翠竹是禅，郁郁黄花是禅。学禅不是念几句弥陀，更在于参悟禅机，它不要求人每日闭目深思，在于以慈悲的“行”来实现人性的觉醒，以达到自然修行的目的，捕获生活的真理。

生活处处都能有所悟

一天，有几个学僧来向赵州禅师请教禅，第一位学僧说道：“弟子初入禅林，请师父开示！”

赵州禅师反问他道：“你吃粥了没有？”

学僧回答道：“吃了！”

赵州禅师开示道：“去食堂洗钵盂去！”第一位学僧听到这些似有开悟。

第二位学僧也说道：“弟子初入禅林，请求师父开示！”

赵州禅师反问他道：“你来多久了？”

学僧回答：“今天刚到！”

赵州禅师又问：“你吃过茶没有？”

学僧回答道：“吃过了！”

赵州禅师指示他说：“到客堂报到去！”

第三位学僧已在赵州禅师的观音禅院参学十几年，所以他也上前问道：“弟子前来参学，十年有余，不曾蒙受老师开示，今日想辞别下山，到别处去参学！”

赵州禅师听后，故作惊讶道：“你怎可如此冤枉我，从你来此禅院，你每天拿茶来，我为你喝，你端饭来，我为你吃；你合掌，我低眉，你顶礼，我低头，哪里有一处没有教导你？”学僧听后，用心思考。

赵州禅师道：“会就会了，假若用心分别，思维则离道远矣。”

学僧开悟，但问道：“如何能保住呢？”

赵州禅师道：“但尽凡心，别无圣解。”

【悟在当下】

生活就是禅，禅就是生活。满目青山是禅，茫茫大地是禅，浩浩长江是禅，潺潺溪水是禅，青山翠竹是禅，郁郁黄花是禅。

真正的学禅绝不仅仅是参参禅，念几句弥陀，更在于参悟禅宗道理，在于以慈悲的“行”来实践开悟的“知”。

禅无处不在

“江西诗派”的开创者黄庭坚又名黄山谷，是北宋时与苏轼齐名的大诗人，也是“苏门四学士”之一。

黄山谷跟晦堂禅师学禅。虽然他的学问很好，但是跟着师父学了三年还没有悟道。

有一天，他问晦堂禅师：“有什么方便法门告诉我一点好不好？”

晦堂禅师说：“你读过《论语》没有？”

黄山谷说：“当然读过啦！”

师父说：“《论语》中有两句话：‘二三子，我无隐乎尔？’”

意思是说：你们这几个学生！孔子说，不要以为我隐瞒你们，我没有保留什么秘密啊！早就传给你们了。

黄山谷这一下脸红了，又变绿了，告诉师父自己实在不懂！

老和尚一拂袖就出去了。黄山谷哑口无言，心中闷得很苦，只好继续跟在师父后边走。这个晦堂禅师只管走，没有回头看，晓得他会跟来的。

走到山上，秋天桂花开，花香馥郁，如酒醉人，师父就回头问黄山谷：“你闻到桂花香了吗？”

黄山谷先被师父一棍子打蒙了，师父在前面大模大样地走，不理他，他跟在后面，就像小学生挨了老师处罚一样，心里又发闷。这一下，老师又问他闻没闻到桂花香味，他把鼻子翘起，闻啊闻啊！然后说：“我闻到了。”

他师父接着讲：“二三子，我无隐乎尔！”

师父的意思是说：“你看！就像你能够闻到月桂树的味道，你也能够在当下这个片刻就闻到佛性，就在月桂树里面，就在这个山中的小径上，就在小鸟里面，就在太阳里面；它就在我里面，就在你里面。你是在说什么钥匙线索？你是在说什么秘密？我并没有保留任何东西不让你知道啊。”

经师父这一点破，黄山谷即刻悟道了。

【悟在当下】

黄山谷是幸运的，因为他有一颗诗心和一双慧眼。真理往往为开放的心灵打开。

大千世界，佛法充盈其中，禅意无处不在。青青翠竹，尽是法身；郁郁黄花，无非般若。一个人只有用自己的心去感悟，用自己的眼睛细致地观察，才能真正体悟到佛禅的境界。

翠竹黄花皆藏般若，世间一切法皆有禅意。一个无心的人视而不见，只能看到平淡无奇的一切，而一个有心人却能够空出心来，在平淡中窥见奇趣，从中汲取深刻的智慧。

天大地大，气象万千，多观察世间万物，多留意身边的翠竹黄花，多体悟风云变幻，只要你有心，你就有可能从中体悟到妙不可言的佛法禅机。

修行不是懒惰的借口

唐朝百丈怀海禅师，承继开创丛林的马祖道一禅师以后，立下一套极有系统的丛林规矩——百丈清规。所谓“马祖创丛林，百丈立清规”，即是此意。

百丈禅师倡导一日不作一日不食的农禅生活，曾经也遇到许多困难。因为佛教一向以戒为规范生活，而百丈禅师改进制度，以农禅为生活了，甚至有人批评他为外道。百丈禅师每日除了领众修行外，必亲执劳役，勤苦工作，对生活中的自食其力，极其认真，对于平常的琐碎事务，尤不肯假手他人。

渐渐的，百丈禅师年纪老了，但他每日仍随众上山担柴、下田种地。因为农禅生活，就是自耕自食的生活。弟子们毕竟不忍心让年迈的师父做这种粗重的工作，因此，大家恳请他不要随众劳动，但百丈禅师仍以坚决的口吻说道：“我无德劳人，人生在世，若不亲自劳动，岂不成废人？”

弟子们阻止不了禅师工作的决心，只好将禅师所用的扁担、锄头等工具藏起来，不让他做工。

百丈禅师无奈，只好用不吃饭的绝食行为抗议，弟子们焦急地问他为何不饮不食。

百丈禅师道：“既然没有工作，哪能吃饭？”

弟子们没办法，只好将工具又还给他，让他随众生活。百丈禅师这种“一日不作，一日不食”的精神，也就成为丛林的楷模！

【悟在当下】

有人以为参禅不但要摒绝尘缘，甚至工作也不必去做，认为只要打坐就可以了。其实不做工作，离开生活，哪里还有禅呢？百丈禅师为了拯救禅者的时病，不但坚持“一日不作，一日不食”的生活，甚至还喊出“搬柴运水无非是禅”的口号。

如此看来，不管念佛也好，参禅也好，修行不是懒惰的借口，希望现代人听一听百丈禅师的声音！

在现代社会，愈来愈快的工作节奏的确正在渐渐剥夺生活本来应有的闲适，但借助禅的智慧，我们会在工作与生活之间找到一个绝妙的平衡点。

接纳自己，才可提升自己

在永平寺里，有一位八十多岁驼着背的老禅师，在大太阳下晒香菇。住持和尚道元禅师看到以后，忍不住说：“长老！您年纪这么大了，为什么还要吃力劳苦做这种事呢？请老人家不必这么辛苦！我可以找个人为您老人家代劳呀！”

老禅师毫不犹豫地说：“别人并不是我啊！”

道元禅师说：“这话是不错！可是要工作也不必挑这种大太阳的时候呀！”

老禅师说："大太阳不晒香菇，难道要等阴天或雨天再来晒吗？"

道元禅师是一寺之主，指导万方，可是遇到这位老禅师，终于认了输。

禅者的生活，无论什么，都不假手他人，也不等到明天。

道谦禅师与好友宗圆结伴参访行脚禅师。

路上，宗圆因为不能忍受跋山涉水的疲劳困顿，所以几次三番地闹着要回去。

道谦禅师于是安慰他说："我们已经决心出来参学，而且也已经走出了这么远的路，现在半途放弃回去，实在是可惜啊。这样吧，从现在起，路上如果有我可以替你做的事，我一定为你代劳，但只有五件事我帮不上你的忙。"

宗圆问："哪五件事呢？"

道谦禅师泰然自若地说："穿衣、吃饭、屙屎、撒尿、走路。"

道谦禅师的话起到了很大的作用，宗圆终于有所领悟，从此再也不提行路辛苦之事了。

世界上没有不劳而获的成就，即使天上掉馅饼，也要张开嘴巴去接啊。

佛印禅师与苏轼一起在郊外散步。正走着，看到一座观音石像，佛印立即合掌礼拜观音。

苏轼突然不解地问佛印禅师："观音本来是我们要礼拜、要祈求的对象，为何他的手上与我们同样挂着念珠而合掌念佛，观音到底是在祈求谁呢？"

佛印禅师意味深长地说道："这要问你自己。"

苏轼说："我怎么能知道观音手持念珠祈求谁？"

佛印开示道："求人不如求己。"

【悟在当下】

我们总会遭遇各种各样的困难，而在很多时候，我们总是习惯于求助他人，却忘却了自己——其实我们每个人身上都有很多尚未开发的潜力，并拥有把难题变成机会的能力，为什么我们不去主动地主宰自己的命运，却要祈求他人的怜悯和帮助呢？

如果我们不能回到自身中来，反求诸己，认识、接纳自己，转而肯定、提升自己，找到安身立命之道及安心的法则，哪里又有真正的皈依处呢？

嘴上说说不如实际做做

临济在黄檗禅师门下，行为精纯专一。睦州首座问他：“你到这里多长时间了？”临济回答：“三年了。”睦州又问：“你参问过老师吗？”

临济回答：“没有。”睦州告诉他：“你去问问住持和尚，什么是佛法的大义？”

临济就去问了，话音未落，黄檗就打他。临济回来后，睦州问他：“你问得怎样？”临济答道：“我话还没有说完，和尚就打我，我也不知道为什么。”

睦州说：“你还没弄清楚，再去问问吧。”临济又去，黄檗又打。就这样，三度发问，三度遭打。临济心灰意冷，对首座说：

“承蒙您慈悲为怀，鼓励我去问佛法。也感谢住持和尚不吝赐教，只恨我太愚钝，不能领会深义。我只好离开这里了。”

首座说：“你就是要走，也应该去向和尚告辞。”于是，睦州首座先到黄檗那里为临济说好话：

“三次向你问法的那个和尚，非同常人，如果他来告辞，你要指引他一条路。往后雕琢成一棵大树，天下人都可以享受到阴凉。”

临济去向黄檗告辞时，黄檗告诉他：“你今后别的什么地方也别去，只要去大愚和尚那里就行了，他一定会指点你。”于是，临济直接去找大愚。

大愚问：“你从哪里来？”临济答：“从黄檗那里来。”大愚问：“黄檗有什么话语？”

临济答：“我三次去问佛法大意，三次都被师父打了。不知道我有没有过错？”大愚说：“黄檗这么婆婆妈妈的，为了帮助你悟法，弄得自己都累死了。可是你还到我这里来问错没有错。”临济一听，恍然大悟道：“原来黄檗的佛法也不多啊！”

大愚一听，一把揪住临济道：“你这尿床鬼，刚才你问有错没错，现在又说黄檗佛法没多少，你明白了个什么道理？快说！快说！”

临济却不答话，直朝大愚的肋部打了三拳头。大愚推开他说：“你的老师是黄檗，悟不悟不关我的事。”

临济回来，把事情的始末原原本本地告诉了黄檗，黄檗听完便说：“大愚这老鬼真饶舌，等将来我一定要痛打他一顿。”临济便说：“等什么，要打现在就打。”说完，便挥拳朝黄檗打去。黄檗大喝道：“你这个癫和尚，竟敢在虎口拔牙！”临济便大喝一声。

临济禅师开辟临济一宗，在此过程中经历了常人难以忍受的苦难，哪是嘴上说一些公案，背几首禅诗那么容易？

【悟在当下】

学禅只有实证，你证到了以后才知道，是法不可说，凡是可说的都不对。因此，我们可以这么说，禅不是虚玄的，而是一个修正的事实。每个想要有所成就的人，都必须付诸实践才能获得真正的解脱。

纸上得来终觉浅，绝知此事要躬行。

身体力行普度众生

暴雨刚过，道路上一片泥泞。一个老太婆到寺庙进香，一不小心跌进了泥坑，浑身沾满了黄泥，香火钱也掉进了泥里。她不起身，只是在泥里捞个不停。一向慈悲的富人刚好坐轿从此经过，看见了这个情景，想去扶她，又怕弄脏了自己身上的衣服，于是便让下人去把老太太从泥潭里扶出来，还送了一些香火钱给她。老太太十分感激，连忙道谢。

一个僧人看到老太太满身污泥，连忙避开，说道：“佛门圣地，岂能玷污？还是把这一身污泥弄干净了再来吧！”

瑞新禅师看到了这一幕，径直走到老太太身边，扶她走进大殿，笑着对那个僧人说：“旷大劫来无处所，若论生灭尽成非。肉身本是无常的飞灰，从无始来，向无始去，生灭都是空幻一场。”

僧人听他这样说便问道：“周遍十方心，不在一切处。难道连成佛的心都不存在吗？”

瑞新禅师指指远处的富人，嘴角浮起一抹苦笑：“不能舍、不能破，还在泥里转！”

那个僧人听了禅师的话，顿时感到无比惭愧，垂下了目光。

瑞新禅师回去便训示弟子们："金钱珠宝是驴屎马粪，亲身躬行才是真佛法。身躯都不能舍弃，还谈什么出家？"

【悟在当下】

僧人过于重视形式，心中装满了色相，就好像深陷污泥，团团转不能得禅法。而瑞新禅师却是身体力行实践了真正的慈悲，这才是得禅道的大境界。

禅宗认为，佛法是需要验证的，一个人去验证、实践佛法不一定能成佛，但一个不去验证、实践的学佛者则绝不可能获得解脱。实证佛法是一个身体力行、实现慈悲、普度众生的艰苦过程。如果只是每天坐在寺庙里想着如何拜佛敬佛，想着不能玷污了佛的神圣，安能求得真佛法呢？

在勤奋中打发时间，必将得到生活的奖赏

闽南佛学院的智藏法师在成为《海潮音》主编前连字也不识，但他只用了六年便成功了，原因便在于他像一棵耐得起严寒的松柏一样耐得起苦行。他打扫厕所用手抠，他疏通没有人通的阴沟，所有没有人做的苦事他都一力承担。刻苦勤劳是他的本性。用这种吃苦的习性去读书，他自然能够比别人更早地收获成果。

【悟在当下】

成功的得来不像老鹰抓小鸡那样容易，而是勤奋工作得来的。只有辛勤劳动，才会有丰厚的人生回报。即使给你一座金山，你无所事事，也会有坐吃山空的一天。传说中的点石成金之术并不存在，在劳动中获得财富才是最正确的途径。

想获得成功，唯一的方法就是辛勤耕耘。在勤奋中打发时间，必将得到生活的奖赏。

不被六尘所诱惑

仰山禅师有一次请示洪恩禅师道：

“为什么吾人不能很快地认识自己？”

洪恩禅师回答道：“我给你说个譬喻，如一室有六窗，室内有一猕猴，蹦跳不停，另有五只猕猴从东西南北窗边追逐猩猩。猩猩回应，如是六窗，俱唤俱应。六只猕猴，六只猩猩，实在不容易很快认出哪一个是自己。”

仰山禅师听后，知道洪恩禅师是说吾人内在的六识（眼、耳、鼻、舌、身、意）和追逐外境的六尘（色、声、香、味、触、法），鼓噪繁动，彼此纠缠不息，如空中金星蜉蝣不停，如此怎能很快认识哪一个是真的自己？因此便起而礼谢道：

“适蒙和尚以譬喻开示，无不了知，但如果内在的猕猴睡觉，外境的猩猩欲与它相见，且又如何？”

洪恩禅师便下绳床，拉着仰山禅师，手舞足蹈似的说道：

“好比在田地里，防止鸟雀偷吃禾苗的果实，竖一个稻草假人，所谓‘犹如木人看花鸟，何妨万物假围绕’？”

仰山禅师终于言下切入。

【悟在当下】

生活中，有很多人的心情都容易受到外界的影响，更有甚者，将对自己的认识和评价建立在他人的态度之上，更是本末倒置。真正的佛法就是要求人能把握自己的心，别让自己的心那么散乱，人心一旦散乱了，活着就会觉得辛苦。

心不动才能真正认清自己，遇到顺境不动，遇到逆境也不动，不受任何外在的影响。就不会被六尘所诱惑，亦不会被六识所蒙蔽。就能走出自己的人生，过好自己的生活。

执着坐禅，不如自然修行

一天，南岳和尚来拜访马祖和尚说：“马祖，你最近在做什么？”

“我每天都在坐禅。”

“哦，原来如此，你坐禅的目的是什么？”

“当然为了成佛呀！”

坐禅是为了观照真正的自我，而悟道成佛，这是一般人对坐禅的认识，马祖也这么认为。

南岳和尚听到马祖的话，竟然拿来一片瓦片，默默地磨了起来，觉得不可思议的马祖便开口问：“你究竟想干什么啊？”

南岳平静地回答：“你没有看到我在磨瓦吗？”

“你磨瓦做什么？”

“做镜子。”

“大师，瓦片是没法磨成镜子的。”

“马祖啊，坐禅也是不能成佛的。”

【悟在当下】

南岳和尚用瓦片不能磨成镜子的道理，来告诉马祖坐禅也不能成佛的原因，这个对话的内容看似骗小孩子，有点滑稽，实际上意义非常深远。

如前所述，一般人都认为坐禅是悟道成佛的唯一方法，因此在修行时，非常重视坐禅，主张彻底地去做。不过，南岳看到马祖天天坐禅的生活，却予以否定的评价。

为什么呢？南岳言外之意是想告诉马祖，他过分执着于坐禅的形式和手段。虽然坐禅很有意义，可是如果被坐禅束缚，心的自由就会受到制约、控制，也就无法悟道成佛了。

“敢”很重要

20世纪50年代，一位大德禅师听说有一处偏远之地无人愿意去弘法，于是便自愿独往那偏远处弘法。他在那里遇到了许多困难。他不再是一位受大家景仰的得道禅师，而只是一个无名苦役，每天搬桌椅，搬蒲团。但是他坚持每次下到乡间弘法教导人们识字写作，阅读佛经，渐渐有了成果，建起了一座富丽庄严的寺院。

【悟在当下】

“敢”很重要。这位禅师不会外语，却也到世界各地弘法，建设了一百多座道场；他身躯弱小，但也敢到环境恶劣的印度留学，到非洲感化民众。正是本着“敢于游走于悬崖边”的精神，他组织了教会，办起了佛学院，用开阔的胸襟成就了“但愿众生离得苦”的事业。

第 26 章　放宽心，凡事顺其自然

每个人的心原本也与佛陀一般能够包容一切。这心好像太阳、月亮，可以照破黑暗；这心好像羽地，可以滋长善根，种植功德；这心好像明镜，可以洞察万象；这心又如大海一般，蕴藏着无限宝藏。放宽了我们的心，就能凡事顺遂，活得自然，活得坦荡。

不算计，不争执

苏轼和秦少游都是才高八斗的大文人，因而常常为了谈学论道，争论不休，互不退让。

有一天，两个人在吃饭的时候，刚好看到一个人走过，由于那人许多天没有洗澡，身上长满了虱子，苏轼就说："那个人真脏啊，身上的污垢都生出虱子来了！"

秦少游却表示反对，说道："我看才不是呢！虱子是从棉絮中长出来的。"

这样一来，两个人各持己见，争执不下，便决定去请佛印禅师主持公道，评论虱子是怎么生成的，并且决定输的人要为一桌酒席付账。

苏轼求胜心切，私下跑到佛印禅师那里，请他务必要帮自己的忙。可是过后不久，秦少游也去请禅师帮忙，佛印禅师都答应了他们。

两人都以为胜券在握，放心地等待评判的结果，禅师评断说："虱子的头部是从污垢中生出来的，而虱子的脚部却是从棉絮中长出来的。"

【悟在当下】

禅师做了一次高明的和事佬，苏轼与秦少游两人的观点也得以和谐共存。

人生一世需要处理的各种事情太多了。在人际关系方面，要处理好与师长、亲人、朋友的关系；在经济方面，要量入为出，精打细算；在家庭方面，要培养夫妻感情、照顾子女生活；在精神方面，要提高自己的修养，树立起远大的理想。如此，才不会虚度人生。如果过于计较一些小事，那么又怎能拥有美好的心境呢，又怎么与他人友好相处呢？

得失都是常态

佛印正坐在船上与东坡把酒话禅，突然听到："有人落水了！"

佛印马上跳入水中，把人救上岸来，被救的原来是一位少妇。

佛印问："你年纪轻轻，为什么寻短见呢？"

"我刚结婚三年，丈夫就抛弃了我，孩子也死了，你说我活着还有什么意思？"

佛印又问："三年前你是怎么过的？"

少妇的眼睛一亮：

"那时我无忧无虑、自由自在。"

"那时你有丈夫和孩子吗？"

"当然没有。"

"那你不过是被命运送回到了三年前。现在你又可以无忧无虑、自由自在了。"

少妇揉揉眼睛，恍如一梦。她想了想，向佛印道过谢便走了。以后，这位少妇再也没有寻过短见。

【悟在当下】

缘起缘灭，得到失去，好或不好，都是生命的常态，然而这一切都将过去。所以，在顺境中，不可得意忘形；在逆境中，不要自暴自弃，以心灵的常态对待生命就可以了。

命运总是喜欢和人开玩笑，你又何必太认真呢？反正我们是赤条条地来，赤条条地去，把一切不幸都看成一种难得的体验好了。即使明天就是世界末日，也要为你能在有生之年体验末日而感到幸运。

不如意是因为拥有太多

有一位贫穷的人向禅师哭诉：“禅师，我生活得并不如意，房子太小、孩子太多、太太性格暴躁。您说我应该怎么办？”

禅师想了想，问他：“你们家有牛吗？”

“有。”穷人点了点头。

“那你就把牛赶进屋子里来饲养吧。”

一个星期后，穷人又来找禅师诉说自己的不幸。

禅师问他：“你们家有羊吗？”

穷人说：“有。”

“那你就把它放到屋子里饲养吧。”

过了几天，穷人又来诉苦。禅师问他：“你们家有鸡吗？”

“有啊，并且有很多只呢。”穷人骄傲地说。

“那你就把它们都带进屋子里吧。”

从此以后，穷人的屋子里便有了七八个孩子的哭声、太太的呵斥声、一头牛、两只羊、十多只鸡。三天后，穷人就受不了了。他再度来找禅师，请他帮忙。

“把牛、羊、鸡全都赶到外面去吧！”禅师说。

第二天，穷人来看禅师，兴奋地说：“太好了，我家变得又宽又大，还很安静呢！”

【悟在当下】

穷人的烦恼，不是源自房子太小，也不是因为孩子太多，更不是因为太太的性格暴躁，而是因为他拥有太多，且又不舍得放手。

有时候压力是自己施加给自己的，就像这个穷人，要的太多，想掌控的太多，而又无力承担，拥有就会成为负担。当他看开了一切，将心放宽，将压力释放出去，撒手一切，心内外就自然宽敞了。

沏开自己心茶

一个屡屡失意的年轻人千里迢迢来到普济寺，慕名寻到老僧释圆，沮丧地对老僧释圆说：“像我这样屡屡失意的人，活着也是苟且，有什么用呢？”

老僧释圆静静地听这位年轻人叹息和絮叨，什么也不说，只是吩咐小和尚：“施主远道而来，烧一壶温水送过来。”

少顷，小和尚送来一壶温水，释圆老僧抓了一把茶叶放进杯子里，然后用温水沏了，放在年轻人面前的茶几上，微微一笑说：“施主，请用茶！”年轻人俯身看看杯子，只见杯子里微微地袅出几缕水汽，那些茶叶静静地浮着。年轻人不解地询问释圆：“贵寺怎么用温水冲茶？”释圆微笑不语，只是示意年轻人说：“施主，请用茶吧。”年轻人只好端着杯子，轻轻呷了两口。释圆说：“请问施主，这茶可香？”年轻人摇摇头说：“这是什么茶？一点茶香也没有呀。”释圆笑笑说：“这是福建的名茶铁观音啊，怎么会没有茶香？”年轻人听说是上乘的铁观音，又忙端起杯子喝两口，再细细品味，还是放下杯子说：“真的没有一丝茶香。”老僧释圆微微一笑，吩咐门外的小和尚：“再烧一壶沸水送过来。”

少顷，小和尚便提来一壶吱吱吐着浓浓白汽的沸水，释圆起身，又沏了一杯茶，年轻人俯身去看杯子里的茶，只见那些茶叶在杯子里上上下下地沉浮，随着茶叶的沉浮，一丝清香便从杯里袅袅地逸出来。嗅着那清清的茶香，年轻人禁不住去端那杯子，释圆忙微微一笑说：“施主稍候。”说着便提起水壶朝杯子里又注了一缕沸水。年轻人见那些茶叶上上下下，沉沉浮浮得更厉害了，同时，一缕更醇更醉人的茶香袅袅地升腾出杯子，在禅房里弥漫。释圆如是注了五次水，杯子终于满了，那绿绿的一杯茶水，沁得满屋津津生香。释圆笑着问道：“施主可知道同是铁观音，为什么茶味迥异吗？”年轻人思忖说：“一杯用温水冲沏，一杯用沸水冲沏，用水不同吧。”

释圆笑笑说：“用水不同，则茶叶的沉浮就不同。用温水沏的茶，茶叶就轻轻地浮在水之上，没有沉浮，茶叶怎么会散逸它的清香呢？而用沸水冲沏的茶，冲沏了一次又一次，浮了又沉，沉了又浮，沉沉浮浮，茶叶就释出了它春雨般的清幽，夏阳似的炽烈，秋风似的醇厚，冬霜似的清冽。世间芸芸众生，又何尝不是茶呢？那些不经风雨的人，平平静静地生活，就像温水沏的淡茶平静地悬浮着，弥漫不出他们生命和智慧的清香。而那些栉风沐雨、饱经沧桑的人，坎坷和不幸一次又一次袭击他们，他们就像被沸水沏了一次又一次的茶，在风风雨雨的岁月中沉沉浮浮，溢出了他们生命的一脉脉清香。”

【悟在当下】

作为一个现代人，应该具有迎接挫折的心理准备。世界充满了成功的机遇，也充满了失败的可能。所以要不断提高自我应付挫折与干扰的能力，调整自己，增强社会适应力，坚信失败乃成功之母。若每次失败之后都能有所“领悟”，把每一次失败当作成功的前奏，那么就能变消极为积极。

人生必须背负重担一步一步慢慢地走，稳稳地走，总有一天，你会发现自己是那个走得最远的人。

不辩毁谤，沉默是金

在白隐禅师所住的寺庙旁，有一对夫妇开了一家食品店，家里有一个漂亮的女儿。夫妇俩发现尚未出嫁的女儿竟然怀孕了。这种见不得人的事，使得她的父母震怒异常！在父母的一再逼问下，她终于吞吞吐吐地说出“白隐”两字。

她的父母怒不可遏地去找白隐理论，但这位大师不置可否，只若无其事地答道：“就是这样吗？”孩子生下来后，就被送给白隐，此时，他的名誉虽已扫地，但他并不在意，而是非常细心地照顾孩子——他向邻居乞求婴儿所需的奶水和其他用品，虽不免横遭白眼，或是冷嘲热讽，他总是处之泰然，仿佛他是受托抚养别人的孩子一样。

事隔一年后，这位没有结婚的妈妈，终于不忍心再欺瞒下去了，她老老实实地向父母吐露真情：孩子的生父是住在附近的一位青年。

她的父母立即将她带到白隐那里，向他道歉，请他原谅，并将孩子带回。

白隐仍然是淡然如水，他只是在交回孩子的时候，轻声说道：“就是这样吗？”仿佛不曾发生过什么事；即使有，也只像微风吹过耳畔，霎时即逝！

白隐为给邻居女儿以生存的机会和空间，代人受过，牺牲了为自己洗刷清白的机会，受到人们的冷嘲热讽，但是他始终处之泰然，只有平平淡淡的一句话——“就是这样吗？”雍容大度的白隐禅师实在令人赞赏景仰。

【悟在当下】

环视芸芸众生，能做到遭误解、毁谤，不仅不辩解、报复，反而默默承受，还甘心为此奉献付出、受苦受难者有几？这样的忍耐是黑暗中的光芒。这与弘一法师对待诽谤的态度——遇谤不辩，是如出一辙。

当诽谤已经发生，一味地争辩往往会适得其反，不是越辩越黑便是欲盖弥彰。还是鲁迅先生说得好：沉默是金。的确，对付诽谤最好的方法便是保持沉默，让清者自清而浊者自浊，这才是明智的选择。

怡然自得，泰然自乐

赵州从谂禅师悟道以后，就在众僧人的请求下做了观音院的住持。除禅的一贯主张，他更加主张人要抛却妄念，心中明净澄澈，以使自己生活在一个没有烦恼的世界里。这一天，在观音院的佛堂上，赵州禅师就是这样说的：“人生就好比明珠握在手里，黑的就显示成黑的，白的就显示成白的。一切心无所碍。我老僧把一根草当作佛祖的丈六金身来使，把佛的丈六金身当作一根草来用，也是心有佛性。不要执着于求找菩提，菩提就是烦恼，烦恼就是菩提。”

在佛堂里，赵州禅师的声音在响着，还有一丝余音从天际袅袅传来，似乎一切在这样的声音中都空明了起来。这时，一个僧人问道：“师父说菩提就是烦恼，不知这菩提是哪一家的烦恼？”

“菩提和一切人的烦恼分不开，求了就是烦恼。”

这僧人不解，就又问道：“怎样才能避免呢？”

赵州禅师知道这弟子的心中已经有了执着和妄念，迷误在语言的障碍中，就大声问道：“为什么要避免？”是啊，没有烦恼就无须避免了。

没过多久，这个弟子又来到赵州禅师的面前。这次他想求证自己的修行如何，就问赵州禅师：“如果能做到心中一丝都不挂，是否我就契悟了禅理呢？”

赵州禅师就问他："不挂什么？"

"不挂一丝。"这弟子觉得，心中一丝不挂是一个很高的境界了，说时脸上还露出了笑意。

这时只听赵州禅师大笑着说道："这不，又挂上了吗？"在你想着"一丝不挂"的时候，烦恼丝已经悄悄地爬上了你的心头。

【悟在当下】

人存活于世间，去掉心灵的遮蔽，以本色天性面世，不费尽心机，不被那些无谓的人情、规矩所约束，能哭能笑，能苦能乐，泰然自在，怡然自得，真实自然，保持自己的个性特点，岂不是乐事？

不过一副皮囊

一休禅师以机智聪慧而著称。他对待别人的过失从不直言相劝，而是顺其自然发展，并趁机用机智幽默的方式将别人的过失巧妙地表达出来，让人在轻松愉快中深刻反省接受教育。

他门下有一位将军弟子，这天将军请一休禅师吃斋饭，一休非常高兴。他给弟子们讲完经法，就如约来到了将军府。因为来时匆匆，他也没来得及换衣服，守门的警卫看他衣服破破烂烂，以为是哪里来的臭和尚，无论如何也不准他进去。无奈，一休禅师只好回去换了一件崭新的袈裟，门卫才让他进去。

将军左等右等不见一休禅师来赴宴，不禁有些着急。他刚想出门去看一看，这时只见一休禅师穿了一件崭新的袈裟急急忙忙从门外走了进来。将军有些诧异，但并没有多问，二人一起来到客厅。

等到用餐的时候，一休禅师自己并不吃，只是一味地把饭菜往衣袖里装。将军看见了有些纳闷，不禁问道："师父，是不是想为家中老母或寺里僧众带些饭菜？如果是这样那就请您先用吧！过一会儿我叫人再给他们送去就是了。"

一休禅师道："你今天是请我的袈裟吃饭，并不是请我吃饭，所以我就给袈裟吃！"将军一脸迷惑。

一休禅师解释说："我第一次来时穿了一件旧衣服，你的门卫就把我挡在外面。我只好回去换了这身新袈裟，他才肯放我进来。既然以衣服的新旧作为邀请宾客的标准，所以我就认为你是在请衣服吃饭，我只好把饭菜让给新衣服吃啦！"

将军听完，一脸愕然。

【悟在当下】

对待别人的过失从不直言相劝，而是顺其自然发展，并趁机用机智幽默的方式将别人的过失巧妙地表达出来，让人在轻松愉快中深刻反省接受教育。一休禅师的育人之术果然非同凡响。从故事当中，我们也能得出如此结论：把人分成三六九等的，就是人本身而已。将军的门卫因为眼中有着色相之分，所以凭借衣着来区分对待一休禅师，足见其心中等级之心的严重。其实，这些门卫不但将一休禅师分了等级，也把自己分了等级，从内心深处已经把自己当作了奴仆。

佛门中有语：佛即众生，众生即佛。禅宗六祖慧能就认为人人皆有佛性，这说明人人都可成佛，不分贵贱好坏，也即是众生平等之意。众生既然平等，一件衣服、一身外物又怎么能将人区分开？以貌取人，常常会把自己置于难堪的境地，穿衣戴帽仅仅是一种装饰，并不代表什么，为何要用世俗的眼光去看别人？

佛教在中国的门派众多，至今为止，一些宗派经久不衰的原因就在于，其将佛与众生之间画了等号，其中以禅宗最为成功。禅宗让看似高高在上的佛与人并肩同行，陪伴人的左右，同吃同住，导人向善。佛都如此平凡，人为何要自命不凡呢！

最糟糕不过是从头再来

有一次，石屋禅师和一个偶遇的青年男子结伴同行，天黑了，那个男子邀请禅师去他们家过夜，对他说道："天色已晚，不如在我家过夜，明日一早再赶路？"

禅师向他道谢，与他一同来到了他家。半夜的时候，禅师听见有人蹑手蹑脚地来到了他的屋子里，禅师大喝一声："谁！"

那人被吓得跪在地上，禅师揭去他脸上蒙着的黑布一看，原来是白天和他同行的青年男子。

“怎么是你？哦，我知道了，原来你留我过夜是为了这个！我一个和尚能有多少钱！你要干就干大买卖！”

那男子说道：“原来是同道中人！你能教我怎么干大买卖吗？”他的态度是那么恳切，那么虔诚。

禅师看他这样，对他说道：“可惜呀！你放着终生享用不尽的东西不去学，却来做这样的小买卖。这种终生享用不尽的东西，你想要吗？”“这种终生享用不尽的东西在哪里？”

禅师突然紧紧抓住男子的衣襟，厉声喝道：“它就在你的怀里，你却不知道，身怀宝藏却自甘堕落，枉费了父母给你的身子！”

一语惊醒梦中人！这个人从此改邪归正，拜石屋和尚为师，后来居然成为著名的禅僧。

【悟在当下】

在失败或者不如意的时候，人们往往怨天尤人，觉得世道不公。真实的情况并非如此，人们之所以有此种烦恼，是因为他们忽略了自身力量的缘故。

其实，正像故事中所表达的，当你认为自己一无所有的时候，你还有一个高贵的灵魂，这个灵魂是你最忠实的朋友，只要你需要它、相信它，它就不会离你而去。失败算得了什么，大不了从头再来。天堂与地狱存在于一念之间，无论如何，人都不要走上堕落之道。

第27章　不计较，包容可得一切

包容是种大无畏的胸怀。不偏执，一切看开，心胸放宽，包容万物，人自然能够融入世间游刃有余。须知有“容”才有“融”。人间真正的快乐，不是自己能够创建的，宽容了别人，如同度化了别人一般，别人会有所成长，你也因此而变得成熟，人与人之间相处才能更愉悦自然。

以彼之道，还施彼身

一位禅师在旅途中，碰到一个不喜欢他的人。连续好几天，那人用尽各种言语污蔑他。最后，禅师转身问那人：“若有人送你一份礼物，但你拒绝接受，那么这份礼物属于谁呢？”

那人回答：“属于原本送礼的那个人。”

禅师笑着说：“没错。若我不接受你的谩骂，那你就是在骂自己。”

【悟在当下】

在面对羞辱、误解的时候，沉默本身就是一种宽容。只是对于一个世俗人来说，这种宽容会让自己很不好受，是一种疼痛的过程。但对于悟道的人来说，这种宽容是一种快乐，因为它能够感化犯错的人，让他们从内心里反省自己的错误，是一种无声之教。

宽容也是一种无声的教育

一天晚上，一位老禅师在禅院里散步，忽然发现墙角边有一张椅子，他一看就知道有位出家人违反寺规越墙出去溜达了。这位老禅师也不声张，他走到墙边，移开椅子，就地蹲着。一会儿，果然有一位小和尚翻墙，黑暗中踩着老禅师的背脊跳进了院子。

当他双脚落地的时候，才发觉自己刚才踏的不是椅子，而是自己的师父。小和尚顿时惊慌失措，呆若木鸡般地僵立在那里，不知道说什么才好。出乎小和尚意料的是，师父并没有厉声责备他，只是以平静的语调说："夜深天凉，快去多穿一件衣服。"

老禅师宽容了他的弟子。他知道，小和尚一定会知错明过，没有必要再饶舌训斥了。以后，老禅师也没有再提起这件事情，可是禅院里所有的弟子都知道了这件事，从此以后，再也没有夜里越墙出去闲逛的了。

【悟在当下】

这就是老禅师的度量，他给犯过错的弟子提供了反省的空间，从而使其自戒自律。从这个意义上来说，宽容也是一种无声的教育。

对于常人来说，宽容是种大无畏的胸怀。不偏执，一切看开，心胸放宽，包容万物，人自然能够融入世间游刃有余。须知有"容"才有"融"。人间真正的快乐，不是自己能够创建的，宽容了别人，如同度化了别人一般，别人会有所成长，你也因此而变得成熟，人与人之间相处才能更愉悦自然。

不如不辩不言，公道自在人心

现在世人非常景仰的金山活佛——妙善禅师，是1933年才在缅甸圆寂的，其行迹神异，又慈悲喜舍，所以，直至现在，社会上还到处都流传着他难行能行、难忍能忍的奇事。

在妙善禅师的金山寺旁有一条小街，街上住着一个贫穷的老婆婆，与独生子相依为命。偏偏这儿子忤逆凶横，经常呵骂母亲。妙善禅师知道这件事后，便常去安慰这老婆婆，和她说些因果轮回的道理，逆子非常讨厌禅师常来家里，有一天起了恶念，悄悄拿着粪桶躲在门外，等妙善禅师走出来，便将粪桶向禅师兜头一盖，刹那间腥臭污秽的粪尿淋满禅师全身，引来了一大群人看热闹。

妙善禅师却不气不怒，一直顶着粪桶跑到金山寺前的河边，才缓缓地把粪桶取下来，旁观的人一看到他的狼狈相，更加哄然大笑，妙善禅师毫不在意地说道："这有什么好笑的？人身本来就是众秽所集的大粪桶，大粪桶上面加个小粪桶，有什么值得大惊小怪的呢？"

有人问他："禅师！你不觉得难过吗？"

妙善禅师道："我一点也不会难过，老婆婆的儿子以慈悲待我，给我醍醐灌顶，我正觉得自在哩！"

后来，老婆婆的儿子为禅师的宽容所感动，改过自新，就向禅师忏悔谢罪，禅师欢欢喜喜地开示他。逆子受到了禅师的感化，从此痛改前非，以孝声闻名乡里。

【悟在当下】

妙善禅师将身体看成大的粪桶，加个小的粪桶，也不稀奇。这种认识正是他高尚的忍辱人格和道德慈悲的表现。

生活中我们常常会莫名其妙地被人冤枉，面对误会，很少有人能做到忍耐再忍耐，而是拼命地为自己辩解。这样做不仅难以消除误会，反而会"愈描愈黑"，加深他人对自己的误会。不如不辩不言，公道自在人心。

宽容别人，就是善待自己

天刚破晓，朱友峰居士兴冲冲地抱着一束鲜花及供果，赶到大佛寺想参加寺院的早课。谁知才一踏进大殿，左侧突然跑出一个人，正好与朱友峰撞个满怀，将捧着的水果撞翻在地。朱友峰看到满地的水果忍不住叫道："你看！你这么粗莽，把我供佛的水果全部撞翻了，你怎么给我一个交代？"

这个叫李南山的人，非常不满地说道："撞翻已经撞翻，我说一声对不起就够了，你干吗那么凶？"

朱友峰非常生气道："你这是什么态度？自己错了还要怪人！"接着，彼此咒骂，互相指责的声音此起彼落。

广圄禅师正好从此经过，就将两人带到一旁，问明原委，开示道："莽撞的行走是不应该的，但是不肯接受别人的道歉也是不对的，这都是愚蠢不堪的行为。能坦诚地承认自己的过失及接受别人的道歉，才是智者的举止。"

广圄禅师接着又说道："我们生活在这个世界上，必须协调的生活层面太多了，例如：在社会上如何与亲族、朋友取得协调；在教养上，如何与师长们取得沟通；在经济上，如何量入为出；在家庭上，如何培养夫妻、亲子的感情；在健康上，如何使身体健全；在精神上，如何选择自己的生活方式，能够如此才不会辜负我们可贵的生命。想想看，为了一点小事，一大早就破坏了一片虔诚的心境，值得吗？"

李南山先说道："禅师！我错了，实在太冒失了！"说着便转身向朱友峰道："请接受我至诚的道歉！我实在太愚痴了！"朱友峰也由衷地说道："我也有不对的地方，不该为一点小事就发脾气，实在太幼稚了！"

广圄禅师的一番话，感动了这两位争强好斗之人。

【悟在当下】

"宽容"两字包含着人生的大道至理。一个人的心中如果装不下"宽容"，你的生活就如同在刀锋上行走。

宽容，是一种博大的胸怀，一种不拘小节的潇洒，一种伟大的仁慈。宽容也是一种幸福，饶恕别人，不但给了别人机会，也取得了别人的信任和尊敬，自己也能够与他人和睦相处。

我们每天穿梭于茫茫人海中，面对一个小小的过失，一个淡淡的微笑，一句轻轻的歉意，带来的是包涵和谅解。宽容了别人，等于善待了自己。学会宽容，这样才能使自己的生活变得轻松、快乐。拥有宽容心才能收获生命的幸福。

把侮辱当饭吃

月船禅师不仅是一位有名的禅师，而且是一位绘画高手。他的画气势磅礴，但却贵得出奇，并且他还有一个习惯，就是要先收钱再作画。

有一天，一位女子请月船禅师作画，月船禅师问：“你能付多少酬劳？”女子回答：“你要多少就付多少，但要在我家当众作画。”

月船禅师答应跟着前去，原来那女子家中正在宴请宾客。月船禅师当众作画之后，拿了酬劳正想离开。那女子却对客人说道：“这位画家只知道要钱，画得虽好，但其中却透着金钱的污秽。这种画是不值得挂在客厅里的，它只能用来装饰我的一条裙子。”说着便将自己的一条裙子脱下，当众要月船禅师在上面作画。

月船禅师仍不动声色地问道：“你出多少钱？”女子答道：“随便你要。”月船禅师又要了一个高价，然后平心静气地在那女子裙子上作起画来，作完之后又若无其事地离开。

别人听说此事非常纳闷，月船禅师衣食无忧，为什么如此看重金钱？只要给钱，好像受任何侮辱都无所谓，真是不可思议。原来，月船禅师禅居之地常发生灾荒，而富人不肯出钱赈灾，因此他准备建造一座粮仓，以备不时之需。

同时，月船禅师之所以这样，也是想完成师父的遗愿——建造一座寺院，但他又不愿一味等待他人的布施，只好以作画筹集资金。此愿望完成之后，他便退隐山林，不再作画。

【悟在当下】

故事中的月船禅师，明确地知道自己是为什么而作画，知道自己的行为对别人的意义。因而，即使那位请他作画的女子当众侮辱他，他依然不为所动，只是坚持着自己的理想。

对于世人来说，只要已经树立起远大的理想，就要坚持不懈、不畏艰难地坚持下去。辱骂也罢，羞辱也罢，就当作为你喝彩加油的精神食粮，拿来当饭吞下。这样，你才能在经历痛苦之后破茧而出，获得成就。

送人明月，手有余光

有一位修行的禅师住在山中茅屋，散步归来，眼见自己的茅屋遭到小偷光顾。

找不到任何财物的小偷要离开时在门口遇见了禅师，原来，禅师怕惊动了小偷，一直站在门口等待，且早把自己的外衣脱掉拿在手中。

小偷遇见禅师，正感到惊愕之时，禅师说："你走老远的山路来探望我，总不能让你空手而归呀！夜深了，带上这件衣服走吧！"

说着，就把衣服披在了小偷身上，小偷不知所措，低着头溜走了。

禅师看着小偷的背影消失在山林之中，不禁感慨地说："可怜的人！但愿我能送一轮明月给他，照亮他下山的路。"

第二天，禅师在温暖阳光的抚摸下睁开眼睛。看到他披在小偷身上的外衣被整齐地叠好，放在门口，禅师高兴地说："我终于送了他一轮明月！"

禅师送了小偷一轮明月，这轮明月照进了小偷黑暗的心房。

【悟在当下】

"以恨对恨，恨永远存在；以爱对恨，恨自然消失。"

人有时候如果能宽容一点，甚至一笑泯千仇，将干戈化为玉帛，不但能为自己免去毁灭性的灾难，还可以放下心灵的包袱，让自己变得轻松，而生活也能变得更加幸福和祥和。

万事莫强求

有一位僧人向从谂禅师询问真道是什么。

从谂禅师答道："院墙外面的道路就是。"

僧人说："我不是问这个。"

禅师反问："你问的是哪个？"

僧人说："大道。"

从谂禅师回答说："大道通长安。"

条条大路通罗马。道路有四面八方，各不相同，但最终还是共同通向一个中心。这就叫真理合一，殊途同归。

一位年轻的大学生在拜访峨山禅师的时候问道："你读过基督教的圣经吗？"

“没有，试读给我听听。”峨山禅师答道。

学生打开圣经，翻到“马太福音”，挑了数节读道：“何必为衣裳忧虑呢？你想田野里的百合花怎么长起来？它也不劳苦，也不纺织，然而我告诉你们，就是所罗门极荣华的时候，他所穿所戴的，还不如这一朵花哩！……所以不要为明天忧虑，因为明天自有明天的忧虑……”

峨山禅师听了，说道：“说这话的人，不论他是谁，我认为他是个已有所悟的人。”

学生继续读道：“求则得之，寻则见之，叩则开之。因为，不论何人，皆可求得，寻见，叩开。”

峨山禅师听了说道：“很好。说这话的人，不论是谁，我认为他是一个已距成佛不远的人。”

距佛不远，这是峨山禅师站在佛的立场上来理解基督信仰的，他认为耶稣也是菩萨了。

【悟在当下】

其实，不管是耶稣的道、佛陀的道、孔子的道、老子的道，它们揭示的都是宇宙间的大智慧，他们都是伟大的播种者，像蒲公英一样，逢秋风一起，就四处飘落。

它们的根都在大地深处，播撒的是一颗颗有生命力的种子。这本是同根生的种子，就是亘古以来，让人离开黑暗，进入光明世界的信仰世界。

这就是真信仰应秉持的正确态度。信仰也需要包容，毕竟不能强迫他人接受你的信仰，不管你信仰的是不是终极的真理。

体谅最是难得

唐玄宗开元年间有位梦窗禅师，他德高望重，既是有名的禅师，也是当朝国师。

有一次他搭船渡河，渡船刚要离岸，这时从远处来了一位骑马佩刀的大将军，大声喊道：“等一等，等一等，载我过去！”他一边说一边把马拴在岸边，拿了鞭子朝水边走来。

船上的人纷纷说道："船已开行，不能回头了，干脆让他等下一班吧！"船夫也大声回答他："请等下一班吧！"将军非常失望，急得在水边团团转。

这时坐在船头的梦窗国师对船夫说道："船家，这船离岸还没有多远，你就行个方便，掉过船头载他过河吧！"船夫看到是一位气度不凡的出家师父开口求情，只好把船撑了回去，让那位将军上了船。

将军上船以后就四处寻找座位，无奈座位已满，这时他看见坐在船头的梦窗国师，于是拿起鞭子就打，嘴里还粗野地骂道："老和尚！走开点，快把座位让给我！难道你没看见本大爷上船？"没想到这一鞭子正好打在梦窗国师头上，鲜血顺着他的脸颊汩汩地流了下来，国师一言不发地把座位让给了那位蛮横的将军。

这一切，大家都看在眼里，心里是既害怕将军的蛮横，又为国师的遭遇感到不平，纷纷窃窃私语：将军真是忘恩负义，禅师请求船夫回去载他，他还抢禅师的位子，并且打了他。将军从大家的议论中，似乎明白了什么。他心里非常惭愧，不免心生悔意，但身为将军却拉不下脸面，不好意思认错。

不一会儿，船到了对岸，大家都下了船。梦窗国师默默地走到水边，慢慢地洗掉了脸上的血污。那位将军再也忍受不住良心的谴责，上前跪在国师面前忏悔道："禅师，我……真对不起！"梦窗国师心平气和地对他说："不要紧，出门在外难免心情不好。"

出门在外难免心情不好！可是生活如此复杂，有几个人能真正地去体谅别人？又有几个人来体谅你？但是，如果互不体谅，生活将会痛苦不堪，也就失去了生活的乐趣。生命因体谅而变得和谐，通晓这个道理，幸福才能不请自来。

【悟在当下】

良心的惩罚是最痛苦的煎熬，是人生痛苦的根源之一。背负着良心的惩罚会让你苦恼得寝食不安。要做到坦荡荡，唯有让自己的心充满正直、诚实。当正直和诚实的阳光普照着你的心灵时，阴霾就会远离你的世界。

天是心中那片天，神是心中那尊神。心中有原则，做事就不会为得失所迷，心情就不会为得失所累。为人处世要对得起自己的良心。

忍辱能消解万般烦恼

有位青年脾气很暴躁，经常和别人打架，大家都不喜欢他。

有一天，这位青年无意中游荡到了大德寺，碰巧听到一位禅师在说法。他听完后发誓痛改前非，于是对禅师说："师父，我以后再也不跟人家打架了，免得人见人烦，就算是别人朝我脸上吐口水，我也只是忍耐着擦去，默默地承受！"

禅师听了青年的话，笑着说："哎，何必呢？就让口水自己干了吧，何必擦掉呢？"

青年听后，有些惊讶，于是问禅师："那怎么可能呢？为什么要这样忍受呢？"

禅师说："这没有什么不能忍受的，你就把它当作蚊虫之类的停在脸上，不值得与他打架。虽然被吐了口水，但并不是什么侮辱，就微笑着接受吧！"

青年又问："如果对方不是吐口水，而是用拳头打过来，那可怎么办呢？"

禅师回答："这不一样吗！不要太在意！这只不过一拳而已。"

青年听了，认为禅师实在是岂有此理，终于忍耐不住，忽然举起拳头，向禅师的头上打去，并问："和尚，现在怎么办？"

禅师非常关切地说："我的头硬得像石头，并没有什么感觉，但是你的手大概打痛了吧？"

青年愣在那里，实在无话可说，火气消了，心有大悟。

【悟在当下】

《金刚经》让我们忍辱时要离四相："须菩提。忍辱波罗蜜。如来说非忍辱波罗蜜。是名忍辱波罗蜜。何以故。须菩提。无我相。无人相。无众生相。无寿者相。是故须菩提，菩萨应离一切相。"这就是说：忍辱也是多余的，根本就没有辱，你忍的是什么？行菩萨道，就要觉悟、平等、慈悲。受辱生嗔，斤斤计较，那有什么慈悲可言？

但说归说，现实中一旦遇到挫折和打击，人们还是嗔念顿起，怒火中烧，这个时候，想想佛祖的忍辱告诫吧。

忍辱不是叫你做缩头乌龟，而是学习乌龟的精神。忍辱不一定能成佛，但忍辱一定能消解你许多的烦恼！

第28章　心不藏秽，自然觉悟禅机

对俗世中的人来说，清净是难懂的，难以达到的，然而，净心并不玄妙，它实际上就是生命的一种积极、快乐、简单的状态。只要注重加强自身的心灵建设，持续不断地净化心灵，不藏污秽，人们就一定能活得简约而满足。

有志没志，就看烧火扫地

有一天，奕尚禅师从禅定中起来时，刚好听到阵阵悠扬的钟声，禅师特别专注地竖起心耳聆听，待钟声一停，忍不住召唤侍者，询问道："早晨司钟的人是谁？"

侍者回答道："是一个新来参学的沙弥。"

于是，奕尚禅师就让侍者将这沙弥叫来，问道："你今天早晨是以什么样的心情在司钟呢？"

沙弥不知禅师为什么要这么问他，他回答道："没有什么特别的心情！只为打钟而打钟而已。"

奕尚禅师道："不见得吧？你在打钟时，心里一定念着些什么，因为我今天听到的钟声，是非常高贵响亮的声音，那是正心诚意的人，才会发出的声音。"

沙弥想了又想，然后说道："报告禅师！其实也没有刻意念着，只是我尚未出家参学时，家师时常告诫我，打钟的时候应该要想到钟即是佛，必须要虔诚、斋戒，敬钟如佛，用入定的禅心和礼拜之心来司钟。"

奕尚禅师听了非常满意，再三地提醒道："往后处理事务时，不可以忘记，都要保有今天早上司钟的禅心。"

这位沙弥从童年起就养成了恭谨的习惯，不但司钟时如此，做任何事，动任何念，一直记着剃度师和奕尚禅师的开示，保持司钟的禅心，他就是后来的森田悟由禅师。

【悟在当下】

奕尚禅师不但识人，而且还从钟声里听出了一个人的品德，这也由于自己是有禅心的人。谚云："有志没志，就看烧火扫地。"森田沙弥虽小，连司钟时都晓得敬钟如佛的禅心，可见其长大之后成为禅师是一种必然。

虔诚的人，能凭借虔敬带来的韧性和智慧，创造数不清的辉煌，这对于那些崇尚机巧的所谓"聪明人"，真是一种有力的嘲讽。

心净来自简约

文道是个云水僧，因久仰慧薰禅师的道风，故跋山涉水不远千里来到禅师居住的洞窟前，说道："末学文道，素仰禅师的高风，专程来亲近、随侍，请和尚慈悲开示！"

因时已晚，慧薰禅师就说："日暮了，就此一宿吧！"

第二天，文道醒来时，慧薰禅师早已起身，并已将粥煮好了。用餐时，洞中并没有多余的碗可给文道用餐，慧薰禅师就随手在洞外拿了一个骷髅头，盛粥给文道。文道踌躇得不知是否要接时，慧薰禅师说："你无道心，非真正为法而来，你以净秽和憎爱的情感处世，如何能得道呢？"

【悟在当下】

一位居士说：心与佛土，非为二事，因山河大地，尽是心中一点微尘。更应知此心非指身中之心脏，乃指无形之心性。此心性自多劫以来，为一切烦恼，密密染污，所以不净，故有种种之污秽现相。如水腐孑孓生，木腐菌霉生，水木不腐，方是好水好木，自无出孑孓菌霉；心断烦恼，便是净心，自无污秽现相。

确实如此，人心就是一副有色眼镜，心是什么颜色，眼中看到的东西就是什么颜色。物体本身都只是大千世界中的自然存在，因为人的心不净，所以才会对外在事物做出所谓净与秽的评断。

有人说，对俗世中的人来说，清净是难懂的，难以达到的，然而，净心并不玄妙，它实际上就是生命的一种积极、快乐、简单的状态。只要注重加强自身的心灵建设，持续不断地净化心灵，人们就一定能够得到单纯而简约的幸福。

心是光明的，黑暗就难以侵蚀

禅宗典籍《五灯会元》上记载了这样一则故事：德山禅师在尚未得道之时曾跟着龙潭大师学习，日复一日地诵经苦读让德山有些忍耐不住。一天，他跑来问师父："我就是师父翼下正在孵化的一只小鸡，真希望师父能从外面尽快地啄破蛋壳，让我早日破壳而出啊！"

龙潭笑着说："被别人剥开蛋壳而出的小鸡，没有一个能活下来的。母鸡的羽翼只能提供让小鸡成熟和有破壳之力的环境，你突破不了自我，最后只能胎死腹中。不要指望师父能给你什么帮助。"

德山听后，满脸迷惑，还想开口说些什么，龙潭说："天不早了，你也该回去休息了。"德山撩开门帘走出去时，看到外面非常黑，就说："师父，天太黑了。"龙潭便给了他一支点燃的蜡烛，他刚接过来，龙潭就把蜡烛吹灭，并对德山说："如果你心头一片黑暗，那么，什么样的蜡烛也无法将其照亮啊！即使我不把蜡烛吹灭，说不定哪阵风也要将其吹灭啊！只有点亮心灯一盏，天地自然会一片光明。"

德山听后，如醍醐灌顶，后来果然青出于蓝，成了一代大师。不管身外多么黑暗，只要你心是光明的，黑暗就侵蚀不了你的心。

【悟在当下】

不要被别人的言语所诱惑，围绕着你的心去生活，就能绽放你自己的生命色彩，实现你生命的圆满和美丽。

"我有明珠一颗，久被尘劳关锁。今朝尘世光生，照破山河万朵。"这是宋代禅僧茶陵郁的一首悟道诗，他说的那颗明珠是什么呢？其实就是他自己的心灵，一个人只有找到自己的心灵，才能真正修为有成。

心中不藏秽影

有一位小尼姑去见师父，悲哀地对师父说："师父！我已经看破红尘，遁入空门多年，每天在这青山白云之间，茹素礼佛，暮鼓晨钟，经读得愈多，心中的妄念不但不减，反而增加，怎么办啊？"

师父对她说："点一盏灯，使它不但能照亮你，而且不会留下你的身影，就可以体悟了！"

几十年之后，有一所尼姑庵远近驰名，大家都称之为万灯庵。因为庵中点满了灯，成千上万的灯，使人走入其间，仿佛步入一片灯海，灿烂辉煌。

这座万灯庵的住持就是当年的那位小尼姑，虽然年事已高，并拥有上百个徒弟，但是她仍然不快乐。因为尽管她每做一桩功德，都点一盏灯，却无论把灯放在脚边，悬在顶上，乃至以一片灯海将自己团团围住，还是会见到自己的影子。灯愈亮，影子愈显；灯愈多，影子也愈多。她困惑了，却已经没有师父可以问，因为师父早已去世，自己也将不久于人世。

后来，她圆寂了。据说就在圆寂前终于体悟到禅理的机要。

【悟在当下】

她没有在万灯之间找到一生寻求的东西，却在黑暗的禅房里悟道。她发觉身外的成就再高，如同灯再亮，却只能造成身后的影子。唯有一个方法，能使自己皎然澄澈，心无挂碍，那就是，点亮一盏心灵之灯。

是啊，点亮心灯，人生才能温暖光明，由心灯发出的光，不会留下自己的影子。

外在声色如梦似幻，内在心灵湛然寂静

峨山慈棹禅师在月船禅慧禅师处得到印可，月船就对他说道："你是大器，至今终能成就，从今以后，天下人莫能奈你何，你应发心再参善知识，不要忘记行脚云游是禅者的任务。"

有一年，峨山听说白隐禅师在江户的地方开讲《碧岩录》，便到江户参访白隐禅师，并呈上自己的见解，谁知白隐禅师却说道："你从恶知识处得来的见解，许多臭气熏我！"

于是，便把峨山赶出去，峨山不服，再三入室，三次都被打出来。峨山心想：我是被印可的人，难道白隐禅师看不出我有实悟？或许是在考验我吧！便再去叩禅师的门说道："前几次都因我的无知，而触犯了禅师，愿垂慈诲，我一定虚心纳受。"

白隐禅师道："你虽担一肚皮禅，到生死岸头，总无着力，如果要痛快平生，须听我'只手之声'（参一只手所发出的声音）！"

自此，峨山便在白隐禅师座下随侍四年，三十岁那年终于开悟。

【悟在当下】

即便是峨山慈棹禅师，要达到心灵的豁然开朗也要四年时间，何况我们呢？当然这是现代社会，文明昌盛，人人耳聪目明，我们未必要花漫长的四年，可一点工夫不花就想捞到人生终极的解脱快乐，恐怕也是怪诞之谈。

一旦尽力去聆听那"只手之声"，你就踏上了心灵的解脱之旅。通向心灵奥秘的桥梁架起来后，眼睛会说："你超越了我看见的东西。"

心灵说："视觉、听觉的彼岸布满奥秘——你是来自彼岸的使者，就好像夜阑降临，地球的面前显露的星斗，万古长空如今一朝显露。"

正所谓"外在声色如梦似幻，内在心灵湛然寂静"，外部环境复杂嚣噪，内部心灵又是深埋于思想之下。与其被外界的烦扰弄得心神不定，何不明白自己的心灵，倾听尢比奇妙的"只手之声"，一劳永逸地获得心灵的自由与解脱？

侧耳倾听蝉鸣声

默雷禅师有个叫东阳的小徒弟。

这位小徒弟看到他的师兄们，每天早晚都分别到大师的房中请求参禅开示，师父给他们公案，用来拴住心猿意马，于是他也请求师父指点。

“等等吧，你的年纪太小了。”但东阳坚持要参禅，大师也就同意了。

到了晚上参禅的时候，东阳恭恭敬敬地磕了三个头，然后在师父的旁边坐下。

“你可以听到两只手掌相击的声音，”默雷微微含笑地说道，“现在，你去听一只手的声音。”

东阳鞠了一躬，返回寝室后，专心致志地用心参究这个公案。

一阵轻妙的音乐从窗口飘入。“啊，有了，”他叫道，“我会了！”

第二天早晨，当他的老师要他举示只手之声时，他便演奏了艺妓的那种音乐。

“不是，不是，”默雷说道，“那并不是只手之声。只手之声你根本就没有听到。”

东阳心想，那种音乐也许会打岔。因此，他就把住处搬到了一个僻静的地方。

这里万籁俱寂，什么也听不见。“什么是只手之声呢？”思量之间，他忽然听到了滴水的声音。“我终于明白什么是只手之声了。”东阳在心里说道。

于是他再度来到师父的面前，模拟了滴水之声。

“那是滴水之声，不是只手之声。再参！”

东阳继续打坐，谛听只手之声，毫无所得。

他听到风的鸣声，也被否定了；他又听到猫头鹰的叫声，但也被驳回了。

只手之声也不是蝉鸣声、叶落声……

东阳往默雷那里一连跑了十多次，每次各以一种不同的声音提出应对，但都未获认可。到底什么是只手之声呢？他想了近一年的工夫，始终找不出答案。

最后，东阳终于进入了真正的禅定而超越了一切声音。他后来谈自己的体会说：“我再也不东想西想了，因此，我终于达到了无声之声的境地。”

东阳已经“听”到只手之声了。

【悟在当下】

一个人本身就是一个谜，人最不了解、最不明白的，恰恰是人本身。最看重智慧，竭力追求智慧的古希腊人，却树立了那块赫然刻着“认识你自己”的石碑。在生存和死亡相伴的旅途中，人的本质是一个独行者——没有人可以代替别人生活。

做了一辈子的事业、研究与学问，劳累、流汗，筋疲力尽，到头来还是学不会真正关爱自己的心灵，对自己的内心世界一点办法都没有，这又是为什么？这又何苦？我们聆听到那奇妙的只手之声了吗？

我们活着毕竟要关照好自己，生命是我们从造化接受的恩赐，我们有愿望也有责任去善待这项恩赐。珍视我们的心灵，醒悟自觉，尝试着与自己的心灵对话，我们就会听到“只手之声”，解除一切奴役我们心灵的枷锁，使我们自由的心灵飞翔在宇宙深处。

自度也能度人

人只有自己来承当自己，才能真正走上解脱之路。没有别的路了，你剩下的只有向你自己求救，打开自己的心门，点燃那盏心灯，让自己成为自己的避难所。

有一个信者在屋檐下躲雨，看见一位禅师正撑伞走过，于是就喊道：“禅师！普度一下众生吧！带我一程如何？”

禅师道：“我在雨里，你在檐下，而檐下无雨，你不需要我度。”

信者立刻走出檐下，站在雨中，说道：“现在我也在雨中，该度我了吧！”

禅师：“我也在雨中，你也在雨中，我不被雨淋，因为有伞；你被雨淋，因为无伞。所以不是我度你，而是伞度我，你要被度，不必找我，请自找伞！”

说完，他便扔下这个人独自走了。

【悟在当下】

自己有伞就可以不被雨淋，自己有真正的禅性，就可以不被魔迷惑。雨大不带伞想让别人帮助，平时不认识真正的自我本性，却想让别人度。这如同自家的宝藏不用，却专门想别人家的，怎么能称心如意呢？

自伞自度，凡事应该反求诸己。那位禅师不肯借伞，其实是禅师的大慈大悲。

坦荡胸怀对日月

有一个久战沙场的将军，已厌倦战争，专程到大慧宗杲禅师处要求出家，他向宗杲道："禅师！我现在已看破红尘，请禅师慈悲收留我出家，让我做你的弟子吧！"

宗杲："你有家庭，有太重的社会习气，你还不能出家，慢慢再说吧！"

将军："禅师！我现在什么都放得下，妻子、儿女、家庭都不是问题，请您即刻为我剃度吧！"

宗杲："慢慢再说吧！"

将军无奈，有一天，起了一个大早，就到寺里礼佛。大慧宗杲禅师一见到他便说："将军为什么这么早就来拜佛呢？"

将军学习用禅语诗偈说道：

"为除心头火，起早礼师尊。"

禅师开玩笑地也用偈语回道：

"起得那么早，不怕妻偷人？"

将军一听，非常生气，骂道：

"你这老怪物，讲话太伤人！"

大慧宗杲禅师哈哈一笑道：

"轻轻一拨扇，性火又燃烧。如此暴躁气，如何能出家？"

【悟在当下】

如果这位将军不自省，永远都放不下，也很难步入佛门的境界。

自省是道德完善的重要方法，是治愈错误的良药。然而，自省又是一次自我解剖的痛苦过程。它就像一个人拿起刀亲手割掉身上的毒瘤，需要巨大的勇气。认识到自己的错误或许不难，但要用一颗坦诚的心灵去面对它，却不是一件容易的事。懂得自省，是大智；敢于自省，则是大勇。割毒瘤可能会有难忍的疼痛，也会留下疤痕，但它却是根除病毒的唯一方法。只要"坦荡胸怀对日月"，心地光明磊落，自省的勇气就会倍增。古人云："君子之过也，如日月之食焉。过也，人皆见之；更也，人皆仰之。"

这句话的意思是，日食过后，太阳更加灿烂辉煌；月食复明，月亮更加皎洁明媚。君子的过错就像日食和月食，人人都看得见，但是改过之后，会得到人们更崇高的尊敬。

心地清净，不着一物

司马禅师想要选一个人到大沩山去当住持。

他下令敲钟集合全寺僧人，然后宣布说："你们中间谁能当着大家的面出色地回答我一句话，我就让他去大沩山当住持。这里的每一个人都有机会，但是要看你们的本事了。"

司马禅师拿起一个净瓶，说道："这个不是净瓶，是什么？有谁能回答？"

众僧抓耳挠腮，面面相觑，分明是净瓶，却不能称作净瓶，那称作什么呢？华林和尚也在那里不知所措。

这时候，来了一个蓬头垢面的和尚，他说："让我来试试！"

众人一看，原来是寺内专干劳役的杂务僧，都哈哈大笑起来，说道："烧火做饭的，居然也想试试！"

司马禅师问道："你叫什么？"和尚沉静地答道："灵佑。"

于是灵佑和尚就走上前去，从禅师手中接过净瓶，放在地上，然后一脚把它踢出了院墙，转身就退了回去。

司马和尚惊喜地叫起来："这正是大沩山的住持啊！"

【悟在当下】

既然不是净瓶，那就一脚踢翻好了，何必多说？众僧目睹了灵佑深得禅机，个个心服口服。后来灵佑和尚便去大沩山当了住持，创立了中国禅宗五大宗派之一的沩仰宗。灵慧的灵佑和尚独具禅眼，他直来直去，在充满佛气的寺院里，像一朵淤泥中的白莲花。

心地清净，不着一物，故能以伙夫身份开创中国禅的沩仰宗。他本无意去争夺这个住持位置，他有的是一颗璞玉一般的心。

一个人做到无欲的时候，就放弃了心中的杂念，就是清空了心灵里面的世俗生活积存下来的枯枝败叶。清空了心灵，才能最大限度地获得生命的自由和独立。

自修其身，保持真我的本性

《维摩经·菩萨品》中有一句名言“直心是道场”，出自下面这篇故事。

一天，光严童子为寻求适于修行的清净场所，决心离开喧闹的城市。在他快要出城时，遇到维摩居士。

维摩也称为维摩诘，是与佛祖同时代的著名居士，他妻妾众多，资财无数，一方面潇洒人生，游戏风尘，享尽世间富贵；一方面又精悉佛理，崇佛向道，修成了救世菩萨，在佛教界被喻为“火中生莲花”。

光严童子问维摩居士：“你从哪里来？”“我从道场来。”“道场在哪里？”“直心是道场。”听到维摩居士讲“直心是道场”，光严童子恍然大悟。

【悟在当下】

“直心”即纯洁清净之心，即抛弃一切烦恼，灭绝了一切妄念，纯一无杂之心。有了“直心”，在任何地方都可修道；若无“直心”，就是在最清净的深山古刹中也修不出正果。

原本人心纯真无私、正直光明，随着年龄与阅历的增长，渐渐发现周围的许多人都是心有城府、尔虞我诈、钩心斗角、自欺欺人，便不由自主地随波逐流，放弃了自己的直心道场。世风日下，人心不古，社会上风气不正，人们有失淳朴善良而流于诡诈虚伪，心地不再像古人那么淳朴，让许多老人不由感叹“今不如昔”。

世风如此，多说无益，一声叹息，只愿自修其身，保持真我的本性。只要越来越多的人远离机诈欺骗，世界便会日渐和谐完满。

大悟是在心静中

某天，几个弟子为了“大悟”一意，争得面红耳赤。于是，他们几个一起来到智禅大师的卧室，问道：“这世间，何谓‘大悟’呢？”智禅大师微笑着说：“大悟自在心静中。”此时，那几个徒弟显得有些迷惑。

午膳之前，智禅大师带着那几个弟子，来到后山的李子林里。树头上的李子大都熟透了，紫里透红的李子，散发出一缕缕诱人的芳香。智禅大师吩咐两个弟子，从树上采摘了一竹篓李子。尔后，他让在场的每一位弟子品尝，李子的汁液像蜜汁一样甘甜。吃完之后，智禅大师带着弟子走到一个小小的水潭前，他俯身掬起一捧潭水喝了起来。然后，他让弟子们也尝一下。

弟子们纷纷仿效师傅的样子，喝了几口潭水后，便咂吧咂巴嘴。智禅大师问："小潭的水质如何呢？"弟子们又用舌头舔了舔嘴唇，回答说："小潭里的水，比我们舍近求远担来的水甜多了。往后，我们可以到这小潭来担水吃呀！"这时候，智禅大师便让一个弟子提了一木桶潭水。

然后，他们回到寺院。午膳之后，智禅大师让每个弟子都重新来品尝一下从后山小潭打回来的水。

弟子们尝过之后，大都将水吐了出来，个个都皱起了眉头。因为，这水很涩，而且有一股腐草味儿。智禅大师解释道："为什么同一个小潭里的水，却有两种不同的滋味呢？因为你们先前品尝的时候，都吃过李子，口里留有李子的余汁，所以就把这水的涩给掩盖了。"众弟子们都认同地点了点头。

智禅大师看了看面前的徒弟，意味深长地说："这世上有些事情，即使你我亲自体验过，也未必触及它们的本质。因为往往有些事情，一时会被美丽的假象所迷惑，'大悟'就是这个道理呀！你我必须有一颗平静的心，抛却那些虚荣和繁华……"

【悟在当下】

只有你心处在风暴中心岿然不动，才能清醒把握自己在这纷繁复杂世事中的位置。

人生会遭遇许多事，其中很多是难以解决的，这时心被盘根错节的烦恼纠缠着，茫茫然不知如何面对。如果能静下心来思考，往往会恍然大悟，心静则一切豁然开朗。

两耳就是菩提，无处不是宁静

有一位虔诚的佛教信徒，每天都从自家的花园里采撷鲜花到寺院供佛。一天，当她正送花到佛殿时，巧遇无德禅师从法堂出来，无德禅师欣喜地对她说道："你每天都这么虔诚地来，并以香花供佛。依据经典，常以香花供佛者，来世当得庄严相貌的福报。"

信徒非常高兴地回答："这是应该的，每天我来寺礼佛时，感觉心灵就像洗涤过一样的清凉，但是，一回到家中，就开始心慌意乱。请问禅师，我一个家庭主妇，如何才能够在琐碎烦闷的生活中保持一颗清净纯洁的心呢？"

无德禅师反问道："你以鲜花献佛，相信你对花草总有一些常识，我现在问你，你如何保持花朵的新鲜呢？"

信徒答道："保持花朵新鲜的方法，莫过于每天换水，并且在换水时把花梗剪去一截，因花梗的一端在水里容易腐烂，腐烂后的花梗很难吸收到水分，鲜花就容易凋谢！"

无德禅师说道："保持一颗清净纯洁的心，道理也是这样的。我们生活的环境像瓶里的水，我们就是花，只有不停净化我们的身心，变化我们的气质，并且不断地忏悔、检讨，改掉陋习、缺点，才能不断吸收到大自然的食粮。"

信徒听后，欢喜作礼道："谢谢禅师的开示，希望以后有机会亲近禅师，过一段寺院中禅者的生活，享受晨钟暮鼓、菩提梵唱的宁静。"

无德禅师说道："你的呼吸便是梵唱，脉搏跳动就是钟鼓，身体便是庙宇，两耳就是菩提，无处不是宁静，又何必要到寺院中生活呢？"

【悟在当下】

清空了心灵，才能收获未来的光荣与辉煌；清空了心灵，才有了让生命一次次远行的条件。人格的伟大之处就在于：它能超出欲望的需求而追求品德的完善。

让你的身心成为禅的道场，就像无德禅师说的，呼吸便是梵唱，脉搏跳动就是钟鼓，身体便是庙宇，两耳就是菩提，那样的话就无处不是宁静，无处不是清净了。你便成了淤泥浊世的一枝净莲，由纯洁的心房散发禅的馨香。

第29章　以平常心，做不凡事

吃饭时不好好吃饭，有种种思量；睡觉时不好好睡觉，有千般妄想。这就是失了禅宗所言的平常心。有一颗平常心，可以保持天真的情趣；有一颗平常心，就能耐得住苦难的打磨；有一颗平常心，就能享受当下。就是一颗平常心，让人自己调控内心的琴弦，奏出优美的乐章。

不拘俗礼，保持天然情趣

从前有一个老者和一个小孩子生活在一起，奇怪的是，这个老者从来不教孩子各种礼仪和做人的道理，只是让他自然而然健康地成长。

有一天，一个云游四方的僧人，在老者的家中借宿，见孩子什么也不懂，于是教了他很多礼仪。

孩子很聪明，很快就学会了。晚上，孩子见老者从外面回来。于是恭敬地走上前去问安。老者十分惊讶，就问孩子："是谁教给你的这些东西？"

孩子如实回答："是今天来的那个和尚教我的。"

老者马上找到和尚，责备说："和尚你四处云游，修的是什么心性啊？这孩子被我捡来养了两三年，幸好保持了他一片天然可爱的本心，谁知道一下子就被你破坏了！拿起你的行李快出去吧，我家不欢迎你！"

当时已经是傍晚了，还下着淅沥的小雨，但是生气的老者还是将和尚赶走了。

是啊，小孩秉持天然个性成长，和尚却用俗礼污染，和尚不冤。

【悟在当下】

每一个人刚走上社会都是满怀希望与抱负，然而一些人遭受多次挫折，经历艰难困苦之后，一颗原本质朴的心变了：原本爽直的人变得吞吞吐吐，心灵歪曲了，抱负丧失了，最后变得窝囊了。

这都是因为受了“俗礼”污染的缘故，要改变这种状态，就要守住自己的天然野趣，让自己的个性在岁月中自然流露，无论为文、为诗、为画，都是一种天然情趣，都有一种生命独特的美丽。

珍不珍贵，在于是否耐得住时间的打磨

话说黄山谷悟道以后，很不得了，官大、学问好、诗好、字好，样样好，道也懂、佛也懂，如南怀瑾大师所说的“好到没有再好了”，所谓第一稀有之人。这第一稀有之人就很傲慢，除了师父以外，把天下人都不放在眼里。

后来晦堂禅师涅槃了，就交代自己的得法弟子，比黄山谷年轻的黄龙死心悟新禅师说：“你那位居士师兄黄山谷，悟是悟了，没有大彻大悟，只有一半，谁都拿他没办法，现在我走了，你拿他有办法，你要好好教他。”

黄龙死心悟新马上就通知，叫黄山谷前来，师父涅槃了，要烧化。当和尚死了，盘腿在座上抬出去，得法的弟子，拿一个火把准备烧化，站在前面是要说法的。

这个时候，黄山谷赶来了，一看这个师弟，小和尚一个。黄龙死心悟新虽然年轻，却是大彻大悟了的，比黄山谷境界高，又是继任的和尚，执法如山。

黄山谷一来，黄龙死心悟新拿着火把对这位师兄说：“我问你，现在我马上要点火了，师父的肉身要烧化了，我这火一下去，师父化掉了，你跟师父两个在哪里相见？你说！”

黄山谷答不出来了，心想：是呀！这个问题很严重，师父肉身化掉了，自己将来也要死掉的，两个在哪里相见？这是个问题。

这一下黄山谷答不出来，不是脸变绿，而是变乌了，闷声不响就回去了。

接着倒霉的事情也来了，因为政治上的倾轧，皇帝把他贬官，调到贵州烟酒公卖局那个乡下地方，当个什么小职员，从那么高的地位，一下子摔下来，一般人怎

么忍受得了啊！

然而黄山谷哪里是寻常人物，借倒霉之机，他正好修道。在赴任桂林的路上，有两个差人押着去报到，差人怕他将来又调高官，也不太为难他，他就沿途打坐，参禅。

有一天中午很热，他就跟这两个押解的人商量，想午睡休息一下。古人睡的枕头是木头做的，他躺下去一个不小心，那个枕头掉在地上，他吓了一跳，这下子真正开悟了。他也不睡觉了，立刻写了封信，叫人赶快送到庐山给黄龙死心悟新禅师。

他信中说：平常啊！我的文章，我的道，天下人没有哪个不恭维我，只有你老和尚（指黄龙死心悟新禅师）不许可我，现在想来是感恩不尽。

【悟在当下】

从上面黄山谷的有趣故事中我们可以看到，在得道之前，黄山谷看重他在世俗上的成功与才华，骄傲不已，这正是没有得道的直观体现。

一个得道的人，一定是谦逊的、内敛的，绝对不会有他那样的狂狷与傲气。

正如珍珠和沙，二者本是一种东西。沙进了蚌的体内，蚌为了努力排除体内的沙子，分泌体液，将沙子包围起来，从而形成珍珠。而河中的沙子那么平淡无奇，多得数也数不清，不值一毫。所以说，珍不珍贵，在于是否经历了时间的洗礼，是否真正得到了打磨。否则，珍贵也会从平凡中流涌而出。

不为千般妄想失了平常心

一天，有源禅师来拜访大珠慧海禅师，请教修道用功的方法。他问慧海禅师：“和尚，您也用功修道吗？”

禅师回答：“用功！”

有源又问：“怎样用功呢？”

禅师回答：“饿了就吃饭，困了就睡觉。”

有源有些不解地问道：“如果这样就是用功，那岂不是所有人都和禅师一样用功了？”

禅师说："当然不一样！"

有源又问："怎么不一样？不都是吃饭、睡觉吗？"

禅师说："一般人吃饭时不好好吃饭，有种种思量；睡觉时不好好睡觉，有千般妄想。我和他们当然不一样。"

【悟在当下】

的确，认认真真地去干好手中的每一件事情便是得道。认真对于我们每一个平凡的人来说都是一种生活姿态，一种对生命历程完完全全地负起责任来的生活姿态，一种对生命的每一瞬间注入所有激情的生活姿态。

慧海禅师曾经告诫说："世人很难做到一心一用，他们在利害得失中穿梭，囿于浮华的宠辱，产生了'种种思量'和'千般妄想'。他们在生命的表层停留不前，这是他们生命中最大的障碍，他们因此而迷失了自己，丧失了'平常心'。要知道，只有将心灵融入世界，用心去感受生命，才能找到生命的真谛。"

做平常事，悟大禅机

过去有一位年轻和尚，一心求道，希望有日成佛。但是，他多年苦修参禅，似乎并没有进步。

有一天，他打听到深山中有一破旧古寺，住持某老和尚修炼圆通，是得道高僧。于是，年轻和尚打点行装，跋山涉水，千辛万苦来到老和尚面前。两人打起了机锋。

年轻和尚："请问老和尚，你得道之前，做什么？"

老和尚："砍柴担水做饭。"

年轻和尚："那得道之后又做什么？"

老和尚："还是砍柴担水做饭。"

年轻和尚于是嘲笑道："那何谓得道？"

老和尚："我得道之前，砍柴时惦念着挑水，挑水时惦念着做饭，做饭时又想着砍柴；得道之后，砍柴即砍柴，担水即担水，做饭即做饭。这就是得道。"

【悟在当下】

老和尚的一句“得道即砍柴即砍柴、担水即担水、做饭即做饭”道破了禅机。

现实人生，不要把佛的境界假想得那么高远，其实是非常平凡的。用《中庸》中的话来说，就是：“极高明而道中庸。”“天命之谓性。率性之谓道。修道之谓教。道也者。不可须臾离也。可离非道也。”

道是怎么样的呢？极高明而道中庸，最平常，不来也不去，就在这儿。一个真正成佛的人，就在人间最平常的去处，这才是成佛的真谛。

不要活在别人的标准里

悟道禅师当初行脚时，路过一间茶坊，因为口渴，就顺道进去想喝杯茶小憩一下。店主一看是位云水僧就热情招呼，并且问道：“禅师，辛苦了吧？喝茶吗？”

只见悟道禅师用平淡的眼光看了一下茶架，点一下头，一句话也不说。店主似乎也是禅道高手，小心谨慎地说道：“想必您是一位禅道高深的禅师。禅师，在下有一个问题想请教您，如果您能为我解答，我就供养您，如何？”

悟道禅师点点头：“你问吧！”

店主问道：“古镜未磨时如何？”

悟道禅师很快地答道：“黑如漆。”

店主再问道：“古镜既磨了以后如何？”

悟道禅师回答道：“照天照地。”

店主不以为然，说道：“对不起！恕不供养。”说着转身就入店内去了。悟道禅师愣了一下，心想：我参禅数十年，竟然连世间一位店主都不如，于是决心闭门深修，以求开悟。

三年后，悟道禅师又出现在茶坊的门口。

店主仍亲切地招呼道：“呵！三年不见，仍想请教那句老话，‘古镜未磨时如何？’”

悟道禅师顺口说道：“此去汉阳不远。”

店主再问道：“古镜既磨后如何？”

悟道禅师再回答道："黄鹤楼前鹦鹉洲。"

店主听后，诚恳地说道："请禅师接受我的供养。"随即转身喊道："伙计，泡茶，泡好茶！"

【悟在当下】

在此，店主以古镜比喻人的心性，人的本性其实清净明朗，如果说"未磨黑如漆，已磨照天地"，那么便陷入了人为标准的误区。自性者在圣不增，在凡不减，悟道禅师未能认识人之本性，故喝不到茶。第二次禅师回答，古镜未磨"此去汉阳不远"，古镜已磨"黄鹤楼前鹦鹉洲"，便是意识到了保持真本性的重要。

有些人丢弃了自己的意愿，活在别人的标准里，在别人的评判里找寻自我的价值。别人的一句诋毁足以泯灭他所有的信心，别人的一个眼光能够扰乱他应有的方寸，这样的人活得沉重。只有我行我素，不为别人的目光违背自己的心意，尊重自己生活的行为方式，做真正想做的事，做想做的人，才会达到快乐自在的人生状态，如燕子一样轻盈飞行。

像孩子一样天真烂漫

唐朝时，有一位懒瓒禅师隐居在湖南南岳衡山的一个山洞中，他曾写下一首诗，表达他的心境：

世事悠悠，不如山岳，卧藤萝下，块石枕头；

不朝天子，岂羡王侯？生死无虑，更复何忧？

这首诗传到唐德宗的耳中，德宗心想，这首诗写得如此洒脱，作者一定也是一位洒脱飘逸的人物吧？应该见一见！于是就派大臣去迎请禅师。

大臣拿着圣旨东寻西问，总算找到了禅师所住的岩洞，正好瞧见禅师在洞中生火做饭。大臣便在洞口大声呼叫道："圣旨到，赶快下跪接旨！"洞中的懒瓒禅师，却装聋作哑地毫不理睬。

大臣探头一瞧，只见禅师以牛粪生火，炉上烧的是地瓜，火愈烧愈炽，整个洞中烟雾弥漫，熏得禅师鼻涕纵横，眼泪直流。大臣忍不住说："和尚，看你脏的！

你的鼻涕流下来了，赶紧擦一擦吧！”

懒瓒禅师头也不回地答道：“我才没工夫为俗人擦鼻涕呢！”

懒瓒禅师边说边夹起炙热的地瓜往嘴里送，并连声赞道：“好吃，好吃！”

大臣凑近一看，惊得目瞪口呆，懒瓒禅师吃的东西哪是地瓜呀，分明是像地瓜一样的石头！懒瓒禅师顺手捡了两块递给大臣，并说：“请趁热吃吧！世界都是由心生的，所有东西都来源于知识。贫富贵贱，生熟软硬，你在心里把它看作一样不就行了吗？”

大臣看不惯禅师这些奇异的举动，也听不懂那些深奥的佛法，不敢回答，只好赶回朝廷，添油加醋地把禅师的古怪和肮脏禀告皇帝。德宗听后并不生气，反而赞叹地说道：“我们国内能有这样的禅师，真是我们大家的福气啊！”

【悟在当下】

快乐无忧是因为物质条件的丰厚吗？显然不是，一个人的心中充满了快乐，那么忧愁、痛苦就永远不会在他的身上发生。快乐只是一种感觉而已。

烦恼过了就是清净，过去心不可得，现在心不可得，未来心不可得；不生法相，应无所住而生其心，就那么简单。

光明进不来，因为心污染得厉害

朱慈目居士对佛光禅师说：“禅师！我念佛拜佛已经二十多年了，最近在持佛号时，好像不太一样。”

佛光禅师问：“有什么不一样呢？”朱慈目说：“我过去在持佛号时，心中一直有佛性，就算口中不念，而心中仍然觉得佛声绵绵不绝，就是不想持，但那声音仍像泉源会自动流露出来。”

佛光禅师说：“这其实很好啊，表示你学禅已经到了找到自我真心的境界了啊。”朱慈目说：“谢谢禅师的赞叹，但我现在不行了，我现在很苦恼，因为我的真心不见了。”

佛光禅师疑惑地问：“真心怎么会不见呢？”

朱慈目说："因为我与佛相应的心没有了，心中佛声绵绵不断的静念没有了，再也找不回来了。禅师，我为此很苦恼，请您告诉我，我到哪里去找我的真心呢？"

佛光禅师启示："寻找你的真心，你应该知道，真心并不在任何地方，你的真心就在你自己的身中。"

朱慈目说："我为什么不知道呢？"佛光禅师说："因为你一念不觉和妄心打交道，真心就离你而去了。"朱慈目听后，豁然开朗。

【悟在当下】

真心没有了，这就好像说失落了自己，找不到自家的家门。人为什么会有各种各样的迷惑呢？原因就在于虚妄遮蔽了真心。

一团乌烟瘴气，这就证明地狱在你面前。因为你内心污染得厉害，自己的光明被遮盖住了，佛光想灌都灌不进来。念佛念了半天，没有愿力，只有一肚子的怨，怎么能见到光明呢？

一个人一定不要被社会污染得太严重了，保持内心的纯洁，保持自我的灵性，就能获得一个幸福的人生。

看得透的平常心

在修禅之前，山是山，水是水；在修炼禅宗之时，山不是山，水不是水；修成之后，山仍是山，水仍是水。

"这是什么意思呢？弟子不明白。"迷惑不解的学僧去问禅宗大师。

大师解释说："最先的状态和最后的状态是相似的，只是在过程中截然不同。最初，我们看到山是山，最后看到山还是山。但在这过程当中，山不再是山，水不再是水，为什么呢？"

弟子摇头，表示不知道。

禅师继续说："因为一切都被你的思维、意识搅乱了，混淆了，好像阴云密布、云雾缭绕，遮住了事物的本来面目。但是这种混淆只存在于当中的过程。在沉睡中，一切都是其本原；在三昧中，一切又恢复其本原。正是关于世界、思想、自我的认识使简单的事物复杂化了，它正是不幸、地狱的根源。”

弟子自以为明白了大师的解释，唉声叹气地说：“唉，这么说起来，凡夫俗子和修禅的开悟者也没有什么区别啊！”

“说得对，”大师答道，“实在并没有什么区别，只不过开悟者离地六寸。”

【悟在当下】

由此可见，心无杂念的心才是真正的平常心。这需要修行，需要磨炼，一旦我们达到了这种境界，就能在任何场合下，放松自然，保持最佳的心理状态，充分发挥自己的水平，施展自己的才华，从而实现完满的“自我”。

而我们只有心无杂念，将功名利禄看穿，将胜负成败看透，将毁誉得失看破，才能获得禅宗所说的“平常心”。生命是一个过程，让我们怀着一颗平常心对待身边所有的事情吧。

本来无一物，何处惹尘埃

赵州和尚问新来的僧人：“你来过这里吗？”僧人答：“来过！”赵州和尚便对他说：“吃茶去！”

又问另一个僧人：“你来过这里吗？”僧人答：“没有。”赵州和尚也对他说：“吃茶去！”

在一旁的院主奇怪地问：“怎么来过的叫他去吃茶，没有来过的也叫他去吃茶呢？”赵州和尚就叫：“院主！”院主答应了一声，赵州和尚就对他说：“走，吃茶去！”

【悟在当下】

人们常常执着于某种念头，不到黄河心不死，却往往忽视了生命中的追之不及。

“常”并不全等于永恒，一个人不知常，就要从自己的生命中回过头来找寻。“本来无一物，何处惹尘埃？”既然一切皆为虚空，又何必对什么事都抓得很牢，执着而不肯放手呢?

生活本平常，不要想太多，人生如果能够达到佛境界，就是无可无不可的快乐无忧的境界了，“吃茶去”，多么亲切自然。禅意就在这最生活化的吃茶喝粥中展现。

放松心情，享受现在

崛多禅师游历到太原定襄县历村，看见神秀大师的弟子结草为庵，独自坐禅。

禅师问：“你在干什么呢？”

僧人回答：“探寻清静。”

禅师问：“你是什么人？清静又为何物呢？”

僧人起立礼拜，问：“这话是什么意思？请你指点。”

禅师问：“何不探寻自己的内心，何不让自己的内心清静？否则，让谁来给你清静呢？”

僧人听后，当即领悟了其中的禅理。

一个人无论处于什么地位，过哪种生活，只要他内心清净、安谧就可以过得幸福。

有一天，李端愿太尉问昙颖禅师：“禅师！请问人们常说的地狱，到底是有还是没有呢？”

昙颖禅师回答说：“无中说有，如同眼见幻境，似有还无；太尉现在从有中生无，实在好笑。如果人眼前看到地狱，为什么心里看不见天堂呢？天堂与地狱都在一念之间，太尉内心平静无忧虑，自然就没有疑惑了。”

太尉发问：“那么，内心如何无忧虑呢？”

昙颖禅师回答：“善恶都不思量。”

太尉又问：“不思量后，那心归何处啊？”

昙颖禅师说：“心无所归。”

太尉再问：“人如果死了，归到哪里呢？”

昙颖禅师问：“不知道生，怎么知道死啊？”

太尉说：“可是生我早已经知晓了的。”

昙颖禅师又问：“那么，你说说生从何来？”

太尉正沉思时，昙颖禅师用手直捣其胸，说：“只在这里思量个什么啊？”

太尉说：“是啊，只知道人生漫长，却没有发现岁月蹉跎。”

昙颖禅师说：“百年如同一场梦。”

【悟在当下】

百年如同一场大梦，人更应该珍惜现在，减少忧虑，淡泊明志，宁静致远。天堂与地狱是死后的事情，还是先做好自己的梦吧。

只有放松了心情，才会徜徉在梦的奇妙幻境，达到更高远的境界。

人生每一个梦的实现，每一份由此而来的快乐，都是生命之歌的一个动听音节，都是人生旅程的一个美丽足印。我们应该使我们的心灵具有弹性，放松心情，享受现在。

将心灵的琴弦调控适宜

一位官场失利、妻离子散之人心绪烦乱，烦恼、嫉妒、浮躁、忧虑整日困扰于心，不得安宁，于是去拜见德高望重的无生禅师，请求开解。禅房里，面对慈祥、超然的无生禅师，他一股脑儿地道出了自己的困惑和烦恼。无生禅师笑笑，伸出右手，握成拳头，握得越来越紧，让来人照做。“感觉如何？”禅师问。来人茫然不觉。“把手伸开。”无生禅师拿出一枚野果和一片琉璃碎片放在这人手中，说道：“握紧。”这人将野果和碎片握在手心。“握紧一些，再紧一些。”“不行了，禅师，我的手都快要被割破了。”此时，禅师突然喝道：“那你还不赶快把拳头松开！”

这人吓了一跳，伸开手掌，看着手掌有些微红的硌痕，琉璃碎片已经扎到野果里了。禅师望着他，说：“现在，把琉璃碎片取出来，丢掉吧！”此人顿时豁然开朗，说：“这野果就好比我的事业和生活，而这琉璃碎片就是生活中困扰着我的烦恼、嫉妒、浮躁、忧虑……”

禅师笑了笑，说：“看来施主已经有所了悟。生活中的事就好像这枚野果和琉璃碎片。如果你什么都不取。空握拳头，即便使再大的力气，也是一无所获，这叫徒劳无功。果实好比生活中一切美好的事物，而琉璃碎片就是困扰你心灵的无尽烦恼，要记得及时将果实中的琉璃碎片取出来丢掉，不然就会心浮气躁、精魄散乱。”

每个人都应该如此，消除思想的纷繁，阻止情感的躁动，不让自己的心灵在散乱中一发不可收拾，劳生一世，苦痛奔忙在所难免，心灵的安宁才是幸福的归宿。

【悟在当下】

精魄合一是让人不为情感、生活的纷乱所侵扰。世上本无事，庸人自扰之。将心灵的琴弦调控适宜，才能弹奏出悦耳动听的音乐。人的心灵好比一张弓，如果上好了弦，一直绷得紧紧的，长时间这样放着，弓背和弓弦的效用就差了，力道也减弱了，根本就射不了多远。现实生活中，一个人要是始终神经紧绷，处于紧张状态，就会导致身心疲惫、精神涣散。

第30章　提得起，就放得下

“放下”，是佛法中解脱“我执”的方法，也不失为一条获得幸福的绝妙方法！一个人对外物的追求没有止境，他的生命已经装满各种各样的人世知识，哪还有再追求的可能，因此，一个人要想使自己的心智澄明起来，必须先放下一切，使自己的心真正空起来，只有这样才能拥有无限的可能。

放下，才能拾起灵性

有一个人拿了两个花瓶前来献佛。

佛陀对他说：“放下！”

那个人就把他左手拿的那个花瓶放下了。

佛陀又说：“放下！”

那个人又把右手拿的那个花瓶放下了。

佛陀还是对他说：“放下！”

那个人说：“能放下的我已经都放下了，我现在两手空空，没有什么可以再放下了，你到底让我放下什么呢？”

佛陀说：“我让你放下的，你一样也没有放下；我没有让你放下的，你全都放下了。花瓶是否放下并不重要，我要你放下的是你的六根、六尘和六识。你的心已经被这些东西充满了，只有放下这些，你才能从生活的桎梏中解脱出来，才能懂得真正的生活。”

那个人终于明白了。

【悟在当下】

佛陀说的“放下”这两个字听起来容易，做起来却很难。有的人追求功名，放不下功名；有了金钱，就放不下金钱；有了爱情，就放不下爱情；有了嫉妒，就放不下嫉妒。世人有几个能真正“放下”呢？

然而，心理的压力远远重于手上的花瓶。“放下”，不失为一条获得幸福的绝妙方法！一个人对外物的追求没有止境，他的生命已经装满各种各样的人世知识，哪还有再追求的可能，因此，一个人要想使自己的心智澄明起来，必须先放下一切，使自己的心真正空起来，只有这样才能拥有无限的可能。

丢掉背篓里的石头

禅师给了一个中年人一个篓子让他背在肩上，指着前方一条坎坷的道路说：“每当你向前走一步，就弯下腰来捡一粒石子放在篓子中，然后看看会有什么感受。”

中年人照着禅师的指示去做，他背上的篓子装满了石头后，禅师问他一路走来有什么感受。他回答说：“感到越来越沉重。”禅师说：“每一个人来到这个世界上时，都背负着一个空篓子。我们每往前走一步就会从这个世界上捡一样东西，因此才会有越来越累的感慨。”

中年人又问：“那么有什么方法可以减轻人生的重负呢？”

禅师反问他：“你是否愿意将名声、财富、家庭、事业、朋友拿出来舍弃呢？”

那人默然，不能回答。

【悟在当下】

“放下”是非常不容易做到的，世间的人一旦有了功名，就会对功名放不下；有了金钱，就会对金钱放不下；有了爱情，就会对爱情放不下；有了事业，就会对事业放不下。

世人身体上的重担，心灵上的压力，何止手上的两个“花瓶”呢？我们往往是自己给背篓里加石子，使我们的步履一步步沉重。

这些重担与压力，使人活得十分辛苦。因而，在缤纷的社会中，学会“放下”

可以使心灵获得解脱，让自己活得洒脱。只有放舍了尘根，我们才能像风筝一样，清闲自在白云间。

不必回头，彼岸此刻在脚下

抚州石巩寺的慧藏禅师，出家前是个猎人。他最讨厌见到和尚，有一天他追赶猎物时，被马祖道一拦住。

这个猎人讨厌和尚，见有个和尚干扰他打猎，就抡起胳膊，要与马祖动武。

马祖问他："你是什么人？"

石巩："我是打猎的人。"

马祖："那，你会射箭吗？"

石巩："当然会。"

马祖："你一箭能射几个？"

石巩："我一箭能射一个。"

马祖："你实在不懂射法。"

石巩："那么，你可懂得射法？"

马祖："我当然懂得射法。"

石巩："你一箭又能射得几个？"

马祖："我一箭能射一群。"

石巩："彼此都是生命，你怎么会忍心射杀一群？"猎人虽以杀生为本，但杀取有道，这叫不失本心。

马祖语含机锋地问："哦，看来你也懂一箭一群的真义，可怎么不照一箭一群的法则去射呢？"

石巩："我知道和尚一箭一群的意思，可要让我自己去射，真不知道如何下手！"

马祖高兴地说："呵！呵！你这汉子出世以来的无明烦恼，今日算是断除了。"于是，石巩便扔掉弓箭，出家拜马祖为师。

【悟在当下】

石巩不可谓不厌佛法，但是他有幸遇到了马祖，所以当他下跪的时候，就已经上岸了。其实就是这样，只要你在一转念之间明白了佛法的道理，岸就会呈现在你的面前，又何须回头呢？

《红楼梦》中跛足道人有名的《好了歌》唱道：

“世人都晓神仙好，只有功名忘不了！古今将相在何方？荒冢一堆草没了！世人都晓神仙好，只有金银忘不了！终朝只恨聚无多，及到多时眼闭了！世人都晓神仙好，只有娇妻忘不了！君生日日说恩情，君死又随人去了！世人都晓神仙好，只有儿孙忘不了！痴心父母古来多，孝顺儿孙谁见了？”

这首歌唱得那么透彻，直抵我们每个人的心灵深处。那是一种万缘放下自逍遥的大洒脱。既然已经在人生的大海中，那就不必回头，因为回头已经没有岸，岸就在你脚下，在你心中。

岸还是岸，你还是你

龙湖有个普闻禅师，他是唐朝僖宗的太子，看破了人生，出了家到石霜庆诸禅师那里问佛法。

他说，师父啊，你告诉我一个简单的方法，怎么能够悟道？这个师父说：好啊！他就立刻跪了下来：师父啊，你赶快告诉我。

师父用手指一下庙前面的山，那叫案山。依看风水的说法，前面有个很好的案山，风水就对了；像坐在办公椅子上，前面桌子很好，就是案山好。

石霜禅师说：等前面案山点头的时候，再向你讲。他听了这一句话当时开悟了。换句话说，你等前面那个山点头了，我会告诉你佛法，这是什么意思？

“才说点头头已点，案山自有点头时”。说一声回头是岸，不必回头，岸就在这里，等你回头已经不是岸了。

【悟在当下】

当我们在无边的苦海拼死挣扎的时候，狂涛巨浪裹胁我们，让我们喘不过气来。或许我们会丧失希望，但当我们醒悟靠自己的力量永远无法解脱时，我们会明白放下就踏上苦海的岸。

岸还是岸，你还是你，你没有架起那座彩虹一般的桥梁，横跨天空的桥梁就是放下。在你放下的一瞬间，岸就横亘在你眼前，你已踏上稳稳实实的岸。

提得起，放得下

学禅的师兄弟走在一条泥泞的道路上。走到一处浅滩时，他们看见一位美丽的少女在那里踟蹰不前。由于她穿着丝绸的衣服，使她无法跨步走过浅滩。

“来吧！小姑娘，我背你过去。”大和尚说罢，把少女背了起来。

过了浅滩，他把小姑娘放下，然后和小和尚继续前进。

小和尚跟在大和尚后面，一路上心里不悦，但他默不作声。

晚上，回到寺院后，他忍不住了，对大和尚说：“我们出家人要守戒律，不能亲近女色，你今天为什么要背那个女人过河呢？”

“呀！你说的是那个女人呀！我早就把她放下了，怎么你到现在还挂在心上？”大和尚笑着答道。

【悟在当下】

大和尚虽然怀中有美女而心中无美女，所以没有牵念。小和尚则相反，他虽没有背那个美丽的少女过河，却一直念念不忘。这正是提得起与放不下的最佳写照。

提得起，才放得下。我们在说放下的本身，就包含我们正在提着、捏着一些东西不放。其实，只有我们放下时，我们才能真正把握。

根本没有提起什么，就不能放下什么东西了。提得起，放得下，才有资格学佛；提得起，放得下，自然就可以成佛。

不过，幸好小和尚心中有根梁木，因他毕竟是小和尚，所以他怀中无美女，心中有美女，一直耿耿于怀，这叫提得起。他提起这根梁木，就有放下做舵的希望。

寻愁觅恨的是自己

赵州禅师是一位禅风非常锐利的法王，学者凡有所问，他的回答经常不从正面说明，总会要你从另一方面去体会。

有一次，一个信徒前来拜访他，因为没有准备供养他的礼品，就歉意地说道：“我空手而来！”

赵州禅师望着信徒说道：“既是空手而来，那就请放下来吧！”

信徒不解他的意思，反问道：“禅师！我没有带礼品来，你要我放下什么呢？”

赵州禅师立即回答道：“那么，你就带着回去好了。”

信徒更是不解，说道：“我什么都没有，带什么回去呢？”

赵州禅师道：“你就带那个什么都没有的东西回去好了。”

信徒不解赵州禅师的禅机，满腹狐疑，不禁自语道：“没有的东西怎么好带呢？没有的东西怎么好带呢？”

赵州禅师这才指示道：“你不缺少的东西，那就是你没有的东西；你没有的东西，那就是你不缺少的东西！”

信徒仍然不解，无可奈何地问道：“禅师！就请您明白告诉我吧！”

赵州禅师也无奈地说道：“和你饶舌多言，可惜你没有佛性，但你并不缺佛性。你既不肯放下，也不肯提起，是没有佛性呢，还是不缺少佛性呢？”

【悟在当下】

是啊！你缺少的东西，确实是实实在在你拥有的东西。看不见自己的本真，无故寻愁觅恨，怨来怨去，不满足，不知足，追求一些怎样也追求不到的东西。就像骑着骡子数骡的热播，怎么数都少一头，原来他忽略了自己胯下那一头！

只有敢于放下，果断放下，心里真正地放下，放下的一刹那，才会感到天地原来如此广阔，才会发现你的脚步是如此轻盈平稳，心房才能如此安稳温馨。

天涯远不远？不远。岸不在天涯，放下的时候，天涯就在你面前。

舍了才是得了

在唐代，有一位著名的禅僧布袋和尚。一天，有一位僧人想看看布袋和尚有何修为，问道：“什么是佛祖西来意？”

布袋和尚放下口袋，叉手站在那儿，一句话也没说。僧人又问：“只这样，没别的了吗？”布袋和尚背上布袋，拔腿便走。

那僧人看对方是个疯和尚，也就起身离去了。哪知刚走几步，却觉背上有人抚摸，僧人回头一看，正是布袋和尚。布袋和尚伸手对他说：“给我一枚钱吧！”

【悟在当下】

布袋和尚放下口袋，是在警示我们要放下，随即又背起布袋，是在教我们拿起。其实哪里有什么放下与拿起呢？只不过有时我们需要放下，有时需要拿起，而我们该拿起时拿不起，该放下时放不下。

当一个人可以放下一切的时候，他自然能够逍遥自在，快乐无穷。一个人如果真的能够学会放下，就达到了佛的境界，就会无为无不为，就能够逍遥人间。

幸福地放手

明云禅师曾在终南山中修行达三十年之久，他平静淡泊，兴趣高雅，不但喜欢参禅悟道，而且喜爱花草树木，尤爱兰花。寺中前庭后院栽满了各种各样的兰花，这些兰花来自四面八方，全是老禅师年复一年地积聚所得。他茶余饭后、讲经说法之余，都忘不了去看一看他那心爱的兰花。大家都说，兰花就是明云禅师的命根子。

这天明云禅师有事要下山去，临行前当然忘不了嘱托弟子照看他的兰花。弟子也乐得其事，上午他一盆一盆地认认真真浇水，等到最后轮到那盆兰花中的珍品——君子兰了，弟子更加小心翼翼，这可是师父的最爱啊！他也许浇了一上午有些累了，越是小心翼翼，手就越不听使唤，水壶滑下来砸在了花盆上，连花盆架也碰倒了，整盆兰花都摔在了地上。这回可把弟子给吓坏了，愣在那里不知该怎么办才好，心想：师父回来看到这番景象，肯定会大发雷霆！他越想越害怕。

下午明云禅师回来了，他知道了这件事后非但一点儿不生气，反而平心静气地安慰弟子道：“我之所以栽种兰花，为的是修身养性，并且也为了美化寺院环境，并不是为了生气才种的啊！世间之事一切都是无常的，不要执着于心爱的事物而难以割舍，那不是修禅者的秉性！”

弟子听了师父的一番话，这才放下心来，他对师父的言行敬佩不已，从此更加认真地修行禅定。

【悟在当下】

我们生活在这个世界，最难做到的无疑就是放下，自己喜爱的固然放不下，自己不喜爱的也放不下。因此，爱憎之念常常霸占住我们的心房，哪里能快乐自主？

智尚禅师说：“一个人要拿得起，放得下。而在付诸行动时，拿得起容易，放得下却很难。”

情能否放得下？人世间最说不清、道不明的就是一个“情”字。凡是陷入感情纠葛的人，往往会理智失控。若能在情方面放得下，可称是理智的“放”。

财能否放得下？李白在《将进酒》诗中说：“天生我材必有用，千金散尽还复来。”如能在这方面放得下，那可称得上是非常潇洒的“放”。

名能否放得下？高智商的人，患心理障碍的比率相对较高。原因在于他们一般都喜欢争强好胜，对名看得较重，有的甚至爱“名”如命，累得死去活来。倘若能对“名”放得下，就可称得上是超脱的“放”。

忧愁能否放得下？现实生活中令人忧愁的事实在太多了，就像宋朝女词人李清照所说的：“才下眉头，却上心头。”如果能对忧愁放得下，那就可称得上是幸福的“放”，因为没有忧愁确实是一种幸福。

唤醒良知

良宽禅师终生修行修禅，从来没有懈怠过一天，他的品行远近闻名，人人敬佩。但他年老的时候，家乡传来一则消息，说禅师的外甥不务正业，吃喝嫖赌，五毒俱全，快要倾家荡产了，而且经常危害乡里。家乡父老都希望这位禅师舅舅能大发慈悲，救救外甥，劝他回头，重新做人。

良宽禅师听到消息，不辞辛劳，立即往家乡赶。他风雨兼程，走了半个月的时间，终于回到了家乡。

良宽禅师终于和多年没见过面的外甥见面了。这位外甥久闻舅舅的大名，心想以后可以在狐朋狗友面前吹嘘一番了，因此也非常高兴，并且特意留舅舅过夜。

家人也很高兴，心想禅师可以好好规劝一下自己的外甥了。外甥却寻思，久闻舅舅大名，要是他真的对我说教，我可要好好捉弄他一下，日后就能在别人面前吹嘘了。

出乎意料的是，晚上，良宽禅师在俗家床上坐禅坐了一夜，并没有劝说什么。外甥不知道舅舅葫芦里卖的是什么药，惴惴不安地勉强熬到天亮。这时禅师睁开眼睛，要穿上草鞋，下床离去。他弯下腰，又直起腰，不经意地回头对他的外甥说："我想我真的老了，两手发直，穿鞋都很困难，可否请你帮我把草鞋带子系上？"

外甥非常高兴地照办了，良宽慈祥地说："谢谢你了！年轻真好啊，你看，人老的时候，就什么能力都没有了，可不像年轻的时候，想做什么就做什么。你要好好保重自己，趁年轻的时候，把人做好，把事业的基础打好啊，不然等到老了，可就什么都来不及了！"

禅师说完这句话后，掉头就走。

但就从那一天起，他的外甥再也不花天酒地地浪荡了，而是改邪归正，努力工作，像换了个人似的。

【悟在当下】

良宽禅师并没有用什么大道理规劝外甥，其实，那些道理不用说外甥也懂，只是没有照着实行而已。禅师说明其中的利害关系，只是要唤起外甥的良知而已，做好了人，一切都有可能，否则，就无药可救，再无他法。

在佛家看来，世法与佛法是同样的道理，因此，出家的人要懂世法，世法懂了，佛法就通了。所有真正的禅宗，并不是只以梅花明月、洁身自好便为究竟。后世学禅的人，只重理悟而不重行持，早已大错而特错。

先学做人，再学做佛，这是世间不变的道理。一个人如果真的能够照此修行，不但可以使自己获得幸福，而且还能够造福社会，成为社会的有用之材。

何不换一条路走

有一位高僧，是一座大寺庙的方丈，因年事已高，心中思考着找接班人。一日，他将两个得意弟子叫到面前，这两个弟子一个叫慧明，一个叫尘元。高僧对他们说："你们俩谁能凭自己的力量，从寺院后面悬崖的下面攀爬上来，谁将是我的接班人。"

慧明和尘元一同来到悬崖下，那真是令人望而生畏的悬崖，崖壁极其险峻陡峭。身体健壮的慧明，信心百倍地开始攀爬，但是不一会儿，他就从上面滑了下来。慧明爬起来重新开始，尽管这一次他小心翼翼，但还是从山坡上面滚落到原地。慧明稍事休息之后，又开始攀爬，尽管摔得鼻青脸肿，他也绝不放弃……让人感到遗憾的是，慧明屡爬屡摔，最后一次他拼尽全身之力，爬到半山腰时，因气力已尽，又无处歇息，重重地摔到一块大石头上，当场昏了过去。高僧不得不让几个僧人用绳索，将他救了回去。

接着轮到尘元了，他一开始也是和慧明一样，竭尽全力地向崖顶攀爬，结果也屡爬屡摔。尘元紧握绳索站在一块山石上面，他打算再试一次，但是当他不经意地向下看了一眼以后，突然放下了用来攀上崖顶的绳索，然后整了整衣衫，拍了拍身上的泥土，扭头向着山下走去。旁观的众僧都十分不解，难道尘元就这么轻易地放弃了？大家对此议论纷纷，只有高僧默然无语地看着尘元的去向。尘元到了山下，沿着一条小溪流顺水而上，穿过树林，越过山谷……最后，没费什么力气就到达了崖顶。

当尘元重新站到高僧面前时，众人还以为高僧会痛骂他贪生怕死，胆小怯弱，甚至会将他逐出寺门。谁知高僧却微笑着宣布将尘元定为新一任住持。众僧面面相觑，不知所以。

尘元向同修们解释："寺后悬崖乃是人力不能攀登上去的。但是只要于山腰处低头看，便可见一条上山之路。师父经常对我们说'明者因境而变，智者随情而行'，就是教导我们要知伸缩进退的啊。"

高僧将衣钵锡杖传给了尘元，并语重心长地对大家说："攀爬悬崖，意在考验你们的心境。能不入名利牢笼，心中无碍，顺天而行者，便是我中意之人。"

【悟在当下】

若为名利所诱，心中则只有面前的悬崖绝壁，天不设牢，而人自在心中建牢。在名利牢笼之内，徒劳苦争，轻者苦恼伤心，重者伤身损肢，极重者粉身碎骨。

看透功名利禄，看破世间百态，该进则进，当退则退，不要偏执一心，不要被世俗蒙蔽了心境。须知，功成，名遂，身退，天之道。

第31章　不贪心，即得快乐

佛家的戒律之中，首戒贪婪。贪婪妨碍一个人未来的广阔生活空间，使他短视、气度狭小。贪婪会让人不知餍足，变得蝇营狗苟。贪婪不会让人得到快乐，只会让人苦上加苦。一个心灵苦旱的人，与其渴求远大的虚幻云影，不如珍惜身边的点滴甘露。放下贪心，才能即得快乐。

贪婪令人气度狭小

从前在普陀山下有个樵夫，世代以打柴为生，樵夫整日早出晚归，风餐露宿，但仍然常常揭不开锅。于是他老婆天天到佛前烧香，祈求佛祖慈悲，让他们脱离苦海。

真是苍天有眼，大运降临。有一天，樵夫突然在大树底下挖出了一个金罗汉！转眼间他就成了百万富翁。于是他买房置地，宴请宾朋，好不热闹。亲朋好友都像是一下子冒出来似的，纷纷赶来向他表示祝贺。

按理说，樵夫应该非常满足了，总算知道荣华富贵是什么滋味了。可他只高兴了一阵子，就又犯起愁来，吃睡不香，坐卧不宁。老婆看在眼里，不禁上前劝道："现在吃穿不缺，又有良田美宅，你为什么还在发愁？就是贼偷，一时半会儿也偷不完。你这个丧气鬼，天生受穷的命！"

樵夫听到这里，不耐烦了："你个妇道人家懂得什么？怕人偷只不过是小事，关键是十八罗汉我才得到了其中一个，那十七个我还不知道埋在哪里呢，我怎么能安心？"

说完便又像只被烤熟了的鸭子，瘫软在床上。

结果，这个樵夫抱了个金罗汉还整日愁眉不展，落得疾病缠身，最终与幸福擦肩而过。

【悟在当下】

为什么要贪得无厌呢？生活本来就很辛苦，烦恼、挂虑、忧伤、痛苦，如果整日计较这些，只有苦上加苦！如同一个疯狂旋转的陀螺。人的未来如同太阳西升，是没影子的事，为什么要为眼前的事烦恼？

一个心灵苦旱的人，与其渴求远大的虚幻云影，不如珍惜身边的点滴甘露。

贪婪妨碍一个人未来的广阔生活空间，使他短视、气度狭小。因此，一个人要想有一个纯朴宁静的心灵，首先就要驱除贪的念头。

尘世的诱惑如绳索

洞山禅师感觉自己即将离开人世了。这个消息传出去以后，人们从四面八方赶来，连朝廷也急忙派人赶来。

洞山禅师走了出来，脸上洋溢着净莲般的微笑。他看着满院的僧众，大声说："我在世间沾了一点闲名，如今躯壳即将散坏，闲名也该去除。你们之中有谁能够替我除去闲名？"

殿前一片寂静，没有人知道该怎么办，院子里一片宁静。

忽然，一个前几日才上山的小和尚走到禅师面前，恭敬地行礼之后，高声说道："请问和尚法号是什么？"

话刚一出口，所有的人都投来埋怨的目光。有的人低声斥责小沙弥目尢尊长，对禅师不敬，有的人埋怨小沙弥无知，院子里闹哄哄的。

洞山禅师听了小和尚的问话，大声笑着说："好啊！现在我没有闲名了，还是小和尚聪明呀！"于是坐下来闭目合十，就此涅槃了。

小和尚眼中的泪水再也忍不住，止不住流了下来，他看着师父的身体，庆幸在师父圆寂之前，自己还能替师父除去闲名。

过了一会儿，小和尚立刻就被周围的人围了起来，他们责问道："真是岂有此理！连洞山禅师的法号都不知道，你到这里来干什么？”

小和尚看着周围的人，无可奈何地说：“他是我的师父，他的法号我岂能不知？”

“那你为什么要那样问呢？”

小和尚答道：“我那样做就是为了除去师父的闲名！”

【悟在当下】

名是缰，利是锁，尘世的诱惑如绳索一般牵绊着众人。一切烦恼、忧愁、痛苦皆由此来。要想摆脱，首先要舍弃虚名浮利。

有真才实学的人是用不着用所谓的“虚名”来证明自己的学问或者是优秀之处的。故而那些有真正实学的名人、伟人，他们都对虚名抱一种不屑一顾的态度。

过多杂念是登上人生巅峰的最大阻碍

一天，释尊禅师在寂静的树林中坐禅。太阳斑驳的影子撒在地上，即使闭着眼睛也能感觉到它的晃动。微风轻轻地拂过树梢，发出悦耳的声音。

突然，从远方传来隐约的嘈杂声，声音越来越近，在寂静的树林中听得十分清楚，原来是一对男女在林中争吵。

过了一会儿，一名女子慌忙地从树林中跑了过来，她跑得太专注了，从释尊禅师面前过去，居然一点也没有发现禅师。之后又出来一名男子，他走到释尊禅师面前，非常生气地问道：“你有没有看见一个女子经过这里？”

禅师问道：“有什么事吗？为什么你这么生气呢？”

阳光透过树叶，在男子脸上形成明暗不定的阴影。他目光凶狠地说：“这个女人偷了我的钱，我是不会放过她的！”

释尊禅师问道：“找逃走的女人与找自己，哪一个更重要？”

青年男子没有想到禅师会这样问，站在那里，愣住了。

“找逃走的女人与找自己，哪一个更重要？”释尊禅师再问。

青年男子眼睛里流露出惊喜的神色，他在一瞬间醒悟了！青年低下头，脸上的怒气消失了，重新洋溢着平静的神色。

【悟在当下】

一旦陷进“追逐物欲”的泥沼中迷失了自己，想要抽身出来就不容易了。找到自己的本心比寻回丢失的钱袋更为紧迫。

很多时候，当我们处在困窘的处境中，似乎会有更多的渴望，然而，太多不切实际的杂念，也往往是我们登上人生顶峰的最大阻碍。这时候，如果你能够让你的心平静下来，不受外界的干扰，那么你就可以得到你想要的一切。

握着拳头只得掌中世界，伸开手掌可得整个天空

有位信徒对默仙禅师说：“我的妻子贪婪而且吝啬，对于做好事行善，连一点儿钱财也不舍得，你能慈悲到我家里来，向我太太开示，行些善事吗？”

默仙禅师是个痛快人，听完信徒的话，非常慈悲地答应下来。

当默仙禅师到达那位信徒的家里时，信徒的妻子出来迎接，可是却连一杯水都舍不得端出来给禅师喝。于是，禅师握着一个拳头说：“夫人，你看我的手天天都是这样，你觉得怎么样呢？”

信徒的夫人说：“如果手天天这个样子，这是有毛病，畸形啊！”

默仙禅师说：“对，这样子是畸形。”

接着，默仙禅师把手伸展开，并问：“假如天天这个样子呢？”

信徒夫人说：“这样子也是畸形啊！”

默仙禅师趁机立即说：“夫人，不错，这都是畸形，钱只能贪取，不知道布施，是畸形；钱只知道花用，不知道储蓄，也是畸形。钱要流通，要能进能出，要量入而出。”

握着拳头暗示过于吝啬，张开手掌则暗示过于慷慨，信徒的太太在默仙禅师这么一个比喻之下，对做人处世、经济观念、用财之道，豁然领悟了。

【悟在当下】

握着拳头，你只能得到掌中的世界，伸开手掌，你能得到整个天空。

有的人过于贪财，有的人过分施舍，这都不是禅的应有之处。吝啬，贪婪的人

应该知道喜舍结缘是发财顺利的原因，因为不播种就不会有收成。布施的人应该在不自苦、不自恼的情形下去做。否则，就不是纯粹的施舍了。

少欲知足才是真正的富人

以前，有一对兄弟，他们自幼失去了父母，相依为命，家境十分贫寒。他们俩终日以打柴为生，生活十分艰苦。即便这样，兄弟俩从来没有抱怨过，他们起早贪黑，一天到晚忙得不亦乐乎。而且，哥哥照顾弟弟，弟弟心疼哥哥，生活虽然艰苦点，但过得还算舒心。

观世音菩萨得知了他们二人的情况，为他们的亲情所感动，决定下界去帮他们一把。清晨时分，菩萨来到兄弟俩的梦中，对他们说："远方有一座太阳山，山上撒满了金光灿灿的金子，你们可以前去拾取。不过路途非常艰险，你们可要小心！并且，太阳山温度很高，你们一定要在太阳出来之前下山，否则，就会被烧死在上边。"说完，菩萨就不见了。

兄弟二人从睡梦中醒来，非常兴奋。他们商量了一下，便起程去了太阳山。一路上，他们不但遇到了毒蛇猛兽、豺狼虎豹，而且天空中狂风大作、电闪雷鸣。兄弟俩咬紧牙关，团结一致，最终战胜了各种艰难险阻，历经千辛万苦，终于来到太阳山。

兄弟俩一看，漫山遍野都是黄金，金光灿灿的，照得人睁不开眼。弟弟一脸的兴奋，望着这些黄金不住地笑，而哥哥却只是淡淡地笑。

哥哥从山上捡了一块黄金，装在口袋里，下山去了。弟弟捡了一块又一块，就是不肯罢手。不一会儿整个袋子都装满了，弟弟还是不肯住手。此时，太阳快出来了，可是弟弟却仍在不住地捡。

一会儿，太阳真的出来了，山上的温度也在渐渐地升高。这时，弟弟才慌了神，急忙背着黄金往回跑，无奈金子太重，压得他根本就跑不快。太阳越升越高，弟弟终于倒了下去，被烧死在太阳山上。

哥哥回家后，用捡到的那块金子当本钱，做起了生意，后来成了远近闻名的大富翁。可弟弟却永远留在了太阳山。

【悟在当下】

哥哥因为不贪而享受了富有的恩赐，弟弟因贪得无厌而命丧黄泉。物欲过度的危害可见一斑。

多贪多欲的人，纵然富甲天下，还是无法满足，等于是个穷人，他们拥有的是痛苦的根源而非幸福的靠山；而少欲知足的人，才是真正的富人。

知足是一种处世态度，常乐是一种幽幽释然的情怀。知足常乐，贵在调节。做到知足常乐，良好心态就会和为人处世并驾齐驱，充满和谐、平静、适意、真诚。这是一种人生底色，当我们都在忙于追求、拼搏而找不着北的时候，知足常乐，这种在平凡中渲染的人生底色所孕育的宁静与温馨对于风雨兼程的我们是一个避风的港口。休憩整理后，毅然前行，来源于自身平和的不竭动力。真正做到知足常乐，人生会多一份从容，多一些达观。

色即是空

在空与色的领悟上尤其需要一刀斩结的果断与勇毅。

一次，洞山禅师问云居禅师："你爱色吗？"

云居正在用竹箩拣豌豆，听到洞山这样问，吓了一跳，箩里的豆子也洒了出来，滚到了洞山的脚下。洞山笑着弯下腰把豌豆一粒一粒地捡了起来。

云居禅师耳边依然回想着洞山禅师刚才说的话，他不知道该怎么回答，这个问题实在是没有办法回答。

"色"包含的范围太广了！女色、颜色、脸色……

你穿衣服挑颜色吗？你吃佳肴喝美酒看重菜色、酒色吗？你选宅第房舍注意墙色吗？你会按照别人的脸色行事吗？你贪恋黄金白银的财利吗？你恋慕艳丽的女色吗？

云居禅师放下竹箩，心中还在翻腾。他想了很久回答道："不爱！"

洞山一直在旁边看着云居受惊、闪躲、逃避，他惋惜地说："你回答这个问题之前想好了吗？等你真正面对考验的时候，是否能够从容面对呢？"

云居大声说："当然能！"然后他向洞山禅师脸上看去，希望能得到他的回答，可是洞山只是笑，没有任何回答。

云居禅师感到很奇怪，反问道："那我问你一个问题行吗？"

洞山说："你问吧！"

云居问："你爱女色吗？当你面对诱惑的时候，你能从容应付吗？"

洞山哈哈大笑地说："我早就想到你要这样问了！我看她们只不过是美丽外表掩饰下的臭皮囊而已。你问我爱不爱，爱与不爱又有什么关系呢？只要心中有自己坚定的想法就行了，何必在乎别人怎么想！"

【悟在当下】

色即是空，空即是色。眼中有色，心中无色，才能坦然面对世间的各种诱惑。

在各种空空色色的诱惑面前，心兵是先行官。因色而动，根本原因在于你的心兵先发动。质本洁来还洁去，强于污淖陷渠沟。只要内心笃定，有一个坚定的信念，才能真正心中不留色。

欲望如海水，越喝越渴

有个人问禅师："世上最可怕的是什么？"

禅师说："欲望！"

那个人满脸疑惑。

禅师说："听我讲一个故事吧！"

有一个农民想要买一块地，他听说有个地方的人想卖地，便决定到那里打听一下。到了那个地方，他向人询问："这里的地怎么卖呢？"

当地人说："只要交1000块钱，然后就给你一天时间，从太阳升起的时间算起，直到太阳落下地平线，你能用步子圈多大的地，那些地就是你的了，但是如果不能回到起点，你将不能得到一寸土地。"

这个人心想："那我这一天辛苦一下，多走一些路，岂不是可以圈很大的一块地，这样的生意实在太划算了！"于是他就和当地人签订了合约。

太阳刚一露出地平线，他就迈着大步向前疾走，到了中午的时候，他回头已看不见出发的地方了才拐弯。他的步子一分钟也没有停下，一直向前走着，心里想："忍受这一天，以后就可以享受这一天的辛苦带来的欢悦了。"

他又向前走了很远的路，眼看着太阳快要下山了，他心里非常着急，因为如果他赶不回去就一寸地也得不到了，于是他走斜路向起点赶去。可是太阳也马上就要落到地平线下面了。于是他加快了脚步，只差两步就到达起点了，但是他的力气已经耗尽，倒在了那里，倒下的时候两只手刚好触到了起点的那条线。那片地归他了，可是又有什么用呢？他的生命已经失去了，还有什么意义呢？

禅师讲完，闭目不语，弟子从这个故事中知道了答案。

【悟在当下】

曾经有人说："欲望像海水，喝得越多，越是口渴。"欲望过多，不加节制，便成了贪婪。结果陷入了"越喝越渴，越渴越喝"的恶性循环。

对于一个不知足的人来说，天下没有一把椅子是舒服的。欲望就如同一团熊熊烈火，柴放得越多，烧得越旺。于是为了欲望，人们不惜放低姿态，匍匐前进，拉着名利钱财的尾巴不放。然而，欲望只是魔鬼免费赠送的一剂穿肠毒药。饮鸩绝不能止渴，及时从这乌烟瘴气的泥潭脱身才是明智的选择。

功名利禄不上心

游方和尚问曹山禅师："人世间最珍贵的东西是什么？"

曹山禅师抬眼远眺，只见树的枝丫上悬挂着一具黑猫的尸体，于是说道："死猫的头最珍贵！"

和尚不解地问道："为什么呢？为什么世人认为一钱不值的东西，禅师竟认为是人世间最珍贵的？"

曹山笑着说："樗树根大枝弯，世人因为看它无用，它便得以生存；栎树虽然一表树才，但是做船船沉，做棺腐朽，造器具即折毁，当屋柱生蛀虫，完全没有用处，唯一有用的就是可以用来乘凉。正是因为它们无用所以才珍贵！死猫头最贵，因为没有人出价争夺，也没有人出得起性命的价钱啊！"

【悟在当下】

世人贪逐名利，你欺我骗，斤斤计较成败得失。人生本来就不易，何必再假惺惺！

一串珍贵的珠宝，引得多少人争夺？一方官印，引起多少干戈？解脱全靠自己，没有谁束缚你，缰绳是你自己捆绑上的。

一切功名利禄都是过眼烟云，得而失之，失而复得的情况都是经常发生的。要意识到一切都可能因时空转换而发生变化，就能够把功名利禄看淡、看轻、看开些，做到“荣辱毁誉不上心”。

一文钱填满心房

有位禅师为了测试他的三个弟子哪一个最聪明，就给了他们三人每人十文钱，让他们想办法用十文钱买来能装满一个巨大房间的东西。

第一位弟子反复思考了很久之后，心想：“什么才是市场上体积最大、价格最低的东西呢？”最后他跑到市场上，买了很多棉花。但棉花买回来以后，只将这间房间装了一半多一点。

第二位弟子与第一位弟子的思路非常相近，他也在反复寻找市面上体积最大、价钱最便宜的货物。最终他挑选了最便宜的稻草，但十文钱的稻草也只能将房间填满三分之二。

轮到最后一位弟子了，前两位弟子和禅师都等着看这位弟子的答案。只见他手上什么东西也没有拿就回来了。前两位师兄弟感到非常奇怪，禅师却在暗暗点头。这位弟子请禅师和另外两位弟子走进房间，然后将窗户和房门紧紧地关上。整个房间顿时伸手不见五指，漆黑一片了。

这个时候，这个弟子从怀里取出他花一文钱买来的一支蜡烛。他用火柴点燃了蜡烛，顿时，漆黑的房间里亮起昏黄的烛光。这片烛光虽然微弱，但是将房间的每一个角落都照到了。第三位弟子成功地仅用一文钱装满了整个房间。

【悟在当下】

禅就是我们内心的火柴和蜡烛，当我们用智慧点燃这盏禅灯的时候，我们的内心也会被光明和温暖充满。心灯是无形的智慧，是活泼的响应能力，是能克服烦恼、使人自在的积极心志，我们需要这样的温暖和光明。

自古以来，人最忌讳的就是失去光明的心智，渐渐被黑暗的罪恶所包围；最可怕的是走上贪婪、暴力和痴迷之路。这使人失去理性和情性，最后心灵完全黑暗。欲壑难填，保持一颗清净的心，知足常乐，才是得平安、收获幸福果实的道路。

不要被佛的精深博大所吓倒，你所拥有的禅意禅感，足够你欢喜快乐，赶快擦亮你心中的火柴吧。让自己发光，胜过埋怨一切黑暗。

生命的最高境界是不争

禅宗二祖慧可为了表示自己求佛的诚心，挥刀断臂，拜达摩为师。

有一次，他对达摩祖师说道："请老师为我安心。"

达摩当即说："把心拿来。"

慧可不得不说："弟子无法找到。"

达摩开导他说："如能找到了，那就不是你的心了！我已经帮你安好心了，你看到了吗？"

慧可恍然大悟。

几十年以后，僧璨前去拜谒二祖慧可，他对二祖说："请求师父为弟子忏悔罪过。"

二祖想起了当初达摩启发自己的情景，微笑着对僧璨说："把罪过拿来。"

僧璨说道："我找不到罪过。"

慧可便点化他说："现在我已经为你忏悔了！你看到了吗？"

僧璨恍然大悟。

又过了许多年，一个小和尚向三祖僧璨求教："如何能解除束缚？"

僧璨当即反问："谁在束缚你呢？"

小和尚脱口而出："没有谁来束缚我呀！"

僧璨微微一笑，说道："那你何必再求解脱呢？"

小和尚豁然领悟。他就是后来中国禅宗第四祖道信。

禅宗祖师们告诉我们，只有解脱所有束缚，扫除所有名利的浮云，才能自由安心地徜徉在禅的晴朗天空下。

【悟在当下】

醉心于功利，便被"名缰利锁"缚住；斤斤计较于褒贬毁誉，必会患得患失。野心勃勃、贪欲无厌、争权夺利、钩心斗角，哪一个不是伴随烦恼焦虑、忧愁惊恐、嫉妒猜疑？重要的是自我解脱，而不是求人解脱。

把生命都耗费在名利上，到头来只能是一场空；世俗无价值的清闲自在是生命的至宝，使我们不会感到空虚，不受世俗伤害，看到生命的本源，找到人生的快乐。

生命的最高境界，应该是无争、无价、安宁、幸福。财色与名利只不过是人生的泡沫与灰尘，何必抵死相争？

第32章　执着处撒手，觉醒在刹那

人只有把一切受物理、环境影响的东西都放掉，万缘放下，才能够逍遥自在，万里行游而心中不留一念。人只要能够不执着于世间的一切假象，不为虚妄所动，不为功名利禄所诱惑，不因无常变化的万有而绝望，就能体会到自己的真正本性，看清本来的自己。

脾气皆由嗔心来

有一位学僧请教禅师："我脾气暴躁、气短心急，以前参禅时师父曾经屡次批评我，我也知道这是出家人的大忌，很想改掉它。但这是一个人天生的毛病，已成为习气，根本无法控制，所以始终没有办法纠正。请问禅师，您有什么办法帮我改正这个缺点吗？"

禅师非常认真地回答道："好，把你心急的习气拿出来，我一定能够帮你改正。"

学僧不禁失笑，说："现在我没有事情，不会心急，有时候遇到事情它就会自然跑出来。"

禅师微微一笑，说："你看，你的心急有时候存在，有时候不存在，这哪里是习性？更不是天性了。它本来没有，是你因事情而生，因境而发的。你无法控制自己，还把责任推到父母身上，你不认为自己太不孝了吗？父母给你的，只有佛心，没有其他的。"

学僧惭愧而退。

【悟在当下】

正如禅师所说，“脾气暴躁、气短心急”的品性根本不是来源于父母，而是源自自身后天的习性，是一种外在侵入的毒素，因此，绝不是不可改变的，而是需要我们一点一滴地好好清除。这就需要我们拥有像关云长刮骨疗伤那样的大勇气和超乎寻常的毅力。

昭引和尚云游各地，被大家认为是一个行脚僧时，有信徒来请示：“发脾气要如何改呢？”“脾气皆由嗔心而来，这样好了，我来跟你化缘，你把脾气和嗔心给我好吗？”

一个人如果能够每时每刻都用一颗宽容、豁达的心去面对世间的人和事，抛开嗔怒，那么这个人的生活中就会除却很多烦恼，就能够时时拥有一颗宁静的心。

斩断三千烦恼丝

有个后生从家里到一座禅院去，在路上他遇到了一件有趣的事，他想以此去考考禅院里的老禅者。

来到禅院后，后生与老禅者一边品茶，一边闲谈，冷不防他问了一句：“什么是团团转？”

“皆因绳未断。”老禅者随口答道。

后生听到老禅者这样回答，顿时目瞪口呆。老禅者见状，问：“什么使你这样惊讶啊？”

“不，老师父，我惊讶的是，你怎么知道的呢？”

后生说：“我今天在来的路上，看到一头牛被绳子穿了鼻子，拴在树上，这头牛想离开这棵树，到草地上去吃草，谁知它转过来转过去都不得脱身。我以为师父没看见，肯定答不出来，哪知师父一下就答对了。”

老禅者微笑着说：“你问的是事，我答的是理，你问的是牛被绳缚而不得解脱，我答的是心被俗务纠缠而不得超脱，一理通百事啊！”

【悟在当下】

想想我们自己，其实也是被一根无形的绳子牵着，像老牛一样围着树干团团转，总解脱不了。我们的处境又能比老牛好到哪儿去呢？

为了钱，我们东西南北团团转；为了权，我们上下左右转团团；为了欲，我们上上下下奔窜；为了名，我们日日夜夜窜奔。名是绳，利是绳，欲是绳，尘世的诱惑与牵挂都是绳。人生三千烦恼丝，斩断才能自在啊！

对活在忙碌紧张、名利缠绕的现代社会的我们而言，在肩上的重担，在心上的压力，岂止手上的花瓶？这些重担与压力，可以说使人活得非常艰难。必要的时候放下，不失为一双跨越悬崖，朝晴朗的幸福天宇飞翔的翅膀！

心是自缚的茧

宋代苏轼到金山寺和佛印禅师打坐参禅，苏轼觉得身心通畅，于是问禅师道："禅师！你看我坐的样子怎么样？"

"好庄严，像一尊佛！"

苏轼听了非常高兴。

佛印禅师接着问苏轼道："学士！你看我坐的姿势怎么样？"

苏轼从来不放过嘲弄禅师的机会，马上回答说："像一堆牛粪！"

佛印禅师听了也很高兴！

禅师被人喻为牛粪，竟无以为答，苏轼心中以为赢了佛印禅师，于是逢人便说："我今天赢了！"

消息传到他妹妹苏小妹的耳中，妹妹就问道："哥哥！你究竟是怎么赢了禅师的？"苏轼眉飞色舞、神采飞扬地如实叙述了一遍他与佛印的对话。

苏小妹天资聪颖，才华出众，她听了苏轼得意的叙述之后，说道："哥哥，你输了！禅师的心中如佛，所以他看你如佛；而你心中像牛粪，所以你看禅师才像牛粪！"

苏轼哑然，方知自己禅功不及佛印禅师。

【悟在当下】

苏轼为什么会输给佛印？原因就在于他心中还有一个“执着于我”的羞耻心，被佛印禅师说自己是佛就喜笑颜开；然而被苏小妹一点拨，就知道自己对表面功夫太执着了，道行还是太浅，自觉心中果然是堆牛粪。

人总是趋向于保护自我，相信自我，信赖自己的感觉，凭自己旧有的经验行事，将自己抓得紧紧的。一旦才高八斗，就自觉不错，这就是佛门所说的“我执”。殊不知，恰是这种我执，让自己不能觉醒，令自己自觉不错，反落了他人的笑柄。因而，只有放弃我执，在人生的道路上才能轻装上阵，找到自己的道之所在。

情不重，烦恼不生

有个书生和未婚妻约好在某年某月某日结婚。但到了那一天，未婚妻却嫁给了别人，书生为此备受打击，一病不起。

这时，一位过路的僧人得知这个情况，就决定点化一下他。僧人来到他的床前，从怀中摸出一面镜子叫书生看。书生看到茫茫大海，一名遇害的女子一丝不挂地躺在海滩上。

路过一人，看了一眼，摇摇头走了。

又路过一人，将衣服脱下，给女尸盖上，走了。

再路过一人，过去，挖个坑，小心翼翼地把尸体埋了。

书生正疑惑间，画面切换。书生看到自己的未婚妻，洞房花烛夜，被她的丈夫掀起了盖头。书生不明就里，就问僧人。

僧人解释说：“那具海滩上的女尸就是你未婚妻的前世。你是第二个路过的人，曾给过她一件衣服。她今生和你相恋，只为还你一个情。但她最终要报答一生一世的人，是最后那个把她掩埋的人，那个人就是她现在的丈夫。”

书生听后，豁然开朗，病也渐渐地好了。

【悟在当下】

书生为什么会病倒？就因为他太在乎、太执着，对自己的未婚妻始终放不下。

当僧人帮他解释了未婚妻的情况后，他就能从心底将这件事放下了。放下了，病自然也就好了。

禅宗认为，一个人只有把一切受物理、环境影响的东西都放掉，万缘放下，才能够逍遥自在，万里行游而心中不留一念。

一个人只要能够放下世间的一切假象，不为虚妄所动，不为功名利禄所诱惑，不因无常变化的万有而绝望，就能体会到自己的真正本性，看清本来的自己。

心不装事，寸丝不挂

玄机和尚心想："我整日打坐，是逃避吗？打坐，就是为了心无杂念，如果靠打坐才能达到这样的效果，打坐和吸食鸦片有什么两样呢？"

他眼神中充满了迷惘，目光渐渐黯淡了。然后他起身去拜见雪峰禅师，希望能从他那里得到答案。

雪峰禅师看着眼前的这个人，觉得他虽然有向佛之心，但是本性中有许多缺点不自然地表露了出来，于是点点头，问道："你从哪里来？"

"大日山。"雪峰微笑，话里暗藏机锋："太阳出来了没有？"意思是问他是否悟到了什么禅理。

玄机以为雪峰是在试探他，心想："连这个我都答不上来的话，这几年学禅，岂不是白白浪费时间了吗？"便扬着眉毛说："如果太阳出来了，雪峰岂不是要融化？"雪峰叹息着又问："你的法号？"

"玄机。"雪峰心想："这个和尚人傲了，心里装的东西也太多了，且提醒他一下吧！"于是问道："一天能织多少？"

"寸丝不挂！"玄机心想："就这个也能考住我玄机和尚，真是太小瞧我了！"

雪峰看他这样固执，不由得感叹道："我用机锋来提醒他，他却和我争辩口舌，自以为是，却不知心中已经藏了多少名利的蛛丝！"

玄机看雪峰无话可说，便起身准备离去，脸上还是那样得意的神态。

他刚转过身去，雪峰禅师就在身后叫道："你的袈裟拖地了。"玄机不由自主地回过头来，见袈裟好好地披在身上，只见雪峰哈哈大笑："好一个寸丝不挂！"

【悟在当下】

所谓寸丝不挂，就是指心里不要装事，不要总想着别人会怎么看你，人不如少思寡欲，活得简单一些好。

一个人若时常追求复杂而奢侈的生活，苦难则没有尽头，不仅贪欲无度，烦恼缠身，而且日夜不宁，心无快乐。因为复杂，往往浪费了宝贵的时间；因为奢侈，极有可能断送美好的人生。

而简洁，每每能找到生活的快乐；不执，时时能感觉没有虚度每一天。如此，生活的真谛才易得。

统统扔掉，直路前行

慧远禅师年轻时喜欢四处云游，有一次，他遇到了一位嗜烟的行人，两人走了很长一段山路，然后坐在河边休息。那位行人给了慧远禅师一袋烟，慧远禅师高兴地接受了行人的馈赠，然后他们就在那里谈话，由于谈得投机，那人便送给他一根烟管和一些烟草。

慧远禅师与那人分开以后，心想，这个东西令人十分舒服，肯定打扰我禅定，时间长了一定恶习难改，还是趁早戒掉的好，于是就把烟管和烟草全部都扔掉了。

之后他又迷上了书法，每天钻研，居然小有所成，有几个书法家也对他的书法赞不绝口，他转念一想："我又偏离了自己的正道，再这样下去，我很有可能就成为书法家了，而成不了禅师。"从此他一心参悟，放弃了一切与禅无关的东西，终于成了一位禅宗大师。

【悟在当下】

有的人设定了目标，但却在实现梦想的过程中放弃了目标，画地为牢，限定了自己的理想高度。如果自己在追梦的过程中心有余而力不足，便要审视自己的目标是否可行，自己的选择是否有所偏差，如果目标与方向没有错，就应该朝着既定的目标量力而行，避开弯路。

执着处终究要撒手

某日，无德禅师遇见三位信徒，他们向禅师询问道："信佛真的能解除痛苦吗？如果是真的，那为什么我们信佛多年却还是不快乐呢？"

无德禅师说："你们为什么要活着？"

过了片刻，甲说："我活着是为了不死，死亡太可怕了，我不想死，所以我要活着。"

乙说："我活着是为了现在努力劳动，老的时候能享受丰裕的生活。"

丙说："我活着只是为了能养活一家老小，没有我他们就无法生活，我是一家的顶梁柱，缺了我，这个家就要崩溃。"

禅师说："你们整天想着死亡、年老、辛劳，怎么能够快乐呢？你们应该想到理想、信念和责任，想着这些，你们就会快乐！"

信徒们对禅师的话半信半疑，说："这些说着容易，实际上它能当饭吃吗？没有饭吃怎么能快乐呢？"

禅师说："那你们说拥有什么才能够快乐呢？"

甲说："拥有名誉就拥有了一切，所以拥有名誉就能够快乐。"

乙说："爱情是最甜蜜的，拥有了爱情，就能够快乐。"

丙说："金钱是最有用的，拥有了金钱，就能够快乐。"

无德禅师听后，不以为然地告诫信徒："你们这样永远不会快乐。当你们有了金钱、爱情、名誉以后，烦恼、忧虑仍然会跟在你们后面。"

三位信徒无可奈何："那怎么办？"

无德禅师："改变你们的观念。金钱要布施才快乐，爱情要奉献才快乐，名誉要用来服务大众，你们才会快乐。"

【悟在当下】

金钱、爱情和名誉只是获得快乐的手段而已。正如爱因斯坦所说，这是一个将手段当作目的的时代，一切都颠倒过来而浑然不觉。

世界上最值钱的东西也最不值钱，最值钱的东西没有价钱。智慧是绝对无价，但是智慧也一毛钱都不值，这就是佛陀说的众生皆颠倒。快乐也颠倒成刺激与自我安慰和满足了。

如何才不颠倒呢？明代大诗僧苍雪大师有首诗：

南台静坐一炉香，终日凝然万虑亡；

不是息心除妄想，只缘无事可思量。

只有去除各种各样的妄想，摆脱名、利、欲等的束缚，才能消除心中的万虑。这才不颠倒！这样才能在这颠倒的红尘中获得独在一方的清净快乐。

第 33 章　爱出者爱返，福往者福来

六祖慧能和尚曾言：“一切福田，不离方寸，从心而觅，感无不通。”福田不在远处，都是由人的一颗好心种下，只要有一颗善心，多做善行，就等于为自己开垦福田。我们应当明了：能吃苦，了解了苦的根源，才能苦尽甘来；只享福，消解了福气，福尽了悲来。爱出者爱返，福往者福来，只有行善，才能得尝甘果。

人无差异，无贫富贵贱之分

在日本，耕田的农民被视为贱民，连出家当和尚的资格都没有。无三禅师虽然出身于贱民，但是他一心皈依佛门，于是假冒士族之姓，了却了自己的心愿。

无三禅师后来被众人拥戴为住持。举行就任仪式的那天，有个人突然从大殿中跳出来，指着法坛上的无三，大声嘲弄道：“出身贱民的和尚也能当住持，究竟是怎么回事啊？”

就任仪式庄严隆重，谁也没有想到会发生这样的事情，众僧都被眼前发生的事弄得不知所措。在这种情况下，谁都不能来阻止这个人说话，只好屏息噤声，注视着事态的发展。

仪式被迫中断，场上静得连一根针掉在地上都能听见，众人都为无三禅师捏了一把汗。

面对突如其来的发难，无三禅师从容地笑着回答：“泥中莲花。”

绝对的佛禅妙语！在场的人全都喝彩叫好，那个刁难的人也无言以对，不得不佩服无三和尚的深湛佛法。

就任仪式继续进行，这突然的刁难并没有对仪式产生什么影响，由于禅师的佛

禅妙语，更增加了他的威信，众人更加拥护他了。

【悟在当下】

人无差异，无贫富贵贱之分。每个人都有追求真理的权利，面对他人的刁难，一句“泥中莲花”尽显真人本色。

有人说：“世间没有完全平等的事情。”诚然，事相上的平等很难达成，但我们可以从心理上建立平等的观念。唯有摒除成见，彼此共尊，人我同等，相互接纳，才能和平相处，共享安乐。

佛不舍弃任何人

一大早起来，寺院门口就吵闹不休，玄素禅师前去询问，了解到原来是一个屠夫想要进寺烧香拜佛，但是寺里的僧人嫌他满手血腥，不肯让他进殿，于是双方就在那里发生了争执。玄素禅师见此情形，立刻阻止了众僧人。

他问道：“为何事在这里吵闹？”

旁边的僧人说道：“这个屠夫每天杀猪宰牛，双手沾满了血腥与罪孽，怎么能让他玷污了佛门清净？”

旁边的人也附和道：“每天晚上，他家里就会传来猪狗牛羊的哀叫声，听得人心烦，让人无法入睡。像他这样的人怎么可以到这里来呢？”

玄素禅师说道：“你们这样说就不对了。他身为屠夫，为了生计被迫屠宰生灵，一定于心不安，有很多罪需要忏悔。佛门为十方善人而开，也为度化十方恶人而开。”

屠户满心感激，来到禅师面前说：“方丈慈悲，我杀孽太重，于心不安，于是我想要请方丈和各位法师到我家里去，我准备在家里办斋供养各位，以安慰我不安的心。我们全家斋戒沐浴三日，恳请各位光临寒舍，助我完成这个心愿。”

众人听了他的话，摇头不止。玄素禅师却用微笑化解了，他说道：“在佛面前，人人平等，每个人都有同样的机会。只要与佛有缘，就可度他。佛门慈悲，不会舍弃任何人。”

【悟在当下】

佛门是慈悲的，之所以慈悲，是源于众生平等；只有平等，才有真正的慈悲。而人心也是善良的，在社会这个大家庭里，我们更不要戴着有色眼镜看人，既要发扬善行，更要帮助走入歧途的人。浪子回头金不换，只要有心向善，就是最值得欣慰的事。只要自己觉悟到了自己的过错，就是一个善良的人，应该得到人们的宽容和谅解，更应该得到大家的关爱。

与人善言，暖于布帛

有一次，盘珪禅师的一个学生因为行窃被人抓住，众人纷纷要求将这个学生逐出师门，但是盘珪并没有那样做，他用自己的宽厚仁慈之心原谅了那个学生。

可是没过多久，那个学生竟然又因为偷窃而被抓住，众人认为他旧习难改，要求将他重罚，但盘珪禅师还是没有处罚他。其他学生不服，联合上书，表示如果再不处罚这个人，他们就集体离开。

盘珪看了他们的联合上书，然后把他的学生都叫到跟前说："你们都能够明辨是非，这是我感到欣慰的。你们是我的学生，如果你们认为我教得不对，完全可以去别的地方。但是我不能不管那个行窃的学生，因为他还不能明辨是非，如果我不来教他，谁来教他呢？所以，不管怎样，即使你们都离开我了，我也不能让他离开，因为他需要我的教诲。"

那位偷窃者听了盘珪禅师的话，感动得热泪盈眶，心灵因此而得到了净化，从此以后再也不偷别人的东西了。

【悟在当下】

这便是善良的力量，哪怕只是一言之善！

古语云："与人善言，暖于布帛。"一句充满善意的话语往往会充满无形而巨大的力量，它不仅可以暖人心脾，还能给人以希望和信心。

善言必然是发自内心的善意，一个话语间充满了善意的人必定是一个内心也充满了仁慈、善良的人。而这种发自内心的善意再通过善意的语言表达出来则最能打动人心。佛法是极其讲究善良的，劝人向善便是其中的一大教义，而且这种善不仅仅表现在言语上，还表现在对于恶的包容与改正上。

诸恶莫做，众善奉行

智德禅师在院子里种了一株菊花。转眼三年过去了，这年秋天，院子里长满了菊花，香味随风飘到了山下的乡村。到禅院来的信徒们都对菊花赞不绝口："好美的花儿呀！"有一天，有人开口，想向智德禅师要几株菊花种到自家的院子里，智德禅师答应了，他亲自动手挑了几株开得最盛、枝叶最粗的，挖出根须送给那人。消息传开了，前来要花的人络绎不绝。智德禅师也一一满足了他们的要求。不久，禅院中的菊花就都被送出去了。

弟子们看到满院的凄凉，忍不住说："真可惜，这里本来应该是满院飘香的呀。"智德禅师微笑着说："可是，你们想想，这样不是更好吗？因为三年之后，就会是满村菊香了！""满村菊香。"弟子们听师父这么一说，脸上的笑容立刻就像菊花一样灿烂起来。

【悟在当下】

智德禅师的行为虽然招致弟子们的不解，但是他却满心喜悦，这正是一个真正的修佛者、真正的出家人所要拥有的胸怀。一个人只有拥有这样的胸怀，才能在修行的道路上有所成就。所以想要修佛的人，一定要从身边的小事做起，勿以善小而不为，勿以恶小而为之。如果一个人能够真正做到这一点，他就必定能够成佛。这一点，对于我们的现实人生同样重要。

从不企望回报

一天晚上，七里禅师在诵经时，有一强盗手拿利刃进来恐吓道："把钱拿来，否则这把刀就结束你！”

禅师头也不回，镇静地说道：“不要打扰我，钱在那边抽屉里，自己去拿。”

强盗搜刮一空，正要转身时，七里禅师说：“不要全部拿去，留一些我明天要买花果供佛。”

强盗要离开时，禅师又说道：“收了人家的钱，不说声谢谢就走了吗？”

后来强盗因其他案子被捕，衙门审问后知道他也偷过禅师的东西。衙门请禅师指认时，禅师说：“此人不是强盗，因为钱是我给他的，记得他已向我谢过了。”

强盗非常感动，后来服满刑后，特地皈依七里禅师，成为门下弟子。

【悟在当下】

七里禅师不在意自身的利益得失，以此无私之心度化强盗，其慈悲心感人肺腑。

真正佛的精神，不是只图意境上的清闲享受，它注重施舍，而不企望回报。法布施让人得以智慧，引导人走上觉悟之道，其功德极其深广。

所谓“救尽天下苍生，心中不留一念”，这才是真正的佛的境界。

善解者无忧无虑，不善解者日坐愁城

一休禅师是日本的著名禅师，他是聪明的化身，一休和尚娶妻就是一个以智慧来行善的典型故事。和尚怎么会娶妻呢？事情原来是这样的。

有一天，一休禅师正在房内打坐，这时来了一位信徒向他哭诉自己因为治病而债台高筑。现在债主每天都逼上门来讨债，他整日提心吊胆，半夜才敢回家。这样的日子他真不想过了，真想一死了之。

一休禅师婉言相劝，问他除死之外还有没有别的办法。信徒摇摇头说没有，又说他除了一个年幼的女儿以外，什么都没有了。这下可让一休为难了。

信徒见状，又大哭起来说：“没法活了，没法活了，只可惜苦了我女儿，一个人孤零零地活在世上。”

一休禅师听到这里，忙对他说：“哦！我有办法了，你不是还有一个女儿吗？你可以为她找个乘龙快婿，让女婿来帮你还债呀！”

信徒一听这话又愣住了，绝望地说："师父！你有所不知！我女儿只是刚刚八岁的幼童，谁又会娶她呢？"

"那你就把女儿嫁给我吧！我替你还债。"一休禅师微笑着对他说。

信徒听后，大惊失色道："这……这简直是在开玩笑！你是我的师父，怎么可能做我的女婿呢？何况我女儿还这么小！"

但是，一休禅师并不在意，只是挥挥手对他说："没问题，我做你的女婿，一定能帮你还债，你就赶快回去准备此事吧！"

这位信徒素来十分相信一休禅师的智慧和能耐，回去后立刻将此事向邻居们宣布：某月某日一休禅师要到家里来做他的女婿。于是一传十，十传百，一休娶妻的消息轰动了全城。到了迎亲那一天，看热闹的人把信徒门前挤得水泄不通。

一休见状立刻在门前摆上桌椅，拿出文房四宝，舞文弄墨起来。接着又拿出《狂云集》，签名售书。《狂云集》本来就是集诗、歌、书于一体的著作，再加上一休的签名，更是锦上添花。众人见了自然争相购买，以至于竟然忘了自己是来凑热闹的了。过了不大一会儿，就积了几大箩筐钱。

一休禅师问信徒："这些钱够你还债了吗？"

信徒高兴得几乎要流眼泪，连连说："够了！够了！多谢师父！多谢师父！师父，你真是神通广大，一下子就变出这么多钱！"他一边说，一边向一休叩头谢恩。

一休禅师赶忙将他拉起来说道："问题解决了，我的任务也完成了，女婿我也不用做了，还是做你的师父吧！"说罢转身而去。

【悟在当下】

正所谓：人生不如意事十常八九，善解者无忧无虑，不善解者日坐愁城。

人生一世，善良、慈悲固然重要，但是聪明、机智亦不可少，在世之人，应该把聪明的头脑用在善事上，这才是济世救人。

珍惜一草一木

有一位信徒在佛殿礼好佛后，便信步到花园散步，碰巧看到园头（负责园艺的僧众）正埋首整理花草。只见他一把剪刀在手中此起彼落，将枝叶剪去，或将花草连根拔起，移植另一盆中，或对一些枯枝、浇水施肥，给予特别照顾。信徒不解地问道：“园头禅师，照顾花草，你为什么将好的枝叶剪去，枯的枝干反而浇水施肥，而且从这一盆搬到另一盆中，没有植物的土地，何必锄来锄去？有必要这么麻烦吗？”

园头禅师道：“照顾花草，等于教育你的子弟一样，人要怎么教育，花草也同样。”

信徒听后，不以为然道：“花草树木，怎能和人相比呢？”

园头禅师头也不抬地说道：“照顾花草，第一，对于那些看似繁茂，却生长错乱、不合规矩的花，一定要去其枝蔓，摘其杂叶，免得它们浪费养分，将来才能发育良好。就如收敛年轻人的气焰，去其恶习，使其纳入正轨一样。第二，将花连根拔起植入另一盆中，目的是使植物离开贫瘠，接触沃壤。就如使年轻人离开不良环境，到另外的地方接触良师益友，求取更高的学问一般。第三，特别浇以枯枝，实在是因为那些植物的枯枝，看来已死，内中却蕴有无限生机。不要以为不良子弟都是不可救药，对他灰心放弃，要知道人性本善，只要悉心爱护，照顾得法，终能使其重生。第四，松动旷土，实因泥土中更有种子等待发芽。就如那些贫苦而有心向上的学生，助其一臂之力，使他们成长茁壮！”

信徒听后非常欣喜地说道：“园头禅师，谢谢您替我上了一课育才之道！”

【悟在当下】

世间没有不可拯救的生命，没有不可教育的人才。寺院山门口往往供一尊笑容满面的弥勒佛圣像，意思是用慈悲感化你。但弥勒佛的背后，却供了一尊手拿降魔杵的将军韦驮圣像，意思是用威武折服你。

恩威并施。父母师长对年轻人，一面授予爱的感染，一面给予力的折服，子弟不会不成才。

甘舍肉身度众生

唐代的智舜禅师一直在外行脚参禅。有一天，他走累了，在山上的树林下打坐歇息。突然，一只野鸡仓皇地向他飞来，浑身血迹斑斑，翅膀上带着一支箭。

随即，一个猎人气喘吁吁地追赶过来，野鸡受伤逃到智舜禅师座前，禅师以衣袖掩护着这只虎口逃生的小生命。那位猎人向智舜禅师索讨野鸡："大师，请将我射中的野鸡还给我！"

智舜禅师带着耐性，无限慈悲地开导着猎人说："它也是一条生命，放过它吧！"

猎人不同意，反驳道："我又不是和尚，才不讲什么生不生的。你要知道，我们一家老小好久没有吃肉了，那只野鸡可以当我们的一盘美味哩！"

猎人坚持要得到那只野鸡，智舜禅师最后没有办法，拿起行脚时防身的戒刀，把自己的两只耳朵割下来，送给固执的猎人，说道："这两只耳朵够不够抵你的野鸡？分量虽然少了点，味道应该不错。你就拿回去尝一尝吧！"

猎人惊呆了，猎人的心被智舜禅师的慈爱行为所感化，终于觉悟到打猎杀生乃最残忍之事。于是，他放下了屠刀，走到智舜禅师面前，表示愿意追随智舜禅师，接受教诲。

【悟在当下】

智舜禅师为了救一只野鸡，甘愿舍弃自己的双耳，这是何等的慈悲。其实，这正是佛教的真谛。有一句诗说得好："不俗即仙骨，多情乃佛心。"佛本最多情，大慈大悲正体现了佛心的救世深情。

其实，现实人生，我们也不必像佛家一样动辄为慈悲舍弃肉身，但是怀着一颗平等爱人之心，与周围的人们友善、和睦地相处，无论对于他人还是我们自己的人生都是大有裨益的。

敢作敢为，亦能成佛

鲁智深，人称花和尚，小说《水浒传》中的重要人物，梁山一百单八将之一。姓鲁名达，出家后法名智深。

鲁达本在渭州小种经略相公手下当差，任经略府提辖。为救弱女子金翠莲，他三拳打死镇关西，被官府追捕。逃亡途中，经赵员外介绍，鲁达到五台山文殊院落发为僧，智真长老说偈赐名曰：“灵光一点，价值千金。佛法广大，赐名智深。”智深在寺中难守佛门清规，大闹五台山，智真长老只得让他去投东京汴梁大相国寺，临别时赠四句偈言：“遇林而起，遇山而富。遇水而兴，遇江而止。”

鲁智深在相国寺看守菜园，收服众泼皮，倒拔垂杨柳，偶遇林冲，结为兄弟。林冲落难，刺配沧州，鲁智深一路暗中保护。在野猪林里，解差董超、薛霸欲害林冲，鲁智深及时出手，救了林冲一命，此后一直护送至沧州七十里外。智深因而为高俅所迫，再次逃走在江湖上，后与杨志等一起打下青州二龙山宝珠寺，就此落草。武松做了行者后，也来入伙。

呼延灼连环马为徐宁所破，投奔青州知府慕容彦达，惹出事端，于是有二龙山、桃花山、白虎山三山聚义，攻打青州。宋江引梁山泊好汉下山增援，成功后一众人等同上梁山，鲁智深方与林冲重聚。

梁山一百单八将聚齐后，排定座次，鲁智深为天孤星，位列十三，在战斗序列中为步军头领之首。不久，宋江在《满江红》词中流露出招安之意，武松、李逵不快。鲁智深说：“只今满朝文武，俱是奸邪，蒙蔽圣聪。就比俺的直裰，染做皂了，洗杀怎得干净！招安不济事！便拜辞了，明日一个个各去寻趁罢。”

宋江等受招安后，鲁智深陪同宋江，重上五台山，参礼智真长老。师父说：“徒弟一去数年，杀人放火不易！”临别时再赠四句偈言：“逢夏而擒，遇腊而执。听潮而圆，见信而寂。”

后来，宋江征方腊，大战乌龙岭。鲁智深追杀夏侯成，却迷路入深山，得一僧指点，从缘缠井中解脱，生擒方腊。宋江大喜，劝智深还俗为官，荫子封妻，光宗耀祖。智深说：“洒家心已成灰，不愿为官，只图寻个净了去处，安身立命足矣。”宋江又劝他住持名山，光显宗风，报答父母。智深说：“都不要！要多也无用。只得个囫囵尸首，便是强了。”宋江等凯旋，夜宿杭州六和寺。智深听得钱塘江潮信，终于顿悟，于是沐浴更衣，圆寂涅槃，留颂曰：“平生不修善果，只爱杀人放火。忽地顿开金绳，这里扯断玉锁。咦！钱塘江上潮信来，今日方知我是我。”

【悟在当下】

鲁智深的光明磊落是人所共知的，人们喜爱这个人物也是因为他真性情，敢作敢为，直来直去，他最终能够成佛，也是一种必然。

佛本来是最有情的人，如果佛没有情感，他不会发大悲心，大悲心即是情感心。而人的真性情就是真正的大喜大悲，是活泼长存的生命。

其实，如果你遍览禅宗典籍，看到千千万万禅师的生命是那样的活泼、自在、返璞归真、灵气盎然，不正体现一种洒脱自然的真性情吗？因此，禅宗所修的，最终也就是这种生命中活泼的自在了。

为自己点灯，为别人照亮

有一个僧人走在漆黑的路上，因为路太黑，僧人被行人撞了好几下。他继续向前走，看见有人提着灯笼向他走过来，这时候旁边有人说："这个瞎子真奇怪，明明看不见，却每天晚上打着灯笼！"

僧人被那个人的话吸引了，等那个打灯笼的人走过来的时候，他便上前问道："你真的是盲人吗？"那个人说："是的，我从生下就没有见到过一丝光亮，对我来说白天和黑夜是一样的，我甚至不知道灯光是什么样的！"

僧人更迷惑了，问道："既然这样，你为什么还要打灯笼呢？是为了迷惑别人，不让别人说你是盲人吗？"

盲人说："不是的。我听别人说，每到晚上，人们都变成了和我一样的盲人，因为夜晚没有灯光，所以我就在晚上打着灯笼出来。"

僧人感叹道："你的心地多好呀！原来你是为别人！"

盲人回答说："不是，我为的是自己！"

僧人更迷惑了，问道："为什么呢？"

盲人答道："你刚才过来有没有被人碰撞过？"

僧人说："有呀，就在刚才，我被两个人不留心碰到了。"

盲人说："我是盲人，什么也看不见，但我从来没有被人碰到过。因为我的灯笼既为别人照了亮，也让别人看到了我，这样他们就不会因为看不见我而碰我了。"

僧人顿悟，感叹道："我辛苦奔波就是为了找佛，其实佛就在我的身边啊！"

【悟在当下】

僧人的感悟其实正说明佛的境界，将布施放在第一位的人，就无愧于佛的称号了。善待他人，其实就是善待自己。

一个人，如果能够心存善念、行善性，即使他从来没有学过佛，他也可以被称为菩萨，因为他心中的光，照耀着这个荒寒冷漠的世间。

施比受更为有福

有一天黎明，佛陀进城。

在路上，佛陀看见一个男子，向着东方、南方、西方、北方礼拜着。

佛陀问他："你为什么这样做啊？"

那个男子说："我叫作善生，每天向各方礼拜，是家族传下来的习惯。据说这样做，会得到幸福的。"

佛陀说："我也有六种礼敬的方法。"

接着，佛陀慈祥地说了活得幸福的方法："第一，孝顺父母：做儿女的要孝养、顺从，令父母欢喜、安慰；第二，敬重师长：做学生的要敬重师长，接受教导；第三，爱护妻子：做一个好助手，夫妻要互相敬爱；第四，善待朋友：对待朋友要诚实、互敬；第五，尊敬僧众：对待僧人要布施、恭敬；第六，善待仆人：对待仆人要宽大，不要令他过分疲倦。这六种人是我们生活中心的人物，和他们相处得合理，会有快乐的家庭、美满的人生。否则，只是礼拜各方，有什么用啊？"

善生听了十分高兴，从此参禅悟道，心中的幸福感觉日益增多。

【悟在当下】

我们总是想要别人对自己好，而事实上，我们只有先对别人好，别人反过来才会对我们好。要想别人怎么对待你，你就先要怎样对待别人。

施比受更为有福。一个肯为别人提灯开路的人，一定会收获光明温暖的幸福人生。

第34章　慢慢来，幸福要放慢脚步

身在婆娑世界，拿来真的完美，生活处处都有缺憾，只有幸福的心、满足的心才能填补缺憾的一角。这就需要我们放慢生活的脚步，不为一点小事上火，不为一点利益而失了良心，珍惜自己所有，珍惜当下一切，知足而惜福。

心不能荒芜

阳春三月，弟子们坐在禅师周围，等待着师父告诉他们人生和宇宙的奥秘。

禅师一直默默无语，闭着眼睛。突然他向弟子问道：“怎么才能除掉旷野的草？”弟子们目瞪口呆，没想到禅师会问这么简单的问题。

一个弟子说：“用铲子把杂草全部铲掉！”禅师听完微微笑地点头。

另一个弟子说：“可以一把火将草烧掉！”禅师依然微笑。

第三个弟子说：“把石灰撒在草上就能除掉杂草！”禅师脸上依然带着微笑。

第四个弟子说：“他们的方法都不行，那样不能除根的，斩草就要除根，必须把草根挖出来。”

弟子们讲完后，禅师说：“你们讲得都很好，从明天起，你们把这块草地分成几块，按照自己的方法除去地上的杂草，明年的这个时候我们再到这个地方相聚！”

第二年的这个时候，弟子们早早就来到这里。原来杂草丛生的地已经不见了，取而代之的是金灿灿的庄稼。弟子们在过去的一年时间里用尽了各种方法都不能除去杂草，只有在杂草地里种庄稼这种方法取得了成功。他们围着庄稼地坐下，庄稼已经成熟了，可是禅师却已经仙逝了，那是禅师为他们上的最后一堂课，弟子无不流下了感激的泪水。

【悟在当下】

时刻不忘护理你的心灵后花园，你的人生将会无比美丽。

要想除掉旷野里的杂草，只有一种方法，那就是在上面种上庄稼。要想心灵不荒芜，唯一的方法就是修养自己的美德。

心灵这个品类繁多的花园，需要我们时时垦殖翻耕。这个花园中有秽土，也有净土。所以不可能永远都是快乐清净的。

只要是花园，就会生长杂草，四处蔓延，不能放任，而要及时除去这些占用花木营养的野草，能让我们预备肥沃的心田，不过，与其等待野草疯长，不如我们积极撒播下真理和爱的种子。

可爱的容颜来自高尚的德行

有位女施主家境很富裕，无论是财富、地位、能力、权力，还是漂亮的外表，都没有人能够比得上她，但她却郁郁寡欢，连个可以谈心的人也没有。于是她就去请教无德禅师，询问如何才能具有魅力以及赢得别人的喜爱。

无德禅师告诉她："你能随时随地和各种人合作，并具有和佛一样的慈悲心怀，讲些禅话，听些禅音，做些禅事，用些禅心，那你就能成为有魅力的人了。"

女施主听后，发问："禅话怎么讲呢？"

无德禅师回答："禅话，就是说欢喜的话，说真实的话，说谦虚的话，说利人的话。"

女施主又问："请问禅音怎么听呢？"

无德禅师回答："禅音就是化一切声音为微妙的声音，把辱骂的声音转为慈悲的声音，把诽谤的声音转为帮助的声音，哭声闹声，粗声细声，你都能不介意，那就是禅音了。"

女施主再问："那请问禅事怎么做呢？"

无德禅师回答："禅事就是布施的事、慈悲的事、服务的事，合乎佛法的事。"

女施主更进一步问："禅心怎么用呢？"

无德禅师回答："禅心就是包容一切的心，普度一切的心。"

女施主从此以后，一改从前的骄奢之气，在人前不再夸耀自己的财富，不再自恃美丽，对人总是谦恭有礼，对眷属尤能体恤关怀，不久就被夸为"最具魅力的施主"了！

【悟在当下】

人的美丽可爱，不仅仅是由于他的容貌，更取决于他的精神面貌。

自古以来，世人对何为美就争论不休，而禅者主张美在内心。一个品质高尚的人，永远是年轻美丽的。心灵是美的，自然而然会由内而外地散发出来。德行之美比容颜之美更美。

要评判美，就要有一个有修养的心灵。

无言之美才真美

有个财主有七个女儿，个个花容月貌。每当家里来了宾客，财主总要把女儿们叫出来展示一番。他最想听到的就是客人们的赞叹声，而实际上也确实是这样。

有一天，来了个客人，财主照样让他看自己的女儿，然后问他："我的女儿们美吗？"

那个人说："这样吧，你让她们穿上盛装，去各地街上行走，如果每个人都说她们美，我就给你五百两黄金，只要有一个人说不美，你就输给我五百两黄金，你看怎么样啊？"

财主欣然同意了。于是，他带着女儿们在各地游走，每个人都说他的女儿们漂亮，眼看五百两黄金就要到手了，财主又带她们来见佛祖，得意扬扬地问："佛祖，你说我的女儿们美吗？"

佛祖不屑地答道："不美！"

财主很不高兴，问："城里的每个人都说她们美，怎么就你一个人说不美呢？"

佛祖回答："世人看的是面容，而我看的是心灵。我认为，身能不贪钱财，口能不说恶言，意能不起邪念，这样才是美！”

财主听了佛祖的话，灰溜溜地走了。当然，他也输了五百两黄金。其实，那个和他打赌的人正是佛祖的弟子，他知道佛祖是怎样看待美的，而到佛祖这里来是他为财主安排的最后一站。

【悟在当下】

太喜欢听到别人的赞美，连美也会变成庸俗。应该学会把心灵的美看得比形体的美更珍贵。形貌之美犹如盛夏的水果，是容易腐烂不易保存的。

因此，把美的形貌与美的心灵结合起来吧，只有这样，美才会放射出真正的光辉。

完美在于不求完美

国王有五个女儿，这五位美丽的公主是国王的骄傲。她们那乌黑亮丽的长发人人皆知，所以国王送给她们每人一百个漂亮的发夹。

有一天早上，大公主醒来，一如既往地用发夹整理她的秀发，却发现少了一个发夹，于是她偷偷地到了二公主的房里，拿走了一个发夹。

二公主发现少了一个发夹，便到三公主房里拿走一个发夹；三公主发现少了一个发夹，也偷偷地拿走四公主的一个发夹；四公主如法炮制拿走了五公主的发夹；于是，五公主的发夹只剩下九十九个。

第二天，邻国英俊的王子忽然来到皇宫，他对国王说：“昨天我养的百灵鸟叼回了一个发夹，我想这一定是属于公主们的，而这也真是一种奇妙的缘分，不知道是哪位公主掉了发夹？”

公主们听了这件事，都在心里想：是我掉的，是我掉的。可是头上明明完整地别着一百个发夹，所以都懊恼不已，却说不出。只有五公主走出来说：“我掉了一个发夹。”

五公主披着一头漂亮的长发，王子不由得看呆了，决定和她一起过幸福快乐的日子。

【悟在当下】

很多时候，人生并不总是因为全部拥有而幸福，相反却因此而失去了美丽。人生就像那九十九个发夹，虽然不够完美，但异常精彩，人生也正是因为这许多的缺憾而使得未来有了无限的转机、无限的可能性。

我们只有在鲜花凋谢的缺憾里，才会更加珍视花朵盛开时的温馨美丽；只有在人生苦短的愁绪中，才会更加热爱生活，拥抱真情；也只有在泥泞的人生路上，才能留下我们生命坎坷的足迹。

忘掉火气，处处都是生机

仙崖禅师外出弘法，路上，遇到一对夫妇吵架。

妻子：“你算什么丈夫，一点都不像男人！”

丈夫：“你骂，你如再骂，我就打你！”

妻子：“我就骂你，你不像男人！”

这时，仙崖禅师听后就对过路行人大声叫道：“你们来看啊，看斗牛，要买门票；看斗蟋蟀、斗鸡都要买门票；现在斗人，不要门票，你们来看啊！”

夫妻仍然继续吵架。

丈夫：“你再说一句我不像男人，我就杀人！”

妻子：“你杀！你杀！我就说你不像男人！”

仙崖：“精彩极了，现在要杀人了，快来看啊！”

路人：“和尚！大声乱叫什么？夫妻吵架，关你何事？”

仙崖：“怎不关我事？你没听到他们要杀人吗？杀死人就要请和尚念经，念经时，我不就有红包拿了吗？”

路人：“真是岂有此理，为了红包就希望杀死人！”

仙崖：“希望不死也可以，那我就要说法了。”

这时，连吵架的夫妇都停止了吵架，双方不约而同地围上来听仙崖禅师和人争吵什么。

仙崖禅师对吵架的夫妇说教道：“再厚的寒冰，太阳出来时都会融化；再冷的饭菜，柴火点燃时都会煮熟；夫妻，有缘生活在一起，要做太阳，照亮别人；做柴火，温暖别人。希望贤夫妇要互相敬爱！”

仙崖禅师就这样活用“禅”了。

【悟在当下】

烦躁的现代人更需要宁静的高山流水，而人们却在争吵中度过了一天又一天，得不偿失。吵架，让人的智商严重降低，也损毁了平日的形象，发泄后是更大的失落。所以，不要再吵架，安静下来，让头脑放松，让怒火平息，一切终将归于平淡……

就像一位名人所说的那样，“忘记自己”。问问自己：目前的烦恼能左右你前面的路，甚至一生吗？除了这些烦心的事，还有别的事情需要你去完成吗？

然后，听听树上鸟儿的欢鸣，嗅嗅院子里的花香，会发现：原来，一切都还是那样的富有生机，心里有太阳，阳光就永远都在！

金钱买不到的就是年轻

一青年老是埋怨自己时运不济，发不了财，终日愁眉不展。这天，来了一个须发俱白的和尚，问他：“年轻人，你为何不高兴？”

“我不明白为什么我总是那么穷。”

“穷？你很富有嘛。”老和尚由衷地说。

“这从何说起？”年轻人问。

老和尚不正面回答，反问道：“假如今天斩掉你一个手指头，给你一千元，你干不干？”

“不干。”

“斩掉你一只手，给你一万元，你干不干？”

“不干。”

“让你马上变成八十岁的老人，给你一百万，干不干？”

“不干。”

“让你马上死掉，给你一千万，干不干？”

“不干。”

“这就对了。你已经有了超过一千万的财富了，为什么还哀叹自己贫穷呢？”老和尚笑着问。

【悟在当下】

不要抱怨家庭的贫寒，不要抱怨时运不济，不要怨天尤人。有一种资本是用金钱买不到的，这就是年轻。身体是一部不停运转的机器，因为年轻，它还是崭新的，只要你运用得法，就能不断地创造价值，所以不必为暂时的不得意而垂头丧气，只要不让机器闲置，成功便指日可待。

痛快哭，幸福笑

有一天，怀海禅师陪马祖道一禅师散步，听到野鸭的叫声，马祖问：“是什么声音？”

“野鸭的叫声。”

过了好久，马祖又问：“刚才的声音哪里去了？”

怀海答：“飞过去了。”马祖回过头来，用力拧着怀海的鼻子，怀海痛得大叫起来。

马祖道：“再说飞过去！”怀海一听，立即醒悟，却回到侍者宿舍里痛哭起来。同舍问：“你想父母了吗？”答：“不是。”

又问：“被人家骂了吗？”

“也不是。”

“那你哭什么？”

怀海说：“我的鼻子被马祖大师拧痛了，痛得不行。”

同舍问：“有什么机缘不契合吗？”

怀海说：“你去问和尚去吧。”

同舍就去问马祖：“怀海侍者有什么机缘不契合？他在宿舍里哭。请和尚对我说说。”

大师说：“他已经悟了，你自己去问他。”

同舍回到宿舍后，说：“和尚说你悟了，叫我来问你。”怀海哈哈大笑。同舍问：“刚才哭，现在为什么却笑？”

怀海说：“刚才哭，现在笑。”同舍更迷惑不解。

【悟在当下】

每一个人在世俗社会中熏染得久了，就会越来越世故，心灵的泉水就会越来越少，甚至干涸。因此，那些能够保持自己本真天性的人往往会拥有别人想象不到的幸福。幸福的极致往往是“喜极而泣”。

其实，学佛修道究竟在修些什么呢？禅宗大师们告诉我们，学佛修道修的目的无非是重新找到自己阔别已久的本真个性，那时候人就会不沾染任何俗世的目的，悠然地活在这平凡的人间，并在这平凡之中体悟到常人不能体悟到的美丽，流泪和欢笑又有什么区别呢？

珍惜哪怕一片小小的菜叶

雪峰、岩头、钦山三位禅师结伴而行，有一天经过一条河流，正商量到哪里去化缘、讲法，突然看到河中有一片碧绿新鲜的菜叶，缓缓从上游漂来。

三个人议论开了。

钦山：“你们看！河中有菜叶漂流，可见上游有人居住，我们向上游走，就会有人家了。”

岩头：“这么好的一片菜叶，竟让它流走，实在可惜！”

雪峰：“如此不惜福的村民，不值得教化，我们还是到别的村庄去吧！”

三人谈得正热闹，一个人匆匆地从上游那边跑来，问：“师父！你们看到水中的一片菜叶了吗？我刚刚洗菜时，不小心把它洗掉了，我一定要找到它，不然实在太可惜了。”

雪峰等三人听后，哈哈大笑，不约而同地说：“我们就到他家去讲法吧！”

【悟在当下】

的确，一片菜叶能值多少钱？但我们若对万事万物都以金钱的多少来加以计量，那么，我们永远都不懂得珍惜。要知道，哪怕只是一片小小的菜叶，那也是自然界的馈赠，难道我们就不应该去珍惜它吗？

因为惜福，所以我们懂得尊重每一件事物，尊重每一朵花的恣意开放，尊重每一个生命的独立与自由。因为惜福，所以知道人与物、人与人，都是在一个特定的时空里相遇，一切皆是缘，惜缘就是惜福。

幸福来之不易，又是十分短暂的。明白这个道理，就会格外珍惜幸福。有福分固然重要，但不知爱惜，最后是竹篮打水一场空。因此要时时牢记惜福。

第35章　永远修行，万事功到自然成

世上无难事，有心人安度之。持之以恒，便没有爬不上的高峰，也没有越不过的坎坷。修行是一个漫长的过程，人生更是一个漫长的过程，能否取得最后的胜利，不在于一时的快慢。如果你能够在自己成长的道路上静下心来，矢志不移地前进，最终你必将获得胜利。

找到适合你心中盘子的鱼

有一次，虚有禅师在河边行走。此时，有几个人正在岸边垂钓，旁边几名游客在欣赏海景。只见一位垂钓者竿子一扬，钓上了一条大鱼，足有三尺长。鱼落在岸上后，仍腾跳不止。可是垂钓者却用脚踩着大鱼，解下鱼嘴内的钓钩，顺手将鱼丢进海里。

围观的人一阵惊呼：这么大的鱼还不能令他满意，可见垂钓者雄心之大。

就在众人屏息以待之际，钓者鱼竿又是一扬，这次钓上的是一条两尺长的鱼，钓者仍是不看一眼，顺手扔进海里。

第三次，钓者的鱼竿再次扬起，只见钓线末端钩着一条不到一尺长的小鱼。围观众人以为这条鱼也肯定会被放回，不料垂钓者却将鱼解下，小心地放进自己的鱼篓中。

游客百思不得其解，就问钓者为何舍大而取小？

没想到钓者回答：“哦，因为我家最大的盘子只不过有一尺长，太大的鱼就算钓回去，盘子也装不下。”

禅师感叹说：“人生的道路上，找到适合自己的目标非常重要。否则，将永远会挣扎于不满的情绪之中。”

【悟在当下】

用世俗的眼光看，垂钓者的做法很愚蠢，但实际上却体现了一条重要的生活禅理：确定了目标，不为利所诱惑，才是真正的钓手啊！

然而，确立目标固然重要，但是在向目标迈进的过程中，常常会遇到阻碍，因此，如何克服这种种障碍是达到目标的重要一环，在这一艰难的过程中，只有自信才能达到目标。

相信这个合适的目标一定为自己预备，只要你安下心来，一定有那条适合你心中盘子的鱼。

有心人何惧山高水长

善静和尚27岁的时候，弃官出家，他去乐普山投奔元安禅师，禅师令善静管理寺院的菜园，在劳动的过程中修行。

有一天，寺内一位僧人认为自己已经修业成功，可以下山云游了，于是就到元安禅师那里向他辞行。当然，下山是要得到禅师的批准的。

元安禅师听了僧人请求，笑着对他说：“四面都是山，你往何处去？”

僧人无法想出其中蕴含的禅理，只好转身回去。

僧人无意走进了寺院的菜园子。

善静正在锄草，看见僧人愁眉苦脸的样子就惊讶地问：“师兄为何苦恼？”

僧人就将事情的来龙去脉一五一十地告诉了他。

善静马上想到“四面的山”就是暗指“重重困难”“层层障碍”。元安禅师实际上是想考考僧人的信念和决心。可惜，僧人参透不了师父的旨意，于是善静笑着对僧人说：“竹密岂妨流水过，山高怎阻野云飞。”意思是：只要有决心，有毅力，任何高山都无法阻挡。

僧人于是就来到元安禅师那里，对禅师说：“竹密岂妨流水过，山高怎阻野云飞。”

僧人以为师父一定会喜笑颜开地夸奖他，然后准他下山，谁知元安禅师听后，先是一怔，继而眉头一皱，两眼直视僧人道："这肯定不是你的答案！是谁帮助你的？"

僧人见师父已经察觉，于是只好把善静和尚的名字说了出来。

无安禅师对僧人说："管理菜园的僧人善静和尚，将来一定有一番作为的！多学着点吧，他都没有提出下山，你还要下山吗？"

【悟在当下】

世上无难事，只怕有心人！世上没有不可逾越的障碍，只要下定决心，一切困难都能迎刃而解。关键在于你的心胸有多么宽广！

只要我们的心是自由自在的，没有什么能捆缚住我们。让我们的心灵随时保持自由，松开自己扎紧的绳子，那么我们就能飞越一切看似不可逾越的障碍，关键是你的心中有没有那种吹拂野云的风。

弄错了生活方式，徒然使自己成为生命的奴隶

尚书前去拜见景岑禅师，一番问候之后，尚书开口问道："本性是什么？"

这个问题确实很难回答。

景岑禅师不禁想到这样一件事：有一天傍晚，他看到一个孕妇背着一只竹篓走过，她衣着破旧，脚上落满土垢，竹篓好像很重，压得她直不起腰来。她左手牵着一个小女孩，右臂揽抱着一个更小的孩子，急忙地赶路。

景岑禅师本以为这样沉重的生活一定会让她不堪重负的，可是她的脸上明明写着像明月一样温婉的笑容。

她只是一个普通的女人，为了生活辛苦奔劳，但是她知道自己的人生寻求的是什么，所以她不但没有觉得劳苦，反而感到十分快乐。

想到这里，景岑禅师终于明白了什么是本性。看着眼前的尚书，禅师开口叫唤："尚书！"

尚书双手一揖："是！"

景岑禅师摇摇头说道："回答我的只是一个躯壳，而不是一个清明的生命。"

尚书低头想了想，眼中云雾迷茫："只有躯壳有口舌，才能回答你的话呀！清明的生命哪里来的口舌？"

景岑禅师点点头："是否回答都没有关系，关键是要自己觉悟。要明白自己的目标，不要弄错了人生的意义。弄错了生活方式，只能徒然使自己成为生命的奴隶！"

【悟在当下】

人若是知道自己生命的意义，即使是再多的苦难，也能够承受；不知道自己本性的人，只不过是行尸走肉而已！

只要你的目标是明确的，那么眼下的一点困难、阻力都不能构成成功的威胁。你只有相信自己，朝着你的目标奔去，周围的障碍就会让道。

铁眼苦募一文钱

铁眼禅师从苦募一文钱开始，迈出了通向成功之路的第一步。他的可贵之处在于：坚信千里之行始于足下；坚信只要锲而不舍，百折不挠，就一定能实现预定的目标。

铁眼禅师发誓要用募捐来的钱建一个佛的金身。这件事虽然功德无量，但是却是困难太大了啊。然而，铁眼禅师立下了誓愿，决不退缩。

铁眼禅师着手募款的第一天，早早地来到平日人群川流不息的大桥旁，准备向过路人乞讨施舍。那时天色尚早，桥头边还静悄悄的，没有人影。

一会儿，第一个过桥者走来了。那是个腰悬宝剑的武士，雄赳赳地迈着大步。铁眼禅师赶紧趋前几步，合十施礼道："贫僧誓愿塑造佛陀的金身，请施主大慈大悲，捐一点吧。"

不料武士斜瞥了和尚一眼，只当没听见，大步流星地踏上桥头走了，仿佛唯恐避之而不及。铁眼禅师迈着小快步追上去，跟在武士后面，低声乞求：

"请多少捐一点吧。"

“不。”武士拒绝得干脆，依旧大摇大摆地走。

“拜托了！”铁眼恳求。

“不。”武士毫不松口。

“无论如何捐一点吧。”铁眼依旧软磨。

武士一脸厌烦地挥手，铁眼满面堆笑地央求。就这样，铁眼禅师跟在武士后面纠缠了足足有十几里路，而且看样子，哪怕武士走到天涯海角，也一定会追随到底。最后，那个刚愎固执、铁石心肠的武士也不得不认输了。他停住脚步，转过身来，无可奈何而又恼怒地说：

“真是个啰唆和尚，少见！拿去吧，呸！”

武士啐了一声，随手扔下一文钱。

“谢谢施主！”铁眼禅师连忙俯身从地上捧起那文钱，欣然地朝武士行礼致谢。

这一来，武士反倒觉得奇怪了，上下打量铁眼一番，问道：

“和尚，你老远地紧追不放，只讨到一文钱，却这样的欢喜，究竟是怎么回事，说来听听。”

铁眼禅师表情愉悦地回答：

“今天是贫僧立下大愿行乞化缘修建佛陀金身的第一天，而您是第一位施主。如果不能化到您这一文钱，或许贫僧的心志就会因此而产生动摇啊。如今承蒙您慷慨施舍，贫僧对于成就大愿已经确信无疑，所以，为此感到无限欣喜。”

说完后，铁眼禅师引身告退，按照原路返回大桥旁继续化缘去了。

寒来暑往，经过无数个风吹雨打、霜刀雪剑的日子，铁眼禅师终于筹足了资金，完成了自己的大愿。

不幸的是，国内恰逢罕见的大饥馑，许多难民活活饿死。救人要紧！铁眼禅师便毫不吝啬地将千辛万苦筹集起来的钱款，统统捐献出来，赈济灾民。然后，又从头开始化募。当二度募款好不容易凑齐时，一场特大水灾又造成哀鸿遍野，饿殍千里。铁眼禅师再次捐出了全部募款，继而满怀信心地开始第三度化缘。

皇天不负苦心人。直到公元1678年，铁眼禅师终于大功告成。

【悟在当下】

铁眼禅师高风大德，胸怀高远信念，在天下苍生的死活面前，毅然奉献千辛万苦募集来的资金，赈济灾民，将救人放在第一位，足让天地为之动容。他的全备信心让我们每个人景仰！

俗话说得好：集腋成裘，聚沙成塔。铁眼禅师的艰辛努力和巨大成功证明，一个人信心十足地朝着目标迈进，他终究会获得意想不到的事业成功，他的理想终究会实现的，而这些，只不过是个时间早晚的问题而已。

历经磨难，自然金刚不坏

星云大师早年为了弘法也曾有段潦倒岁月，走投无路之际想到去投靠他的同学。当他在风雨中走了十几个小时到达山门时，已经是又饥又累。寺里的同学听说了星云大师的情况后本想接济，不料该寺的老法师却以自身难保为由请他们另外设法。幸好星云大师的同学怀慈悲之心用自己的钱买了米煮了粥，为饥饿的星云大师提供了救济。一顿饭后，星云大师再一次风雨兼程。这段经历让星云大师对人生有了深刻的感悟。因此日后他所建立的佛光山便有了不成文的规定，即每一餐都多设了两桌流水席方便来者用斋。

说到佛光山，星云大师在建立佛光山时遇到了难以想象的困难。

佛光山地处深沟纵横、土质松软之处，除了搬运土石，填平沟壑是件难事外，一旦遇雨，松软的土地很容易就会被雨水冲垮，费尽艰辛建起的工程就毁于一旦了。加之当地的气候多台风，佛光山曾遭风灾，成水乡泽国，屋倒墙圮。天灾不是星云大师创佛光山最棘手的困难，当地一些人为了阻挠工程想方设法地阻断交通才是星云大师倍感困难之处。

但这一切都没有令星云大师停下脚步改变初衷。抱着向“困难挑战”的精神，天灾来了自力救济，村民断路他想办法筹钱另辟新路。如今，佛光山信众日增，一片雄伟景象。

【悟在当下】

在风风雨雨中，星云大师体味了辛酸，也体味了信心、愿力与精神。这一切不经风雨的人无法体悟。自古英雄多磨难，从来纨绔少伟男。古今中外有许多人都在磨难的泥泞路上，留下了自己的脚印。这些立大志、成大事者，都备受磨难，备尝艰辛而最终为上天所成全，得建丰功伟业。在人生的历程中，人们只有具备对风吹雨打的抵抗力，才能让自己站稳脚跟。正如山崖上的松柏，经过无数暴风雪的洗礼，终于长成像铁一样坚固的树干。在佛教看来，磨难是人走向佛境的必经之旅，只有能够经受人生磨难之人，才能成为“金刚不坏”之佛，也就是生活中的强者和成功者。

大海纳百川，皆因在低处

乾隆三十八年，毕秋帆任陕西巡抚。赴任的时候，经过一座古庙，毕秋帆进庙内休息。一个和尚坐在佛堂上念经。人报巡抚毕大人来了，这个和尚既不起身，也不开口，只顾念经。毕秋帆当时只有四十出头，英年得志，又中过状元，名满天下，见老和尚这样傲慢，心里很不高兴。老和尚念完一卷经之后，离座起身，合掌施礼，说道：“老衲适才佛事未毕，有疏接待，望大人恕罪。”

毕秋帆说：“佛家有三宝，老法师为三宝之一，何言疏慢？”

随即，毕秋帆上坐，老和尚侧坐相陪。

交谈中，毕秋帆问：“老法师诵的何经？”

老和尚说：“《法华经》。”

毕秋帆说：“老法师一心向佛，摒除俗务，诵经不辍，这部《法华经》想来应该烂熟如泥，不知其中有多少个‘阿弥陀佛’？”

老和尚听了，知道毕秋帆心中不满，有意出这道题为难他，于是不慌不忙，从容地答道：“老衲资质鲁钝，随诵随忘。大人文曲星下凡，屡考屡中，四书想来也应该烂熟如泥，不知其中有多少个‘子曰’？”毕秋帆听了不觉大笑，对老和尚的回答极为赞赏。

献茶之后，老和尚陪毕秋帆观赏菩萨殿宇，来到一尊欢喜佛的佛像前，毕秋帆指着欢喜佛的大肚子对老和尚说：“你知道他这个大肚子里装的是什么吗？”

老和尚马上回答：“满腹经纶，人间乐事。”

毕秋帆不由连声称好，因而问他：“老法师如此捷才，取功名容易得很，为什么要抛却红尘，皈依三宝？”

老和尚回答说："富贵如过眼烟云，怎么比得上西方一片净土！"

两人又一同来到罗汉殿，殿中18尊罗汉各种表情，各种姿态，栩栩如生。毕秋帆指着一尊笑罗汉问老和尚："他笑什么呢？"

老和尚回答说："他笑天下可笑之人。"

毕秋帆一顿，又问："天下哪些人可笑呢？"

老和尚说："恃才傲物的人，可笑；贪恋富贵的人，可笑；倚势凌人的人，可笑；钻营求宠的人，可笑；阿谀逢迎的人，可笑；不学无术的人，可笑；自作聪明的人，可笑……"

毕秋帆越听越不是滋味，连忙打断他的话，说道："老法师妙语连珠，针砭俗子，下官领教了。"说完深深一揖，便带领仆从离寺而去。

【悟在当下】

唐代著名谏臣魏徵有言："念高危，则思谦冲而自牧；惧满盈，则思江海下百川。"其意也在说明做人需谦虚，其实为人与为学的道理相同。只有将自己的姿态放低，才能从别人那里学到知识、智慧。大海之所以能成为大海，就因为它总是在最低处，所有的溪流都汇集到大海的怀抱中。

夜以继日，精修自然可成

鬼逼禅师本来是个专门赶经忏的和尚，每每忙到三更半夜，才踩着月光归去。

某一晚，他刚赶完一堂经忏，回程中路过一户人家，院子里的狗不断地向他咆哮着，他听到屋子里传来女人的声音："快出去看看，是不是贼？"接着听到屋子里的男人说："就是那个赶经忏鬼嘛！"他听了羞赧地想着："怎么给我起这么一个不好听的名字呢？我为亡者念经祈福，他们却把我叫作鬼！"这时候，正巧下雨了，他便跑到桥下避雨，顺道也打打坐，养养神，就双盘而坐。

这时真正来了两个鬼，一个鬼说："这里怎会有一座金塔？"另一鬼说："金塔内有舍利，我们快顶礼膜拜，以求超生善道！"于是两个鬼便不停地拜他。

这个出家人坐了一会儿，觉得腿痛，于是放下一条腿来，改成单盘。一个鬼就说："怎么金塔忽然变成银塔呢？"另一个鬼说："不管是金塔、银塔，皆有舍利在内，礼拜功德一样不可思议！"于是继续膜拜。

过了一段时间，这位和尚感到腿痛难忍，于是把另一条腿也放下来，随便散盘而坐。这时两个鬼齐声大叫："怎么银塔变成土堆了？竟敢戏弄我们，真是可恶！"

和尚听到两个鬼生气了，立刻又把双腿收起来，双盘而坐。两个鬼又叫："土堆又变成了金塔，一定是佛在考验我们的诚心，赶紧继续叩头啊！"

这时雨停了，这位和尚自忖：我结双盘，就是金塔；结单盘，就是银塔；随便散盘坐，就变成了泥巴，这结盘禅坐修行的功德真是不可思议！

从此以后，他再也不赶经忏了，只管专心、精进修行，不久便智慧大开，获得神通，自号"鬼逼"，因为是鬼逼而成就自己的修行。

【悟在当下】

明教曰："圣贤之学，固非一日之具，日不足，继之以夜，积之岁月，自然可成。"这就是说：圣贤的学问，本来不是一天就可以圆满具足的。白天不够用，就用夜晚来继续学习，日日月月地积累起来，自然可以完成。

学习是一件终生的事情。一个人的为学精神只有永远年轻，才能够"苟日新，日日新，又日新"。终生不倦地学习，时时保持进步，随时都会有新的境界。

不在一时快慢，在于矢志不渝

弟子们问禅师："老师，如何才能悟道呢？"

禅师对弟子们说："今天咱们只学一件最简单也是最容易的事。每人把胳膊尽量往前甩，然后再尽量往后甩。"说着，禅师示范了一遍，说道："从今天开始，每天做300次。大家能做到吗？"

弟子们疑惑地问："为什么要做这样的事？"

禅师说："做完了这件事，一年之后你们就知道如何能成功了！"

弟子们想："这么简单的事，有什么做不到的？"

一个月之后，禅师问弟子们："我让你们做的事，有谁坚持做了？"大部分的人都骄傲地说道："我做了！"禅师满意地点点头说："好！"

又过了一个月，禅师又问："现在有多少人坚持着？"结果只有一半的人说："我做了！"

一年过后，禅师再次问大家："请告诉我，最简单的甩手运动，还有几个人坚持着？"这时，只有一人骄傲地说："老师，我做了！"

禅师把弟子们都叫到跟前，对他们说："我曾经说过，做完这件事，你们就知道如何能成功了。现在我想要告诉你们，世间最容易的事常常也是最难做的事，最难的事也是最容易的事。说它容易，是因为只要愿意做，人人都能做到；说它难，是因为真正能做到并持之以恒的，终究只是极少数人。"

后来一直坚持做的那个弟子成为禅师的衣钵传人，在所有的弟子中只有他成功了！

【悟在当下】

世上无难事，只怕有心人，持之以恒，便没有爬不上的高峰，也没有越不过的坎。

人的成长是一个漫长的较量过程，能否取得最后的胜利，不在于一时的快慢。如果你能够在自己成长的道路上静下心来，遇到困难不气馁、不灰心，矢志不移地前进，那么你必将获得最后的胜利。

高僧何需别处寻

唐宰相裴休有一次到寺院礼佛，见墙壁上挂一人像，于是便问寺僧画中人是谁。寺僧答道："此为高僧真仪。"

裴休又问："那真高僧在哪儿呢？"一句话问得寺僧不知如何作答。于是裴休又问："寺里可有参禅之人？"

寺僧答："黄檗希运懂禅。"

黄檗希运出来后，裴休高声问他："那真高僧在哪儿呢？"

黄檗大叫一声："裴休！"裴休应声答道："我在！"

黄檗笑道："何必往别处寻？高僧已在此。"

【悟在当下】

在佛家看来，智者一切求自己，愚者一切求他人。其实，许多时候我们不是到了不可救药的地步，而是自己先把自己打败，自己认为自己不行了。所以我们不能丢失自己，心外求法。要自己肯定自己，自己尊重自己。明代呆庵普庄写道：“人人自己天真佛，昼夜六时常放光；剔起眉毛观自得，何劳特地礼西方。”这首诗揭示了人人皆是自己的“天真佛”。

低处有苍天

隐峰禅师从马祖禅师三年，自以为得道了，于是有些洋洋得意起来。他备好行装，挺起胸脯，辞别马祖，准备到石头禅师处一试禅道。

马祖禅师看出隐峰有些心浮气躁，决定让他碰一回钉子，从失败中获得经验。临行前特意提醒他：“小心啊，石头路滑。”这话一语双关：一是说山高路滑，小心石头绊了栽跟头；二是说那石头禅师机锋了得，弄不好就会碰壁。

隐峰却不以为然，扬长而去。他一路兴高采烈，并未栽什么跟头，不禁更加得意了。一到石头禅师处，隐峰就绕着法座走了一圈，并且得意地问道：“你的宗旨是什么？”石头禅师连看都不看他一眼，两眼朝上回答道：“苍天！苍天！”（禅师们经常用苍天来表示自性的虚空。）隐峰无话可对，他知道“石头”的厉害了，这才想起马祖说过的话，于是重新回到马祖处。

马祖听了事情的始末，告诉隐峰：“你再去问，等他再说‘苍天’，你就‘嘘嘘’两声。”你石头用“苍天”来代表虚空，到底还有文字，可这“嘘——嘘”两声，不沾文字！真是妙哉！隐峰仿佛得了法宝，欣然上路。

他这次满怀信心，以为天衣无缝了，他还是同样的动作，问了同样的问题，岂料石头却先朝他“嘘嘘”两声，这让他措手不及。他呆愣在那里，不得其解。怎么自己还没嘘出声，就被噎了回来！

这次他没有了当初的傲慢，丧气而归。他毕恭毕敬地站在马祖面前，听从教诲。马祖点着他的脑门说：“我早就对你说过，‘石头路滑’！”

【悟在当下】

人外有人，天外有天。做事应当谦虚认真，不要满足于现状；学习要深入细致，不能心浮气躁。学问高时意气平，人生活在社会上，必须要有“空杯”的心态。越是知识渊博的人，胸怀就越应放宽，这样，他获得的东西才会越多。

举一反三地“悟”才是真“悟”

一座高耸入云的山上有两座寺院——普济寺和光度寺。每日清晨，两个寺院都会分别派一个小和尚——明悟和明心，到山下的集市买菜，两人每天几乎同时出门，所以总能碰面，经常暗地比试彼此的悟性。

一天，明悟和明心又碰面了，明悟问：“你到哪里去？”明心答：“脚到哪里，我就到哪里。”明悟听他这样说，不知如何回答才好，站在那里默默无语。买完了菜，明悟回到寺院向师父请教，师父对他说：“下次你碰到他就用同样的话问他，如果他还是那样回答，你就说：‘如果没有脚，你到哪里去？’”明悟听完点头称是，高兴地走了。

第二天早上，他又遇到明心，他满怀信心地问：“你到哪里去？”没想到这次，明心回答道：“风往哪里去，我往哪里去。”明悟没料到他换了答案，一时语塞，又败下阵来。明悟回到寺院，将对方的回答再次报告给师父听，师父哭笑不得，说：“那你可以反问他‘如果没有风，你到哪里去’嘛，这是一个道理啊。”明悟听了以后，暗暗下了决心，明天一定要胜过明心。

第三天，他又遇到明心，于是又问道：“你到哪里去？”明心笑了笑，说：“我到集市去。”明悟又一次无言以对。回到寺院，明悟的师父听了之后，感叹：“举一反三地‘悟’才是真的‘悟’啊。”

【悟在当下】

教育需要启发与激励，学习需要举一反三，教别人要讲究教育方法，学习也要讲究灵活的学习方法。

有人说做学问就像下棋，要有大眼界，只经营一小块地盘，容易失去大局。

具备扎实的基础、广博的知识，并且能够举一反三、触类旁通，就能将学术的“棋盘”连成一片。

举一反三、深入思考能够激发出智慧的火花。说到底，这是一种创造性思维。创造性思维是大脑思维活动的高级层次，是智慧的升华，是大脑智力发展的高级表现形态。如果我们在思考问题时，能够运用这样的思维联想方式，那么知识和财富的宝库将会在不经意间向我们打开。

满了吗

从前，有一个学僧在无德禅师座下学禅，刚开始他还非常专心，学到了不少东西。可是一年后他自以为学得差不多了，便想下山去云游四方，禅师讲法的时候他什么都听不进去，还常常表现出不耐烦的样子。无德禅师把这些全看在眼里。

这天，无德禅师决定问清缘由，他找到学僧问道：“这些日子，你听法时经常三心二意，不知是何原因？”

学僧见禅师已看透他的心机，便不再隐瞒什么，他对禅师说：“大师，我这一年来学的东西已经够了，我想去云游四方，到外面去参禅学道。”

“什么是够了呢？”禅师问。

“够了就是满了，装不下了。”学僧认真地回答。

禅师随手找来一个木盆，然后装满了鹅卵石，对学僧说道：“这一盆石子满了吗？”

“满了。”学僧毫不含糊地答道。

禅师又抓了好几把沙子撒入盆里，沙子漏了下去。

“满了吗？”禅师又问道。

“满了！”学僧还是信心十足地答道。

禅师又抓起一把石灰撒入盆里，石灰也不见了。

“满了吗？”禅师再问。

“好像满了。”学僧有些犹豫地说。

禅师又顺手往盆里倒了一杯水，水也不见了。

“满了吗？”禅师又问。

学僧没有说话，跪拜在禅师面前说：“大师，弟子明白了！”

【悟在当下】

“谦受益，满招损”。不要因为自己取得了小小的成绩就不可一世，其实处处皆学问，你所知道的仅仅是九牛一毛、大海里的一滴水而已，因此，学会谦虚才能得到真经。

的确，一颗谦虚的心正如那盛了石子、沙子、石灰及水的木盆，能盛下更多的东西。这也是只有谦虚的人才能成为智者的原因，因为只有谦虚，你才会承认自己的错误，才会有务实的精神，也才能真正成为一个有用的人。

第 36 章　眼前此刻才是真

许多人都相信来生与前世，如此，在面对今生的不幸时，便可以用前世做借口，说那是前世欠下的；在对今生不满时，可以用来生做憧憬，期待来生再实现。人生无常，很多事情都不是我们能预料的，我们所能做的只是把握当下，珍惜拥有此刻与现在，踏踏实实过好生命中的每一天。

看脚下，时时不忘精进

夜色中，法演禅师和佛果、佛眼、佛槛三个弟子在一座亭中闲话。这三位弟子号称“三佛”，禅功不相上下，都很得法演的赏识。此时只听他们纵论滔滔，气氛相当热烈。

不觉中已至深夜，几个僧人裹紧袈裟，准备休息。

归途中，忽一阵风吹过，把走在前面的佛眼手中提着的灯吹熄了。四周一片黑暗，法演不失时机地对几位弟子说：“快把你们此时领悟的心境说出来。”话音刚落，佛槛答道：“彩凤舞丹宵。”黑暗和光明并没有分别，此时在禅者的心里也像是五彩斑斓的凤凰翩翩起舞于红霞明丽的天空。

法演把头转向佛眼，佛眼说：“铁蛇横古路。”只要心地空明，没有什么能阻止求法者的脚步。

轮到佛果了，佛果指指路面：“看脚下。”灯火灭了。脚底下的任何东西，都要注意。所以在黑暗中走路也和悟禅一样，都要看脚下自己凝视的地方实实在在地踏出一步。

法演这才点头叹道：“能够胜过我的，只有佛果了。”

【悟在当下】

在人生路上，我们要时刻看着脚下的路，一步一步不断前行，才能得到好的发展。佛家的精进要求做人要效仿水，像水一样奔腾不息，不断前进，才能成功地到达大海。同样的道理，人生思想、观念，都要不断地进步。满足于今日的成就，即是落伍。

不仅是人，世间万物都是因为进取才创造了欣欣向荣的美好世界。小溪因为进取才能体验到百川归海的气势；雄鹰因为进取，才能感受到搏击长空的壮美；蛹因为进取，才会脱壳而出，化成翩翩飞舞的蝴蝶；候鸟因为进取，才有飞越太平洋的毅力，最终拥有一个幸福的家庭……

由此可见，进取心犹如罐子里的火药，随着罐中火药数量的增加，它离引爆点也越来越近，最终将以一次巨大的爆炸释放自身的能量。人生也在这次能量的爆炸中得以提炼和升华。

当下最重要

有一天，老禅师带着两个徒弟，提着灯笼在黑夜中行走。一阵风吹过，灯灭了。

“怎么办？”徒弟问。“看脚下！”师父答。

当一切变成黑暗，后面的来路与前面的去路都看不见，如同前世与来生，都摸不着，这时我们要做的是什么？当然是“看脚下，看今生”！

日本的亲鸾上人九岁时，就已立下出家的决心，他要求慈镇禅师为他剃度，慈镇禅师就问他说：“你还这么年少，为什么要出家呢？”

亲鸾：“我虽年仅九岁，父母却已双亡，我不知道为什么人一定要死亡？为什么我一定非与父母分离不可？为了探究这层道理，我一定要出家。”

慈镇禅师非常嘉许他的志愿，说道：“好！我明白了。我愿意收你为徒，不过，今天太晚了，待明日一早，再为你剃度吧！”

亲鸾听后，非常不以为然地说道：“师父！虽然你说明天一早为我剃度，但我终是年幼无知，不能保证自己出家的决心是否可以持续到明天。而且，师父，你年事已高，你也不能保证你是否明早起床时还活着。”

慈镇禅师听了这话，拍手叫好，并满心欢喜地说道："对的，你说的话完全没错！现在我马上就为你剃度吧！"

【悟在当下】

路就在脚下，现在不走，更待何时？

许多人都相信来生与前世，如此，在面对今生的不幸时，便可以用前世做借口，说那是前世欠下的；在对今生不满时，可以用来生做憧憬，期待来生再实现。

人生无常，很多事情都不是我们能预料的，我们所能做的只是把握当下，珍惜拥有此刻与现在，踏踏实实过好生命中的每一天。

把今天过好

有一天，佛陀刚刚用完午餐，一位商人走来请求佛陀为他除惑解疑，指点方向。佛陀将他带入一间静室中，十分耐心地听商人诉说自己的苦恼和疑惑。

商人诉说了很久，有对往事的追悔，也有对将来的担忧。最后，佛陀示意他停下来，问他："你可吃过午餐？"

商人点头说："已吃过。"

佛陀又问："炊具和餐具可都收拾得干净完好了？"

商人忙说："是啊，都已收拾得很完好了。"

接着商人急切地问佛陀："您怎么只问我不相关的事呢？请您给我的问题一个正确答案吧！"

但是，佛陀却只对他微微一笑，说："你的问题你自己已经回答过了。"接着就让他离开静室。

过了几天，那位商人终于领悟了佛陀的道理，来向佛陀致谢。佛陀这才对他及众弟子说："谁若对昨天的事念念不忘，追悔烦恼，或者对明天的事忧愁妄想，他将成为一棵枯草！"

【悟在当下】

佛陀告诉我们，人只能生活在今天，也就是现在的时间中，谁都不可能退回“昨天”或提前进入“明天”。“昨天”是“存在过”的，不可及；“明天”仅是“可能存在”的，同样不可及。所以，最重要的是做好今天的事情，认真过好今天。

不能珍惜今生，也就无法向往未来

从前，有个小和尚每天早上负责清扫寺庙院子里的落叶。

清晨起床扫落叶实在是一件苦差事，尤其在秋冬之际，每一次起风时，树叶总随风飞舞落下。

每天早上都需要花费许多时间才能清扫完树叶，这让小和尚头痛不已。他一直想要找个好办法让自己轻松些。

后来有个和尚跟他说：“你在明天打扫之前先用力摇树，把落叶统统摇下来，后天就可以不用扫落叶了。”

小和尚觉得这是个好办法，于是隔天他起了个大早，使劲地猛摇树，这样他就可以把今天跟明天的落叶一次扫干净了。一整天小和尚都非常开心。

第二天，小和尚到院子里一看，不禁傻眼了——院子里如往日一样落叶满地。

这时老和尚走了过来，对小和尚说：“傻孩子，无论你今天怎么用力，明天的落叶还是会飘下来。”

小和尚终于明白了，世上有很多事是无法提前的，唯有认真地活在当下，才是最真实的人生态度。

有人请教大龙禅师：“有形的东西一定会消失，世上有永恒不变的真理吗？”

大龙禅师回答：“山花开似锦，涧水湛如蓝。”多么美妙的一幅山水画啊！

【悟在当下】

花开的本身，注定要凋落，山花却不因要凋谢，而不再蓬勃开放；清清的涧水不因其流动，而不映衬蓝天。时间之箭是单向的，我们这些有生命之物，都要把握住现在、今朝，开心地活好今朝每一刻。

看来，不要预支明天的烦恼，认真过好今天比什么都重要！人活在当下，应该放下过去的烦恼，舍弃未来的忧思，顺其自然，把全部的精力用来承担眼前的这一刻，因为失去此刻便没有下一刻，不能珍惜今生也就无法向往未来，你能把握的就是每一刻的当下而已！

无聊才是地狱

无德禅师在收学僧之前，叮嘱他们把原有的一切都丢在山门之外。禅堂里，他要学僧“色身交予常住，性命付给龙天”。但是，有的学僧好吃懒做，讨厌做活；有的学僧贪图享受，攀缘俗事。于是，无德禅师讲了下面这个故事：

有个人死后，灵魂来到一个大门前。进门的时候，司阍对他说：“你喜欢吃吗？这里有的是精美食物。你喜欢睡吗？这里想睡多久就睡多久。你喜欢玩吗？这里的娱乐任你选择。你讨厌工作吗？这里保证你无事可做，没有管束。”

这个人很高兴地留下来，吃完就睡，睡够就玩，边玩边吃。三个月下来，他渐渐觉得没有意思，于是问司阍道：“这种日子过久了，也不是很好。玩得太多，我已提不起什么兴趣；吃得太饱，使我不断发胖；睡得太久，头脑变得迟钝。您能给我一份工作吗？”

司阍答道：“对不起！这里没有工作。”

又过了三个月，这人实在忍不住了，又问司阍道：“这种日子我实在没法忍受，如果没有工作，我宁愿下地狱！”

司阍带着讥笑的口气问道：“这里本来就是地狱！你以为这是天堂？在这里，让你没有理想，没有创造，没有前途，没有激情，让你失去活下去的信心。这种心灵的煎熬，更甚于上刀山下油锅的皮肉之苦，当然让你受不了啊！”

【悟在当下】

劳动是上帝赋予人类的快乐，身体不运作，就会像铁铜一样生锈，懒惰空闲的身心就会生出许多杂念和说不出的烦恼。

如果我们仅仅把工作作为一种谋生手段，我们就不会去重视它、喜欢它；如果我们把它看成是禅者自我完善的必经途径时，我们就会得到一种全新的体验——工作将不仅仅是工作，而是对生活方式的一种主动选择，你会从中得到类似童年游戏般的单纯快乐。否则，有工作也如身处地狱！

打破思维定式

有一位禅师写了两句话要弟子们参究，那两句话是："绵绵阴雨二人行，怎奈天不淋一人。"

弟子们得到这个话题便议论了起来。

第一个说："两个人走在雨地里，有一个人却不淋雨，那是因为他穿了雨衣。"

第二个说："那是一个局部的阵雨，有时候连马背上都是一边淋雨，另一边是干的，两个人走在雨地里，有一个人不淋雨，却是干的，那有什么稀奇。"

第三个弟子得意地说："你们都说错了，明明是绵绵细雨嘛，怎可说是局部阵雨，一定是有一个人走在屋檐底下。"

这样，弟子们你一句、我一句，说得好像都有理，没有个完。

最后，禅师看时机已到，就为大家揭开谜底：

"你们都执着于'不淋一人'的话题，且也执着得过分厉害，那当然要争论不休。由于争论，所以距离真理越来越远。其实啊，所谓'不淋一人'，不就是两人都在淋雨吗？"

【悟在当下】

思考问题时，不要一味地只在表面上转来转去，更不要死钻牛角尖，这样只会离问题的实质越来越远；要从多角度去思考问题，打破自己的思维定式，只有创新才会有突破。

我们常常习惯于传统的思维方式，按照流行的惯性思维去思考，走着别人走过的路，干着别人干过的事，要知道，成功总是靠创新取胜的，勇于走别人没有走过的路，你才能采撷到丰硕的果实。

开阔你的心界，就能学会创新，创新思想不是那些专门从事开发创新的人独有的。谁有创新思想，谁就会成为赢家；谁拒绝创新，谁就注定平庸！一个习惯思考创新的人，绝对能拥有闪亮的人生！

心境没有界

唐朝有一位江州刺史李渤，问智常禅师道："佛经上所说的'须弥藏芥子，芥子纳须弥'未免失之玄奇了，小小的芥子，怎么可能容纳那么大的一座须弥山呢？过分不懂常识，是在骗人吧？"

智常禅师闻言而笑，问道："人家说你'读书破万卷'，可有这回事？"

"当然！当然！我岂止读书万卷！"李渤一派得意扬扬的样子。

"那么你读过的万卷书如今何在？"

李渤抬手指着头脑说："都在这里了！"

智常禅师道："奇怪，我看你的头颅只有一个椰子那么大，怎么可能装得下万卷书？莫非你也骗人吗？"

【悟在当下】

心境是没有界的，你的心灵就是一个小宇宙。真悟道的人，智慧开发是无穷尽的，佛学名词叫作无师智，也叫作自然智。自己本有的智慧仓库打开了，不是老师传授给你的，是你自己固有的智慧爆发了，天上地下，无所不知。这样的境界非身临其境者不能体会。

身在俗世，心已出离

无相禅师行脚时，因口渴而四处寻找水源，这时看到有一个青年在池塘里打水车，无相禅师就向青年要了一杯水喝。

青年以一种羡慕的口吻说道："禅师！如果有一天我看破红尘，我肯定会跟您一样出家学道。不过，我出家后不会像您那样到处行脚、居无定所，我会找一个隐居的地方，好好参禅打坐，不再抛头露面。”

无相禅师含笑问道：“那你什么时候会看破红尘呢？”

青年答道：“这一带就数我最了解水车的性质了，全村的人都以此为主要水源。如果有人能接替我照顾水车，让我无牵无挂，我就可以出家，走自己的路了。”

无相禅师问道：“最了解水车的人，我问你，水车全部浸在水里，或完全离开水面会怎样呢？”

青年答道：“车是靠下半部置于水中，上半部逆流而转的原理来工作的。如果把水车全部浸在水里，水车不但无法转动，甚至会被急流冲走；同样的，水车若完全离开水面也不能车上水来。”

无相禅师说道：“车与水流的关系不正说明了个人与世间的关系？如果一个人完全入世，纵身江湖，难保不会被五欲红尘的潮流冲走；倘若全然出世，自命清高，不与世间来往，则人生必是漂浮无根。同样，一个修道的人，要出入得宜，既不袖手旁观，也不投身粉碎。”

【悟在当下】

入世与出世不是截然分开的，出世是为了更好地入世。

佛教大师弘一法师说，佛法并不离于世间，佛教的本旨只是要洞悉宇宙人生的本来面目，教人求真求智，以断除生命中的愚痴与烦恼。修学佛法也并不一定都要离尘出家，在家之人同样可以用佛法来指导人生，利益世间。就大乘佛教来说，其菩萨道精神，更是充分体现着济物利人的人世悲怀。凡有志于修学佛法者，皆需发大菩提心，立四宏愿，所谓“众生无边誓欲度，烦恼无尽誓愿断，法门无量誓愿学，佛道无上誓愿成”，以此自励精进，无量世中，怀此宏大心愿，永不退失，只要是济世利人之事，都可摄入佛道之中，佛教哪里会是消极避世的宗教呢？

不可瞻前顾后

在四川一个偏远的大山里，有一座很少有人去的寺庙。寺庙里有两个和尚，其中一个很贫穷，穿着衣不蔽体，吃得也很简单，身体瘦瘦的；另一个和尚很富有，穿着丝绸的衣服，吃着上等的食物，大腹便便，脸上油光发亮。

当时，人们都认为南海（今浙江普陀）是个佛教圣地，很多外地的和尚都把能去一次南海作为自己的人生理想。一天，穷和尚对富和尚说：“我打算去一趟南海，你觉得怎么样？”富和尚不敢相信自己的耳朵，认真地打量了一通穷和尚，突然大笑起来。

穷和尚被他笑得莫名其妙，就说：“怎么了？”

富和尚问：“我没有听错吧，你想去南海？你凭借什么东西去南海啊？”

穷和尚说：“带一个水瓶、一个饭钵就行了。”

“哈哈……”富和尚笑得都喘不过气来，“去南海来回好几千里路，路上的艰难险阻多得很，可不是闹着玩的。我几年前就准备去南海的，等我准备好充足的粮食、医药、用具，再买上一条大船，找几个水手和保镖，就可以去南海了。你就凭一个水瓶、一个饭钵怎么可能去南海呢？还是算了吧，别做白日梦了。”

穷和尚不再与富和尚争执。第二天，富和尚发现穷和尚不见了，原来，穷和尚一大早就带着一个水瓶、一个饭钵悄悄地离开寺庙，步行前往南海而去了。

果然，就像富和尚说的一样，去南海的路很遥远、很艰辛。但是，穷和尚早就做好了心理准备，一路上，遇到有水的地方就盛上一瓶水，遇到有人家的地方就去化斋，有时，一连几天都遇不上一户人家，他就忍饥挨饿。路上有些地方是悬崖峭壁，有些地方野兽成群，有时狂风暴雨，有时大雪纷飞。穷和尚一路上尝尽了各种艰难困苦，很多次，他都被饿晕、冻僵，但是，他一点也没想到过放弃，始终向着南海而去。

一年过去了，穷和尚终于到达了日思夜想的南海。

又过了两年，穷和尚从南海回来了，依然是带着一个水瓶、一个饭钵。穷和尚由于在南海学习了许多知识，回到寺庙后成为一个德高望重的和尚。而那个富和尚，还在准备买大船呢！

【悟在当下】

穷和尚就比富和尚少了一点钱和物资而已，从心志的意义来说，穷和尚反倒是富和尚，富和尚却是真正的穷和尚。其实，人生亦是如此，我们每个人都希望制订出自己的人生计划，并为实现这个计划而生活和工作。如果你能把你的人生计划清楚地表达出来，这样就能帮助你随时集中精力，发挥出你人生进取的最高效率。

只是，一定要记住，你在表达你的人生计划时，一定要以你的梦想和个人的信念作为基础，因为这有助于你把自己的计划制订得具体，且具有现实可行性。

有了精确的计划就行了吗？似乎还缺少什么。再好的计划，如果你总是瞻前顾后，就会使生命陷入停滞，最终计划也不能得到实施。

想进则进，想退即退

虎寺禅院中的学僧们正在寺前的围墙上模拟一幅龙争虎斗的画像，图中龙在云端盘旋将下，虎踞山头，作势欲扑。虽然修改多次，学僧们却总认为其中动态不足，适巧无德禅师从外面回来，学僧就请禅师点评一下。

无德禅师看后说道："龙和虎的外形画得不坏，但龙与虎的特性你们知道多少？现在应该要明白的是龙在攻击之前，头必须向后退缩；虎要上扑时，头必然自下压低。龙颈向后的曲度愈大，虎头愈贴近地面，它们也就能跳得更高。"

学僧们非常欢喜地受教道："老师真是一语道破，我们不仅将龙头画得太向前，虎头也太高了，怪不得总觉得动态不足。"

无德禅师借机说教道："为人处世与参禅修道的道理一样，退一步的准备之后，才能冲得更远，谦卑的反省之后才能爬得更高。"

学僧不解，问道："老师！退步的人怎能向前？谦卑的人怎能更高？"

无德禅师严肃地说道："你们且听我的禅诗——手把青秧插满田，低头便见水中天；身心清净方为道，退步原来是向前。诸仁者能会意吗？"

那些学僧听到这里，都有所醒悟。

【悟在当下】

学佛者的人格，有自尊的一面，他们有时顶天立地，孤傲不群，有如龙抬头，虎相扑；但有时也非常自谦，有如龙退缩，虎低头。这正说明了当进则进、当退则退，当高则高、当低则低的人生道理。

正如一个人要想干出一番事业，有所成就，必须培养自己的能力、才智，有了本钱，就拥有了足够的能力，想进则进，想退即退。

第 37 章　生死不挂心，重来去自在

尘世生命是短暂的，但在禅的视野里，生命是永恒的，生和死是定义肉体生命的。认识到这永恒的生命，如天地自然中万有造化的生生不息、循环往复的生命规律，就能从绝望虚无的深黑泥沼中脱离出来，就是飞越了生死的悬隔。

赌气是痛苦的根源

有两个不如意的年轻人，一起去拜望一位禅师："师父，我们在办公室被欺负，太痛苦了，求您开示，我们是不是该辞掉工作？"两个人一起问。禅师闭着眼睛，隔半天，吐出五个字："不过一碗饭。"就挥挥手，示意年轻人退下了。

回到公司，一个人递上辞呈，回家种田，另一个却没动。日子过得真快，转眼十年过去。回家种田的，以现代方法经营，加上品种改良，居然成了农业专家。另一个留在公司里的，也不差，他忍着气、努力学，渐渐受到器重，后来成为经理。

有一天两个人相遇了，"奇怪！师父给我们同样'不过一碗饭'这五个字，我一听就懂了，不过一碗饭嘛！日子有什么难过？何必硬巴着公司？所以辞职。"农业专家问另一个人："你当时为什么没听师父的话呢？""我听了啊！"那经理笑道："师父说'不过一碗饭'，多受气、多受累，我只要想'不过为了混碗饭吃'，老板说什么是什么，少赌气、少计较，就成了！师父不是这个意思吗？"两个人又去拜望禅师，禅师已经很老了，仍然闭着眼睛，隔半天，答了五个字："不过一念间。"然后，挥了挥手。

【悟在当下】

对于人来说，没有一样东西是可以完完全全、真真正正抓住的，无论是物，还是人。因此不必斤斤计较，刻意追逐。对于不生不灭的生命本源，要把握得住，要认识得透彻，才能够善始善终。“不知常，妄作凶”，醉生梦死，碌碌无为，终将痛苦离去。

想要抓住一切，往往什么都抓不住。

生死本无不可逾越的鸿沟

学僧道岫眼看同参中不少人对禅都能有所体会，想想自己既不幽默，又不灵巧，始终不能入门，实在没有资格学禅，便决定做个行脚的苦行僧。临走时道岫到法堂去向广圄禅师辞行。

道岫禀告禅师说：“老师！学僧在您座下参学已有十年之久，对禅仍是一点领悟都没有，实在辜负您的慈悲。看来我不是学禅的材料，今天向您老辞行，我将云游他乡。”

广圄禅师非常惊讶，问道：“为什么没有觉悟就要走呢？难道去别的地方就可以觉悟吗？”

道岫诚恳地说：“同参的道友一个个都已回归根源，而我每天除了吃饭、睡觉之外，都精进于道业上的修持，但就是因缘不合。现在，在我的内心深处已生出一股倦怠感，我想我还是做个行脚的苦行僧吧！”

广圄禅师听后开示道：“悟，是一种内在本性的流露，根本无法形容，也无法传达给别人，更是学不来也急不得的。别人是别人的境界，你修你的禅道，这是两回事，为什么要混为一谈呢？”

道岫说：“老师！您不知道，我跟同参们一比，立刻就有类似小麻雀看见大鹏鸟时那样的羞愧之情。”

广圄禅师饶有兴趣地问道：“怎么样的算大？怎么样的算小？”

道岫答道：“大鹏鸟一展翅能飞越几百里，而我只能囿于草地上的方圆几丈而已。”

广圄禅师意味深长地问道：“大鹏鸟一展翅能飞几百里，那它飞越生死了吗？”

道岫听后默默不语，若有所悟。

【悟在当下】

大鹏鸟虽然一展翅就能飞越几百里，但它却无法飞越生死；而一个人却可以借助思考和反省，参透生死之道，并获得解脱。

尘世生命是短暂的，但在禅的视野里，生命是永恒的，生和死是定义肉体生命的。

认识到这永恒的生命，如天地自然中万有造化的生生不息、循环往复的生命规律，就能从绝望虚无的深黑泥沼中脱离出来，就是飞越了生死的悬隔。

这始终存在的生命，继续繁衍生发，它是一个延续，如波浪的涌进。生死之间没有一丝空隙，它是连贯畅通的。

如此达观，一己生命算得了什么呢？生又何欢，死又何惧？

生死本无鸿沟，全在于人的设定。需要飞越的不是生死，而是人心中划分的不可逾越的生死鸿沟。

两手空空来，两手空空去

唐代丰干禅师，住在天台山国清寺。一天，他在松林漫步，山道旁忽然传来小孩啼哭的声音，他循声一看，原来是一个稚龄的小孩，衣服虽不整，但相貌奇伟。问了附近村庄人家，没有人知道这是谁家的孩子，丰干禅师不得已，只好把这男孩带回国清寺，等待人家来认领。因为他是丰干禅师捡回来的，所以大家都叫他“拾得”。

拾得在国清寺安住下来，渐渐长大以后，上座就让他担任行堂（添饭）的工作。时间久后，拾得也交了不少道友，其中一个名叫寒山的贫子，相交最为莫逆，因为寒山贫困，拾得就将斋堂里吃剩的饭用一个竹筒装起来，给寒山背回去。

有一天，寒山问拾得说：“如果世间有人无端地诽谤我、欺负我、侮辱我、耻笑我、轻视我、鄙贱我、恶厌我、欺骗我，我要怎么做才好呢？”

拾得回答道：“你不妨忍着他、谦让他、任由他、避开他、耐烦他、尊敬他、不要理会他。再过几年，你且看他。”

寒山再问道："除此之外，还有什么处世秘诀，可以躲避别人恶意的纠缠呢？"

拾得回答道：

"弥勒菩萨偈语说——

"老拙穿破袄，淡饭腹中饱，补破好遮寒，万事随缘了；

"有人骂老拙，老拙只说好，有人打老拙，老拙自睡倒；

"有人唾老拙，随他自干了，我也省力气，他也无烦恼；

"这样波罗蜜，便是妙中宝，若知这消息，何愁道不了？

"人弱心不弱，人贫道不贫，一心要修行，常在道中办。

"如果能够体会偈中的精神，那就是无上的处世秘诀。"

有人谓寒山、拾得乃文殊、普贤二大士化身。台州牧闾丘胤问丰干禅师，何方有真身菩萨？告以寒山、拾得，胤至礼拜，二人大笑曰："丰干饶舌，弥陀不识。"

意指丰干乃弥陀化身，惜世人不识。说后，二人隐身岩中，人不复见。胤遣人录其二人散题石壁间诗偈，今行于世。

【悟在当下】

生活对于每个人来说，蕴藏着无限的哲理与深意，它就像一本大书，只有用心去读，才能品味到生活中处处有学问，处处有真理。只有驾驭生活中的真理，眼光才能看得更远，深知生活中的诀窍，才能活得越自在、越洒脱、越游刃有余。生活闪现着智慧与学问，只有用心去领悟，才能体验到自在的真谛。

看看呱呱坠地的婴儿，生下来都是两手紧握，成为两只小小的拳头，仿佛想要抓住些什么；看看垂死的老人，临终前都是两手摊开，撒手而去。这是上天对人的惩罚吗？

当他双手空空来到人世的时候，偏让他紧攥着手；当他双手满满离开人世的时候，偏让他撒开手。无论穷汉富翁，无论高官百姓，无论名流常人，都无法带走任何东西。上帝总让人两手空空来到人世，又两手空空离去。既然如此，又何必偏执于某一点、某一事、某一物呢？想永远藏在一点，是不可能的。

生命短暂如小花，也应珍惜生存权利

有一天，如来佛祖把弟子们叫到法堂前，问道：“你们说说，你们天天托钵乞食，究竟是为了什么？”

“世尊，这是为了滋养身体，保全生命啊。”弟子们几乎不假思索。

“那么，肉体生命到底能维持多久？”佛祖接着问。

“有情众生的生命平均起来大约有几十年吧。”一个弟子迫不及待地回答。

“你并没有明白生命的真相到底是什么。”佛祖听后摇了摇头。

另外一个弟子想了想又说：“人的生命在春夏秋冬之间，春夏萌发，秋冬凋零。”

佛祖还是笑着摇了摇头：“你觉察到了生命的短暂，但只是看到生命的表象而已。”

“世尊，我想起来了，人的生命在于饮食间，所以才要托钵乞食呀！”又一个弟子一脸欣喜地答道。

“不对，不对。人活着不只是为了乞食呀！”佛祖又加以否定。

弟子们面面相觑，一脸茫然，又都在思索另外的答案。这时一个烧火的小弟子怯生生地说道：“依我看，人的生命恐怕是在一呼一吸之间吧！”佛祖听后连连点头微笑。

故事中各位弟子的不同回答反映了不同的人性侧面。人是惜命的，希望生命能够长久，才会有那么多的帝王将相苦练长生之道，却无法改变生命是短暂的这一事实；人是有贪欲的，又是有惰性的，所以才会有那么多的“鸟为食亡”的悲剧发生；而人又是向上的，所以才会有那么多的“只争朝夕”，从不松懈，却身心俱疲的生活。

这些弟子看到的都只是生命的表象，而烧火的小弟子的彻悟，却在常人之上。人之一生，犹如一呼一吸，生和死，只是瞬间的转化。了悟这点，方能做到努力把握每一刻、每一秒。

【悟在当下】

生命之旅，即使短暂如小花，也应当珍惜这仅有的一次生存的权利。要让生命更精彩，我们理应在有限的时间里，绽放生命的花朵。生死是人生的一个大学问。一个真正善其身的人，能够主宰自己的生命，所以才能够善其死。好好活着是最紧要的事情。

须知，生命本身就是一个不断变换更替的过程。人在呼吸的一瞬间，既是他自己，又不是他自己。

切记，人生只在呼吸之间。要时时更新自我，不眷恋旧我，不追悔往昔。“往者不可谏，来者犹可追”。吐故纳新，让生命之树常青。

对死亡的惧怕每个人都有，不是每个人就能有嵇康那样的气魄，他在临刑前还要抚琴弹奏一曲《广陵散》，并无奈地说：“从此之后就无人再懂广陵散了。它要遗失了。”但是我们也要明白这样的道理，把大好的光阴用在如何惧怕死的问题上还不如真真切切地去想一想怎样好好活着，把握这一呼一吸之间仅仅一次的宝贵生命。

盼着圆寂

乐天禅师一百多岁高寿时身体还特别健康，耳不聋，眼不花，牙齿还完好无损，总是红光满面，一副乐呵呵的样子，给人一种气定神闲的感觉。

有位生命学专家想从禅师这里得到一种长寿秘籍，就专门来寻访乐天禅师。第一次寻访时，乐天禅师说：“没有什么秘诀，连我也没弄明白，我为何如此长寿的。”

几年过后，专家再次拜访乐天禅师。乐天禅师说：“我知道为什么了，但是，天机不可泄露。”

又是几年过去了，乐天禅师的身体依然强健，一点儿也看不出老，好像违反生命的自然规律。

生命学专家再次来拜访，他对乐天禅师说，他对生命的探讨，不是为了个人，而是为了全人类。

这次，老禅师终于说出了他的长寿之道，他不无遗憾地说：“我从六十来岁就盼着圆寂，视圆寂为佛家的最高境界、最大快乐。可是，我的修行一直不够，一直未能实现早日圆寂的最大夙愿。这也许就是你要探讨的长寿的奥秘吧！”

【悟在当下】

这样地拥抱死亡而活着，可谓令人称美之羽化登仙也。乐天禅师真是仙风道骨、超凡脱俗之高人。苍茫人海中，难得有几位真正能够超脱生死的大寿星了。

生命的奥秘在哪里呢？在于向死而生，然后获得恬淡平和、视死如归的心态，这种心态让老禅师早早卸下了生命和心灵的重负，一直生活在别样的期待和无所畏惧的轻松愉快中。老禅师活在无所谓终点、起点的极大静穆中。

真正的禅者不是逃避或无可奈何地接受死亡，而是勇敢直面，向死而生。将死亡看作生命的归属，“落红不是无情物，化作春泥更护花”。在得道高禅看来，尘世的肉体生命在死亡那一刻，正是落叶归根，像来年化为春泥的落花一样。丹麦的齐克果认为：“死亡绝不是一切的终结，永生才是一切。”你相信有永生吗？

在佛经里也有对死亡颇为相似的观点。死如再生，“譬如从麻出油，从酪出酥”，死亡其实是生命的另一种开始，而不是结束。死亡如搬家，不过是从身体这个破旧腐朽的屋子搬出来，回到心灵高远广深的家。

死亡比一缕蛛丝更轻

普化禅师在临济禅师座下。有一天，他在街上向人乞求法衣的布施，信者用上好的袈裟给他，但他又不接受人们供养的法衣。

有人把此事报告给临济禅师，临济就买了一口棺材送他，普化非常欢喜地说道：“我的衣服买回来了。”

普化立刻扛起了棺材，跑到街上大声叫道：“临济为我做了一件法衣，我可以穿着它去死了，明天上午，我要死在东门。”

第二天，普化准时扛着棺材到了东门，一看，人山人海，都想来看此怪事，普化对大家说：“今天看热闹的人太多，不好死，明天去南门死。”

如此经过三天之后，由南门而西门，由西门而北门，再也无人相信普化禅师的话，大家说：“我们都被普化骗了，一个好端端的人，哪能说死就死？再也不要上他的当了。”

到了第四天，普化扛了棺材至北门，一看，没有几个看热闹的人，就非常欢喜地说道："你们非常有耐心，东南西北，都不怕辛苦，我现在可以死给你们看了。"说罢，普化进入棺材，自己盖好，就无声息了。

【悟在当下】

这种洒脱自在，和浪漫主义者对死亡的憧憬以及一般人对死亡的服从是多么不同！

从禅者对死的勇敢和幽默中，可以看出他们对生活的态度，他们拥有遭人误解辱骂而面不改色、坚持活出自己的真正有意义的生命的勇气，也有向死亡挑战的资格和实力。

死亡已不能束缚他们，不能使他们心生恐惧，死亡已被他们胜过，死亡对他们来说比一缕蛛丝更轻，死亡成了幽默的源泉。正如土家族的跳丧，不仅是中华文化圈中唯一为死亡而舞蹈的，恐怕在世界上也是绝无仅有的吧！

纵身大化中，不喜亦不惧

后唐保福禅师将要辞世圆寂时，向大众说道："我近来气力不济，大概世缘时限已快到了。"

弟子们听后，纷纷说道："师父法体仍很健康。"

"弟子们仍需师父指导。"

"要求师父常住世间为众生说法。"

种种请求不一。其中有一位弟子问道："时限若已到时，禅师是去好呢，还是留住好？"保福禅师表情非常安详，用非常亲切的口吻反问道："你说是怎么样才好呢？"

这个弟子毫不考虑地答道："生也好，死也好，一切随缘，任它去好了。"

禅师哈哈一笑说道："我心里要讲的话，不知什么时候都被你偷听去了。"说罢就跏趺而坐安然圆寂。

【悟在当下】

保福禅师悟出了死亡的真义，在活着的时候专心致志于面前所做的事情，在死前就能够随缘任运。

我们也应如此，活着的时候尽自己的能力追求事业，不辞辛劳，达到心灵的超越，付出最大努力，追寻人生的意义。死亡在任何时候都有可能到来，一旦我们面临死亡，就能坦然离开。

死亡就不可能再复生，如果随便地浪费宝贵的生命，那就是对生命的亵渎。在死神召唤之前，还是竭尽我们的心力让生命燃烧起来，发光发热吧！

细细想来，我们每夜不都是在死亡的状态中吗？睡眠是一种假死状态，只不过确知第二天早晨会醒过来，方能安心入睡罢了。谁都无法保证明天一定还会活着，所以不妨将今天视为生命的最后一天，竭尽努力吧。

撒手横身三界外

雪峰禅师曾巧妙地以冰水为喻，指明生死关联，揭露生命的奥秘。

玄沙禅师在路上遇见雪峰禅师，雪峰禅师问道："有一个远道而来的僧人，昨天不幸去世了，我心里感到几分悲哀。这让我想起前几天有人问我的问题。"

玄沙问道："什么问题？"

雪峰禅师说道："他问我，人死后怎么样了？"

玄沙问道："你怎么回答的？"

雪峰禅师说道："我对他说：'人死亡后，如冰归水。'"

玄沙转过身，望着幽暗的夜空，说道："哦，这样说有一定的道理。可是我不这么认为，但你的回答给了我很大的启示。"

雪峰问道："那你该怎么回答呢？"

玄沙低头合十，说道："人死亡后，如水归水。"

雪峰听完，万分敬佩。

第二天，有个和尚问玄沙道："我的真正生命是什么？"

玄沙冷漠地答道："你要你真正的生命做什么？"

【悟在当下】

死亡本身并没有什么可怕的，死了就死了，不必恐惧，不必担心，只是把自己的事交给别人处理，这是一种不负责任的态度。人应该为自己的事负责，而不是把自己的事交给别人！道楷禅师说得好："吾年七十六，世缘今已足，生不爱天堂，死不怕地狱。撒手横身三界外，腾腾任运何拘束？"

禅者生死，有先祭而灭，有坐立而亡，有入水唱歌而去，有上山掘地自埋。总之，生不贪求，死不畏惧，禅者视生死均为解脱也。因为他们深信，死亡只是生命的另一个去处，并且是远远超越尘世生命的。

只管好好活着

大热天，禅院里的花被晒萎了。"天哪，快浇点水吧！"小和尚喊着，接着去提了桶水来。"别急！"老和尚说，"现在太阳晒得很，一冷一热，非死不可，等晚一点再浇。"

傍晚，那盆花已经成了"霉干菜"的样子。"不早浇，"小和尚见状，咕咕哝哝地说，"一定已经干死了，怎么浇也活不了了。"

"浇吧！"老和尚指示道。水浇下去，没多久，已经垂下去的花，居然全站了起来，而且生机盎然。

"天哪！"小和尚喊道，"它们可真厉害，憋在那儿，撑着不死。"

老和尚纠正："不是撑着不死，是好好活着。"

"这有什么不同呢？"小和尚低着头，十分不解。

"当然不同。"老和尚拍拍小和尚，"我问你，我今年八十多了，我是撑着不死，还是好好活着？"

小和尚低下头沉思起来。

晚课完了，老和尚把小和尚叫到面前问："怎么样？想通了吗？"

"没有。"小和尚还低着头。老和尚严肃地说："一天到晚怕死的人，是撑着不死；每天都向前看的人，是好好活着。得一天寿命，就要好好过一天。那些活着的时候天天为了怕死而拜佛烧香，希望死后能成佛的人，绝对成不了佛。"

说到此，老和尚笑笑："他今生能好好过，却没好好过，老天何必给他死后更好的生活？"

【悟在当下】

对于禅院里的花来说，"和尚没浇水"虽然很不如意，但那是和尚的事，"好好生长"才是它自己的事，这盆向前看的花，得一天寿命，便好好过一天，真正理解了生命的意义。

哀莫大于心死，撑着活其实就是已经心死。生活在这个世界上时都没有领悟何为真生命，还能指望他死后有全新的生命吗？

做一个好人其实很容易，拥有一个幸福的人生其实也很简单："第一是不要拿自己的错误惩罚自己，第二是不要拿自己的错误惩罚别人，第三是不要拿别人的错误惩罚自己。"遵守这"人生幸福三诀"，就不会活得太累。

"不要拿自己的错误惩罚自己"。人非圣贤，孰能无过？如果一有过错，就终日沉浸在无尽的自责、哀怨、痛悔之中，那么其人生的境况就会像泰戈尔所说的那样：不仅失去了正午的太阳，而且将失去夜晚的群星。

人们都会为自己的过错而痛悔，但"不要拿自己的错误惩罚别人"，并不是一种很容易达到的境界，它需要"胸藏万汇凭吞吐"的大器量。"不要拿别人的错误惩罚自己"。不让别人的做法决定自己的人生原则，为别人的错误埋单实在不划算。

生活是一件艺术品，每个人都有自己认为最美的一笔，每个人也都有自己认为不尽如人意的一笔，关键在于你怎样看待。有烦恼的人生才是最真实的，同样，认真对待纷扰的人生才是最舒坦的。

荣的任它荣，枯的任它枯

一天，唐朝药山禅师与门下两位弟子云散、醒吾坐在郊外参禅，看到山上有一棵树长得很茂盛，绿荫如盖，而另一棵树却枯死了，药山禅师观机教化，想试探两位弟子的功行，于是先问醒吾："荣的好呢还是枯的好？"醒吾答曰："荣的好！"再问云散，云散却回答说："枯的好！"此时正好来了一位沙弥，药山就问他："树是荣的好呢还是枯的好？"沙弥说："荣的任它荣，枯的任它枯。"药山颔首。

天地便是如此，荣的任它荣，枯的任其枯，不偏不倚，无悲无喜。

【悟在当下】

真正悟道的圣人，心如天地，明比日月，一切的所作所为，只要认为理所当为、义所当为便自然而然地去做，并非出于仁爱世人之心。因为如果圣人有此存心，便有偏私。庄子说过，有所偏私，便已不是真正的仁爱了，即有自我，已非大公。生而称"有"，灭而称"无"，平等齐观，无偏无私，只是人们以人心自我的私识，认为天地有好生之德，因此发出天心仁爱的赞誉。倘若天地有知，应会大笑我辈痴儿痴女的痴言痴语吧。

第38章　超然物外，实现真我风采

世事纷杂让人痛苦不堪，而禅者的高明之处就在于主张超越，只有学会超越，才能将其置之度外，不为外界凡尘之事所烦扰。正如佛偈所说："真如本性，寂静常然，梦中明明有六趣，觉后空空无大千。"看透人间繁华，不执一切法相，精神自然就能自由。

信仰不应拘泥于形式

在一个寒冷的冬夜，有一个乞丐来找荣西禅师，哭诉道："禅师，我的妻儿已多日粒米未进，我想尽我的一切努力给他们温饱，可是始终无法办到。连日来的霜雪使我旧病复发，我现在实在是精疲力竭了，如果再这样下去，我妻儿都会饿死。禅师，请您帮帮我们吧！"

荣西禅师听后颇为同情，但是身边既无钱财，又无食物，如何帮他呢？不得已，只好拿出准备装饰佛像的金箔说道："把这些金箔拿去换钱应急吧！"

听到荣西禅师的这个决定，弟子们都很惊讶，纷纷表示抗议："老师！那些金箔是准备装饰佛像用的，您怎么能轻易送给别人？"

荣西禅师非常平和地对弟子说："也许你们无法理解，可是我实在是为尊敬佛陀才这样做的。"

弟子们一时无法领悟老师的深意，愤愤地说道："老师！您说是为了尊敬佛陀才这么做的，那么我们将佛陀圣像变卖以后用来布施，这种不重信仰的行为也是尊敬佛陀吗？"

荣西禅师不再辩解，只是说："我重视信仰，我尊敬佛陀，即使下地狱，我也要为佛陀这么做！”弟子们仍然不服，还是嘀咕个没完。

荣西禅师于是大声斥责道：“佛陀修道，割肉喂鹰、舍身饲虎，在所不惜，佛陀是怎么对待众生的？你们真的了解佛陀吗？”

【悟在当下】

迷茫的人生需要信仰的天光，真正的信仰是坚定不移的，不会因为各种各样的外界条件而改变。信仰是你生命的主心骨和顶梁柱。

真正的信仰应该存在于具体的事情之中，甚至存在于一件极普通、极平常的小事之中，比如雪中送炭。真正慈善的人，不会拘泥于礼节和形式，他们会将自己的善念化为一汪清泉，让其流进所有干涡的心灵。

人生需要真正的信仰，拥有了真正的信仰，看清了信仰之灯，就会处变不惊，稳操航向；宠辱看淡，就会获得一份洒脱的心情。这份洒脱自在就是你精神的家园和心灵的故乡了。在你人生的暗夜，你仰望到那座灯塔了吗？

事事妙圆，处处空寂

有一次，一位学僧问惟宽禅师：“狗有佛性吗？”惟宽禅师回答道：“狗是有佛性的。”

“马有佛性吗？”答：“马是有佛性的。”

“为什么这些动物都有佛性呢？”“因为他们都是众生，众生均有佛性。”

“既然这样，那么，你有佛性吗？”“我没有佛性。”

“那为什么一切众生皆有佛性，而你没有？”“因为我不是你所说的众生。”

“你不是众生，你是佛吗？”“我不是佛。”

“那你究竟是什么？”“我不是一个‘什么’！”

“佛性到底是什么？是我们能看到，或是能想到，或是能感觉到的吗？”“什么也不能，只能悟到。”

惟宽禅师反过来问这位学僧：“荒田没有水，瘠土没有肥，能耕吗？”学僧答曰：“不能。”

“往荒田里注水，往瘠土上施肥，就一定能种出粮食吗？”答：“恐怕不能吧！”

“香里有没有佛？油里有没有佛？”“没有。”

“买香油，买油烧能烧出佛吗？”“当然不能！佛到底是什么？”

惟宽禅师最后说：“真正的佛，是一种澄静的智慧，一种明亮的作为，不是烧香磕头就能得到的。事事妙圆，处处空寂，无争执无欲望，一切都可放下或牺牲，这就是真佛！众生平等，皆可成佛。真我就是佛，佛就是真我。”

【悟在当下】

佛性就是你的自性，就是真我的风采。

平常就是真道，最平凡的时候是最高的，真正的真理是在最平凡之间；真正仙佛的境界，是在最平常的事物上。所以真正的人道完成，也就是出世、圣人之道的完成。

活出了真我的风采，你就是佛，你也能成圣。

云水随缘，安闲自在

法眼文益禅师在庆辉禅师那里参禅的时候，始终不能契悟入道。

于是，他就辞别庆辉禅师，开始云游四方。

有一天下大雨，他就在途中的一座地藏院挂单，寺里的知客师问他：“禅师你要往哪里去啊？”

法眼禅师回答：“我也不知道，我没有什么目的，只是随便走走罢了。”

知客师问：“你对这种四方来去的云游方式，有什么感受呢？”

法眼禅师回答：“云水随缘。”

知客师赞叹说：“云水随缘！这话最逍遥自在了啊！”

法眼禅师听后，如中雷击，对“逍遥自在”四字，当下大悟！

云卷云舒，水流潺潺，适性随缘，自由自在。法眼禅师一心求道，却不曾留意，原来自己走的恰恰是道，所以脱口而出“云水随缘”。

【悟在当下】

一个人如果想要像禅者一样，放旷于天地之间，得先有颗自由飘逸的心，随风如白云般漂泊，安闲自在，任意舒卷，随时随地，随心而安。生活就如同善变的天气，有晴有雨，有风有雾。这既是莫测的苦，又是多彩的乐。从生到死，就像一场风吹过，走过春夏，卷过秋冬；走过悲欢，卷过聚散；走过红尘遗恨，卷过世间恩情，人生如梦梦如人生。唯有顺着因缘而行，豁达坦然，才可凡事得心安。

不怨怼，不忘形，不强求

三伏天，禅院的草地上枯黄了一大片，小和尚看在眼里，对师父说：“师父，快快撒点草种子吧！这草地太难看了。”

师父说：“不着急，等天凉了，什么时候有空了，我去买一些草籽。什么时候都能撒，急什么呢？随时！”

中秋的时候，师父把草籽买回来了，给了小和尚，叫他去播种说：“去吧，把草籽撒在地上。”小和尚高兴地说：“草籽撒上了，很快就能长出绿油油的青草了！”

秋风起了，小和尚一边撒，草籽一边飘。“不好了，好多草籽都被吹飞了！”小和尚喊道。

师父说：“没关系，吹走的多半是空的，撒下去也发不了芽，担心什么呢？随性！”

草籽撒完了，跟着就飞来了许多麻雀啄食，在地上专挑饱满的草籽吃，小和尚看见了急得直跳脚，惊惶地说：“不好了，草籽都被小鸟吃了，这下完了，明年这片地就没有小草了！”

师父说：“没关系！种子多着哪，小鸟吃不完的！你就放心吧，明年这里一定还会有小草的，随遇！”

夜里骤雨忽至，下了一个晚上，雨好大，小和尚一直不能入睡，他担心草籽被冲走了。第二天早上，小和尚早早就跑出了禅房，果然地上的草籽不见了。于是他马上冲进师父的禅房说：“师父，昨夜一场大雨把地上的草籽全都冲走了，怎么办呀？”师父不慌不忙地说：“不用着急，草籽被冲到哪里它就在哪里发芽！随缘！”

过了没多久，许多青翠的草苗破土而出，原来没有撒到的一些角落里居然也长出了许多青翠的小苗。

小和尚高兴对师父说：“师父，太好了，我种的草长出来了！”师父点点头说：“随喜！”

顺其自然，不必刻意强求，只要付出了就一定能够得到回报！

【悟在当下】

正如俗语所说：老和尚念经，句句是真。这随口说出的五随，直入人心，足以见得他满是淡定超然的禅意。

随，不是跟随，是顺其自然。不怨怼，不躁进，不过度，不强求。

随，不是随便，是把握机缘。不悲观，不刻板，不慌乱，不忘形。

世间一切皆佛法，顺其自然就是静静等待大自然的时机，放心让苍天大地、雨露阳光去滋养。我们若看待自己的命运像小和尚的师傅对待草籽一样，我们的生命就会轻松随性，收获意想不到的大充实。

人老心不老

佛光禅师门下弟子大智，出外参学二十年后归来，正在法堂里向佛光禅师述说此次在外参学的种种见闻。佛光禅师以慰勉的笑容倾听着，最后大智问道：“老师！这二十年来，您老一个人还好吗？”

“好！很好！讲学、说法、著作、写经，每天在法海里泛游，世上没有比这更欣悦的生活，每天，我忙得好快乐。”

大智关心地说：“老师，你应该多一些时间休息！”

夜深了，佛光禅师对大智说道：“你休息吧！有话我们以后慢慢谈。”清晨，还在睡梦中，大智就隐隐听到佛光禅师禅房传出阵阵诵经的木鱼声。白天，佛光禅师总不厌其烦地对一批批来礼佛的信众开示，讲说佛法，一回禅堂不是批阅学僧心得报告，便是拟定信徒的教材，每天总有忙不完的事。

好不容易看到佛光禅师刚与信徒谈话告一段落，大智争取这一空当，抢着问佛光禅师道："老师！分别这二十年来，您每天的生活仍然这么忙着，怎么都不觉得您老了呢？"

佛光禅师道："我没有时间觉得老呀！""没有时间老"这句话后来一直在大智的耳边响着。

【悟在当下】

"没有时间老"，其实就是心中没有老的观念，就是没有时间思考时间的流逝。因为已经将生命的效用发挥到了最大限度。

世人，有的还很年轻，但心力衰退，他就觉得老了；有的年寿已高，但心力旺盛，仍感到精神饱满，老当益壮。只要心不老，生命就会迸发出与众不同的光芒。

随时随地，随遇而安

无德禅师一直在四处行脚漂泊，一天经过佛光禅师那里，于是便去拜访他。

佛光禅师惋惜地说："你是一位很有名的禅者，为什么那么辛苦地四处奔波，不找一个地方隐居起来呢？"

无德禅师无可奈何地答道："我也想隐居，可是我拿不定主意，请问究竟哪里才是我的隐居之处呢？"

佛光禅师不客气地指出："你虽然是一位很好的禅师，可是却连隐居之处都不知道？！"无德禅师开玩笑说："我骑了三十年马，不料今天竟被驴子摔下来。"意思是说我三十年来见过不少大风大浪，今天却被你难住了。于是无德禅师就在佛光禅师这里住了下来。

一天，有一个学僧问道："我想离开佛教义学，可以吗？请禅师帮我抉择一下。"

无德禅师告诉他："如果是那样的人，当然可以了。"

学僧刚要礼拜，无德禅师却拦住他说："你问得很好，问得很好。"

学僧道："我本想请教禅师，可是我还没有……"

无德禅师打断他："我今天不回答。"

学僧执着地问："干净得一尘不染时又怎么办呢？"

无德禅师答道："我这个地方不留那种客人。"

学僧再问："禅师，什么是您特别的家风？"

无德禅师说："我不告诉你。"

学僧不满地责问道："您为什么不告诉我呢？"

无德禅师斩钉截铁地答道："这就是我的家风。"

学僧更加不满了，讥讽道："您的家风就是没有一句话吗？"

无德禅师无奈地随口说道："打坐！"

学僧顶撞道："街上的乞丐不都在坐着吗？"

无德禅师拿出一枚铜钱给学僧。学僧终于省悟。

无德禅师再见佛光禅师，郑重其事地说道："我现在已找到隐居的地方，那就是当行脚的时候行脚，当隐居的时候隐居！"

【悟在当下】

我们若看待自己的命运如不系之舟，行云流水随他去，便能随时随地，随遇而安。

随遇而安是生命的高远境界，是很难学会，甚至是学不来的。宇宙间万事万物皆有其自身的规律之所在，水在流淌的时候是不会去选择道路的，树在风中摇摆时是自由自在的，因为这是苍天大地赋予的顺其自然之奥义。

将一切置之度外

一天晚上，明月当空，马祖道一禅师的三个得意弟子西堂智藏、百丈怀海和南泉普愿兴致勃勃地跟随师父一同赏月。

马祖道一禅师问三位弟子道："你们看此境如何？"

西堂智藏答道："依我看，此时正好焚香以讲经说法供佛。"

百丈怀海答道："照我说呀，此时正是参禅打坐的好时机。"

南泉普愿默而不答，拂袖便走。

于是，马祖道一禅师赞叹道："经入藏，禅归海，唯有南泉普愿独超物外。"

马祖道一禅师借赏月时的心境，让三位弟子领悟禅法要旨。西堂智藏迷于对经典的讲解，百丈怀海执着于对禅的修行，只有南泉普愿不迷执一切法相，独超物外，达到了精神的绝对无碍。

之后，三位弟子相继开悟，成为著名禅师而各自分化一方，弘扬马祖道一禅师的禅法。

【悟在当下】

人事繁杂，常常让人痛苦不堪，而禅者的高人之处就在于他们主张超越，只有学会超越，才能将其置之度外，不为外界凡尘之事所烦扰。正如佛偈所说："真如本性，寂静常然，梦中明明有六趣，觉后空空无大千。"看透人间繁华，不执一切法相，精神自然就能自由。

不识庐山真面目，只缘身在此山中

神会禅师前去拜见六祖慧能，六祖问他："你从哪里来？"

神会答道："没从哪里来。"

六祖问："为什么不回去？"

神会答："没有来，谈什么回去？"

"你把生命带来了吗？"

神会答："带来了。"

"既有生命，应该知道自己生命中的真相了吧？"

神会答："只有肉身来来去去，没有灵魂往往返返！"

慧能拾起禅杖，打了他一下。

神会毫不躲避，只是高声问："和尚坐禅时，是见还是不见？"

慧能又杖打了三下，才说："我打你，是痛还是不痛？"

神会答："感觉痛，又不痛。"

“痛或不痛，有什么意义？”

神会答：“只有俗人才会因为痛而有怨恨之心，木头和石头是不会感觉到痛的。”

“这就是了！生命是要超越一切世俗观念，舍弃一切尘想与贪欲的。见与不见，又有什么关系？痛与不痛，又能怎样？无法摆脱躯壳的束缚，还谈什么生命的本源？”

慧能又说：“问路的人是因为不知道去路，如果知道，还用问吗？你生命的本源只有自己能够看到，因为你迷失了，所以你才来问我有没有看见你的生命。生命需要自己把握，何必问我见或不见？”

神会默默礼拜合十。

【悟在当下】

原来，生命就是要超越一切世俗观念，舍弃一切尘想与贪欲，因为，对于人来说，身外的一切都是多余的。

只有超然物外，才能更清醒地认识人生本相，因为“不识庐山真面目，只缘身在此山中”。

人生并不如梦

弟子们和禅师一起在田里插秧，可是弟子插的秧总是歪歪扭扭，而禅师却插得整整齐齐，犹如用尺子量过一样。

弟子们疑惑地问禅师：“师父，您是怎么把禾苗插得那么直的？”

禅师笑着说：“这其实很简单！你们插秧的时候，眼睛要盯着一个东西，这样就能插直了！”

弟子们于是卷起裤管，喜滋滋地插完一排秧苗，可是这次插的秧苗，竟成了一道弯曲的弧形。

禅师问弟子：“你们是否盯住了一样东西？”“是呀，我们盯住了那边吃草的水牛，那可是一个大目标啊！”弟子们答道。

禅师笑道："水牛边吃草边走，而你们插秧时也跟着水牛移动，怎么能插直呢？"

弟子们恍然大悟，这次，他们选定了远处的一棵大树，果然秧都插得很直。

【悟在当下】

不要只看着脚下，而应该给自己制定一个固定的目标。只有朝着确定的目标前进，才能少走弯路，获得最后的成功。

诗仙李白云："浮生若梦，为欢几何？"相反，积极地面对人生，不管到了哪样地步，若能毫不犹豫朝人生的标杆直跑，你就会发现人生并不如梦，而是实实在在有意义的。